SCIENCE FICTION

Herausgegeben
von Wolfgang Jeschke

Ein vollständiges Verzeichnis aller
im HEYNE VERLAG erschienenen STAR TREK-Romane
finden Sie am Schluß des Bandes.

STAR TREK VOYAGER™

DAFYDD AB HUGH

INVASION 4

DIE RASEREI DES ENDES

Roman

Star Trek®
Voyager™
Band 9

Aus dem amerikanischen Englisch von
ANDREAS BRANDHORST

Deutsche Erstausgabe

WILHELM HEYNE VERLAG
MÜNCHEN

HEYNE SCIENCE FICTION & FANTASY
Band 06/5409

Titel der Originalausgabe
INVASION! – THE FINAL FURY
Aus dem amerikanischen Englisch von
ANDREAS BRANDHORST

Umwelthinweis:
Dieses Buch wurde auf chlor- und
säurefreiem Papier gedruckt.

3. Auflage
Redaktion: Rainer-Michael Rahn

Erstausgabe by Pocket Books/Simon & Schuster Inc., New York

Printed in Germany 2000
Umschlagbild: Pocket Books/Simon & Schuster Inc., New York
Umschlaggestaltung: Atelier Ingrid Schütz, München
Technische Betreuung: M. Spinola
Satz: Schaber Datentechnik, Wels
Druck und Bindung: Ebner Ulm

ISBN 3-453-13995-X

EINLEITUNG

Hunderttausend Jahre lang wütete der Krieg. Einst gehörte den Furien das Paradies, doch sie wurden daraus vertrieben. Die Unreinen fielen über den Raumbereich der Furien her, über die von ihnen beherrschten 217 Millionen Sonnensysteme. Der neue Feind war anders als alle anderen: Die Insektoiden blieben unbeeinflußt von der Angst, mit der sich die Herren des Paradieses Gehorsam erzwangen.

Die Furien – sechshundertsechsundsechzig verschiedene Völker, die eine Gemeinschaft bildeten – verließen zuerst die Planeten am Rand, als die Unreinen angriffen und die energetische Lebenskraft von einer Million Raumschiffen tranken. Vielleicht handelte es sich bei den Unreinen um eine Mischung aus Ungeziefer und Verdammten, die vor ihrem rechtmäßigen Herrn auf dem Thron des Autokraten flohen. Oder sie kamen von *draußen*, von außerhalb der Galaxis. Die meisten Kriegsherrn der Furien hielten die zweite Möglichkeit für wahrscheinlicher. Letztendlich spielte es keine Rolle. Wichtig war nur: Wie eine gewaltige Flutwelle kamen die Feinde und spülten alles fort, was sich ihnen in den Weg stellte.

Ein aus jener dunklen Zeit stammendes historisches Fragment wies auf noch mehr Dunkelheit hin: Die Untertanenvölker *verbündeten* sich mit den Unreinen und rebellierten gegen ihre Herren. Sie leisteten selbst dann Widerstand, als die Furien das Entsetzen schickten. Zwar starben viele Rebellen, als sie den Zorn der Furien zu spüren bekamen, aber die anderen kämpften weiter. Am Ende des ersten Jahrtausends mußten sich die Furien vom Rand der Galaxis zurückzuziehen.

Die fernsten Provinzen gingen verloren.

Der Rückzug setzte sich fort, Jahrhundert um Jahrhundert. Immer wieder kam es zu Schlachten, bei denen es die Gemeinschaft der Furien mit gewaltigen Schwärmen zu tun bekam: In riesigen Wolken flog der Feind durch die Leere des Alls, ohne Raumschiffe, ohne irgendwelche Vorrichtungen, die Schutz vor Kälte und Vakuum gewährten. Beim ersten großen Gefecht traten 93 109 907 Kampfschiffe der Furien gegen die Unreinen an – die Anzahl der Krieger hätte ausgereicht, um hundert Welten zu besiedeln. Der Feind war noch viel zahlreicher. Subkrat Ramszak – ein vier Meter großer Ok'San mit einer Hand dort, wo man ein Ohr erwartete – schätzte damals, daß auf jede Furie zehn Unreine kamen.

Beim *letzten* Gefecht gelangten nur etwa fünfzigtausend Schiffe zum Einsatz, die lediglich mit einer Minimalcrew bemannt waren. Tiin-der-Kannibale-der-immer-allein-schläft kommandierte die Verteidigung vom Sessel des Autokraten aus. Über tausend Generationen hinweg führte Tiin seinen Ursprung bis auf Ramszak zurück, doch ihm erging es nicht anderes als seinem berühmten Ahnen: Er mußte ebenfalls eine Niederlage hinnehmen.

Eine kleine Flotte aus mehreren tausend Schiffen sollte die Hauptmasse der Unreinen mit einem Überraschungsangriff fortlocken. Die offensive Aktion beendete einen vierhundert Jahre alten Waffenstillstand – die Herrscher des Paradieses fühlten sich nicht an irgendwelche Vereinbarungen mit Insekten gebunden.

Die Unreinen nahmen die Herausforderung an, und ihre ganze verbliebene *Feldeinheit* verfolgte die Flotte. Als sich schließlich die letzten Furienschiffe zurückzogen, waren von über viertausend nur einundzwanzig übriggeblieben.

Der Feind näherte sich ihnen aus mehreren Richtungen, doch als er sich zum entscheidenden letzten Ansturm sammelte und die Furien mit dem Leben abschlossen… Plötzlich gleißte helles Licht. Die Furien fielen durch den Nichtraum und verloren während des Transfers die Orientierung.

Die Unreinen wollten ihnen folgen, aber das Licht veränderte sich, löste die an den Weltraum angepaßten Körper auf, desintegrierte sie innerhalb weniger Sekunden. Dämonisches Leben starb.

Das Licht war so hell, daß die Wissenschaftler der Untertanenvölker es noch nach drei- oder viertausend Jahren entdecken konnten. Die tödlichen Schwärme wurden dezimiert, aber nicht völlig vernichtet. Überlebende Unreine fielen über einige letzte Furien her, als sie durch weite Gaswolken trieben – die Überreste ihrer toten Artgenossen.

Tiin war nicht auf seine große Verantwortung vorbereitet und erwies sich als schlechter Repräsentant jener Linie, die mit Subkrat Ramszak begonnen hatte. Er verlor die Kontrolle über seine wenigen Schiffe, woraufhin ihre Kommandanten in Panik gerieten und wild feuerten, fast so, als fielen sie plötzlich dem eigenen Schrecken zum Opfer, obwohl die Furien natürlich immun dagegen waren.

Das All schien sich in ein Negativbild verwandelt zu haben: Schwarze Sonnen zeichneten sich vor einem weißen Hintergrund ab, als eine kleine Furiengemeinschaft durchs Wurmloch flog. Die Reise dauerte vier Jahre – oder vielleicht nur ein oder zwei Sekunden. Als die Schiffe das Ende des Dimensionstunnels erreichten, verblaßte das Licht. Wo auch immer sie sich jetzt befanden: Es gab keine Rückkehr ins einstige Paradies.

Als die Furien einen geeigneten Planeten besiedelten, wurde ihnen das ganze Ausmaß der erlittenen Niederlage klar. Sie waren gefangen in einem gräßlichen Raumgebiet, so weit von der Heimat entfernt, daß sie aus lauter Kummer starben. Über Hunderte von Jahren hinweg untersuchten die Ärzte der Furien die neue Krankheit, deren Symptome immer die gleichen waren: schwere Depressionen, gefolgt von Langeweile, Anomie sowie dem Verlust aller ethischen und moralischen Grenzen. Die Bevölkerung wuchs, aber die Besten und Vielversprechendsten fielen in der Blüte ihres Lebens dem *Faktor* zum Opfer, wie man ihn nannte.

D'Mass, der größte Autokrat im Exil und letzter Herrscher, der alle Furien vereinte, erklärte die Ursache des Faktors: Es mangelte den Furien an einem Ziel; ihrer Existenz fehlte ein Sinn. Die Heerscharen des Paradieses waren dazu bestimmt, über das Paradies zu *herrschen*. Jetzt blickten sie aus einer enorm großen Entfernung dorthin zurück: Sie sahen ein Licht, das die Sonnen der alten Heimat zu einer Zeit ins All gestrahlt hatten, als Ramszak alles auf eine Karte setzte, um den Sieg über die Unreinen zu erringen – der Anfang vom Ende.

Unter D'Mass arbeiteten alle Furien zusammen, um ein künstliches Wurmloch zu konstruieren, das ihnen die Heimkehr ermöglichte. Doch als D'Mass starb, kam es zwischen seinen beiden Söhnen zum Streit.

Nach langem Zwist versuchte D'Vass mit neun Zehnteln der Furien eine neue Welt zu finden und die alte Heimat zu vergessen. Sein Bruder Bin Mass hingegen entschied, sich auch weiterhin der Konstruktion des künstlichen Wurmlochs zu widmen. Er konnte es sich nicht leisten, die vielen Talente von D'Vass' Anhängern zu verlieren, und deshalb kam es zum Kampf. Vom Morgen bis zum Abend kämpften die beiden Brüder gegeneinander, und dann schliefen sie Seite an Seite, wie es Brüdern gebührte. Am nächsten Morgen zogen sie erneut in die Schlacht. Millionen von Furien starben in diesem Krieg, den sie gegen sich selbst führten. Schließlich floh D'Vass, allerdings mit einer wesentlich geringeren Schar. Nur vierzigtausend begleiteten ihn.

Bin Mass hatte das Herz seines Volkes erobert. Er besiegte auch den Faktor, indem er den Furien ein neues Ziel gab: Irgendwann sollten sie zurückkehren, um wieder Anspruch auf das Paradies zu erheben.

Daraufhin bekam die Existenz der Furien einen neuen Sinn. Sie würden die Unreinen aus der alten Heimat vertreiben, um jeden Preis. Irgendwann, wenn die Zeit reif war, wenn der richtige Moment kam. Und dann würde die Galaxis wieder erzittern, sobald die kalte Stimme des Autokraten erklang.

1

Captain Kathryn Janeway von der U.S.S. *Voyager* saß am Schreibtisch des Bereitschaftsraums und versuchte, die Übelkeit aus sich zu verbannen. Das Raumschiff schlingerte, was dazu führte, daß sie immer wieder von einer Seite zur anderen schwankte.

Nun, ich wußte, daß so etwas passieren würde, dachte die Kommandantin. Siebzigtausend Lichtjahre von der Föderation und der nächsten Starbase entfernt mußten sie sich selbst um notwendige Reparaturen kümmern. Angesichts der dabei erforderlichen Improvisationen ließ es sich kaum vermeiden, daß früher oder später nicht nur einzelne Geräte ausfielen, sondern ganze Systeme.

Der letzte Defekt dieser Art betraf unglücklicherweise die Trägheitsabsorber und Gravitationsstabilisatoren. Aus Bewegungen, die sich normalerweise nur in Form von leichten Vibrationen bemerkbar machten, wurde jetzt ein unregelmäßiges, mal stärkeres und mal schwächeres Schlingern, das sich nicht nur negativ auf die Gesundheit der Besatzung auswirkte, sondern auch auf die Moral.

Mußten die Seefahrer vor Jahrhunderten so etwas ertragen? fragte sich Janeway. *Wie haben sie lange genug überlebt, um auch nur einen kleinen See zu überqueren, geschweige denn einen Ozean?*

Sie stand auf und spürte dabei kalten Schweiß auf der Haut. Wie viele andere Angehörige von Starfleet war Captain Janeway mit Segelschiffen aller Art unterwegs gewesen – auf dem Holodeck, in der Obhut eines Computers, der um die Unannehmlichkeiten der Seekrankheit wußte, das Stampfen, Rollen und Gieren der simulierten Schiffe daher auf ein Minimum beschränkte.

Doch in diesem Fall gab es niemanden, der den schrecklichen Tanz kontrollierte, und ein Ende war nicht in Sicht. Hinzu kam die ständige Furcht davor, daß die *Voyager* mit einem Subraum-Faserbündel kollidieren mochte. In dem Fall konnte es zu noch heftigeren Erschütterungen als bisher kommen. Viel zu deutlich erinnerte sich Janeway an den Stoß, der sie und einige andere Besatzungsmitglieder zu Boden geworfen hatte.

Und wenn jemand gegen die Wand geschleudert wurde, mit dem Kopf voran? Der holographische Arzt behandelte bereits ein Besatzungsmitglied mit einem gebrochenen Rückenwirbel und einer schweren Gehirnerschütterung. Beim nächsten Zwischenfall dieser Art konnte es Todesopfer geben.

Janeway räusperte sich und schluckte. »Janeway an Torres«, krächzte sie. Ihre Stimme war so undeutlich, daß der Computer sie erst nach einigen Sekunden identifizierte.

»Hier T-Torres.« Die Stimme von Chefingenieurin Lieutenant B'Elanna Torres klang nicht viel besser. Es bereitete Janeway eine gewisse Genugtuung, daß B'Elannas klingonische Hälfte sie nicht davor bewahrte, ebenso raumkrank zu werden wie alle anderen.

»Hat sich an der geschätzten Zeit inzwischen etwas geändert?«

Janeway brauchte nicht hinzuzufügen, was sie meinte. Derzeit fragten sich alle Personen an Bord, wann die Gravitationsstabilisatoren endlich wieder richtig funktionierten.

»Schätzung ... Bitte entschuldigen Sie, Captain.« Torres unterbrach die Verbindung kurz. Nach einigen Sekunden öffnete sie den Kanal wieder und fügte mit etwas festerer Stimme hinzu: »Die Schätzung bleibt unverändert. Die Reparatur dauert zwölf bis vierundzwanzig Stunden. Es kommt ganz darauf an ...«

»Worauf?«

»Vielleicht ist eine Reparatur überhaupt nicht möglich, solange wir uns an die verdammte bürokratische ...«

Eine zweite, verärgerte Stimme ertönte: Lieutenant Carey verteidigte die Föderationsprozeduren.

»Eine Reparatur läßt sich dann am schnellsten bewerkstelligen, wenn eine gewisse Person, deren Namen ich hier nicht nennen möchte, endlich bereit ist, den in solchen Fällen üblichen Weg zu beschreiten, anstatt immer wieder nach irgendwelchen unsinnigen Abkürzungen zu suchen.«

So ein Mist! fuhr es Janeway durch den Sinn. *Und sie sind so gut miteinander ausgekommen!* Vermutlich lag es an der Übelkeit; dadurch wurden alle nervös und gereizt.

Sie versuchte, das eigene Unwohlsein einfach zu ignorieren, als sie tief Luft holte und dann den Kommandoton benutzte, den sie an der Starfleet-Akademie gelernt hatte. »*Das genügt*. Unsere Situation ist auch so schon schwierig genug – ein Streit zwischen Ihnen beiden hat uns gerade noch gefehlt. Torres, würde es etwas nützen, wenn wir die Stabilisatoren so rejustieren, daß sie die Energie der Holodeck-Replikatoren verwenden?«

»Nichts nützt mehr etwas«, erwiderte die Halbklingonin und gab diesmal ihrer pessimistischen menschlichen Hälfte nach. »So sehr wir uns auch bemühen: Es wird uns nicht gelingen, die Stabilität des Schiffes wiederherzustellen. Mir ist schlecht, und ich wünsche mir nichts sehnlicher, als wieder an Bord eines hübschen, sicheren Maquis-Schiffes zu sein, in dem es keine bioneuralen Schaltkreise gibt!«

Janeway brachte das Gespräch auf den Kern des Problems zurück. »Ich sorge trotzdem für eine neue energetische Konfiguration. Setzen Sie die Arbeit fort und geben Sie mir in fünfzehn Minuten eine bessere Schätzung. Janeway Ende.«

Seit sie stand, fiel es ihr ein wenig leichter, mit der Übelkeit fertig zu werden. Wenn die *Voyager* jetzt mit einem Subraum-Faserbündel kollidierte ... Rasch verdrängte Janeway diesen Gedanken.

Sie sah sich im Bereitschaftsraum um, der ihr normalerweise Ruhe schenkte. Leider blieb er nicht von den Gravitationsverschiebungen verschont, die sich überall an Bord auswirkten.

Eine empörte Stimme ertönte. »Neelix an Captain Janeway!« Der talaxianische Koch des Schiffes sträubte sich hartnäckig gegen die Erkenntnis, daß man nicht schreien mußte, um einen Kom-Kontakt herzustellen. Der Computer reagierte auch auf in normaler Lautstärke gesprochene Worte.

»Hier Janeway. Was ist los, Neelix?« Zum Glück befand sie sich nicht in der Kombüse. Sie schauderte unwillkürlich, als sie sich vorstellte, welches Chaos das Schlingern bei der Ansammlung von Töpfen, Pfannen und Lebensmittelbehältern anrichtete.

»Das dauernde Wackeln ist unerträglich! Ich versuche, eine leckere Mahlzeit für die Crew zuzubereiten, aber immer wieder fallen notwendige Ingredienzen zu Boden!«

»Neelix, glauben Sie nicht, daß wir das Schaukeln längst beendet hätten, wenn wir dazu in der Lage wären?« *Jetzt bist du aber ganz schön unfreundlich.* »Wir arbeiten an einer Lösung des Problems, Neelix.« Sie stützte sich am Schreibtisch ab, als die *Voyager* zur Seite kippte. Einige Datenfolien fielen zu Boden.

»Wieso halten Sie das Schiff nicht einfach an, bis alles in Ordnung gebracht ist? Eine Verzögerung von ein oder zwei Tagen dürfte vertretbar sein. Wir können die

Crew nicht so krank werden lassen, daß sie nicht einmal mehr an kulinarischen Genüssen Freude findet.«

Janeway rollte mit den Augen, dankbar dafür, daß die Insignienkommunikatoren nur akustische Signale übertrugen. Sie wartete einige Sekunden lang, um ganz sicher zu sein, daß ihre Stimme ruhig klang. »Neelix, wenn wir in der derzeitigen Situation versuchen, auf Relativgeschwindigkeit null zu gehen, ohne zuverlässig arbeitende Trägheitsabsorber und Gravitationsstabilisatoren, sorgt die Winkelbewegung des Warpkerns dafür, daß sich die *Voyager* wie ein Kreisel dreht.«

»Tatsächlich? Das muß ein Konstruktionsfehler sein.«

»Wir setzen den Flug mit der gegenwärtigen Geschwindigkeit fort, um die Instabilität möglichst gering zu halten.«

»Das Wackeln könnte noch schlimmer sein?«

»*Viel* schlimmer, Neelix. Ich schlage vor, wir kehren nun beide zu unseren Pflichten zurück. Janeway En ... Halt, da fällt mir ein: Was wollten Sie zubereiten?«

»Pasteten auf der Basis von denethanischen Blutblasen, außerdem Cremepunsch nach Ocampa-Art und eine Föderationsspezialität, deren Rezept ich in der Datenbank gefunden habe: ein Drei-Käse-Quiche.«

Janeway spürte, wie sich in ihrer Magengrube etwas bewegte und in die Richtung zu streben schien, aus der das Schiff kam. »Äh ... ausgezeichnet. Setzen Sie Ihre Bemühungen fort. Janeway Ende.«

Sie schluckte mehrmals und wankte zur Tür, die vor ihr beiseite glitt. »Captain auf der Brücke«, verkündete der Computer, doch die Offiziere im Kontrollraum reagierten nicht. Sie wußten: Captain Janeway legte Wert auf Tüchtigkeit, nicht auf irgendwelche Rituale.

Die Kommandantin sah ernste und entschlossene Mienen. *Niemand von ihnen will sich blamieren, indem er der Übelkeit nachgibt*, dachte sie. Die Brücke schien zu zittern, und vielleicht täuschte dieser Eindruck nicht. Lieutenant Tom Paris betätigte die Schaltflächen der

Navigationskonsole und nahm kleine Kurskorrekturen vor. Janeway fragte sich, ob sie wirklich nötig waren. Vielleicht ging es Paris in erster Linie darum, mit etwas beschäftigt zu sein.

Fähnrich Harry Kim behielt die Displays seines Pults im Auge. Zwar gab es derzeit nicht viel für ihn zu tun, aber trotzdem sondierte er mit den Scannern und Sensoren. Vermutlich erging es ihm wie Paris: Er wollte sich ablenken.

Überrascht stellte Janeway fest, daß selbst Lieutenant Tuvok saß. Normalerweise stand er immer an der taktischen Station.

Sie verharrte in der offenen Tür des Bereitschaftsraums und beobachtete die Brückenoffiziere aufmerksam, um ihren Gesundheitszustand zu beurteilen. Paris wirkte so jovial wie immer, aber er schwitzte und war recht blaß. Auf den ersten Blick betrachtet schien Tuvok vom Schlingern des Schiffes völlig unbeeinflußt zu sein, doch Janeway kannte ihn gut genug, um zu wissen, daß er ebenfalls an Übelkeit litt. Allerdings behandelte er dieses Empfinden wie eine Emotion, die er mit vulkanischer Rationalität in einen fernen Winkel seines Selbst verbannte.

Commander Chakotay vertrat den Captain und drehte den Kopf. Sein Blick fragte Janeway, ob er ihr den Kommandosessel überlassen sollte.

Sie glaubte, in seinem Gesicht einen grünlichen Schimmer zu erkennen.

Janeway schmunzelte. »Das alte Mittel Ihres Volkes gegen Übelkeit scheint bei Ihnen nicht besser zu funktionieren als bei mir.«

Chakotay versuchte zu lächeln. »Es funktioniert nur dann, wenn das Wasser von den Long Woman Mountains stammt, nicht aus dem Replikator.«

Nur dem jungen Kim schienen die wackelnden und taumelnden Bewegungen des Schiffes überhaupt nichts auszumachen, was Janeway erstaunlich und verwirrend fand.

Sie ließ sich in den Kommandosessel sinken und sah dann zum Hauptschirm. Der Computer stabilisierte zwar das Bild, nicht aber Janeways Kopf. Deshalb sah sie Sterne, die ständig hin und her tanzten. Der Anblick wirkte keineswegs beruhigend.

»Fähnrich Kim«, sagte sie laut.

Harry Kim drehte seinen Sessel. »Ja, Captain?«

»Ich ... äh – entschuldigen Sie bitte – ich habe ein Programm geschrieben, das Energie von den Holodeck-Replikatoren zu den Gravitationsstabilisatoren umleitet. Starten Sie es.«

»Aye, Captain.«

»Aktivierung des medizinischen Holo-Notprogramms.«

Das Gesicht des holographischen Arztes erschien auf dem Schirm. Janeway empfand es als Erleichterung, nicht mehr die tanzenden Sterne sehen zu müssen.

»Bitte nennen Sie die Art des medizinischen Notfalls«, sagte der Doktor und folgte damit dem Gebot der Programmierung. Doch er fügte sofort hinzu: »Falls es sich um einen anderen Notfall handelt als den, der bereits meine volle Aufmerksamkeit fordert.«

»*Bitte* sagen Sie mir, daß Sie uns irgendwie helfen können.«

Der Holo-Arzt verzog das Gesicht. »Die Situation ist unverändert, Captain. Ich habe bereits darauf hingewiesen, daß meine Mittel im Lauf der Zeit ihr Wirkungspotential verlieren. Vermutlich wird das Schiff irgendwann aufhören zu schlingern, und dann existiert auch das gegenwärtige Problem nicht mehr. Wenn Sie hingegen zulassen, daß die Phase der Instabilität anhält, so sehe ich mich außerstande, etwas gegen die Konsequenzen zu unternehmen.«

»Hier ist die Situation ebenfalls unverändert«, sagte Janeway.

»Das stimmt nicht ganz«, ließ sich Tuvok von seiner

Station vernehmen. »Die Situation hat sich gerade auf recht dramatische Weise verändert.«

Janeway hob die Hand, forderte den Doktor mit dieser Geste auf, sich ein wenig in Geduld zu fassen. Dann wandte sie sich an den Vulkanier.

»Wir empfangen einen Notruf, Captain«, verkündete Tuvok.

»Von wem?« Ein Teil von ihr war dankbar für die Ablenkung, doch ein anderer ärgerte sich darüber, daß sie ausgerechnet zu diesem Zeitpunkt erfolgen mußte. »Stammt er von Angehörigen eines uns bekannten Volkes?«

»Ja«, bestätigte Tuvok. »So könnte man es ausdrücken. Der Notruf kommt von einem Starfleet-Shuttle.«

Einige Sekunden lang herrschte verblüffte Stille.

»Ein anderes Wurmloch?« fragte Janeway dann. »Wie aktuell ist das Signal?« Sie hatten schon einmal Kom-Signale von einem Wurmloch empfangen, das falsche Hoffnungen in ihnen weckte. Bei jener Gelegenheit war es zu Kontakten mit einem romulanischen Schiff aus der Vergangenheit gekommen.

»Es handelt sich tatsächlich um ein Signal, wie es derzeit von Starfleet verwendet wird«, sagte Tuvok. »Das Shuttle *Lewis* sendet den Notruf. Es gehört zur Ausrüstung eines Schiffs der Galaxy-Klasse – der U.S.S. *Enterprise*.«

»Ist die angegebene Sternzeit mit unserer identisch?«

»Ja, Captain. Vermutlich erreicht uns der Notruf nicht durch ein Wurmloch. Alles deutet darauf hin, daß sich das Shuttle wirklich in diesem Quadranten befindet. Die Entfernung beträgt zwei Komma eins fünf Lichtjahre.«

Tuvok stand auf, und Janeway bemerkte, daß er sich am Rand der Konsole festhielt. »Captain, unter den gegebenen Umständen müssen wir davon ausgehen, daß wir nicht die einzigen Repräsentanten der Föderation im Delta-Quadranten sind. Normalerweise können unsere Sensoren bei einer solchen Entfernung keine Einzelheiten erfassen, aber in diesem Fall gibt es keinen Zweifel daran, daß sich eine Lebensform an Bord befindet – ein terranischer Mann. Er bewegt sich nicht, lebt aber.«

»Wie ist das möglich, Tuvok? Wieso können Sie trotz der großen Entfernung so genaue Ortungsdaten gewinnen?«

»Ich nehme an, etwas verstärkt sowohl unsere Sondierungssignale als auch den Notruf.«

Janeway lehnte sich verwundert zurück. Ein *Föderationsschiff* mit einem lebenden Piloten an Bord. Seit vielen Monaten erhoffte sie sich eine solche Begegnung. Vielleicht ... vielleicht ...

Sie verscheuchte den Wunschtraum. Als Captain mußte sie ihre Pflicht erfüllen und das Schiff schützen. Es galt, eine objektive Perspektive für die Realität zu bewahren; sie durfte sich nicht von dem beeinflussen lassen, was ihren Wünschen entsprach.

»Soll ich den Kurs ändern, Captain?« fragte Paris.

Janeway zögerte. Normalerweise hätte sie längst eine entsprechende Anweisung gegeben, aber von einer normalen Situation konnte man derzeit sicher nicht sprechen.

Sie sah zum blassen Lieutenant Paris, der die Übelkeit allein mit Willenskraft und eiserner Disziplin unter Kontrolle hielt. Er hatte sich zur Navigationskonsole vorgebeugt und war bereit, die neuen Kursdaten einzugeben.

Janeway spürte die erwartungsvollen Blicke der Brückenoffiziere auf sich ruhen. *Na schön,* dachte sie. *Ich schätze, deshalb trage ich vier Rangknöpfe am Kragen.*

»Halten Sie sich in Bereitschaft, Lieutenant Paris.« Und etwas lauter: »Janeway an Torres. Sie wissen von dem Notruf, nehme ich an.«

»Ja«, ertönte die kräftiger klingende Stimme der

Chefingenieurin. »Es könnte eine Falle sein, Captain! Man will uns näher locken ... Dort draußen kann es unmöglich ein Föderationsschiff geben.«

»Ich sollte darauf hinweisen, daß es hier bereits ein Föderationsschiff gibt – die U.S.S. *Voyager*«, sagte Tuvok mit unerschütterlicher Ruhe.

»In der Tat«, bestätigte Janeway. »Wenn wir in diesen Teil der Galaxis versetzt worden sind, so kann es jemand anders ebenso ergangen sein.«

»Ich spüre ganz deutlich, daß es bei dieser Sache nicht mit rechten Dingen zugeht«, meinte B'Elanna.

»Captain«, sagte der Vulkanier, »das Starfleet-Protokoll verlangt von uns ...«

»Ich kenne das Starfleet-Protokoll«, erwiderte Janeway und seufzte.

Die Frage lautete: Durfte sie die Sicherheit des eigenen Schiffes höher bewerten als den Notruf eines Shuttles? Und war es so weit von der Föderation entfernt überhaupt noch sinnvoll, von einem Starfleet-Protokoll zu sprechen?

Janeway hatte sich diese Fragen gerade erst gestellt, als sie auch schon die Antworten darauf wußte. Die Starfleet-Regeln galten überall dort, wo es ein Starfleet-Schiff gab. »Lieutenant Paris, ändern Sie den Kurs. Wenn sich die Tür in eine Richtung geöffnet hat, so tut sie das vielleicht auch in die andere.«

»Halten Sie sich gut fest«, warnte Paris. »Ohne die Stabilisatoren könnte es durch den Kurswechsel zu heftigen Erschütterungen kommen.«

Janeway schloß die Hände um die Armlehnen des Kommandosessels und glaubte sich einigermaßen vorbereitet, doch wenige Sekunden später erlebte sie eine Überraschung: Die *Voyager* schien mit mehreren g *rückwärts* zu beschleunigen. Das war natürlich eine Sinnestäuschung, ebenso wie das vermeintliche Schlingern. *Nach der klassischen Subraum-Theorie existiert das Schiff beim Warptransfer nicht einmal*, dachte sie. Außerdem: Aufgrund ihrer Beobachtungen der Crew wußte sie, daß die Besatzungsmitglieder auf individuell wahrgenommene Taumelbewegungen reagierten.

Doch sie alle spürten ein jähes, nach vorn gerichtetes Zerren, als die *Voyager* den Kurs änderte. Janeway gewann den sehr unangenehmen Eindruck, mit dem Kopf nach unten zu hängen, mit Ein-Kilogramm-Gewichten an den Augäpfeln. Nach erfolgtem Kurswechsel stellte sich wieder das bereits vertraute Schlingern ein.

»Wir sind jetzt zum Shuttle unterwegs«, meldete Paris und schluckte.

Wir sollten einen Aktionsplan haben, wenn wir es erreichen, dachte Janeway. »Alle Führungsoffiziere in den Bereitschaftsraum«, sagte sie und stand so elegant wie möglich auf.

Die Führungsoffiziere versammelten sich am Konferenztisch, beziehungsweise am ›Friedensfelsen‹, wie Chakotay ihn scherzhaft nannte. Er sah sich um und musterte die anderen. B'Elanna wirkte argwöhnisch, Paris aufgeregt, Kim nervös und Janeway besorgt.

Die Kommandantin wandte sich an den Navigator. »Wann erreichen wir das Shuttle, Mr. Paris?«

»In gut zwei Tagen.«

»Die Zeit ließe sich auf vierundzwanzig Stunden verkürzen, wenn wir auf Warp sieben beschleunigen«, warf Chakotay ein. »Aber bei einer so hohen Geschwindigkeit könnten Gravitationsneutralisierungen zu Todesfällen an Bord führen.«

»Ich bin nicht bereit, das Leben der Crew zu riskieren«, sagte Janeway. »Der Schiffbrüchige wird einen weiteren Tag lang warten müssen.«

Sie sieht abgespannt aus, dachte Chakotay. *Sie hat ihren Seelenfreund aus den Augen verloren. So wie wir alle,* fügte er in Gedanken hinzu. Wenn sich Körper und Geist nicht mehr im Gleichgewicht befanden, kam es häufiger zu Fehlern.

»Wie bemerkten Sie den Notruf, Mr. Tuvok?« fragte der Erste Offizier.

Tuvok hielt die Übelkeit, an der bis auf Harry Kim alle litten, noch immer gut unter Kontrolle. »Die Sensoren reagierten plötzlich darauf, während er bereits aktiv war, Commander. Darüber hinaus glaube ich, daß sie das schwache energetische Echo eines fernen Wurmlochs orteten. Angesichts der großen Entfernung war ein Scan nur möglich, indem ich die Signale des Notrufs als Trägerwelle verwendete.«

Janeway betätigte die Schaltflächen ihres Computerterminals. »Ich habe alle Möglichkeiten der Signalverstärkung in Betracht gezogen – ohne eine Erklärung dafür zu finden, wie der Notruf eines Shuttles mehr als zwei Lichtjahre weit reichen kann. Bei einem größeren Raumschiff sähe die Sache anders aus, aber in diesem Fall steht einfach nicht genug Sendeenergie zur Verfügung.«

»Offenbar gibt es einen externen Faktor, der die Kom-Signale verstärkt«, sagte Tuvok.

Die neben Chakotay sitzende B'Elanna Torres rief eine graphische Darstellung des Shuttles auf den Bildschirm. »Sie haben recht«, sagte sie an Janeways Adresse gerichtet. »Ich *wußte* ja, daß hier etwas nicht stimmt. Man will uns in eine Falle locken! Wir sollten einen möglichst weiten Bogen um jenen Ort machen, Captain!«

Fähnrich Kim saß auf der anderen Seite des Ersten Offiziers. Er schien etwas sagen zu wollen, zögerte jedoch, da er es für falsch hielt, die Älteren zu unterbrechen. Chakotay wußte, wie er empfand. »Möchten Sie einen Kommentar abgeben, Fähnrich?«

»Sir«, begann Kim, »als wir Kinder waren, verwendeten mein bester Freund und ich Kommunikatoren, die uns seine Mutter schenkte. Damit unterhielten wir uns noch spät am Abend, wenn wir längst schlafen sollten, verglichen unsere Interpretationen von Paganini und Bizet.«

B'Elanna starrte Kim groß an, und nach einigen Sekunden öffnete sie den Mund, um etwas zu sagen. Chakotay legte ihr die Hand auf den Arm.

»Dann zog Alex nach Singapur um, wodurch die Entfernung zwischen uns weit über die Reichweite der Kommunikatoren hinausging«, fuhr Kim fort. »Trotzdem gelang es uns, in Verbindung zu bleiben. Zur vereinbarten Zeit begaben wir uns beide in die Nähe einer Kom-Sat-Relaisstation – sie fing die schwachen Sendungen unserer Kommunikatoren auf und leitete sie an den Übertragungssatelliten weiter. Unsere Signale reisten praktisch huckepack.«

Tuvok berührte die Schaltflächen seines eigenen Computerterminals, als Kim eine Relaisstation erwähnte. »Captain«, sagte er, »es gibt Anzeichen dafür, daß der Notruf des Shuttles von einer Einrichtung verstärkt wurde, die sich mit der von Fähnrich Kim erwähnten Kom-Sat-Station vergleichen läßt. Die Aufzeichnungen deuten auf ein schwaches Subraum-Echo im ursprünglichen Signal hin. Der Computer filterte es heraus, bevor wir den Notruf hörten.«

»Sind Sie mit dieser Erklärung zufrieden, Lieutenant Torres?« fragte Janeway. »Klingt sie einleuchtend?«

B'Elanna zögerte, während es in ihr zu einem Konflikt zwischen der menschlichen und klingonischen Hälfte kam. Sie richtete einen fragenden Blick auf Chakotay, der beruhigend lächelte. *Man nimmt Sie ernst*, lautete seine stumme Botschaft.

»Nun, es ist nicht völlig auszuschließen«, sagte sie schließlich. »Ich ziehe hiermit meine Empfehlung zurück, dem Notruf keine Beachtung zu schenken.«

»Gut. Ich entscheide nicht gern gegen die Führungsoffiziere. Es ist mir lieber, wenn wir einer Meinung sind.«

Chakotay blinzelte. »Fällt sonst noch jemandem auf, daß sich etwas verändert hat?«

B'Elanna antwortete als erste. »Ja. Das Schiff schlingert nicht mehr!«

»Es schlingert nach wie vor«, widersprach Tuvok. »Allerdings ist die Instabilität jetzt auf zwölf Komma drei Prozent des vorherigen Werts gesunken.«

»Es fühlt sich viel besser an«, murmelte Paris, in dessen Gesicht jetzt ein wenig Farbe zurückkehrte. Sein Lächeln wirkte nicht mehr annähernd so gezwungen wie vorher.

»Offenbar habe ich mich auch in Hinsicht auf die Umleitung der Replikatorenergie geirrt, Captain«, meinte Torres. »In letzter Zeit irre ich mich ziemlich oft. Das ist keine gute Eigenschaft für einen Chefingenieur.«

Sorge erfaßte Chakotay. Schon seit einer ganzen Weile beobachtete er, wie B'Elannas Selbstvertrauen nachließ. Er kannte sie besser als sonst jemand und wußte daher, daß es sich nicht um eine vorübergehende Krise handelte. Vielleicht war es besser, mit Captain Janeway darüber zu sprechen.

»Sie brauchen sich nichts vorzuwerfen, B'Elanna«, sagte die Kommandantin. »Mir fiel in diesem Zusammenhang nur ein Problemszenario ein, mit dem wir uns an der Starfleet-Akademie beschäftigten.«

»Vielleicht hätte ich meine Akademie-Ausbildung zu Ende bringen sollen.«

»Sie sind eine gute Chefingenieurin, B'Elanna. Zwar haben Sie nicht alle Starfleet-Kurse hinter sich gebracht, aber ...«

»Kann ich jetzt zu meiner Station zurückkehren, Captain? Ich möchte auf der Basis Ihrer Idee alle erforderlichen Maßnahmen treffen, um auch die restlichen zwölf Prozent Instabilität zu eliminieren.«

Es ist noch schlimmer, als ich dachte, überlegte Chakotay. B'Elannas klingonische Hälfte ließ nicht zu, daß sie jemanden um Hilfe bat, auch nicht Harry Kim oder Chakotay.

»Natürlich, B'Elanna«, entgegnete Janeway. »Bitte geben Sie mir Bescheid, sobald Sie die Gravitationsstabilisatoren in Ordnung gebracht haben.«

Chakotay zuckte innerlich zusammen, als er hörte, wie die Kommandantin das Wort *sobald* betonte. Torres hörte es ebenfalls und interpretierte den Tonfall prompt als herablassend. Der Erste Offizier wußte, daß B'Elanna sehr empfindlich auf so etwas reagierte. Sie versteifte sich nun und bestätigte damit seine Befürchtungen.

»Ich glaube, damit wäre zunächst alles besprochen«, sagte Janeway. »Machen wir uns wieder an die Arbeit.«

B'Elanna Torres begab sich in den Maschinenraum und betrachtete dort eine graphische Darstellung der von Captain Janeway übermittelten Wellengleichung. Sie versuchte sich einzureden, daß das leichte Zittern ihrer Hände ein Überbleibsel der Raumkrankheit war.

Damit rechtfertigte sie auch den Umstand, daß sie das Offensichtliche übersehen hatte: Janeways Idee konnte zu einem Eindämmungsfeld weiterentwickelt werden, das die Funktion der Gravitationsstabilisatoren übernahm. *Die Stabilisatoren werden dadurch praktisch überflüssig. Mit meinen Versuchen, sie zu reparieren, habe ich nur Zeit vergeudet. Und dann kam Captain Janeway und winkte mit einem Techno-Zauberstab.*

Du hast versagt, flüsterte es in B'Elanna. *Versagt, versagt, versagt – und jetzt kommt Carey, um sich hämisch zu freuen.*

Lieutenant Carey nahm neben der Chefingenieurin Platz und wirkte sehr verlegen. »Sir, es tut mir sehr leid, daß ich Sie vor dem Captain auf eine solche Weise kritisiert habe. Es ging mir ziemlich schlecht, aber das ist keine Entschuldigung.«

»Danke, Carey. Wie dem auch sei: Sie hatten recht in Hinsicht auf die Starfleet-Prozeduren. Es wäre besser gewesen, danach vorzugehen.«

»Ich *bin* danach vorgegangen – ohne Ergebnis. Das Verdienst gebührt allein Captain Janeway. Wenn sie sich nicht für die Kommandolaufbahn entschieden hätte, wäre sie bestimmt zur besten Chefingenieurin bei Starfleet geworden. Ich schlage vor, wir vergessen unseren Streit und setzen die Zusammenarbeit fort, einverstanden?«

»Ja«, sagte Torres unbewegt – zumindest erklangen in ihrer Stimme keine hörbaren Gefühlsregungen. Sie wußte selbst nicht, worauf sich diese Antwort bezog: auf Careys laut ausgesprochene Worte oder auf das, was *wirklich* in ihnen zum Ausdruck kam.

B'Elanna Torres ging von der Wellengleichung aus, und eine halbe Stunde später hatte sie auch die restliche Instabilität des Schiffes beseitigt. Deprimiert ging sie auch ihren anderen Pflichten nach und fragte sich, wieviel Zeit ihr noch blieb, bis Janeway sie als inkompetente Hochstaplerin durchschaute.

2

Janeway gab erleichtert den Befehl, die Geschwindigkeit auf maximalen Warpfaktor zu erhöhen. Die gravitationelle Stabilität geriet nicht in Gefahr, und die voraussichtliche Flugzeit schrumpfte von über zwei Tagen auf knapp vierundzwanzig Stunden.

Nach drei Stunden verstummte der Notruf plötzlich, und gleichzeitig sank die Reichweite der Sondierungssignale – der verstärkende Faktor existierte nicht mehr. Die *Voyager* setzte den Flug fort, ohne feststellen zu können, ob am Ziel ein Empfangskomitee wartete.

Janeway lag auf der Couch in ihrem Quartier und blickte zur Decke hoch. Nach einer Weile summte der Türmelder – Tuvok und Chakotay trafen ein. Der Vulkanier hatte Anomalien in Hinsicht auf die Sonne entdeckt, die dem Ausgangspunkt des Notrufs am nächsten war. Und der Erste Offizier hielt Tuvoks Entdeckungen für wichtig genug, um sofort den Captain zu informieren.

Erstaunlicherweise lauteten die ersten Worte des Vulkaniers: »Die Crew sollte zunächst nichts von dieser Angelegenheit erfahren.«

»Warum nicht?« fragte Commander Chakotay.

Für einen ehemaligen Maquisarden nehmen Sie Geheimnissen gegenüber eine seltsame Haltung ein, dachte Janeway.

»Weil die Daten vielleicht weitere Befürchtungen in Hinsicht auf eine Falle wecken.«

»Was haben Sie herausgefunden?« erkundigte sich Janeway.

»Aus der spektralen Signatur des Sterns geht hervor, daß eigentlich viel mehr Strahlungsenergie von ihm ausgehen müßte«, erklärte Tuvok. »Wenn man die Distanz berücksichtigt, ist das Licht zu sehr in den roten Bereich verschoben. Etwas scheint Energie von der Sonne zu absorbieren.«

»Was käme dafür in Frage?«

»Zum Beispiel ein sehr starkes Gravitationsfeld. Aber die Schwerkraft ist völlig normal für einen solchen Stern der Hauptreihe.«

Janeway überlegte ziemlich lange. Sie hatte durchaus Vertrauen zu B'Elanna Torres, aber ...

»Warum Öl ins Feuer gießen?« murmelte Chakotay.

»Öl?«

»Ja, Captain«, erwiderte Tuvok. »Eine flüssige Substanz, die ...«

»Ich weiß«, unterbrach Janeway den Vulkanier. »Allerdings ist mir der Zusammenhang nicht ganz klar.«

»Warum weiteren Kontroversen Vorschub leisten?« erläuterte der Erste Offizier.

»Ich verstehe. Nun, wenn Sie beide glauben, daß wir diese Sache geheimhalten sollten, schließe ich mich Ihrer Ansicht an. Aber verringern Sie unsere Geschwindigkeit, wenn wir uns dem Sonnensystem nähern. Und sorgen Sie dafür, daß wir außerhalb der Sensorreichweite bleiben – falls es dort jemanden gibt, der über Sensoren verfügt. Und falls jene Sensoren eine ähnliche Reichweite haben wie unsere.«

Während der nächsten achtzehn Stunden näherte sich die *Voyager* dem sonderbaren Stern, und die ganze Zeit über blieb das künstliche Gravitationsfeld an Bord des Schiffes stabil. Das gräßliche Schlingern wiederholte sich nicht.

»Auf den Schirm«, sagte Janeway schließlich. Sie trat vor den Kommandosessel und legte die Hände auf den

Rücken, nahm damit eine Haltung ein, die ihre Autorität betonte.

»Soll ich nach Lebensformen scannen?« fragte Harry Kim. Er vertrat Tuvok an den wissenschaftlichen Kontrollen – der Vulkanier leistete Torres im Maschinenraum Gesellschaft.

Fast hätte Janeway dem Fähnrich aus reiner Angewohnheit zugestimmt, doch im letzten Augenblick überlegte sie es sich anders. »Nein! Derzeit lassen wir den Suchscheinwerfer ausgeschaltet, Mr. Kim.«

Der junge Mann runzelte verwirrt die Stirn und nickte dann. »Passive Sondierung, Captain. Mal sehen, was wir von hier aus erkennen können.«

Eine kleine helle Scheibe erschien auf dem Hauptschirm. »Volle Vergrößerung«, sagte Janeway, und Kim kam der Aufforderung sofort nach.

Die Scheibe schwoll an, bis sie das ganze Projektionsfeld füllte. Das Bild zitterte, wodurch Janeway schon nach wenigen Sekunden dumpfen Kopfschmerz spürte. Die Entfernung war noch immer so groß, daß die geringfügigen Vibrationen der *Voyager* zu visuellen Verzerrungen führten, die der Computer nicht ausgleichen konnte.

Vor der stellaren Scheibe zeichnete sich ein sonderbares Gittermuster ab. Janeway kniff die Augen zusammen und wollte eine entsprechende Frage formulieren, doch Tom Paris kam ihr zuvor.

»Was sind das für Linien? Handelt es sich um ein Interferenzmuster?«

»Ich überprüfe es.« Kim bediente die Kontrollen, schüttelte dann den Kopf. »Nein, Lieutenant. Die Linienstruktur ist integraler Bestandteil des Originalbilds.«

»Aber was hat es damit auf sich?« fragte Janeway.

Tausende von Kreisen formten eine Art Maschengeflecht vor dem Hintergrund der Sonne.

»Wir müssen näher heran, Captain«, sagte Kim. »Nur dann bekommen wir eine bessere Auflösung.«

»Computer«, sagte Janeway, »permanente Kom-Verbindung zum Maschinenraum. Mr. Tuvok, können Sie uns mehr Einzelheiten zeigen?«

»Negativ, Captain. Eine bessere Darstellung ist derzeit nicht möglich.«

»Jene Linien ... Sind sie natürlichen oder künstlichen Ursprungs?«

»Ich weiß es nicht, Captain. Aber wenn sie künstlichen Ursprungs sind, so haben wir es mit einer Zivilisation zu tun, die der unsrigen weit überlegen ist – zumindest auf dem Gebiet astronomischer Architektur.«

Janeway ertappte sich dabei, daß sie an ihrem Haar zupfte. Sie ließ die Hände sinken und legte sie wieder auf den Rücken. »Zwei Drittel Impulskraft. Geben Sie mir sofort Bescheid, wenn Sie fremde Sondierungssignale orten, Mr. Kim.«

Die *Voyager* glitt der namenlose Sonne entgegen, und niemand versuchte, sie zu sondieren.

Kurze Zeit später öffnete sich die Tür des Turbolifts, und Neelix kam herein, gefolgt von Kes.

»Kennen Sie dieses Sonnensystem, Neelix?« fragte Janeway.

Der Talaxianer blickte zum Hauptschirm. »Was sind das für komische Linien? Ist mit dem Bildschirm etwas nicht in Ordnung?«

»Nun, das dürfte die Frage beantworten«, kommentierte Chakotay.

»Die Linien existieren tatsächlich, Neelix. Wir haben gehofft, daß Sie uns sagen können, was es damit auf sich hat.«

Der Talaxianer schüttelte den Kopf. »Keine Ahnung. Diesen Ort habe ich nie zuvor besucht.«

»Ohne eine aktive Sondierung läßt sich kaum feststellen, ob das Sonnensystem bewohnt ist oder nicht«, sagte Kim. »Es gibt keine kohärente elektromagnetische Strahlung, was aber vielleicht nur bedeutet, daß die Kommunikation der Fremden auf Glasfasertechnik beruht. Oder sie verwenden gebündelte Signalstrahlen beziehungsweise kanalisierte Subraum-Impulse. Die passiven Sensoren orten keine Schiffe. Und im Bereich der Notruffrequenzen herrscht nach wie vor Stille – das Shuttle sendet nicht mehr.«

Hat es die Schäden behoben und anschließend den Flug fortgesetzt? dachte Janeway. *Oder hat jemand den Sender gefunden und ihn abgeschaltet?* Die zweite Möglichkeit bereitete ihr weitaus mehr Unbehagen als die erste.

»Tuvok«, sagte die Kommandantin, »ich möchte, daß Sie und Torres einen vollständigen passiven Scan des ganzen Gebiets vornehmen. Suchen Sie nach der Ionenspur eines Shuttles. Vielleicht entdecken wir einen Hinweis darauf, wohin es geflogen oder wo es gelandet ist. Bringen Sie uns etwas näher heran, Paris.«

Die *Voyager* näherte sich der Umlaufbahn des einzigen Planeten.

»Ich fasse es nicht!« entfuhr es Paris plötzlich. »Das ist unmöglich!«

Es war eine verständliche Reaktion. Was zunächst wie eine optische Täuschung wirkte, hervorgerufen vielleicht von einem Kometenhalo, entpuppte sich als eine Art Maschendrahtgeflecht, das die ganze Sonne umgab, und zwar in einem Abstand von siebzig Millionen Kilometern beziehungsweise etwa vier Lichtminuten.

Der ›Käfig‹ bestand aus Millionen von Kabeln, jedes von ihnen dicker als ein Starfleet-Shuttle. Sie überkreuzten sich, formten dabei komplexe Muster. Die ›Löcher‹ zwischen ihnen waren Hunderte von Kilometern breit, gefüllt mit dünneren Strängen. Und die Lücken zwischen ihnen … Janeway hätte hundert Barren Latinum gewettet, daß es auch dort Verbindungen gab, vielleicht nur noch so dick wie Drähte.

Verwirrungsfalten bildeten sich in ihrer Stirn. »Was *ist* das? Ein schützender Kokon? Eine Abschirmung?«

Neben dem Turbolift erklang die sanfte Stimme einer

Frau. »Äh … Captain?« fragte Kes. »Vielleicht dient die Vorrichtung dazu, Energie zu sammeln.«

Alle drehten sich zu der Ocampa um. »Um Energie zu sammeln?« wiederholte Paris. »Von der *Sonne*?«

»Ja, Tom. Es sieht wie eine gewaltige Version des energetischen Gitters aus, mit dem der Beschützer uns Energie schickte, bevor er … starb.«

»Nun, es wäre theoretisch möglich«, sagte Janeway. »Aber warum sollte es jemand für notwendig halten, eine so riesige Anlage zu konstruieren?« *Warum nicht Energie aus sauberer Kernfusion gewinnen? Oder aus Dilithiumkristallen?*

Tuvok schien ihre Gedanken zu erraten. »Wir haben festgestellt, daß Wasser hier im Delta-Quadranten recht selten ist.« Seine Stimme drang aus den Lautsprechern der internen Kommunikation. »Vielleicht hielt man die planetaren Vorräte für zu wertvoll, um sie für die Kernfusion zu verwenden. Und vielleicht wurde hier nie Dilithium entdeckt.«

»Sind die Erbauer dieser Anlage noch hier?« fragte Janeway. »Und wenn die Antwort ja lautet: Warum haben sie uns dann noch nicht geortet und versucht, Kontakt mit uns aufzunehmen?«

Niemand konnte eine Erklärung dafür anbieten, und daraufhin wandte sich Janeway an die Chefingenieurin. »Haben Sie Ionenspuren gefunden, B'Elanna?«

»Ja, Captain. Der Navigationscomputer ist bereits mit den Kursdaten der jüngsten Spur programmiert.«

»Also los, Mr. Paris. Volle Impulskraft. Sobald wir das Shuttle gefunden haben, bringen wir den Überlebenden an Bord und ziehen uns dann wieder auf sichere Distanz zurück.« *Vielleicht setzen wir die Untersuchungen fort, nachdem wir mit dem Piloten des Shuttles gesprochen haben,* dachte Janeway.

Die Ionenspur beschrieb eine hyperbolische Kurve, was darauf hindeutete, daß sich das Shuttle über weite Strecken hinweg nicht gegen die Gravitation der Sonne gesträubt hatte. Gelegentlich kam es in der Flugbahn zu einem plötzlichen Knick, wenn der Pilot das Triebwerk auf Vollschub geschaltet hatte.

»Der Kerl muß betrunken gewesen sein, als er einen solchen Kurs programmierte«, meinte Paris.

»Oder halb bewußtlos«, fügte Kim hinzu.

Die Ionenspur führte fort von dem einzelnen großen Planeten, in Richtung eines Mondes, der sich in einem stationären Orbit befand, in der Position L-4: sechzig Grad vor dem Planeten, in der gleichen Umlaufbahn. Dadurch formten die drei Himmelskörper – Mond, Planet und Sonne – ein stabiles Dreieck. An jedem der drei Himmel nahmen die beiden anderen Partner des Dreiecks immer die gleiche Position ein.

Der Mond war klein und nicht sehr massereich. Die Schwerkraft an seiner Oberfläche betrug nur ein Achtel der Erdnorm. Janeway beobachtete ihn argwöhnisch auf dem Hauptschirm. Seine Oberfläche glänzte und schien aus Metall zu bestehen. Hatten die Fremden ihren Mond aus irgendeinem Grund gepanzert?

»Das gefällt mir nicht«, sagte die Kommandantin. »Jemand hat einen Käfig um die Sonne gebaut und den Mond gepanzert. Aber wo sind die dafür verantwortlichen Leute? Warum hat man uns nicht bereits eine ganze Flotte entgegengeschickt?« *Ich mag es nicht, wenn man uns einfach keine Beachtung schenkt*, dachte sie. *Fast wäre es mir lieber, wenn man das Feuer auf uns eröffnet. Nun, fast.*

»Mir gefällt es ebensowenig, Captain«, meinte Neelix. »Dieses Sonnensystem ist unheimlich. Außerdem erscheint es mir seltsam, daß ich nie etwas von dem riesigen Sonnenkäfig gehört habe.«

»Hätten Sie davon erfahren sollen?«

Neelix schnitt eine Grimasse. »Ich bitte Sie, Captain – über so etwas würde man vom einen Ende des Quadranten bis zum anderen reden. Eine ganze Sonne als Energiequelle zu verwenden ... Ein erfahrener Reisender wie ich hätte eigentlich davon hören sollen. Es ist ein einzigartiges, phantastisches Phänomen – und bisher war es mir völlig unbekannt.«

»Entweder blieb es bisher unentdeckt«, sagte Chakotay. »Oder kein Besucher, den es jemals hierher verschlug, bekam Gelegenheit, davon zu berichten.«

»Oh, welch ein gräßlicher Gedanke«, erwiderte Neelix. Janeway beobachtete, wie der Talaxianer etwas näher an Kes herantrat, wahrscheinlich unbewußt.

Paris schien mehr auf die Ionenspur als auf das Gespräch zu achten. »Ich glaube, ich weiß jetzt, wohin das Shuttle unterwegs war, Captain: zu dem Mond Planeten in der stabilen L-4-Position.«

Janeway zögerte kurz und traf dann eine Entscheidung. »Fähnrich Kim, nehmen Sie eine aktive Sondierung des Mondes vor. Es dürfte besser sein, möglichst viel in Erfahrung zu bringen, auch auf die Gefahr hin, entdeckt zu werden. Schilde hoch.«

Kim lächelte. »Aye, *aye*, Captain!« Er schickte erste Sondierungssignale zum Mond, und als keine Reaktion erfolgte, begann er mit einem gründlicheren Scan.

»Captain! Es handelt sich nicht um einen natürlichen Himmelskörper!«

»Der ganze Mond ist künstlicher Natur?«

Kim nickte. »Darauf deutet alles hin. Er besteht aus Titan, Nickel, Kupfer und einigen keramischen Komponenten, die sich von hier aus nicht ohne weiteres analysieren lassen.«

»Orten Sie ein Shuttle oder entsprechende Trümmer?« Die Unruhe in Janeway nahm immer mehr zu. Sie befürchtete, daß ihnen die eine oder andere unangenehme Überraschung bevorstand.

»Von hier aus nicht«, antwortete Kim. »Vielleicht befindet sich die *Lewis* auf der anderen Seite des Trabanten. Wir müssen näher heran.«

»Captain, ich habe ebenfalls eine Sondierung vorgenommen«, sagte Tuvok. »Das Ergebnis dürfte Sie interessieren.«

»Ich höre.«

»In diesem Sonnensystem existieren Reste von fünfzehn bis siebzehn anderen Planeten. Einer von ihnen war ein Gasriese, die anderen klein und felsig, weit von der Sonne entfernt.«

»Fielen Sie einem natürlichen Phänomen zum Opfer? Oder wurden sie auf der Suche nach Rohstoffen zerstört?«

»Die Reste enthalten keine Mineralien und Metall mehr, nur noch jene Substanzen, die man auf Abraumhalden von Minen findet. Es existiert keine natürliche Kraft, die so etwas bewirkt, und deshalb gehe ich von folgender Annahme aus: Auf dem einzelnen Planeten gibt oder gab es Bewohner, die die Ressourcen der anderen Welten verwendeten, um den Mond sowie das Energie absorbierende Gitter um die Sonne zu konstruieren.«

Janeway konzentrierte sich auf den zentralen Punkt in Tuvoks Ausführungen. »Die Frage lautet: Ist der Planet auch heute noch bewohnt?«

»Niemand hat versucht, einen Kom-Kontakt mit uns herzustellen – obwohl wir uns ganz in der Nähe befinden.«

»Bringen Sie uns zum Mond, Mr. Paris. Ich möchte das Shuttle finden, den Piloten retten und dann von hier verschwinden.«

Paris drehte sich halb um. »Wir stellen keine Untersuchungen an? Jemand hat eine ganze Sonne in einen Käfig gehüllt, und wir fliegen einfach weiter?«

Gute Frage, dachte Janeway. *Sollen wir den Flug einfach so fortsetzen? Oder unterbrechen wir ihn lange genug für eine Forschungsmission?*

Sie trat zu Paris und wußte, daß auch die anderen – Chakotay, Kim und sogar Neelix – gespannt auf ihre Antwort warteten.

»Nachdem wir den Piloten gerettet haben, nehmen wir einen Bericht von ihm entgegen«, sagte Janeway.

»Anschließend beauftragen wir eine Einsatzgruppe mit Ermittlungen. Dieses Sonnensystem verdient es tatsächlich, daß wir uns hier etwas genauer umsehen.«

Paris wandte sich zufrieden seinen Kontrollen zu. »Aye, Captain.«

Mit halber Impulskraft flog die *Voyager* zum Mond. Als sie sich ihm bis auf 363 000 Kilometer genähert hatte, kam es im ganzen System zu hektischer Aktivität.

»Die Albedo des Mondes hat sich gerade verändert, Captain«, meldete Fähnrich Kim. »Offenbar haben sich überall Schutzklappen geöffnet. Captain, die Sensoren registrieren fremde Sondierungssignale!«

»Stammen sie vom Mond?«

»Nein, Captain. Vom *Planeten*.«

»Kom-Signale treffen ein«, sagte Kadett Chell. Der dickliche blaue Bolianer bediente die Kontrollen der Kommunikationsstation, während Tuvok im Maschinenraum weilte. Unter der strengen Anleitung des Vulkaniers erzielte Chell gute Fortschritte.

»Sind wir von hier aus imstande, den Rest des Mondes zu scannen?« fragte Janeway.

»Das sollte eigentlich möglich sein«, erwiderte Kim mit einem Blick auf die Displays seiner Station.

»Relativgeschwindigkeit null, Mr. Paris. Ich schätze, wir haben gerade die Türklingel betätigt. Mal sehen, wer darauf reagiert. Alarmstufe Gelb. Fähnrich Kim, setzen Sie die Sondierungen fort.«

»Das habe ich bereits, Captain. Ich kann weder ein Shuttle noch entsprechende Trümmer entdecken. Vielleicht befindet es sich unter der Oberfläche des Mondes.«

»Der Planet versucht noch immer, einen Kom-Kontakt mit uns herzustellen«, sagte Chell. »Sollen wir antworten?«

Chakotay berührte Janeway am Arm und sprach so leise, daß nur sie ihn hörte. »Vielleicht haben die Fremden bereits ein Föderationsschiff zerstört. Unter solchen Umständen könnte es besser sein ...« Er sprach den Satz nicht zu Ende und nickte in Richtung Neelix.

Janeway winkte den Talaxianer zu sich.

»Was, *ich*?« platzte es verblüfft aus ihm heraus. »Sie möchten, daß *ich* antworte?«

»Es sei denn natürlich, Sie wollen mit der ganzen Angelegenheit nichts zu tun haben.«

»Nein, nein! Ich war nur überrascht. *Natürlich* sollte ich antworten. Sie brauchen jemanden, der imstande ist, mit den fremden Wesen zu verhandeln. Und mir mangelt es gewiß nicht an Erfahrung. Hunderte von Erstkontakten habe ich hinter mir.«

Der Talaxianer eilte zum Kommandosessel. Kes wollte etwas sagen, überlegte es sich dann aber anders und schwieg.

Janeway lächelte – Neelix hatte nicht erwähnt, wie viele *erfolgreiche* Erstkontakte er vorweisen konnte. »Computer, richte den visuellen Übertragungsfokus auf Mr. Neelix. Der Rest des Kontrollraums soll verborgen bleiben. Mr. Chell, öffnen Sie einen externen Kanal und benutzen Sie dabei die Sendefrequenz der fremden Kom-Signale.«

Janeway wartete, bis Chell »Kanal geöffnet« sagte, deutete dann auf Neelix. *Also los*, teilte ihm ihre Geste mit.

Neelix zog seine bunte Hemdjacke glatt, mit der So-nimmt-man-richtig-Haltung-an-Geste, die man an der Starfleet-Akademie lernte, und zwar beim Wie-man-Uniformen-trägt-Kurs. Janeway war beeindruckt. Vermutlich hatte Neelix sie genau beobachtet.

»Hier spricht ... äh ... Captain Neelix vom ... maufansianischen Schiff *Singvogel*. Äh ... guten Morgen?«

»Warum sind Sie in unseren Raumbereich eingedrungen?« ertönte eine Stimme, die weder sich selbst noch das Sonnensystem identifizierte. Es erschien kein Bild auf dem Hauptschirm; nur akustische Signale wurden übermittelt.

»Die … äh … die *Singvogel* ist ein Handelsschiff und unterwegs nach … Talaxia. Wir …«

»Notruf«, hauchte Janeway so leise, daß Neelix sie kaum hörte. Der Computer filterte automatisch alle Geräusche unterhalb einer bestimmten Schwelle aus der Übertragung.

»Wir sind hierhergekommen, weil wir einen Notruf empfingen«, sagte Neelix sofort. Es erstaunte Janeway, wie mühelos dem talaxianischen Koch diese Worte über die Lippen kamen.

»Es gibt keinen Notruf«, erwiderte die Stimme.

»Nun, es *gab* einen«, beharrte Neelix.

»Es handelte sich um einen unwichtigen Zwischenfall, um den wir uns bereits gekümmert haben. Sie können dieses Sonnensystem wieder verlassen.«

Janeway spürte, wie sich Ärger in ihr regte. Sie verabscheute es, wenn ihr jemand den Kopf tätschelte und sie nach Hause schickte.

Neelix zögerte, bevor er antwortete – vermutlich nahm er sich Zeit, um sein Temperament unter Kontrolle zu bringen. Es blieb Janeway gar nichts anderes übrig, als die Gelassenheit des Talaxianers zu bewundern.

»Nun … äh … wenn Sie mir die Frage gestatten: Worin bestand das Problem und wie haben Sie es gelöst? Vielleicht kann mein unbedeutendes Selbst etwas lernen.«

»Der Notruf wurde versehentlich gesendet. Sie können den Flug fortsetzen.« Die Stimme klang munterer, als sie hinzufügte: »Es sei denn, Sie möchten etwas über den wahren Glauben erfahren.«

Chakotay und Janeway wechselten einen Blick. Die Kommandantin zuckte mit den Achseln und nickte Neelix zu, der die Geste aus den Augenwinkeln bemerkte.

»Zwar sind wir nur ein ... äh ... Handelsschiff, aber wir nehmen jede Gelegenheit wahr, fremde Kulturen besser kennenzulernen.« Neelix lächelte plötzlich. »Unsere Handelsbotschafterin Cap ... äh ... Vizepräsidentin Janeway und ich würden uns freuen, mehr über Ihre Zivilisation und den wahren Glauben zu erfahren.«

Die fremde Stimme gewann nun einen triumphierenden Ton. »Bitte steuern Sie mit Ihrem Schiff die folgenden Koordinaten an.« Es folgten Daten. »Verstehen Sie das Koordinatensystem?«

»Wir kommen schon zurecht«, erwiderte der Talaxianer steif. »*Captain* Neelix Ende.«

»Kom-Kanal geschlossen«, meldete Chell.

Janeway bedachte Neelix mit einem durchdringenden Blick, als sie zum Kommandosessel zurückkehrte. »Vizepräsidentin? Handelsbotschafter?«

»Ich mußte improvisieren, und etwas Besseres fiel mir nicht ein.«

Janeway schüttelte den Kopf. Neelix hatte dafür gesorgt, daß sie ihn der Einsatzgruppe hinzufügen mußte. Wenn sie den Planeten ohne ihn besuchte, fühlten sich die Fremden vielleicht beleidigt.

Der kleine Talaxianer hat alles so arrangiert, daß wieder ein Abenteuer für ihn herausspringt.

Tuvoks Stimme drang aus den Lautsprechern der internen Kommunikation. »Captain, ich schlage vor, ich begleite Sie beide. Es könnte sich als nützlich erweisen, die Anzahl der Menschen in der Einsatzgruppe auf ein Minimum zu beschränken. Immerhin befand sich ein menschlicher Pilot an Bord des Shuttles.«

»Die Einsatzgruppe besteht aus Mr. Tuvok, Neelix und mir. In zwanzig Minuten treffen wir uns im Hangar.«

»Erlauben Sie mir den Hinweis, daß wir besser kein Shuttle benutzen sollten«, sagte der Vulkanier.

»Mr. Tuvok, wenn die Fremden nichts von Transportertechnik wissen – warum sie darauf hinweisen?«

»Vielleicht sind ihnen Transporter tatsächlich unbekannt, aber sie dürften wissen, wie ein Föderationsshuttle aussieht. Möglicherweise möchten sie nicht von den Eigentümern des Schiffes besucht werden, das sie eventuell zerstört haben.«

»Ich verstehe, Mr. Tuvok. Wir treffen uns im Transporterraum zwei. Mr. Kim, lassen Sie unseren Retransfer einen halben Kilometer von den übermittelten Koordinaten entfernt stattfinden. Den Rest der Strecke legen wir zu Fuß zurück.« *Das gibt uns Gelegenheit zur Akklimatisierung*.

»Wir halten den Transferfokus auf Sie gerichtet«, meinte Chakotay.

»Eins steht fest: Auf dem Planeten mangelt es Ihnen nicht an Gesellschaft«, sagte Fähnrich Kim. »Ich habe gerade eine vollständige Sondierung beendet und dabei folgendes festgestellt: Der Planet beherbergt siebenundzwanzig Milliarden dominante Lebensformen, die Hunderten von verschiedenen Spezies angehören.«

»Siebenundzwanzig *Milliarden*?«

»Ja, Sir. Siebenundzwanzigtausend Millionen Individuen.«

»Der Transfer kann stattfinden, sobald Sie im Transporterraum sind, Frau Vizepräsidentin«, sagte Paris.

Janeway überhörte die Spöttelei und erhob sich. »Wir brechen in zwanzig Minuten auf. Fähnrich Kim … Ich möchte auch mehr über den künstlichen Mond in Erfahrung bringen. Vielleicht läßt sich dort ein Hinweis darauf entdecken, was mit dem Shuttle und dem Piloten passiert ist.«

»Ja, Captain.«

»Nach unserem Transfer fliegen Sie und Paris mit einem Shuttle los und scannen die gesamte Oberfläche des Mondes. Erstatten Sie Commander Chakotay und Lieutenant Torres Bericht.«

»Aye, Captain.«

»Kommen Sie, *Captain* Neelix.«

Kes holte tief Luft und griff nach dem Arm des Talaxianers, als er zum Turbolift eilte. Er nahm ihre Hand und führte sie galant an seine Lippen. »Keine Sorge«, sagte er. »Dem Captain und Tuvok wird nichts zustoßen. Immerhin bin ich da, um sie zu beschützen.«

Janeway rollte mit den Augen, als sich die Tür des Turbolifts wieder schloß – Kes hatte vermutlich etwas anderes hören wollen.

Sie hob die Brauen. »Siebenundzwanzig Milliarden. Entweder leben die Fremden wie Ameisen, oder ihre Welt ist ein überaus beliebtes Reiseziel für Touristen.«

3

Janeway und Neelix standen im Transporterraum, als Tuvok mit einem Tricorder und drei Phasern hereinkam. *Touristen bringen normalerweise andere Dinge mit*, dachte die Kommandantin.

»Die Bewohner nutzen den gesamten Platz ihres Planeten«, sagte der Vulkanier, und Janeway glaubte fast, in seiner Stimme so etwas wie Ehrfurcht zu vernehmen. »Die Lebensformen sind gleichmäßig von der Oberfläche bis in eine Tiefe von zwanzig Kilometern verteilt. Es gibt keine unbewohnten Bereiche, weder Wüsten noch Meere.«

»Haben Sie das gehört, Neelix?« fragte Janeway. »Keine Wüsten.« Sie dachte dabei an die Kazon auf der Oberfläche von Kes' Heimatwelt, wo die erste Begegnung mit Neelix stattgefunden hatte.

»Keine Wüsten«, wiederholte der Talaxianer nachdenklich und starrte so zur Transferplattform, als sei er plötzlich gar nicht mehr sicher, ob er die *Voyager* verlassen wollte.

»Neelix ...«, sagte Janeway langsam. »Warum haben Sie sich von Ihrer Abenteuerlust dazu hinreißen lassen, unvernünftig zu sein? Dies ist eine gefährliche Mission. Warum zwangen Sie uns, Sie mitzunehmen?«

Sofort verschwanden die Schatten des Zweifels aus der Miene des Talaxianers. »Captain, noch vor unserer Rückkehr werden Sie und Tuvok mir danken, daß ich mitgekommen bin.«

Janeway seufzte. Neelix zur Vernunft zu bringen ...

Das war noch schwerer, als einem Vulkanier Angst einzujagen.

Mit einem strahlenden Lächeln schob sich Neelix an Janeway und Tuvok vorbei, betrat dann die Transferplattform.

Als der Transporterchef die Entmaterialisierung einleitete, dachte Janeway: *Wie kam es nur dazu, daß ich jetzt unterwegs bin, um siebenundzwanzig Milliarden fremden Wesen zu begegnen?*

Unmittelbar darauf fügte sie in Gedanken hinzu: *Berichtigung. Die fremden Wesen sind wir. Und wir wissen, was viele Völker in Hinsicht auf Eroberer aus dem All denken.*

Dann lösten sich die Konturen des Transporterraums auf.

»Chakotay an Paris«, sagte der Commander. »Sie können starten.« Der Erste Offizier sah auf den Hauptschirm der Brücke und beobachtete, wie das Shuttle aus dem Hangar der *Voyager* glitt und beschleunigte. Tom Paris und Harry Kim waren unterwegs, um das Rätsel des künstlichen Monds zu lösen.

»Setzen Sie immer wieder Impulskraft-Emissionen frei«, wandte sich Chakotay an die manchmal recht gereizte Mariah Henley, die nun an den Navigationskontrollen saß. »Und sorgen Sie dafür, daß Dutzende von Ionenspuren entstehen. Mit einem solchen Feuerwerk gelingt es uns vielleicht, die Fremden vom Shuttle abzulenken.«

Henley lächelte. Es handelte sich um einen alten Maquis-Trick, den Chakotay oft verwendet hatte. Man nannte ihn ›Goldrausch‹.

Janeway, Tuvok und Neelix rematerialisierten auf einem dunklen Platz – beziehungsweise *darin*. Von einem Augenblick zum anderen umgab sie die Luft des Planeten, und Janeway hatte plötzlich verstopfte

Ohren. Sie hielt sich die Nase zu und pustete, woraufhin sich die Ohren mit einem dumpfen Knacken öffneten. *Hoher Luftdruck*, dachte sie.

Ein überwältigender Fäulnisgeruch schlug ihr entgegen, noch viel schlimmer als ein Florida-Sumpf im August. Die Kommandantin ächzte leise, biß dann die Zähne zusammen und zwang sich, durch die Nase zu atmen. Sie hoffte, daß es ihr möglichst schnell gelang, sich an den Gestank zu gewöhnen.

Eine Sekunde später spürte sie die Hitze. Es herrschte die ›milde‹ Temperatur von sechsundvierzig Grad Celsius, und die Luftfeuchtigkeit betrug satte hundert Prozent – überall schlug sich Feuchtigkeit nieder. Der Sauerstoffgehalt der Luft schien etwas höher zu sein als auf der Erde.

Siebenundzwanzig Milliarden Körper dicht beisammen, dachte Janeway und verzog das Gesicht. *Warum hat keine Auswanderung zu anderen Welten stattgefunden?* Tuvok stand neben ihr und wirkte völlig ruhig. Vermutlich gefiel ihm die Wärme – auf Vulkan waren die Temperaturen noch höher.

Sie waren in einem so gewaltigen Gebäude rematerialisiert, daß Janeway zunächst vermutet hatte, sich im Freien zu befinden, auf der Nachtseite des Planeten. Als sie nun emporblickte, bemerkte sie weit oben eine Decke aus dunklem Metall, vielleicht aus Eisen. Kleinere Gebäude erhoben sich im Innern des größeren, wie Häuser an einer Straße. Doch die Wege zwischen ihnen schlängelten sich hin und her, ohne jemals in einem rechten Winkel abzuknicken.

Wohin sie auch sahen: Überall gab es Metall, rostiges Metall, dunkel und feucht. Man hätte meinen können, daß halb getrocknetes Blut alle Flächen bedeckte. Janeway schauderte bei dieser Vorstellung. Die Umgebung erschien ihr wie ein Alptraum, der auf sonderbare Weise Substanz gewonnen und sich in Wirklichkeit verwandelt hatte.

Eine Menge aus überaus exotischen Geschöpfen umgab die drei Besucher von der *Voyager*. Janeway bemerkte viele verschiedene Größen, und nicht alle Wesen gehörten zur Kategorie der Zweibeiner. Eins hatten sie gemeinsam: Alle trugen weite Kleidung, die fast den ganzen Körper verhüllte, und die Gesichter verbargen sich hinter Tüchern.

»Ich schlage vor, wir suchen uns eine Straße und schließen uns dem allgemeinen Verkehr an«, sagte Tuvok. »Wir erregen bereits Aufmerksamkeit.«

Janeway gesellte sich sofort einer langen Schlange von Leuten hinzu, die in der richtigen Richtung unterwegs zu sein schienen. Ihr fiel auf, daß die Fremden den Kopf immer gesenkt hielten. Wenn sich zwei begegneten, blickten sie zu Boden und nach links. Mit einigen geflüsterten Worten wies sie Tuvok und Neelix darauf hin.

»Vermutlich handelt es sich dabei um ein Ritual, das eine gewisse Privatsphäre erhalten soll«, sagte der Vulkanier. Die fremde Kultur faszinierte ihn offenbar. »Noch habe ich nicht feststellen können, ob es dabei außer traditionellen auch religiöse Aspekte gibt.«

Janeway bedauerte es, keine Möglichkeit zu haben, das eigene Gesicht zu bedecken – dann hätte man sie nicht als Mensch erkennen können. Niemand schien sich über ihre sonderbare Kleidung und die offen zur Schau gestellten Gesichter zu wundern. Zumindest war niemand so unhöflich, verblüffte Blicke auf sie zu richten.

Die Dunkelheit des großen Platzes stellte ganz offensichtlich keine Anomalie dar. Es blieb finster, als Janeway und ihre beiden Begleiter von einer Schlange zur nächsten wechselten und durch verschiedene Flure wanderten. Überall herrschte Düsternis. Die einzigen Fenster zeigten sich als schmale Schlitze hoch oben in den Wänden, und durch sie sickerte gerade genug Licht, um die Konturen der Umgebung zu erkennen.

Hier und dort glühten einzelne Leuchtröhren. *Wenn diese Leute auf Jorba erschienen, und zwar während der Die-Toten-der-Nacht-Feier, so würden sie sich bestimmt wie zu Hause fühlen,* fuhr es Janeway durch den Sinn.

Sie empfand die Hitze als fast unerträglich, und die Luftfeuchtigkeit schien ätzend zu wirken – es kratzte in ihrem Hals.

»Der ganze Planet ist ein Backofen«, murmelte Neelix neben ihr. »Ich könnte hier Pasteten zubereiten.«

»Jetzt übertreiben Sie, Mr. Neelix. Die Temperatur beträgt nur sechsundvierzig Grad. In meiner Heimat gilt ein solcher Wert als recht angenehm.«

»Aber *ich* bin kein Vulkanier, Mr. Tuvok! Und *meiner* Meinung nach ist es hier brütend heiß.«

Janeway blickte immer wieder aufs Display des Tricorders, um sich zu orientieren – angesichts der kurvenreichen Wege fiel es nicht leicht, die generelle Richtung beizubehalten. Sie bekam mehr von der fremden Welt zu sehen, als ihr lieb war. Schon bald stellte sich ein klaustrophobisches Empfinden ein: Sie hatte das Gefühl, daß sich die eisernen Gebäudedecken langsam herabsenkten, daß die Menge um sie herum immer dichter wurde und sie zu zerquetschen drohte.

Wieder sah Janeway auf die Anzeigen des Ortungsgerätes und stellte fest: Nur noch fünfzig Meter trennten sie von den angegebenen Koordinaten. Sie richtete den Blick in die entsprechende Richtung und bemerkte eine Gestalt im Halbdunkel eines riesigen Portals. Sie schien groß und kräftig gebaut zu sein; Details ließen sich nicht erkennen. Was das Portal betraf... Es stellt sich als der ›Mund‹ eines gewaltigen Totenschädels heraus. Janeway fröstelte trotz der Hitze.

»Ich glaube, man erwartet uns bereits«, sagte sie. »Neelix, Sie sollten als erster sprechen.«

»Danke, Captain. Ich akzeptiere die Ehre.«

»Wegen des Protokolls«, erklärte Janeway und lächelte. »Immerhin sind Sie der *Captain.* Man erwartet von Ihnen, daß Sie als Sprecher unserer Gruppe fungieren.«

Sie trat hinter den Talaxianer, um nicht sofort gesehen zu werden. In der aktuellen Situation war es besser, unauffällig zu bleiben, bis ›Captain‹ Neelix sie offiziell vorstellte. Es galt, xenophobische Reaktionen bei den Bewohnern dieser Welt zu vermeiden. Janeway erinnerte sich an die Möglichkeit, daß die Fremden einen Repräsentanten der Föderation angegriffen hatten.

»Grüße von allen fünf Spitzen des Pentagramms«, ertönte eine merkwürdige Stimme. Der automatische Translator verlieh ihr einen seltsamen Klang, der Janeway an einen Elch erinnerte.

»Grüße, prächtiges Wesen. Ich bin Captain Neelix, Kommandant des Handelsschiffes *Singvogel*. Meine Absicht besteht darin, mit Ihnen über mögliche Geschäfte zu sprechen und vom wahren Glauben zu erfahren.«

»Gebt die falsche Hoffnung auf, die ihr hier eintretet, und schöpft Kraft aus der Rückkehr.«

»Oh, herzlichen Dank.«

Janeway räusperte sich leise, was sie sofort bedauerte – es bewirkte nicht nur Schmerzen im Hals, sondern machte den Gestank noch schlimmer.

»Wenn ich Ihnen meine Handelsbevollmächtigten vorstellen darf ...«, sagte Neelix glatt. »Das ist Kathryn Janeway, eine ... äh ... Veermaan vom Planeten Verminius. Und dies ist Tuvok, ein Vulkanier vom Planeten Vulkan.«

Janeway starrt in das Gesicht Satans.

Immer mit der Ruhe, Mädchen, dachte sie. *Er ist nur ... er ist nur ...* Entsetzen quoll in ihr empor, und sie wich einige Schritte zurück, bevor sie ihre Emotionen gut genug unter Kontrolle brachte, um stehenblieben.

Was hat es mit diesem Wesen auf sich? Sie zwang sich, den Fremden anzusehen. Er hatte nicht das Gesicht des Teufels. Es fehlten jene Merkmale, die man normalerweise damit assoziierte. Und selbst wenn sie vorhanden gewesen wären – was spielte es für eine Rolle? Auch Vulkanier und Romulaner wiesen solche Charakteristiken auf; bei ihnen fehlten eigentlich nur die Hörner.

Aber in dem kantigen, fast dreieckigen Gesicht dieses Wesens gab es etwas, das von Unheil kündete und auf wilde, bestialische Unbarmherzigkeit hinwies. Es schien aus dem Bösen selbst geformt zu sein, aus allen Sünden und Gemeinheiten, die sich menschliche Phantasie ausmalen konnte.

Der kleine Mund hatte einfach die *falsche* Größe. Die Augen waren schmal und die Wangenknochen hoch, viel zu hoch. Die dünnen Lippen versprachen so viel Leid und Qual, daß Janeways Puls plötzlich raste.

Das Geschöpf holte tief Luft, und in seinem Mund wurden Würmer sichtbar, die sich hin und her wanden. Und damit noch nicht genug: Überall krochen Käfer über die Haut, auch durch das gräßliche Gesicht.

Janeway fühlte, wie ihre Knie weich wurden.

Zum erstenmal kam es bei ihr zu einer solchen Reaktion. *Rein theoretisch* gab es im Gesicht des Wesens nichts, das eine derart intensive Furcht in ihr wecken konnte. Aber wie so oft kam es nicht auf die Theorie an, sondern auf die Praxis. Die Miene des Fremden berührte Janeway an den Wurzeln ihres Ichs, stimulierte eine Angst, die aus dem Reich des Unbewußten kam, erinnerte sie an die Alpträume ihrer Kindheit.

Das Geschöpf trug die Zeichen des Tiers.

Als Janeway ein kleines Mädchen gewesen war, hatte ihre Mutter aus jener Geschichte von Kipling vorgelesen. Schon damals hatte sie der Rationalität den Vorrang gegeben und es für unsinnig gehalten, daß Pferde Böses unter der Haut eines Menschen wittern konnten. Trotzdem war sie voller Furcht gewesen.

Jetzt verstand sie den Grund dafür. Rätselhaft blieb ihr das seltsame Gefühl von Vertrautheit. *Ich habe diese*

Ungeheuer schon einmal gesehen, dachte sie. Zumindest auf Bildern. Aber wo?

Eine Minute verstrich, während Neelix auch weiterhin mit dem Fremden sprach, und es gelang Janeway, Atmung und Puls wieder einigermaßen zu kontrollieren. Sie drehte den Kopf, sah Tuvok an und stellte etwas fest, das sie nicht für möglich gehalten hätte: Der Vulkanier war vor Angst regelrecht erstarrt.

Die Furcht, die Janeway bereits überwunden glaubte, kehrte schlagartig zurück, zuckte wie eine elektrische Entladung durch ihren Leib. Tuvok war *entsetzt*!

Es verblüffte sie, bei einem Vulkanier so intensive Gefühle zu beobachten. Sie wußte natürlich, daß die Bewohner des Planeten Vulkan Emotionen hatten, so wie alle anderen auch. Sie lernten allerdings, sie zu unterdrücken, zu verdrängen und zu ignorieren. Was Janeway in diesem Zusammenhang so sehr erstaunte, war dies: Offenbar gab es Gefühle, die eine solche Intensität gewinnen konnten, daß nicht einmal ein diszipliniertes vulkanisches Selbst damit fertig wurde.

Doch warum wirkte der Anblick eines fremden Wesens so nachhaltig auf die Neurophysiologie eines Vulkaniers? *Vielleicht erinnert sich Tuvok ebenfalls,* dachte Janeway. *Vielleicht erinnert er sich nicht nur an das Bild, sondern auch an den damit einhergehenden Schrecken.*

Verwirrung erfaßte sie. Warum gingen ihr solche Gedanken durch den Kopf? *Damit einhergehender Schrecken?* Was bedeutete das?

Sie hörte, wie das Geschöpf seinen Namen nannte – Navdaq –, doch der Rest des Gesprächs blieb ihr praktisch verborgen. Der Grund dafür: Das Blut rauschte so sehr in ihren Ohren, daß sich fast alles andere in dem lauten Zischen verlor. Dem Vulkanier an ihrer Seite erging es noch viel schlimmer: Stocksteif stand er da, und seine Hand hatte sich so fest um den Rand des Portals geschlossen, daß Janeway fürchtete, die Finger könnten kleine Mulden im Metall hinterlassen.

Navdaq wollte höflich sein und richtete deshalb gelegentlich den Blick auf Janeway. Wenn das geschah, gewann sie jedesmal den Eindruck, daß ein kleiner Teil von ihr starb. Sie hatte das Gefühl, mit einem Basilisken konfrontiert zu sein, dessen Starren sie in Stein verwandeln konnte.

Neelix wandte sich ihr zu, und zunächst blieben seine Lippen in Bewegung. Dann verstummte er und wartete eine Zeitlang. Kurz darauf bewegte sich der Mund des Talaxianers erneut, aber Janeway hörte nur das Rauschen in den Ohren.

Verwirrt runzelte Neelix die Stirn.

Worte filterten in ihr Bewußtsein, während ihr Blick auch weiterhin an dem Wesen festklebte. »Assistentin ... lange Reise ... erschöpft.« Er erklärte ihr seltsames Verhalten, dem Himmel sei Dank. Dadurch ersparte er ihr, mit Navdaq reden zu müssen, was sicher dazu geführt hätte, daß der Dämon ihre Seele stahl.

Dämon? Meine Güte, wie komme ich denn darauf? Ihr Ich schrumpfte mit jeder verstreichenden Sekunde, während sie vergeblich versuchte, den entsetzten Blick von dem ... dem Dämon abzuwenden. Sie fühlte sich in einem Alptraum gefangen, in dem sie den eigenen Willen verlor, und gleichzeitig wußte sie, daß Tuvok eine viel größere Demütigung hinnehmen mußte. Ein Vulkanier, der seine emotionalen Reaktionen nicht kontrollieren konnte!

Dann endlich wandte sich das *Etwas* ab und stapfte in den schwarzen Schrecken eines Korridors, gefolgt von Neelix. Janeway spürte, wie das Grauen in ihr nachließ und sich auf eine tiefe Verlegenheit reduzierte, die nicht nur das Gesicht rot werden ließ, sondern den ganzen Körper. Glücklicherweise blieb diese Reaktion in der Dunkelheit verborgen. Sie löste sich aus der Starre, ging so steifbeinig wie ein Roboter. Schließlich fielen die letzten Reste der Lähmung von ihr ab, und daraufhin beeilte sie sich, um Neelix nicht aus den Augen zu verlieren.

Tuvok zwang sich, einen Fuß vor den anderen zu setzen. Er konnte keinen klaren Gedanken fassen. Finsteres Entsetzen erfüllte ihn, und es stammte aus einer langen vulkanischen Nacht, die erst nach Äonen vom hellen Licht der Logik besiegt worden war. Es handelte sich um eine so alte Furcht, daß Tuvok sie nicht mit Vernunft und Rationalität bezwingen konnte. Emotionalität ließ seine Hände zittern, und er begriff. Das Wesen namens Navdaq – die *Furie* – hatte sein Selbst in die Ära der Ersten versetzt, in eine Zeit lange bevor Surak Logik und Ordnung in eine von Chaos geprägte Welt brachte.

Nur mit Mühe widerstand er der Versuchung, die Augen zu schließen, sich umzudrehen und zu fliehen, durch die Finsternis zu laufen, fort von dem gräßlichen Geschöpf.

Es gibt keine Furcht! dachte er. *Es gibt keine Furcht, keine Ungeheuer, keinen Dämon, keinen Gott, keinen Teufel, keine Engel, weder Vergangenheit noch Zukunft. Es gibt nur und immer das Jetzt. Ein Volk ist nur ein Volk. Ein Vulkanier verkörpert Logik und Ordnung. Der Feind heißt Emotion. Eliminiere den Feind!*

Tuvok rannte fast, um zu Captain Janeway aufzuschließen, und ein leises Stöhnen kroch durch einen Riß in der unvollkommenen Selbstbeherrschung. Ein Vulkanier wollte er sein? Er verdiente es, nach Romulus verbannt zu werden!

Er kämpfte gegen jähe Übelkeit an, und die Angst davor, dauerhaft Schande über sich zu bringen – Stolz, ein weiteres Gefühl –, wurde fast so groß wie die Furcht vor dem Wesen. Tuvok blickte ins Leere, beschränkte die visuelle Wahrnehmung aufs Notwendige, um nicht gegen die Wand des Flurs zu stoßen, konzentrierte sich in erster Linie aufs Gehör.

Neelix sprach mit dem *Ding*. Die Präsenz des abscheulichen *Etwas* schien dem Talaxianer überhaupt nichts auszumachen. »Es würde mich freuen, Ihren

Autokraten kennenzulernen, verehrter Navdaq. Wie bitte? Nein, es geht mir nur darum, einen ersten Überblick zu gewinnen. Ja, um festzustellen, was Sie brauchen und was ich Ihnen liefern könnte. Äh … nein, tut mir leid, vom wahren Glauben habe ich bisher noch nichts gehört. Aber bestimmt erweist er sich als sehr interessant und faszinierend.«

»Wir haben Ihr Schiff nicht geortet«, sagte das Geschöpf. »Wie konnte es unbemerkt an unseren Orbitalsensoren vorbeigelangen?«

»Wir … äh … haben es ein ganzes Stück davon entfernt zurückgelassen«, improvisierte Neelix nervös. »Weil wir … äh … den Verkehr Ihres Raumhafens nicht belasten wollten.«

Das Wesen gab keine Antwort, aber Tuvok bezweifelte, ob Neelix' Auskünfte es überzeugt hatten.

Mit weichen Knien folgte Janeway dem talaxianischen ›Captain‹ und verspürte dabei immer wieder den Wunsch, die Augen fest zu schließen, um nicht einmal Navdaqs Rücken sehen zu müssen. *Das ist doch verrückt*, dachte sie. *Er ist ein fremdes Wesen, weiter nichts. Ich habe viele andere Geschöpfe gesehen, die mir weitaus gräßlicher erscheinen müßten.*

Zum Beispiel die an der Phage leidenden Viidianer, mit Gesichtern, aus denen sich einzelne Hautfladen und Fleischklumpen lösen. Oder die wurmartigen Knipa von Barnard II, deren Körper immer wieder aufplatzen: Schwarzer Schleim quillt aus den Öffnungen, und sie nehmen ihn mit Saugstengeln auf.

Laß uns einmal ganz objektiv sein, setzte Janeway ihre Überlegungen fort. *Jene Lebensformen wecken kein Entsetzen in mir, und Navdaq sieht nicht annähernd so schrecklich aus.*

Trotzdem schwitzte sie, was nicht allein an der hohen Temperatur lag.

Ganz langsam verringerte sich die Furcht. Vielleicht

lag es einfach nur daran, daß ihre emotionale Kraft nachließ. Wie dem auch sei: Die Panik verflüchtigte sich. Zwar klopfte ihr das Herz noch immer bis zum Hals empor, wenn sie Navdaq ansah, aber wenigstens wurde ihr dabei nicht mehr speiübel.

Tuvok merkte, wie sich Captain Janeway zu entspannen begann – offenbar gelang es ihr nach und nach, Furcht und Abscheu zu überwinden.

Der Vulkanier konnte keinen derartigen Erfolg verbuchen. Eine unsichtbare Faust bohrte sich ihm immer dann in die Magengrube, wenn er das Wesen ansah, und ganz gleich, was er versuchte: Gegen diese Reaktion ließ sich nichts ausrichten. Ein tief in ihm verwurzelter Instinkt – so tief, das er sich nicht ausmerzen ließ – hielt Navdaq für ein Ungeheuer, daß sich anschickte, ein furchtbares Urteil über das ganze vulkanische Volk zu fällen. Tuvok *wußte*: Bald, sehr bald, würde ihm die Furie das Fleisch bei lebendigem Leib von den Knochen reißen.

Das Heulen des Entsetzens übertönte auch weiterhin die Stimme der Rationalität.

Ganz plötzlich blieb Navdaq stehen und drehte sich abrupt zu ihnen um. Es gelang Tuvok gerade so, auf den Beinen zu bleiben. Janeway sank an die Wand und erbleichte.

Sie konnte weder die Augen schließen noch den Blick abwenden, als das Wesen immer größer wurde. Wie Mars, der Gott des Krieges und der Zerstörung, beugte es sich vor, und in seinem schrecklichen Gesicht zeigten sich Dutzende von verschiedenen Gefühlen. »Eine geistige Reise steht Ihnen bevor«, verkündete das Geschöpf. »Jahrtausende der Hingabe, Bestimmung, Vorbereitung und zahlloser Opfer werden Sie kennenlernen, um schließlich vom letzten Kampf gegen die teuflischsten Wesen in der ganzen Galaxis zu erfahren. Den Gerechten wird der Sieg gehören. Und Sie begleiten uns, als eine weitere eiserne Faust. Kommen Sie, *kommen Sie!*«

Janeway wandte das Gesicht der Wand zu und spürte, wie ihr eine Träne über die Wange rann. Der Gefallene hatte sie gewählt, was Verdammnis für ihre Seele bedeutete!

4

Zeit und Vernunft verdrängten schließlich Janeways völlig irrationale Furcht. Sie empfand noch immer Abscheu, wenn Navdaq den Blick auf sie richtete, und sie fragte sich, ob es irgendwann einmal Kontakte zwischen seinem Volk und ersten Protomenschen gegeben hatte – Kontakte vielleicht, die für die damaligen Menschen entsetzlich gewesen waren. Etwas im menschlichen Urbewußtsein oder in den Genen erinnerte sich an die Merkmale von Navdaqs Spezies, reagierte darauf mit Haß und Grauen.

Einerseits erschien die Theorie absurd, aber andererseits erklärte sie Janeways Reaktion.

Sie dachte an ein Baby, das nie gestürzt war und doch sofort zu schreien begann, wenn man es auf einen hohen Glastisch legte. So ähnlich erging es ihr. Sie reagierte negativ auf Navdaq, obgleich sie ihm zum erstenmal begegnete.

Seltsam war, daß Tuvok noch viel stärker reagierte. Offenbar gab es auch bei Vulkaniern genetische Erinnerungen an Navdaqs Volk – Erinnerungen, die in eine Zeit zurückreichten, als der Philosoph Surak noch nicht den Weg reiner Logik gelehrt hatte.

Was auch immer der Fall sein mochte: Janeway wurde das Gefühl nicht los, daß sie diese Wesen *schon einmal gesehen hatte*, nicht nur in ihrem ›DNS-Gedächtnis‹, sondern auch in der realen Welt, vor vielen Jahren …

Nein, das ist doch lächerlich. Etwas in ihrem Innern

wollte ihr weismachen, daß sie die Geschöpfe als Kadettin an der Akademie gesehen hatte. Aber das war natürlich unmöglich. Oder? Janeway schürzte die Lippen und überlegte. Hier und dort regten sich einzelne memoriale Fragmente. Sie konzentrierte sich nicht zu sehr darauf, überzeugt davon, daß die Erinnerungen schließlich zurückkehren würden, früher oder später.

Tuvok schien seine Gefühle inzwischen fast unter Kontrolle gebracht zu haben. Nur Janeway oder ein anderer guter Freund, vielleicht Chakotay, wäre imstande gewesen, die enormen Anstrengungen des Vulkaniers zu erkennen.

Neelix blieb unbeeinflußt. Er sah in Navdaq nur den Repräsentanten eines unbekannten Volkes, nicht mehr und nicht weniger. Janeway spürte jähen irrationalen Zorn, der sich gegen den Talaxianer richtete. *Das ist doch Wahnsinn!* dachte sie. *Ich sollte dankbar dafür sein, daß wenigstens einer von uns vernünftig geblieben ist.* Doch der Ärger blieb in ihr, ein Überbleibsel der Furcht.

Navdaq führte sie durch lange, dunkle Flure, durch unheimliche Gewölbe, durch »Höhlen unermeßlich für den Menschen«, wie Coleridge sie vielleicht beschrieben hätte. Die Worte von Radolph Na fielen Janeway ein, eines Dichters aus dem zweiundzwanzigsten Jahrhundert, den sie seit einiger Zeit las.

Kalte hohle Hände
Drücken
Spritzen wie Paq-Samen in die tiefe Nacht …

Wohin sie auch sah – überall bot sich ihren Blicken ein lebender Alptraum dar. Janeway reagierte so stark auf alles, daß sie sich viel zu leichte Manipulierbarkeit vorwarf. Wenn Navdaq beschlossen hätte, in den Alpha-Quadranten umzuziehen … Dort wäre er imstande gewesen, mit von ihm entwickelten gruseligen Holodeck-Programmen ein Vermögen zu verdienen!

Er sprach die ganze Zeit über, und nach einer Weile konnte Janeway sogar zuhören, ohne bei jeder zweiten oder dritten Silbe zusammenzuzucken.

Neelix folgte Navdaq, lauschte aufmerksam und versuchte, dem religiösen Wortschwall nützliche Informationen zu entnehmen.

›Captain‹ Neelix stellte fest, daß Janeway und Tuvok offenbar an einer seltsamen Phobie litten – es hatte ihnen die Sprache verschlagen! Ihr andauerndes Schweigen erfüllte den Talaxianer mit wachsender Besorgnis, und er bedauerte, daß nicht auch Kes zur Einsatzgruppe gehörte. Sie verfügte über das einzigartige Talent, den Kern einer Person zu berühren und einen dort vorhandenen Kummer zu lindern, von dem das betreffende Individuum vielleicht nicht einmal etwas wußte.

»Worum ging es bei dem Notruf?« fragte Neelix, als sich eine Gelegenheit ergab. Wenn Janeway und Tuvok keinen Ton hervorbringen konnten, mußte er selbst herausfinden, was aus dem vermißten Menschen geworden war.

In Navdaqs Miene zeigte sich so etwas wie Zufriedenheit. »Einer der *Unreinen* drang in unsere vorübergehende Heimat vor, zweifellos ein Späher jenes Unrats, der die Heiligen selbst in ihrem Exil fürchtet – und aus gutem Grund! Denn wenn die Gerechten schließlich aufbrechen, werden sie die *Unreinen* in die Flucht schlagen und auch den letzten Repräsentanten des Ungeziefers töten, das unsere Galaxis heimgesucht hat!«

»Oh, dem Himmel sei Dank dafür! Aber sagen Sie mir bitte … Was hatte es mit dem Notruf auf sich? Eine Ionenspur führte durch Ihr Sonnensystem zu dem künstlichen Mond. Sie … äh … fiel mir auf, als ich darauf wartete, daß sich ein Beauftragter Ihres Autokraten mit uns in Verbindung setzte.«

»Denken Sie sich nichts dabei. Bei einem heimtückischen Angriff zerstörten die *Unreinen* ein wichtiges Werkzeug. Aber es sind geistlose Geschöpfe, denen es nicht gelingen wird, unsere heilige Mission zu verhindern. Wir haben den *Unreinen* lebend gefangengenommen, um ihn zu verhören.«

Neelix hätte am liebsten triumphierend gejubelt. Der Starfleet-Pilot lebte also! Voller Genugtuung erinnerte sich der Talaxianer an jene Worte, die er im Transporterraum an Janeway und Tuvok gerichtet hatte – es gab schon jetzt Grund für sie, ihm zu danken!

Tuvok kam sich innerlich leer vor, aber wenigstens war es ihm gelungen, alle abscheulichen und gefährlichen Emotionen aus seiner bewußten Wahrnehmung zu verbannen. Er zwang sich, zu beobachten und zu analysieren – später brauchte Captain Janeway sicher möglichst viele Daten.

Navdaq hat nicht einmal das Beamen erwähnt, dachte Tuvok. *Statt dessen fragte er, wo sich unser Schiff befindet.* Eine ganz einfache Beobachtung: Bisher waren sie im Delta-Quadranten keinem Volk begegnet, das über Transportertechnik verfügte. Der Beschützer bildete dabei die einzige Ausnahme.

Zufrieden nahm Tuvok zur Kenntnis, daß er diese Feststellung mit kühler Logik traf.

Wohin er auch sah: Überall bemerkte er mechanische Schlösser an Türen. Dabei handelte es sich entweder um externe Vorrichtungen, die wie Vorhängeschlösser wirkten, oder um interne Mechanismen, die mit Hilfe von Schlüsselkarten betätigt wurden. *Die Fremden haben keine energetischen Schilde,* dachte der wieder rationale Vulkanier.

Die Hitze belebte Tuvok, erinnerte ihn an die Heimat. In der Dunkelheit, die Navdaq und seine Artgenossen offenbar bevorzugten, konnte er nicht besonders gut sehen – erstreckte sich die visuelle Wahrnehmung der Fremden vielleicht bis in den infraroten Bereich? Nun,

Tuvoks Gehör war weitaus besser als das von Menschen, und deshalb fiel es ihm nicht schwer, dem Gespräch zwischen Neelix und Navdaq zu folgen, nachdem er den Sieg über seine Emotionen errungen hatte.

Mit der neuen Selbstbeherrschung kamen Reminiszenzen, die sich auf ganz konkrete Erlebnisse bezogen. Während seiner ersten Mission unter dem Kommando von Captain Sulu hörte er von einem Zwischenfall. Ein Kampf fand statt, zwischen einem Föderationsschiff und einem fremden Raumer. Tuvok las in den Kom-Verlautbarungen davon, und als er das eine Bild sah, das zusammen mit den anderen Hinweisen übertragen wurde ... Rasch speicherte er es im Datenarchiv, ohne noch einmal einen Blick darauf zu werfen.

Handelte es sich bei diesen Wesen vielleicht um jene Fremden, mit denen es Captain James T. Kirk und die Crew der ersten *Enterprise* zu tun bekamen? Tuvok beschloß, diese Überlegungen zunächst nicht fortzusetzen. Es mangelte ihnen an praktischer Bedeutung – sie lenkten nur von der derzeitigen Situation und ihrer aktuellen Mission ab.

Unterwegs begegneten sie niemandem, wohinter vielleicht Absicht steckte – möglicherweise hatte Navdaq deshalb diesen Weg gewählt und keinen anderen. Aber hinter jeder Tür, an der sie vorbeikamen, hörte Tuvok Bewegungen und dumpf zischendes Atmen. Auf diesem Planeten war die Bevölkerungsdichte enorm hoch: Viel mehr Personen als auf Vulkan oder der Erde mußten sich mit wesentlich weniger Platz begnügen: Diese Welt hatte nur sechzig Prozent des Durchmessers der Erde, was bedeutete: Sie bot nur sechsunddreißig Prozent der Fläche Terras.

Deshalb gab es hier nicht nur horizontalen Lebensraum, sondern auch vertikalen, und zwar bis in eine Tiefe von zwanzig Kilometern. Tuvok hörte schwere Schritte auf metallenen Laufstegen, sowohl weiter oben als auch unter dem Boden.

Es wird Zeit, mich von den letzten Emotionen zu befreien, dachte der Vulkanier. *Ich muß mich der Furcht stellen und sie eliminieren.* Er fand Ruhe, indem er sich auf das UMUK-Symbol besann, auf das innere Zentrum von Suraks Philosophie: *Unendliche Mannigfaltigkeit in unendlicher Kombination.*

Tuvok ging etwas schneller und näherte sich Navdaq.

»Bitte entschuldigen Sie«, sagte er, und seine Stimme klang wie Metall, das über Stein kratzte. »Sie sprachen eben von der historischen Vertreibung aus Ihrer Heimat, wofür die Unreinen verantwortlich sind.«

Navdaq blieb stehen und drehte sich langsam um. Alles in Tuvok drängte danach, die Frage zu stellen, bevor er das Gesicht des Wesens sehen mußte. Doch er rief sich zur Ordnung und wartete, bis er den Blick des Wesens auf sich spürte. »Könnten Sie uns Einzelheiten nennen?«

Tuvok fühlte sich plötzlich schlecht, so als hätte er eine halb verfaulte *Tolik*-Frucht gegessen. Er versuchte, ruhig zu atmen und rang mit dem sonderbaren Wunsch, die Daumen in Navdaqs Augen zu bohren und ihm die Kehle zu zerfetzen.

Ich bin nicht einfach ein DNS-Bündel, das seiner genetischen Programmierung folgt, dachte er. *Ich bin Vulkanier und habe mich unter Kontrolle.*

Das Wesen musterte Tuvok und schien ihn nicht zu erkennen – allem Anschein gab es im Urgedächtnis seines Volkes keine Erinnerungen an Vulkanier. *Natürlich nicht. Wir waren damals die Opfer. Vermutlich haben sie uns unterworfen und versklavt. Menschen und Vulkanier stellten Fremde damals wie Ungeheuer dar – weil sie sich vor ihnen fürchteten. Aber warum sollten die Herren ihren Untertanen mit Furcht begegnen?*

»Sie sollen die Wahrheit erfahren«, sagte Navdaq. »Und dann werden Sie verstehen.«

Er blickte nach oben und preßte die Hände zusammen. Tuvok beobachtete, wie lange Klauen aus den Fingern glitten, und aus einem Reflex heraus wollte er Janeway zur Seite zerren. Doch sie reagierte selbst und wich beiseite, um von den Krallen nicht berührt und verletzt zu werden.

»Vor hunderttausend und mehr Jahren herrschten wir über das Paradies. Es wurde uns gegeben, und wir nahmen es. Einige spekulierten, daß wir vielleicht aus einem anderen Teil der Galaxis kamen und uns nur deshalb im Paradies niederließen, weil uns die Dunklen einluden. Ich biete keine eigene Meinung an, stelle nur fest: Man erlaubte uns den Aufenthalt im Paradies, und wir hüteten dieses Privileg.

Den Untertanenvölkern brachten wir Mitgefühl entgegen. Wir verboten das willkürliche Töten von Sklaven und erlaubten ihnen, zu wachsen und zu gedeihen, innerhalb der Grenzen ihrer besonderen Bedingungen.«

Tuvok sah zu Janeway, deren Gesicht leer blieb. *Für einen Menschen kann sie erstaunlich emotionslos sein*, stellte er anerkennend fest.

Janeway gab sich unbeeindruckt, was sie jedoch nur schaffte, weil ihr Körper alle Adrenalinvorräte verbraucht hatte. Angesichts von emotionaler Erschöpfung konnte sie keine Furcht mehr empfinden. Sie spürte nur noch Abscheu, und damit wurde sie leichter fertig.

Navdaq sprach ganz beiläufig davon, daß seine Spezies andere Völker über zahllose Jahrtausende hinweg unterjocht hatte – bis jemand kam und sie vertrieb. Janeway fühlte den irrationalen Drang, das Wesen zu erwürgen, als gehöre sie selbst zu den damaligen Sklaven, und Navdaq sei die Versinnbildlichung der Unterdrücker.

»Dann kamen die *Unreinen* und störten die natürliche Ordnung«, fuhr Navdaq fort, und seine Stimme bekam nun einen unheilvollen Klang. »Sie kamen aus weiter Ferne, begehrten das Paradies und wollten die Heiligen daraus vertreiben. Der tragische Kampf dauerte damals Jahrtausende. Schließlich verstieß man uns durchs große Tor, das längste Wurmloch in der ganzen Galaxis, und wir kamen hierher.«

Navdaq senkte ein wenig den Kopf. »Dann kam unsere Schande, denn der ältere Sohn von D'Mass – er hieß D'Vass – rebellierte gegen die heilige Mission. Elf Tage lang kämpfte sein Bruder Bin Mass ohne Unterlaß gegen ihn, und dann schliefen sie Hand in Hand – um anschließend den Kampf noch einmal elf Tage und Nächte lang fortzusetzen. D'Vass und einige der anderen Rebellen zogen ins Exil. Wir alle stammen von den treuen Heerscharen des Bin Mass ab.«

»Wenn Sie im Paradies weilten ...«, sagte Janeway und war selbst von dem ruhigen Klang ihrer Stimme überrascht. »Wie konnten die Unreinen Sie vertreiben? Waren Sie nicht ... geschützt?«

»Die *Unreinen* verbündeten sich mit den Untertanenvölkern, die die Heiligen um ihren Platz in der natürlichen Ordnung beneideten. Die Untertanenvölker legten Werkzeuge und Joch nieder, legten auch *sich selbst* nieder und weigerten sich, für die Gerechten in den Kampf zu ziehen.

Wir schickten den Schrecken, doch ihr Widerstand dauerte an. Wir schickten noch mehr Schrecken, mehr als jemals zuvor, wiesen in aller Deutlichkeit auf das wahre Entsetzen hin, das die Unordnung bringt. Aber die Untertanen weigerten sich nach wie vor, uns zu gehorchen. Dem Wahnsinn fielen sie anheim und gerieten so außer sich vor Angst, daß sie sich umbrachten. Andere kämpften und töteten, aber nicht für uns. Sie töteten im Namen von Furcht und Irrsinn.«

Wir SCHICKTEN den Schrecken ... Janeway spürte, wie sich hinter dem Abscheu ein Knoten aus Sorge bildete.

Kurz bevor der Beschützer die *Voyager* siebzigtausend Lichtjahre weit vom Alpha- in den Delta-Quadranten versetzte, hatte Janeway – gerade zum Captain befördert – von einer neuen Erfindung erfahren. Angeblich war ein Helm entwickelt worden, mit dem sich telepathische Bilder über weite Strecken hinweg transferieren ließen.

Angenommen, Navdaq und sein Volk besaßen ähnliche Vorrichtungen ... Angenommen, sie übertrugen damit keine Kom-Botschaften, sondern Angst und Schrecken, ein Entsetzen, das den *Untertanenvölkern* – ihren Sklaven – den Willen raubte?

Es war ein gräßlicher Gedanke. *Jene Furcht, die in mir entstand, als ich Navdaq zum erstenmal sah ... Sie kann nur ein fernes Echo des Grauens gewesen sein, das die Fremden mit ihrer Projektionswaffe ›schicken‹.*

Und wenn sie beschlossen, erneut Gebrauch davon zu machen ... Vermutlich würde es ihnen nicht besonders schwer fallen, Janeway und alle Besatzungsmitglieder der *Voyager* in Sklaven zu verwandeln.

Es gab nur einen Hoffnungsschimmer. Wenn Navdaq die Wahrheit sagte – falls sein Wissen tatsächlich der Wahrheit entsprach –, so war es den *Untertanenvölkern* wenigstens einmal gelungen, sich gegen die Unterdrücker aufzulehnen und ihnen dauerhaft den Gehorsam zu verweigern.

Damals hatten sie den Sieg errungen, obgleich der ›geschickte Schrecken‹ viele von ihnen um den Verstand brachte.

Laufen auch wir Gefahr, unsere Freiheit mit Wahnsinn zu bezahlen? dachte Janeway.

»Seit Jahrhunderten planen wir den Gegenangriff«, sagte Navdaq.

»Beabsichtigen Sie noch immer, ins Paradies zurückzukehren?« fragte Tuvok. Janeway zuckte unwillkürlich zusammen – es waren die erste Worte, die der Vulkanier seit einigen Minuten aussprach, seit seiner ersten Frage in bezug auf die historische Vertreibung. In Tuvoks Stimme ließ sich eine gewisse Anspannung vernehmen, die jedoch nur jemandem auffiel, der ihn gut kannte. *Er scheint sich wieder in der Gewalt zu haben …*

»Wir wurden für unsere Nachlässigkeit bestraft, für unsere Selbstzufriedenheit. Wir sollten lernen, immer konzentriert und wachsam zu sein. Wir sollten lernen, daß die *Unreinen* nicht im Heiligen bleiben dürfen, weder als Eroberer noch als Sklaven. Nun, wir haben unsere Lektionen gelernt, und wir werden ins Paradies zurückkehren … Sie kommen im richtigen Augenblick, denn jetzt dauert es nicht mehr lange. Bald kehren wir in unsere alte Heimat zurück, um sie für immer von allen *Unreinen* zu befreien!

Das Paradies ist einzig und allein für das Heilige bestimmt – so lautet unsere Botschaft! Kommen Sie, meine Gäste. Am Vorabend des gerechten Krieges sind Sie bei uns eingetroffen, und ich kann das nicht für einen Zufall halten. Lassen Sie uns zum Autokraten gehen, damit er Ihre Geschichte anhört und herausfindet, warum Sie wirklich hier sind.«

Navdaq drehte sich um und stapfte durch die Finsternis. Es blieb Janeway und Tuvok nichts anderes übrig, als ihm zu folgen.

Lieutenant Tom Paris und Fähnrich Harry Kim saßen an den Kontrollen des Shuttles und näherten sich vorsichtig dem künstlichen Mond. Sie hielten nach automatischen Warnsystemen und defensiven Barrieren Ausschau. Kim befeuchtete sich nervös die Lippen. Seine technische Phantasie bescherte ihm immer neue Bilder von Fallen aller Art.

Seit die *Voyager* den Alarm ausgelöst hatte, schickte der Mond einen kontinuierlichen Datenstrom zum Planeten. Kim untersuchte ihn und hielt nach Anomalien und Diskontinuitäten Ausschau.

»Es werden ständig die gleichen Datenpakete wiederholt«, sagte er. »Seit dem Beginn unseres Anflugs kam es nicht zu Veränderungen.«

»Was ist mit Schwankungen der Modulation oder anderen Möglichkeiten der Informationsübertragung?«

»Negativ, Tom. Seit dem Beginn der Sendungen ist ihre Struktur absolut konstant geblieben.«

Paris überlegte einige Sekunden lang und zuckte dann mit den Schultern. »Harry, ich glaube, wir haben nur eine automatische Alarmanlage ausgelöst, eine Art Diebstahlsicherung. Wahrscheinlich besteht die einzige Gefahr darin, daß der Eigentümer zurückkehrt und den Alarm wieder ausschaltet.«

»Eine ›Diebstahlsicherung‹?« wiederholte Harry Kim verwirrt.

»Oh, das habe ich ganz vergessen – wo Sie aufwuchsen, gab es keine Kriminalität. Aber ich gehörte zu den Insassen der Strafkolonie von Neuseeland, bevor mich Captain Janeway zur *Voyager* holte, und dort herrschten andere Zustände. Wir lernten schnell, daß eine besonders wirksame Einschüchterungsmethode darin besteht, bei jemandem einzubrechen, wenn der Betreffende mit einer Arbeitskolonne fort war oder im Speisesaal saß.«

»Einbruch? Meinen Sie damit das unerlaubte Betreten der privaten Zimmer anderer Personen?« Kims Miene verfinsterte sich kurz, als er hinzufügte: »So wie Ihr Einbruch in meine Kabine?«

Paris lachte, aber es klang nicht sehr humorvoll. »Sie haben ein behütetes Leben geführt, nicht wahr? Ja, Harry, ich habe einen solchen Einbruch selbst erlebt. Andere Sträflinge kramten in meinen Sachen und verrückten sie, nur ein wenig. Ich sollte vermuten, daß mir jemand einen Besuch abgestattet hatte, ohne jedoch ganz sicher zu sein.«

Harry schüttelte den Kopf und betätigte einige Schaltflächen, um die Reichweite der Sondierungssignale zu verändern. Während des Geschichtsunterrichts hatte er von Einbrüchen gehört. Er konnte sich nicht vorstellen, wie es sich *anfühlte*, wenn ein Fremder – ein

Verbrecher – in den persönlichsten Dingen herumstöberte. *Ein solcher Krimineller wäre vielleicht sogar fähig, meine Klarinette zu stehlen*, dachte er. Diese Vorstellung sorgte dafür, daß sich ihm die Nackenhaare aufrichteten.

»Ein gewisser Hasty Kent konstruierte Alarmanlagen«, fuhr Paris fort. »Wir anderen kauften sie von ihm, bezahlten mit Synthehol oder selbst hergestelltem Alkohol. Latinum hatten wir normalerweise nicht. He, wenn ich jetzt darüber nachdenke ... Vielleicht steckte Kent hinter den Einbrüchen – um mehr Alarmanlagen zu verkaufen.«

»Was hat das alles mit dem Datenstrom vom Mond zum Planeten zu tun, Tom?«

»Nun, Hasty Kents Apparate waren recht einfach – sie klingelten, wenn eingebrochen wurde, und das Klingeln hielt an, bis jemand die betreffende Alarmanlage ausschaltete.

Es dauerte nicht lange, bis die Einbrecher zu einer neuen Taktik griffen: Sie lösten viele Alarme gleichzeitig aus. Bald hatten es die Leute satt, immer wieder zu ihren Zimmern zurückzukehren, dort nach dem Rechten zu sehen und die Alarmanlagen auszuschalten. Dadurch bekamen die Einbrecher wieder freie Bahn. Sie konnten irgendwo eindringen und ganz nach Belieben schalten und walten, selbst während der Alarm ertönte.«

Harry dachte einige Sekunden lang nach. »Was halten Sie davon, wenn wir uns die Sache mal aus der Nähe ansehen, Tom?«

»Ich dachte schon, das würden Sie nie fragen.«

Paris schaltete auf manuelle Navigationskontrolle um und steuerte das Shuttle zum Mond, während Kim nach Waffen, Veränderungen des energetischen Niveaus und Variationen im Datenstrom sondierte. Als die Rückseite des Mondes in Sicht geriet, pfiff Harry leise.

»Sehen Sie sich das an, Tom.« Er projizierte das Bild auf den Hauptschirm.

Sie sahen die Reste einer außerordentlich großen Parabolantenne – sie mochte hundert Kilometer hoch und siebzig breit gewesen sein. Ein Objekt aus den Tiefen des Weltraums hatte sie zerstört, ein Etwas, das mit mehr als zehn Prozent der Lichtgeschwindigkeit von den Sternen herabgefallen war. Das Shuttle.

»Die Ionenspur führt direkt zum Einschlagskrater«, sagte Paris. »Harry, ich glaube, wir wissen jetzt, von wo der Notruf kam. Die Frage ist nur ...«

»Wo befindet sich das Shuttle?« beendete Kim den Satz.

Nirgends zeigten sich die Trümmer einer Starfleet-Raumfähre, und die Sensoren orteten keine menschliche Lebensform.

»Hier hat bereits jemand aufgeräumt«, meinte Fähnrich Kim. »Die Fremden sind an diesem Ort gewesen, haben den Schaden begutachtet, die Trümmer beseitigt und den Piloten in ein Krankenhaus gebracht.«

»Wohl eher in einen Kerker.«

Kim sah den Navigator an. »Warum sollte man jemanden wegen so etwas einsperren? Es war ein Unfall.«

»Und wenn schon«, erwiderte Paris. »Manche Leute brauchen keinen besonderen Grund, um andere Leute ins Gefängnis zu stecken. Es genügt ihnen, sich über sie zu ärgern.«

Sie sind ein guter Pilot und außerdem ein netter Kerl, dachte Kim. *Aber in Ihnen gibt es auch einen dunklen, zynischen Aspekt, der mir manchmal erhebliches Unbehagen bereitet.*

Sie setzten den Flug um den Mond fort, und Paris mußte mehrmals das Impulstriebwerk einsetzen, um den Kurs zu korrigieren. Angesichts der geringen Gravitation des Mondes wäre ihnen die normale Orbitalgeschwindigkeit unerträglich langsam erschienen.

»He, Kim, da vorn gibt's noch eine Parabolantenne. Ist allerdings anders beschaffen.«

Sie flogen über eine kreisförmige Mulde hinweg, in der sich eine schüsselförmige Antenne zeigte, mindestens fünfmal so groß wie das zerstörte Exemplar. Kims Finger flogen über die Schaltflächen, und wenige Sekunden später zeigten ihm die Sensoren, in welche Richtung diese Antenne zeigte.

»Interessant«, kommentierte er. »Die Eigenrotation des Mondes sorgt dafür, daß die große Parabolantenne immer zur Sonne gerichtet bleibt.«

»Der Sonnenkäfig ... Ich glaube, Kes hat recht, Harry. Das gewaltige Gitter, in dessen Zentrum sich die Sonne befindet, dient tatsächlich zur Aufnahme solarer Energie. Und die Energie wird *hier* gesammelt. *Lieber* Himmel!«

Tom Paris riß den Steuerknüppel nach links, und einen Sekundenbruchteil später heulte die Sirene der Alarmstufe Rot.

Das Shuttle kippte so abrupt zur Seite, daß sich Harry Kim an seiner Konsole festhalten mußte, um nicht aus dem Sessel zu fallen. Erschrocken starrte er auf die Anzeigen der Instrumente und versuchte festzustellen, was Paris zu dem plötzlichen Kurswechsel veranlaßt hatte.

»Fast wären wir einen sehr spektakulären Tod gestorben, Kim«, sagte der Navigator und lächelte schief. »Mir fiel gerade ein: Wenn der Sonnenkäfig so viel Energie zum Mond transferiert, sollten wir besser nicht mit deaktivierten Schilden über die Empfangsantenne geraten!«

Kim schauderte und justierte den Scanner. »Dort wimmelt es tatsächlich von Energie. Ich habe nicht nach Mikrowellen Ausschau gehalten. Etwas so Primitives ... Bitte entschuldigen Sie, Tom. Ich hätte besser aufpassen sollen.«

Paris akzeptierte Kims Entschuldigung mit einem

Nicken. »Und nun …«, sagte er langsam. »Was befindet sich im *Innern* des Mondes?«

Kim schüttelte den Kopf. »Keine Ahnung, Tom. Die Sondierungssignale reichen nicht hinein.«

»Schilde?«

»Nein. Schilde habe ich hier nirgends entdeckt. Aber die peripheren Schichten des Mondes bestehen aus einem superdichten Material, das unsere Ortungssignale nicht durchdringen können.«

»Jetzt sagen Sie bloß nicht, daß es auch für Transporterstrahlen undurchdringlich ist.«

Kim dachte kurz nach. »Na schön, Tom, ich sage es nicht.«

»Wir können uns wirklich nicht hindurchbeamen, oder?«

»Es lag mir fern, darauf hinzuweisen, aber Sie haben recht.«

»Dachte ich mir. Nun, wie gelangen wir hinein? Den Energieschacht können wir nicht benutzen – dort ist die Mikrowellenstrahlung zu intensiv.«

»Hm …« Kim dachte über die Gleichungen der Schildkonfiguration nach, während er einzelne Schaltelemente berührte. Plötzlich stellte er fest, daß er die Kontrollen der Konsole wie einen Klarinettenersatz benutzte und dabei die ›Slionimski-Variationen‹ spielte.

Paris wartete einige Sekunden lang. »Das stimmt doch, oder?«

»Vielleicht können wir doch durch den Schacht fliegen«, sagte Kim schließlich. »Es müßte eigentlich möglich sein, die Schilde so zu rekonfigurieren, daß sie uns einige Minuten lang schützen.«

»Höre ich da Skepsis?«

»He, wir gehören zu Starfleet, Tom. Das Risiko ist unser Geschäft!«

Paris bedachte ihn mit einem durchdringenden Blick. Kim gab vor, ihn nicht zu bemerken, und fügte dann hinzu: »Wir sollten es besser lassen. Wahrscheinlich verbrennen wir uns dabei mehr als nur die Finger.«

»Der Doktor kann uns später wieder zusammenflicken. Versuchen wir's!«

»Und wenn Ihnen ein Navigationsfehler unterläuft, gibt es gar nichts mehr, das der Doktor zusammenflicken könnte.«

Paris wölbte die Brauen. »*Mir* soll ein Navigationsfehler unterlaufen? Haben Sie zufällig eine Nadel dabei? Ich kann dieses Shuttle durchs Öhr steuern und gleichzeitig einen Arm aus dem Fenster hängen lassen.« Er zwinkerte.

»Na schön. Ich modifiziere die Schilde. Einen Augenblick ... Alles klar, Tom. Es kann losgehen.«

Lieutenant Paris drückte den Bug nach unten und steuerte das Shuttle zur Öffnung des Schachtes. Kim biß die Zähne zusammen, und vor dem inneren Auge sah er Bilder seines bisherigen Lebens – es war viel zu kurz.

»Tom«, sagte er, kurz bevor sie die Öffnung des Schachtes erreichten, »wenn wir einen qualmenden Krater hinterlassen, rede ich kein Wort mehr mit Ihnen.«

»Führen Sie mich nicht in Versuchung«, erwiderte Paris.

5

Der Schacht verlief gerade und reichte hundert Kilometer weit in den Mond hinein. Paris hielt das Shuttle genau in der Mitte und versuchte, weder an die nahen Wände noch an die Strahlung zu denken. Trotzdem drängte sich ihm eine Frage auf: Wie sollten sie ins All zurückkehren, ohne zuvor eine tödliche Emissionsdosis aufzunehmen?

Die ersten acht Kilometer führten durch das für Ortungssignale und Transporterstrahlen undurchdringliche Material. Paris hatte es ›Absurdium‹ genannt, als er von Kim hörte, daß es eigentlich gar nicht existieren durfte. »Wenn Sie behaupten, daß eine solche Substanz nicht existieren kann … Vielleicht sollte ich Ihre Theorie überprüfen, indem ich das Shuttle an die Schachtwand prallen lasse.« Kim gab keine Antwort, was Tom kaum überraschte. Er selbst reagierte auf Anspannung, indem er zu scherzen begann; Kim hingegen wurde in derartigen Situationen immer schweigsamer.

Der Durchmesser des Schachtes verringerte sich, und daraufhin verzichtete Paris darauf, den Fähnrich zu verspotten. Die Navigation erforderte nun seine ganze Aufmerksamkeit.

»Paris …«, sagte Kim nach einer Weile, »wir sollten uns beeilen. Unsere Schilde halten nicht die ganze Strahlung fern. Wenn wir den Wirkungsbereich der Mikrowellen nicht innerhalb der nächsten vier Minuten verlassen …«

»Ja, ja, ich verstehe. Halten Sie sich gut fest.«

Paris betätigte den Schubregler und beschleunigte

auf eintausendfünfhundert Stundenkilometer. Im Weltraum wäre eine solche Geschwindigkeit lächerlich gering gewesen – dort sprach man nicht von Kilometern pro Stunde, sondern von Prozenten der Lichtgeschwindigkeit oder Warpfaktoren.

Andererseits: Das All bot auch wesentlich mehr Platz. Hier befanden sie sich in einem schmaler werdenden Schacht, mußten immer wieder Gerätemodulen ausweichen und bekamen es mit energetischen Turbulenzen zu tun. Fähnrich Kim schloß die Hände fest um die Armlehnen seines Sessels, und Paris spürte, wie sich ein flaues Gefühl in seiner Magengrube ausbreitete, als das Shuttle von einer Seite des Schachtes zur anderen trudelte.

Immer mit der Ruhe, dachte er. Es kam jetzt darauf an, einen kühlen Kopf zu bewahren.

»Meine Mutter bereitet das beste Kimchee zu, das ich kenne«, sagte Kim plötzlich. Die eigentlich sinnlose Bemerkung löste einen kleinen Teil der Anspannung auf.

»Wirklich? Wann laden Sie mich zu einem koreanischen Festmahl ein?«

»Sofort nach unserer Rückkehr in den Alpha-Quadranten. Glasnudeln, Chap Che, Bibimba, Gegrilltes ... Die Beilagen meiner Mutter sind legendär.«

»Toll. Was die Spezialitäten meiner Mutter betrifft ... Ich erinnere mich nur an Fleischkäse.«

»Ach? Ich mag Fleischkäse.«

Ein Holm erschien plötzlich vor ihnen. Paris reagierte mit Warpgeschwindigkeit und steuerte zur Seite.

Von einer Sekunde zur anderen geriet das Shuttle außer Kontrolle.

Es rollte, und das Summen der Trägheitsabsorber wurde lauter, als diese sich bemühten, alle Andruckkräfte zu neutralisieren. Für den Hauch eines Augenblicks spürte Paris Schwerelosigkeit, und sein Magen schien in Richtung Hals zu springen.

»Himmel!« entfuhr es ihm, und er riß das Shuttle in die andere Richtung.

Tom Paris kämpfte gegen die fast unwiderstehliche Versuchung an, die Augen zu schließen.

»Achtung!« rief Kim. Vor ihnen erschien ein Geflecht aus goldenen Kabeln am Rand des Schachts.

Paris zwang das Shuttle wieder in die Mitte des Tunnels, wandte dabei ein Manöver an, von dem die Handbücher behaupteten, es sei überhaupt nicht möglich. Unglaublich schnell ließ er das kleine Raumschiff rotieren und steuerte es durch die Resonanzlücke in der Mitte des Geflechts. Rechts und links rissen einige der goldenen Kabel.

»Wann laden Sie mich zum Fleischkäse-Festmahl ein?« fragte Kim mit zittriger Stimme.

»Ich bereite die Spezialität selbst zu, wenn wir wieder an Bord der *Voyager* sind. Und nachdem wir Neelix gefesselt haben, um seine Küche zu benutzen.«

»Sie wollen *kochen*? Sie selbst?«

»Beim Maquis lernt man viele Dinge, insbesondere dann, wenn keine Replikatoren zur Verfügung stehen. Halten Sie sich gut fest, Kim. Wir nähern uns jetzt der Empfangsantenne.«

»Wird heiß hier drin, nicht wahr?«

Paris wischte sich Schweiß von der Stirn und warf einen Blick auf die Temperaturanzeige: 52,2 Grad. Sie brieten bei lebendigem Leib! »Um ganz ehrlich zu sein: Mir läuft's kalt über den Rücken. Liegt hier irgendwo meine Jacke herum?«

Er betätigte den Schubregler, den er schon vor einer ganzen Weile modifiziert hatte. Ihn so weit nach vorn zu schieben ... Normalerweise wäre das Shuttle dadurch auf ein Viertel der Lichtgeschwindigkeit beschleunigt worden. Mit einem so enormen Bewegungsmoment hätte es ein Loch durch den ganzen künstlichen Mond gebohrt, um ihn auf der anderen Seite als shuttlegroße Plasmawolke zu verlassen.

Als sie sich dem Ende des Schachtes näherten, stellte Paris kummervoll fest, daß die Empfangsantenne nicht nur eine Scheibe war, an der sie vorbeifliegen konnten. Zuerst kam ein innerer Ring, das Fokussierungsmodul für die Energie, mit einem Durchmesser von nur *dreißig Metern*. Die Scheibe erstreckte sich darunter.

Millionen von Drähten verbanden den Ring mit den Schachtwänden. Das Shuttle konnte dem Fokussierungsmodul nicht ausweichen, mußte mitten hindurch, ins Zentrum der Mikrowellenhölle.

Harry Kim blieb stumm, aber Paris wußte auch so Bescheid: Im Bereich zwischen Ring und Scheibe war die elektromagnetische Strahlung so stark, daß die Schilde des Shuttles innerhalb von wenigen Sekunden versagen würden. Ihre einzige Überlebenschance bestand darin, mit einer Geschwindigkeit von dreißig Kilometern pro Minute weiterzufliegen.

Was bedeutete: Um das Fokussierungsmodul zu passieren und anschließend nicht an der Scheibe zu zerschmettern, mußte Paris ein Manöver durchführen, das er als Kind beim Flug mit Mini-Gleitern gelernt hatte: die Todeswende.

Er biß die Zähne zusammen und versuchte gleichzeitig, ruhig zu lächeln, damit sich Kim keine zu großen Sorgen machte. Der junge Fähnrich hing am Leben. Warum ihn darauf hinweisen, daß die Wahrscheinlichkeit für eine erfolgreiche Todeswende nur dreiunddreißig Prozent betrug?

Himmel, auch ich bin noch nicht bereit, mein Leben zu beenden! Aber Paris konnte und wollte sich in dieser Hinsicht nichts vormachen: Sechsmal in seinem Leben hatte er die Todeswende versucht, und nur zweimal war sie ihm gelungen.

Damals, als Kind, brauchte er bei einem Mißerfolg keine fatalen Konsequenzen zu befürchten. Es war nur darum gegangen, holographischen Hindernissen auszuweichen. Kollisionen hatten dazu geführt, daß er eine Wette verlor.

Hier sah die Sache ganz anders aus.

Der Ring kam näher, und Paris glaubte, die fokussierte Energie zu *sehen*: Die geballte Energie verursachte so große Hitze, daß die infraroten Echos fürs menschliche Auge sichtbar wurden.

Die Todeswende würde die Trägheitsabsorber des Shuttles weit über ihre Toleranzgrenzen hinaus belasten. »Halten Sie sich gut fest, Harry«, sagte Paris leise. »Mögen Sie plötzliche Schwerkraftumkehrungen?«

»Nein, ich *verabscheue* so etwas ...«

Das kleine Raumschiff passierte den Ring und raste in den elektromagnetischen Mahlstrom hinein. *Jetzt oder nie!* fuhr es Paris durch den Sinn.

Er griff nach dem Regler für die Fluglage, zog ihn ganz zurück und zwang den Bug des Shuttles um neunzig Grad nach oben.

Für den Bruchteil einer Sekunde hielten die Trägheitsabsorber stand und absorbierten die enormen Andruckkräfte. Doch dann gaben sie den Geist auf.

Eine gewaltige Faust schien auf Paris herabzufallen, um ihn zu zermalmen. Er schätzte die Kraft auf 9600 Newton – fast das Zwölffache der normalen Schwerkraft. *Es ist zuviel*, dachte Paris und ächzte leise. *Wenn ich jetzt das Bewußtsein verliere, sind wir erledigt*.

Die von Tom Paris wahrgenommene Welt wurde grau, als Ohnmacht an seinem Selbst zerrte. Der Grund: Unter hoher Schwerkraft strömt das Blut aus dem Kopf in den unteren Teil des Körpers, und dadurch verringert sich die Leistungsfähigkeit der Netzhäute – man sieht keine Farben mehr.

Das Blickfeld des Piloten verengte sich, wurde zu einem sonderbaren Tunnel.

Er leistete auch weiterhin Widerstand, kämpfte gegen die Dunkelheit an, die seine Gedanken zu zerfasern drohte. Es ging jetzt darum, die zweite Phase der Todeswende einzuleiten. Wenn ihm das nicht gelang, prallte das Shuttle mit einer Geschwindigkeit von fast einem halben Kilometer pro Sekunde an die Schachtwand.

Dann blieben vielleicht nicht einmal Trümmer übrig, nach denen die *Voyager* suchen konnte.

Drei, zwei, eins, JETZT! Das Shuttle setzte den Flug horizontal fort, und die Trägheitsabsorber wurden wieder aktiv, neutralisierten die Andruckkräfte. Paris steuerte das kleine Raumschiff sofort nach rechts und rollte es um 180 Grad – in bezug auf die ursprüngliche Fluglage nahm es nun genau die umgekehrte Position ein.

Anders ließ sich die Todeswende nicht durchführen: Kein Mensch konnte zwölf g direkt nach *oben* überstehen, ohne das Bewußtsein zu verlieren. Paris mußte ›oben‹ mit ›unten‹ vertauschen, um zu vermeiden, daß ein qualmendes Loch in der Schachtwand entstand.

Anschließend richtete er erneut den Bug des Shuttles auf, wieder um neunzig Grad. Wenn es tatsächlich gelang, dieses Manöver erfolgreich zu beenden ... Dann flogen sie in der gleichen Richtung wie vorher, allerdings um einen Kilometer zur Seite versetzt und mit einer umgekehrten Oben-unten-Ausrichtung.

Dadurch stellte die Empfangsantenne keine Gefahr mehr für sie dar. *Wenn* das Manöver gelang ...

Als Paris mit der zweiten Phase begann, wurde ihm sofort klar, daß ihm beim Timing ein Fehler unterlaufen war. Er hatte zu spät reagiert – eine Kollision mit der Schachtwand stand unmittelbar bevor.

Die Farbe war gerade in Paris' visuelle Wahrnehmung zurückgekehrt, und jetzt verschwand sie wieder. Erneut stellte sich eine bedrohliche Tunnelperspektive ein, als die Andruckkräfte unerträglich wurden.

Lieber Himmel, wir sterben, dachte Paris. *Tut mir leid, Kim. Ich hab's verpatzt.*

Und dann: *Ach, zum Teufel auch! Ein letzter Versuch kann sicher nicht schaden.*

Mühsam betätigte er die Kontrollen und riß das Shuttle herum. Diesmal gingen die Belastungen nicht nur über das Leistungsvermögen der Trägheitsabsorber hinaus, sondern auch über das, was die Struktur des kleinen Raumschiffs aushalten konnte.

Ein Display wies mit warnenden roten Lettern auf die rasch wachsenden Gravitationskräfte hin. Das Blickfeld des Piloten wurde immer enger, und Finsternis begann sein Bewußtsein zu verschlingen.

Irgendwo pochte es dumpf. Paris blinzelte. Er wußte nicht, ob das Shuttle wirklich am Rand der Empfangsantenne vorbeigeflogen war oder ob er sich das nur eingebildet hatte. Er nahm seine ganze Kraft zusammen und streckte die Hand nach der Konsole aus, betätigte die Kontrollen für Fluglage und Schub.

Der Andruck ließ nach, und wenige Sekunden später wurden die Trägheitsabsorber mit einem protestierenden Heulen aktiv.

Wie aus weiter Ferne erklang die Sprachprozessorstimme des Computers und wies den Piloten darauf hin, daß seine Manöver eine zu große Belastung für Systeme und Struktur des Shuttles darstellten.

»Danke«, keuchte Paris. Seine trockene Kehle fühlte sich wie verbrannt an, und ein Blick aufs Thermometer ließ ihn zusammenzucken. Die Temperatur betrug *sechzig Grad.*

Wenn sie auch nur eine Sekunde länger in der konzentrierten Mikrowellenenergie über der Empfangsantenne geblieben wären, hätten ihre Lungen irreparable Schäden erlitten.

Paris stellte sich vor, innerlich zu verbrennen, und er schauderte trotz der Hitze.

Er reduzierte die Geschwindigkeit des Shuttles und vergewisserte sich, daß die Schilde problemlos mit dem

Rest der elektromagnetischen Strahlung fertig werden konnten. Dann wandte er sich Kim zu.

Der junge Fähnrich war bewußtlos. Paris hielt das Ohr dicht an Kims Mund, und Erleichterung durchströmte ihn, als er leises Atmen hörte. Ganz leicht hob und senkte sich seine Brust.

Plötzlich schnaufte Kim, drehte den Kopf von einer Seite zur anderen.

Paris lehnte sich im Pilotensessel zurück, schloß die Augen und spürte, wie sein Blutdruck auf einen normalen Wert sank. Andruck und Hitze hatten ihn so erschöpft, daß er sich kaum mehr bewegen konnte.

Nach einigen Sekunden hob er die Lider und stellte fest, daß die Temperatur wieder normal war. Er blickte aufs Gravitationsdisplay.

Sie hatten vierzehn g überstanden, und zwar ohne spezielle Schutzanzüge – ein neuer Rekord für Tom Paris.

Er seufzte und wartete geduldig darauf, daß Harry Kim zu sich kam.

Fähnrich Kim erwachte in einer Welt, die aus hellem Licht und seltsamen Geräuschen bestand.

Sein Blick fiel auf Instrumentenanzeigen, die überhaupt keinen Sinn zu ergeben schienen. Er spürte, daß er sich an ihre Bedeutung erinnern sollte, aber nicht einmal der eigene Name fiel ihm ein. *Immer mit der Ruhe. Ich denke, also lebe ich noch. Ich muß nur herausfinden, was geschehen ist …*

Plötzlich wußte er, wie er hieß: Harry Kim. Ja, so lautete sein Name. Er war Harry Kim, *Fähnrich* Harry Kim von der U.S.S. *Voyager*. Aber jetzt befand er sich nicht an Bord jenes Raumschiffs, oder?

Nein. Dies war das Shuttle, mit dem sie …

Tom Paris!

Kim wandte sich zur Seite, um Paris die dumme

Frage zu stellen: »Haben wir es geschafft?« Doch jäh in ihm aufflammender Schmerz hinderte ihn daran.

Er riß die Augen auf, als sich ihm heiße Nadeln durch den Schädel zu bohren schienen. Zum Glück währte die überaus intensive Pein nur ein oder zwei Sekunden lang. Dann löste sie sich bis auf einen kleinen Rest auf.

Kim blinzelte erneut und fand ganz in die Wirklichkeit zurück.

Er vermied es, nach dem Offensichtlichen zu fragen. »Äh ... ich nehme eine Sondierung vor ... Hier gibt es nichts mehr, das Transporterstrahlen blockiert.«

»Wir könnten also einen Transfer durchführen?«

»Ja. Ja, das müßte eigentlich möglich sein. Die ambientalen Bedingungen dort draußen sind annehmbar. Nichts deutet auf Lebensformen hin.«

»Worauf warten wir dann noch, Harry?«

Kim programmierte den Computer darauf, einen Alarm auszulösen, falls sich andere Raumschiffe näherten oder jemand versuchte, sich an Bord zu beamen – so unwahrscheinlich das auch sein mochte. Dann nahmen Paris und er Phaser, Tricorder und Forschungstaschen, bevor sie sich dem Transporter anvertrauten.

Der Retransfer fand in einem langen Korridor statt, der den Eindruck erweckte, sich in beide Richtungen endlos zu erstrecken.

Wände, Decke und Boden bestanden aus Rohren, Kabeln, gebündelten Glasfaserleitungen und energetischen Transferkanälen. Einen Laufsteg gab es nicht – Kim und Harry standen auf einem besonders dicken Kabelbündel.

Es fehlte künstliche Gravitation, und inzwischen waren sie dem Zentrum des künstlichen Monds ein ganzes Stück näher. Kim zuckte zusammen, als er fast schwerelos wurde, und aus einem Reflex heraus streckte er die Beine – ein Fehler, wie sich herausstellte. Er stieg auf, streckte die Arme und suchte vergeblich nach Halt. Zwei oder drei Sekunden später stieß er mit dem Kopf an ein Rohr und trieb wieder dem Boden entgegen. Paris ergriff den jungen Fähnrich am Bein und zog ihn nach unten.

Kim rieb sich die schmerzende Stelle am Kopf und blickte auf die Anzeigen des Tricorders. »Von fast fünfzehn g auf weniger als ein Zwanzigstel der normalen Schwerkraft. Nach unserer Rückkehr haben wir bestimmt noch eine Woche lang Schmerzen in den Knochen.«

Paris sprang versuchsweise nach vorn und legte mehrere Meter zurück, mußte jedoch die Arme heben, um nicht wie zuvor Kim mit dem Kopf an die ›Decke‹ zu stoßen. Es dauerte einige Minuten, bis sie sich an ihr geringes Gewicht gewöhnt hatten. Dann setzten sie den Weg mit weiten, flachen Sätzen fort und kamen auf diese Weise wesentlich schneller voran, als es auf der Oberfläche eines Planeten möglich gewesen wäre.

Kim sondierte immer wieder und entdeckte schließlich einen Quergang, in dem sie einige weitere Kilometer zurücklegten, bis er an einer Art Schlucht endete: Eine runde Grube führte tief ins Innere des Monds.

»Was halten Sie davon, wenn wir uns dort unten umsehen, Tom?« fragte Kim.

Paris beugte sich vor und starrte in die Tiefe. Er schaltete seine Lampe auf maximale Leuchtstärke, aber trotzdem reichte ihr Licht nicht bis zum Grund der ›Schlucht‹.

»Ich kann nicht bis nach unten sehen, und die Wände sind völlig glatt«, erwiderte Paris. »Von Leitern fehlt jede Spur. Nun, bei normaler Gravitation muß man mit dem Tod rechnen, wenn man dreißig Meter tief fällt. Unter den hiesigen Bedingungen gilt das für einen Fall von sechshundert Metern. Wir sollten besser vorsichtig sein.«

Kim lächelte. »Ich habe so etwas schon immer mal

ausprobieren wollen. Seit ich als Kind entsprechende Holo-Trickfilme gesehen habe.«

»Was meinen Sie?«

Kim entnahm der Forschungsjacke eine Thermodecke. »Bei so geringer Schwerkraft sollte es möglich sein!«

»*Was* denn?«

Kims Lächeln wuchs in die Breite. »Die Verwendung einer Decke als Fallschirm.«

»Nicht übel. Und wie kehren wir nach oben zurück?«

Kim kramte in seinem Beutel. Normalerweise dienten solche Taschen dazu, die Mitglieder einer Einsatzgruppe für eine planetare Mission auszurüsten. Deshalb enthielten sie praktisch alles, was Forscher auf einer fremden Welt brauchten: Proviant, Wassertabletten, Ferngläser, Tricorder, Decken und Zelte, aufblasbare Flöße ... Und Werkzeuge für Bergsteiger. Jede Menge davon.

Der junge Fähnrich entnahm seiner Tasche eine Rolle mit einem sehr dünnen Seil. Die Aufschrift des Etiketts lautete: ›1000 m‹.

Sie befestigten das Seil an einem besonders stabil wirkenden Bündel aus Glasfaserleitungen und schlangen das andere Ende um ihre Hüften, wobei sie darauf achteten, daß der Abstand zwischen ihnen zehn Meter betrug. Dann näherten sie sich wieder dem Rand des Abgrunds.

»Harry, ich nehme alles zurück, was ich jemals in der Offiziersmesse über Sie gesagt habe. Sind Sie *sicher*, daß es funktioniert? Es gefällt mir nicht, einfach so in die Tiefe zu springen.«

»Haben Sie kein Vertrauen zu mir?«

»Nein.«

»Und was ist mit meinen Berechnungen?«

Tom Paris überlegte. »Na schön, Ihren Berechnungen vertraue ich. Geronimo!«

»Wie bitte?«

»Fragen Sie Chakotay«, erwiderte Paris geheimnisvoll. Sie griffen nach jeweils zwei Zipfeln der großen Decke und traten dann ins Nichts.

Die beiden Starfleet-Offiziere schwebten langsam in dem gewaltigen Schacht nach unten, wie welke Blätter im Herbst. Kim stellte fest, daß er steuern konnte, indem er an den Ecken der Decke zog. Er sorgte dafür, daß sie in der Mitte blieben und eine sichere Entfernung zu den glatten Wänden wahrten.

Sie fielen ziemlich lange. Kim schätzte die Sinkgeschwindigkeit auf anderthalb bis zwei Meter pro Sekunde, was bedeutete: Es würde acht bis elf Minuten dauern, bis die volle Länge des Seils erreicht war.

Es vergingen etwas mehr als neun Minuten, und Kim freute sich über die Genauigkeit seiner Schätzung.

Der breite Schacht führte übergangslos in ein riesiges Gewölbe, das mindestens zwei Kilometer durchmaß. Gleichzeitig spannte sich plötzlich das Seil, wodurch die Reise in die Tiefe ein jähes Ende fand – obwohl sie noch immer mehr als fünfhundert Meter vom Boden trennten. Die beiden Männer baumelten wie Fische an einer Angelschnur, hoch über der gewaltigsten und komplexesten Maschine, die Kim je gesehen hatte.

Er wußte nicht, was er betrachtete, als er den Tricorder nach unten richtete, sondierte und aufzeichnete.

6

»Na schön, wir haben alles gesehen. Und jetzt?« – Kim antwortete nicht sofort und ließ den Blick noch immer über das kolossale Aggregat schweifen. *Was auch immer es sein mag – ich kenne keine größere und beeindruckendere Maschine!* dachte er.

»Hier geht es um riesige Energiemengen«, sagte er schließlich. »Jene energetischen Transferkanäle sind hundertmal größer als die an Bord der *Voyager*, und es gibt viele Dutzend von ihnen. Der Sonnenkäfig fängt einen beträchtlichen Teil der solaren Energie ein, vielleicht fünf oder zehn Prozent ... Aber was stellen die Fremden damit an, Tom?«

»Das weiß ich leider nicht. Wir sollten nach einer Antwort auf Ihre Frage suchen. Vielleicht handelt es sich um eine Waffe, und wenn wir versuchen, den gefangenen Piloten zu befreien ...«

»Pscht!« Kims nervöse Gesten warnten den Piloten: *Möglicherweise haben die Wände Ohren*.

»Ach was, niemand belauscht uns. Andernfalls hätte man uns längst hinter Schloß und Riegel gesteckt.«

»Wir dürfen kein Risiko eingehen!«

»Ich würde es bestimmt spüren, wenn die Gefahr besteht, daß man uns gefangennimmt.«

»Glauben Sie? Beim Maquis hat Ihr sechster Sinne allerdings versagt.«

Paris klappte den Mund zu, sah Harry Kim an und runzelte die Stirn. Bei seiner ersten Mission als Mitglied des Maquis war er von Starfleet-Angehörigen verhaftet worden und endete schließlich in einer Strafanstalt auf Neuseeland. Dort hatte ihn Captain Janeway als Besatzungsmitglied der *Voyager* angeworben.

»Nun«, sagte Paris langsam, »entweder binden wir uns los und schweben bis zum Boden hinab, vermutlich ohne eine Chance, das gewaltige Gewölbe jemals wieder zu verlassen – oder wir klettern nach oben.«

»Wir könnten ein zweites Seil am Ende des ersten befestigen und dann den Weg nach unten fortsetzen, aber ich schätze, das hat keinen Sinn. Wenn uns die Maschine von hier oben aus rätselhaft bleibt … Wir verstehen sie sicher nicht besser, wenn wir sie uns aus der Nähe ansehen.« Er fügte nicht hinzu, daß er noch immer keine Ahnung hatte, welchem Zweck das Aggregat diente.

»Inzwischen haben wir genug Daten gesammelt und sollten besser zum Schiff zurückkehren, um dort mit der Auswertung zu beginnen. Captain Janeway erwartet konkrete Informationen von uns.«

Die Rückkehr nach oben war fast so leicht wie der sanfte Fall. Ein Zwanzigstel der normalen Schwerkraft … Es bedeutete, daß sie nur wenige Kilo wogen.

Kim zog sich kräftig am Seil nach oben und erreichte dadurch eine Anfangsgeschwindigkeit von etwa drei Metern pro Sekunde. Auf dem Weg nach oben bremste ihn die geringe Gravitation ab: Innerhalb von sechs Sekunden legte er neun Meter zurück. Nach jedem elften Zerren am Seil – nach jeweils etwa hundert Metern – legten sie eine Pause ein. Kim nutzte die Ruhephasen, um das Seil zusammenzurollen.

Knapp fünfundvierzig Minuten später erreichten sie das obere Ende des Schachtes. Fähnrich Kim stellte erstaunt fest, wie müde sich seine Arme anfühlten, obwohl er immer nur einige wenige Kilo bewegt hatte – allerdings mehr als hundert Mal. Paris ließ sich nichts anmerken; seine Bewegungen brachten keine Müdigkeit zum Ausdruck.

Sie kehrten den Weg zurück, den sie gekommen waren. Mit Hilfe des Tricorders folgte Kim der infraroten Spur, die sie zurückgelassen hatten – bis sie schließlich ein Schott erreichten. Der Fähnrich blieb abrupt stehen und richtete einen verblüfften Blick auf das Hindernis. »Sie können mich gern berichtigen, Tom, aber …«

»Sie haben recht, Harry. Vor einer Stunde gab es dieses Ding noch nicht.«

»Wir sind doch aus dieser Richtung gekommen, oder?«

»Da bin ich ziemlich sicher. Außerdem: Ihr elektronischer Spürhund bestätigt es.«

Harry Kim drehte sich um die eigene Achse und nahm dabei eine Sondierung um 360 Grad vor. »Ich orte einen parallelen Gang, der einige Meter entfernt ist. Vielleicht ermöglicht er uns, nahe genug ans Shuttle heranzukommen, um den Transporter zu aktivieren.«

Sie wanderten dorthin, wo zuvor der breite Schacht anderthalb Kilometer weit in die Tiefe geführt hatte. Doch schon nach kurzer Zeit bemerkten sie eine Veränderung: Der Korridor knickte zweimal nach rechts ab und mündete in den von Kim georteten parallelen Gang.

»Die *Wände* bewegen sich!«

»Ach? Vielleicht leiden wir an Halluzinationen.«

»Im Ernst, Paris. Ich halte diesen Vorgang für …«

»Unheimlich?«

»Unnötig komplex.«

Kim betrachtete die massiv aussehenden Wände. In der Ferne hörte er ein dumpfes Kratzen, als sich Metall in Bewegung setzte, das eigentlich stationär sein sollte. »Man könnte fast meinen …«

»Ja?«

»Nein, es ist absurd.«

»Heraus damit, Harry. Was wollten Sie gerade sagen?«

»Vielleicht ist der ganze Mond eine Art logisches

Schaltsystem, mit Synapsen, die sich öffnen und schließen.«

Kim modifizierte die Justierung des Tricorders und sondierte erneut. »Die elektrischen Impulse bilden Muster, wie wir sie von Neuronen kennen. Es scheint hier ein globales neurales Netz zu geben. Oder mehrere neurale Netze. Und die mobilen Wände dienen dazu, Verbindungen zwischen ihnen herzustellen.«

Der junge Mann holte tief Luft. »Die nächste evolutionäre Phase besteht aus einem neuralen Netz, das sich aus Millionen von kleineren neuralen Netzen zusammensetzt. Wie ein Fraktal: Jede Komponente stellt ein Modell des Ganzen dar.«

»Harry? Ich schlage vor, wie verschwinden von hier.«

Sie eilten durch den Irrgarten. Einmal wäre es fast zu einer Kollision gekommen, als sich plötzlich eine Wand vor Paris schob. Kim riß ihn zur Seite, und eine Sekunde später riegelte die Wand einen Teil des Korridors ab.

Schließlich kamen sie dem Shuttle nahe genug, um einen Kontakt mit dem Bordcomputer herzustellen und das Signal für die Aktivierung des Transporters zu senden. Kim atmete erleichtert auf, als er das vertraute Prickeln des Entmaterialisierung spürte.

In dem kleinen Raumschiff befaßten sie sich mit der Frage, wie sie ins All zurückkehren sollten.

»Hören Sie, Kim ... Ich möchte die Todeswende nicht wiederholen. Wir haben sie einmal erfolgreich hinter uns gebracht, und dabei sollten wir es belassen. Die Sache sähe etwas anders aus, wenn ich mehr Zeit für das zur Seite gerichtete Flugmanöver hätte ...«

»Zwischen dem Fokussierungsmodul und der Empfangsantenne ist das energetische Niveau der Mikrowellen so stark, daß unsere Schilde höchstens drei oder vier Sekunden lang stabil bleiben.«

Paris nickte. »Genau das meine ich. Die Zeit ist zu knapp.«

»Hinzu kommt, daß wir anschließend noch durch den langen Schacht fliegen müssen, und dort brauchen wir eine Abschirmung.«

»Woraus folgt?«

»Nun ...« Kim klopfte nachdenklich auf die Computerkonsole. »Vielleicht halten wir die Strahlung etwas länger aus, wenn wir das Shuttle drehen und rückwärts durch den Schacht fliegen.«

»Geben Sie mir zwanzig Sekunden zwischen Ring und Antenne. Das müßte für ein Wende- und Beschleunigungsmanöver genügen.«

Kim löste eine Verkleidungsplatte und machte sich sofort an die Arbeit. Er bedauerte plötzlich, sich für die Kommandolaufbahn und keine technische Ausbildung entschieden zu haben. *Ich hätte ein guter Entwicklungsingenieur werden können*, dachte er.

Zwanzig Minuten später räusperte er sich. »Ich kann Ihnen achtzehn Sekunden geben.«

»Einverstanden. Schnallen Sie sich an und lassen Sie uns von hier verschwinden.«

Paris deutete auf den Sessel des Fähnrichs, und Kim nahm Platz.

Der Pilot drehte das Shuttle, bevor er es an der Empfangsantenne vorbeisteuerte – damit wollte er keine Zeit verlieren, während sie sich im Zentrum der Strahlung befanden. Geschickt lenkte er das kleine Raumschiff über die große Scheibe, durchs Nadelöhr des Fokussierungsrings und dann durch den Schacht.

Kim fühlte sich immer schlechter, als die Temperatur im Innern des Shuttles stieg. Er glaubte zu spüren, wie Blasen auf seiner Haut entstanden, und jeder Atemzug wurde zur Qual. Irgendwie gelang es ihm, die Anzeige für ultraviolette Emissionen im Auge zu behalten. Sie durften auf keinen Fall erblinden – damit mochte ein Schaden angerichtet werden, den nicht einmal der verdrießliche holographische Arzt in Ordnung bringen konnte.

»Beeilen Sie sich, Paris«, brachte Kim hervor, als sie etwa drei Viertel des Weges hinter sich hatten. Der Pilot antwortete nicht, blieb auf die Kontrollen konzentriert.

Schweiß strömte Kim übers Gesicht, als er Tom Paris beobachtete, dessen Wangen rot glühten. Hier und dort schienen sich erste Hautfetzen zu lösen.

Der Fähnrich wandte den Blick ab – er wollte nicht noch mehr sehen.

Als überall Flecken tanzten, hervorgerufen von elektromagnetischer Stimulation der Netzhaut – ein schlechtes Zeichen –, verließ das Shuttle endlich den langen Schacht und erreichte das dunkle, kalte All. Schwindel erfaßte Kim, und er sträubte sich gegen die drohende Bewußtlosigkeit. Alles um ihn herum rotierte, und er fragte sich, ob es Paris ähnlich erging. Wie konnte er unter solchen Umständen das Shuttle auf den richtigen Kurs bringen?

Der Pilot richtete den Bug des kleinen Raumschiffs auf die ferne *Voyager*, beschleunigte, übermittelte einen automatischen Notruf per Richtstrahl ... Und sackte dann in sich zusammen.

»Medizinischer ... Nottransfer«, keuchte Kim und hoffte, daß die mühsam formulierten Worte übertragen wurden. »Traktorstrahl ... Shuttle ...«

Schließlich gab er der Erschöpfung nach, und seine Gedanken verloren sich in Finsternis.

Paris erwachte auf dem Operationstisch des Arztes, und jähe Panik quoll in ihm empor. Er hatte geträumt, daß sich seine Haut auflöste, daß Muskeln und Organe ganz offen lagen, was ihm Agonie bescherte.

Aber der holographische Doktor behandelte ihn nur mit einem Hautstimulator, hielt das Gerät erst übers Gesicht und dann über die Hände.

»Oh. Sie sind erwacht. Nun, das ließ sich vermutlich nicht vermeiden.«

»Hallo, Dr. Schweitzer.«

Der Arzt wölbte die Brauen. »Diesen Namen verwende ich schon seit einer ganzen Weile nicht mehr, Mr. Paris. Ich hoffe, Ihre Worte basieren auf Sarkasmus und keinem plötzlichen Gedächtnisschwund.«

»Es war reiner Sarkasmus.«

»Dachte ich mir. Nun, ich bin darauf programmiert, solche verbalen Attacken zu ignorieren.«

»Ach, seien Sie nicht so humorlos, Doktor. Ich durchschaue Sie.«

»Funktioniert das holographische Projektionssystem nicht richtig? Oh ... Ein weiterer Scherz. Har, har, har. Es hat vermutlich keinen Zweck, Ihnen zwei Tage Bettruhe zu verordnen, oder?«

»Nein, Doc.«

»Überrascht mich kaum. Sie und Mr. Kim verdienen sich gegenseitig.« Der Holo-Arzt schnaubte leise. »Kes, Geben Sie diesen beiden Herren den üblichen Rat – dem sie sicher keine Beachtung schenken – und einen Fiebersensor.«

Kim saß auf einer nahen Liege und schüttelte benommen den Kopf.

»Versprechen Sie mir, mich zu informieren, wenn der Fiebersensor eine zu hohe Temperatur meldet?« fragte der Doktor.

»Geht klar«, erwiderte Paris. Fähnrich Kim nickte. *Wahrscheinlich hat er kein Wort verstanden,* dachte der Pilot.

»Gut. Krankenstation an Chakotay. Paris und Kim sind für die Besprechung bereit, Commander.«

»Ausgezeichnet«, erklang die ruhige Stimme des Ersten Offiziers. »Ich erwarte sie im Bereitschaftsraum. Übrigens, Doktor: Kes sollte ebenfalls zugegen sein.«

»Warum nicht? Was soll ich auch schon mit ihren Diensten anfangen? Immerhin bin ich nur ein Hologramm, und Hologramme brauchen nicht die Hilfe von Assistenten.«

Paris rollte mit den Augen. Der Doktor wurde noch

unerträglicher, wenn er versuchte, Mitleid zu erwecken.

Kes seufzte und legte der holographischen Projektion die Hand auf den Arm. »Schon gut. Ich kehre so schnell wie möglich zurück. Immerhin muß ich auch den Rest der Prüfung hinter mich bringen – diesmal stellte sie wirklich eine Herausforderung dar.«

»Tatsächlich? Sie haben sie als schwer empfunden?«

»Als geradezu gemein! Ich bin gleich wieder da, Doktor.«

»Ja ... Ja, in Ordnung.«

Es gibt keine Furcht. Es gibt keinen Schmerz. Es gibt keine Gefühle ... Alles löst sich auf und verschwindet, weicht reiner Logik. Gedanken bestehen aus Symbolen, und Logik erlaubt völlige Kontrolle aller Symbole.

Die Meditation half ein wenig, konnte die irrationalen Emotionen jedoch nicht aus Tuvok vertreiben. Hunderttausend Jahre alte genetische Erinnerungen stimulierten sein endokrines System und sorgten dafür, daß Vidrenalase freigesetzt wurde, eine Substanz, die auf Vulkanier ebenso wirkte wie Adrenalin auf Menschen. Tuvok zitterte und sah sich außerstande, seine motorischen Systeme zu kontrollieren. Nur mit Mühe gelang es ihm, barbarische Empfindungen und Impulse hinter einer dünnen Fassade aus Logik und Vernunft zu verbergen.

Er folgte der Furie, dem Captain und Neelix, wankte durch einen feuchtwarmen Korridor. Zwar stand Tuvok noch immer unter dem Eindruck, einen Alptraum zu erleben, aber ein Teil von ihm blieb imstande, die Umgebung zu beobachten und zu analysieren. Er verglich den Tunnel mit einem Geburtskanal – ein Bild, das ihn nicht etwa faszinierte, sondern noch mehr Abscheu in ihm weckte.

Etwas in ihm wünschte sich, Navdaq zu erwürgen, alle siebenundzwanzig Milliarden Dämonen auf diesem Planeten umzubringen. Es war schlimmer als das *Pon Farr* – der an Wahnsinn grenzende Fortpflanzungstrieb wurde von strengen Ritualen kanalisiert. Aber es gab kein Ritual, das Tuvok dabei helfen konnte, mit den von Navdaq und den anderen Furien geweckten primitiven Emotionen fertig zu werden. Nur die Meditation blieb ihm.

Die Dunkelheit im Korridor beunruhigte Tuvok ebensowenig wie die sonderbare Architektur: Kanten, die keinen Winkel von neunzig Grad bildeten, aber den Eindruck erweckten, daß sie eigentlich rechtwinklig sein sollten; Wände und Decken, die aufgrund von optischen Täuschungen näher zu sein schienen, als es wirklich der Fall war; seltsame Schrägen, die für den menschlichen Gleichgewichtssinn eine große Herausforderung darstellten, weil er sehr von der visuellen Wahrnehmung abhing.

Diese Dinge hätten Tuvoks Gelassenheit nicht beeinträchtigt. Was ihn mit solcher Unruhe erfüllte, war der Umstand, daß sich tief in seinem Innern ein Abgrund öffnete, bestehend aus DNS-Erinnerungen an Niederlage und Sklaverei, an eine Zeit des Grauens, die so lange zurücklag, daß sie keine historischen Spuren hinterlassen hatte.

Wir haben geglaubt, unsere ganze Geschichte zu kennen, aber das ist ganz offensichtlich ein Irrtum, dachte Tuvok und klammerte sich an der Logik dieser Überlegungen fest. *Es gibt Lücken in unseren historischen Aufzeichnungen. Ich muß einen Bericht für die vulkanische Fachzeitschrift* Archäologie und Vorgeschichte *schreiben.*

Er schauderte.

Im Kern unseres Selbst unterscheiden wir uns eigentlich nicht sehr von den Romulanern. Bitterkeit begleitete diesen Gedanken – ein weiteres Gefühl.

Tuvok begriff, daß es nur eine Möglichkeit gab, den emotionalen Strom zu beenden: Er mußte eine direkte Konfrontation mit der Furie herbeiführen, sich dem eigenen Entsetzen stellen.

Er ging schneller, schloß zu Navdaq auf und handelte, bevor er sich von Furcht dazu verleiten lassen konnte, seinem Volk Schande zu bereiten. Rasch streckte er die Hand aus, packte die Furie an der Schulter und drehte sie zu sich herum.

Tuvok blickte in Navdaqs Gesicht – und erstarrte innerlich.

Ich kenne dich! fuhr es ihm durch den Sinn. Aufregung vibrierte im mentalen Kosmos des Vulkaniers. *Du bist Ok'San, die erbarmungslose Herrin.*

Ok'San galt als schrecklichste aller vulkanischen Dämonen, denn sie war die Mutter aller anderen. Es handelte sich um eine so alte Mythologie, daß nur wenige Gelehrte von ihr wußten. Tuvok kannte sie nur wegen seines Interesses für die vulkanische Geschichte, und seine Kenntnisse beschränkten sich auf einige wenige Legenden.

Doch der Begriff ›Ok'San‹ war allen Vulkaniern vertraut, obgleich es die meisten vorzogen, nicht daran zu denken – weil er den *Verlust von Kontrolle und Vernunft* repräsentierte. Logik und Rationalität spielten die entscheidende Rolle in der vulkanischer Kultur; die Vulkanier fürchteten nichts mehr, als diese beiden Eigenschaften zu verlieren.

Die dämonische Mythologie berichtete davon, daß Ok'San in der heißen, trockenen Nacht von Vulkan durchs Fenster kletterte, um auf der Brust der von ihr erwählten ›Träumer‹ zu hocken: Dichter, Komponisten, Schriftsteller, Philosophen, Wissenschaftler, Politiker … Personen, deren Kreativität in der frühen vulkanischen Gesellschaft einen entscheidenden Beitrag dafür leistete, daß sich in einer barbarischen Vergangenheit die Keime für eine bessere Zukunft bildeten. Personen, die in einer Welt aus Gewalt und Primitivität nach Fragmenten von Zivilisation suchten.

Auf der Brust solcher Träumer hockte Ok'San, beugte sich hinab und preßte ihre Lippen auf die des Opfers.

Ihr Speichel drang ihm in den Mund, rann durch den Hals und füllte die beiden Herzen des Betroffenen mit dem *Zorn von Vulkan*.

Der Zorn von Vulkan manifestierte sich als Berserkerwut, die zu gräßlichen Tobsuchtsanfällen führte.

Tuvok hatte sich gefragt, was im Selbst eines Vulkaniers vor sich gehen mußte, der alle Angehörigen seiner Familie umbrachte, mit einem Knüppel so fest zuschlug, daß der Schädel platzte und das Gehirn fortspritzte. Es gab einen Fall von solchem Zorn, der von mehreren Zeugen beobachtet worden war. Ein Jäger und Krieger namens Torkas von Vehm hatte vor etwa achtzigtausend Jahren einen vulkanischen Toth-Speer genommen und dann versucht, alle Bewohner seines Heimatdorfes zu töten. Er schaffte es, siebenundneunzig ins Jenseits zu schicken und vierzehn weitere zu verletzen, sechs von ihnen schwer, bevor man ihn überwältigte.

Tuvok hatte Ok'San immer für die Personifizierung der sadistischen Gewalt gehalten, zu der die Vulkanier vor Surak fähig waren. Der Zorn von Vulkan erschien ihm wie eine Erkrankung des Nervensystems. Erstaunlicherweise berichteten die historischen Aufzeichnungen von keinem einzigen Fall in der Neuzeit.

Krankheiten verschwanden nicht einfach so. Hinzu kam: Den primitiven Vulkaniern hatten weder die Werkzeuge der Logik noch die Instrumente moderner Medizin zur Verfügung gestanden, um jenes ›Virus‹ auszurotten, das den Zorn verursachte.

Die Angelegenheit blieb rätselhaft – bis jetzt.

7

Dies ist der Zorn, dachte Tuvok und starrte in das Gesicht einer männlichen Version von Ok'San. *Ich bin der Zorn und stelle eine große Gefahr für alle dar, die sich in meiner Nähe befinden.*

Er bemühte sich so sehr, den Zorn unter Kontrolle zu halten, daß er gar nicht die Frage verstand, die Navdaq an ihn richtete. Vermutlich war es eine Variation von: »Was wollen Sie von mir?«

Tuvok zitterte noch immer und mußte sich zwingen, den Mund zu öffnen und zu sprechen. »Die Merkmale ... Ihres Erscheinungsbilds sind ... faszinierend. Aber andere Personen ... teilen sie nicht. Warum ... gibt es bei ... Ihnen ... so viele Unterschiede?«

Navdaq lächelte, wodurch sich die emotionale Reaktion des Vulkaniers verstärkte – weitere genetische Erinnerungen erwachten.

»Die Heerscharen sind eins, kommen aber von vielen verschiedenen Welten. Ihr Ursprung reicht so weit in die Zeit zurück, daß sich niemand genau daran erinnert. Im Paradies fanden sie zueinander, als einzige rechtmäßige Erben des Heiligen.«

»Und doch ... existiert Trennung bei Ihnen ...«

»Die Göttlichkeit der Heiligen zeigt sich in Form von vielen Spitzen eines Sterns, doch das Pentagramm beschreibt die fünf Kategorien von Geschöpfen. Ich selbst gehöre zur Familie der Sanoktisandaruval, der zweiten großen Kategorie. Meine Vorfahren herrschten als Könige unter dem Autokraten. Die Heiligen sind eins, bestehen jedoch aus unterschiedlichen Spezies, die sich untereinander nicht vermischen, damit die einzelnen Sternspitzen gewahrt bleiben.«

Herrschten als Könige …

In dem von Gefühlen heimgesuchten Bewußtsein Tuvoks gab es nicht den geringsten Zweifel: Die Sanoktisandaruval waren mit den Ok'San identisch und hatten einst über Vulkan geherrscht.

Vielleicht waren es wohlwollende Regenten gewesen, nach ihren eigenen Maßstäben.

Bruchstücke uralter Reminiszenzen stiegen aus dem Abgrund in Tuvok, boten sich seinem inneren Blick dar.

Ein glühender Schmelzofen – vielleicht ein Fusionsreaktor, beobachtet von Primitiven, die nichts Modorneres kannten als ein Lagerfeuer. Ein See aus Feuer … Radioaktivität? Oder flüssiges Helium? Sklaven, die sich hin und her wanden, das Leid der Verdammten erfuhren. Oder empfingen sie die Emissionen von Schrekkensprojektoren? Riesige Dämonen, die Bergen gleich aufragten … Holographische Bilder, die dazu dienten, Gruppen von Sklaven Befehle zu übermitteln?

Ich bin ein Sklave im Haushalt von Javastaras und erwache nach einem dreistündigen Schlaf, in dem mich gräßliche Bilder plagten. Zusammen mit sechs anderen Sklaven krieche ich auf dem Bauch von der Höllenprinzessin Meliflones, deren Gunst Javastaras erringen möchte. Sie ist entzückt, lacht und klatscht wie ein glückliches Kind in die Hände.

Man vergißt uns, als Javastaras Meliflones umwirbt. Ich ruhe auf den Knien und rühre mich nicht, aus Angst, Aufmerksamkeit zu erregen.

Es war Tuvoks erste bewußte genetische Erinnerung.

Hinzu kamen memoriale Momentaufnahmen: in einem kleinen Raum gefangen und gefesselt, der Gnade heulender Dämonen ausgeliefert; Ärzte, die Impfungen vornahmen und/oder operierten, vielleicht ohne Betäubung; brüllende Ungeheuer, die lange Tentakel ausstreckten … Pumpen? Hydraulische Systeme? Elektrische Kabel? Eine Dreschmaschine?

Aber es gab auch Erinnerungen, die eine eindeutige Botschaft vermittelten. Sie berichteten von Schmerz, Entsetzen, Mißhandlungen und einer Schinderei, die oft zum Tod führte. Vielleicht am schlimmsten war das Grauen, das von den Furien kam und bis in die fernsten Winkel des vulkanischen Ichs reichte.

Ich bin jetzt eine junge Frau, die vor den Furien erscheint. Sie erstarrt, als sich ihr ein junger Mann nähert. Seine Züge verraten Qual, und Blut klebt an den Händen ...

Tuvok entsann sich plötzlich an die metallenen Halsringe, die das Verhalten der Sklaven kontrollierten, ihre Bewegungen und sogar die *Gedanken*. Sie verwandelten Vulkanier in Tiere, die auf den Feldern schufteten und sich dem Willen ihrer Herren beugten. Er ›erinnerte‹ sich auch an die ›Aufführungen‹, bei denen vulkanische Sklaven in die Rollen von mythologischen Wesen schlüpften, sprechende Tiere oder leblose Objekte spielten. Manchmal brachten sich die Sklaven bei solchen Gelegenheiten gegenseitig um. Ihnen blieb nichts anderes übrig, denn die Halsringe zwangen sie zum Gehorsam.

Ich bin ein alter Mann, müde und erschöpft. Schmerzen peinigen mich, aber trotzdem muß ich weiterarbeiten. Ich bin besessen. Die Dämonen wollen, daß ich sterbe. Vielleicht geht ihr Wunsch bald in Erfüllung, denn ich fühle ein Stechen im unteren Herzen. Ich habe nicht mehr die Kraft zu kämpfen, und dadurch werde ich wertlos. Jenen, die keinen Nutzen mehr haben, bleibt nur noch der Tod.

Ein immer noch rationaler Teil von Tuvok gelangte zu folgendem Schluß: Der Detailreichtum dieser genetischen Reminiszenzen deutete darauf hin, daß sich solche Ereignisse im Verlauf von vielen Jahrtausenden ständig wiederholt hatten. Eine der gräßlichsten Erinnerungen bestand aus dem Gefühl völliger, absoluter Hilflosigkeit. Die Unterdrückten konnten sich nicht aus eigener Kraft befreien, mußten warten, bis die Unreinen – wer auch immer sie waren – kamen und die Furien vertrieben.

Es fiel schwer, sich einer so bitteren Wahrheit zu stellen. Aber nachdem sie aus den Tiefen des Unbewußten ans Licht gezerrt war, um sie mit Logik und Rationalität zu analysieren … Daraufhin verblaßte der emotionale Gehalt der Erinnerungen.

Alles geschah innerhalb eines Sekundenbruchteils, doch Tuvok hatte das Gefühl, als sei ein ganzes Jahrhundert vergangen. Navdaq wandte sich von ihm ab und setzte den Weg zum Autokraten fort, führte Janeway, Neelix und einen Vulkanier, in dessen Innern nun wieder Frieden herrschte. Die jüngsten Erkenntnisse erlaubten es ihm, sein geistiges Gleichgewicht wiederzufinden.

Damals kamen die Götter, um Furien und Dämonen zu verjagen.

Aber es waren abscheuliche Götter: große, wespenartige Wesen mit schwarzen Körpern, die nicht nur aus lebendigem Gewebe bestanden, sondern auch aus Metall. Tuvok bekam Gelegenheit, kurze Erinnerungsblicke auf die Geschöpfe zu werfen, und er sah Mäuler, die *im Weltraum* vitale Energie aus Raumschiffen saugten. Die Götter brauchten keine Schiffe, um den Ozean zwischen den Sternen zu durchqueren. Nackt reisten sie durch die Leere, angetrieben von Gas, das ihren wie aufgebläht wirkenden Leibern entströmte. Ihr Anblick sorgte dafür, daß sich vulkanische Sklaven zu Boden warfen und das Gesicht im Staub verbargen. Manchmal starben sie sogar aus Angst.

Die Ok'San setzten ihre Schreckenswaffe gegen die Wespengötter ein, doch bei den insektoiden Wesen zeigte sie überhaupt keine Wirkung. Daraufhin wandten sich die besorgten Ok'San an ihre Sklaven und schickten sie gegen die Götter in den Kampf. Zu Zehntausenden starben die Vulkanier; viele von ihnen wurden bei lebendigem Leib gefressen.

Die Ok'San wichen zurück und mußten zum erstenmal eine Niederlage hinnehmen. Furcht regte sich in ihnen, denn sie wußten nicht, wie sie sich gegen die Wespen wehren sollten, die gegen ihr Entsetzen immun waren. Schließlich flohen die wütenden, hilflosen Furien. Sie schworen, irgendwann zurückzukehren und erneut auf das Anspruch zu erheben, *was ihnen gehörte*. Als Tuvok sah, wie die Unterdrücker sich zur Flucht wandten ... Plötzlich *bedauerte* er, daß sie aufbrachen!

Scham brannte in seinem Gesicht – wieder ein neues Empfinden für Tuvok. Gedemütigt senkte er den Kopf und schämte sich für die Reaktionen seiner Vorfahren.

Im Anschluß an die Flucht der Furien nahm die Geschichte den vertrauten Verlauf. Die Wespengötter – die Unreinen – interessierten sich nicht für die ehemaligen vulkanischen Sklaven. Bei einer raumfahrenden Kultur hatte Versklavung keinen ökonomischen Sinn. Die Unterjochung anderer intelligenter Wesen fand nicht aus wirtschaftlichen Gründen statt, sondern allein aus Arroganz, aus Freude an Herrschaft und Unterdrückung. Den Unreinen lag nichts daran, über irgend jemanden zu herrschen. Sie sahen eine Gefahr in den Furien, und diese Gefahr neutralisierten sie.

Die Vulkanier sahen plötzlich ihren größten Wunsch erfüllt, den nach Freiheit. Aber da sie sich ein Leben ohne Knechtschaft nicht mehr vorstellen konnten, fielen sie übereinander her. Sie glaubten, ein Naturgesetz führe zur Einteilung der Gesellschaft in Herren und Diener. Mit blutiger Gewalt versuchten sie, die Institution der Sklaverei zu bewahren.

Es kam zu verheerenden Kriegen, und Akte der Barbarei waren an der Tagesordnung. Aus dem Chaos des ›Krieges aller gegen alle‹, wie es der terranische Philosoph Hobbes genannt hatte, wuchs die läuternde Rationalität von Surak. Logik führte zur Rettung Vulkans und erlaubte die Entwicklung einer hohen Kultur.

Tuvoks Gedanken kehrten in die Gegenwart zurück. Er erinnerte sich daran, wer er war und *wo er sich befand*: in einem feuchten, verliesartigen Raum, dem Vorzimmer des Autokraten. Navdaq war fort, und zusammen mit Janeway und Neelix wartete Tuvok auf seine Rückkehr.

Schon wieder eine nutzlose Besprechung, bei der nur Zeit vergeudet wird, dachte B'Elanna Torres. *Sie bietet eine weitere Chance, um allen zu zeigen, daß ich an Bord dieses Schiffes völlig nutzlos bin. Bestimmt dauert es nicht mehr lange, bis alle wissen, daß ich zu nichts tauge.*

Fähnrich Kim räusperte sich. Paris und er hatten mit mäßigem Erfolg versucht, die gewaltige Maschine im Innern des künstlichen Monds zu beschreiben.

Commander Chakotay, Lieutenant B'Elanna Torres und Kes wandten sich dem jungen Fähnrich zu. »Möchten Sie etwas hinzufügen?« fragte der Erste Offizier. B'Elanna versuchte, ihren Ärger zu verbergen. Ihrer Ansicht nach war Kim viel zu schüchtern, wenn es darum ging, seine Meinung zu äußern. Oft ließ er Paris für sich sprechen, so als sei er überhaupt nicht zugegen.

»Wenn Sie mir einen Vorschlag gestatten, Sir ... Wie wär's, wenn wir den Rest der Besprechung auf dem Holodeck stattfinden lassen? Mit den aufgezeichneten Daten sollte der Computer imstande sein, uns eine Simulation der Anlage zu zeigen.«

»Ja«, sagte B'Elanna sofort und hörte, daß es viel zu hastig klang. »Eine gute Idee! Wenn ich die Maschine sehe, kann ich bestimmt herausfinden, welchen Zweck sie erfüllt.«

Auf unangenehme Weise war sie sich der Tatsache bewußt, daß sie bisher kaum Diskussionsbeiträge geleistet hatte. Mit Paris' Beschreibungen ließ sich kaum etwas anfangen, aber darauf wollte sie nicht hinweisen – vielleicht hätte man es für eine Ausrede gehalten.

Chakotay nickte. Zehn Minuten später standen sie auf einer unsichtbaren Plattform mehr als einen halben

Kilometer über dem gewaltigen Aggregat – aus dieser Perspektive war die Aufzeichnung erfolgt.

B'Elanna starrte nach unten und versuchte, einen allgemeinen Eindruck von der Maschine zu bekommen, bevor sie den Blick auf Einzelheiten konzentrierte.

»Die Energie wird ganz offensichtlich durch die Transferkanäle im südwestlichen Bereich geleitet. Computer: Blende ein Orientierungsgitter ein. Ich meine die Verbindungen bei eins null sieben und eins null acht – sie dienen der Energieversorgung.«

Sie begann mit einer unruhigen Wanderung, schritt auf und ab, rieb sich dabei die klingonischen Knochenhöcker an der hohen Stirn – eine unbewußte Geste, die Unbehagen verriet. Als sie sich ihres Gebarens bewußt wurde, ließ sie die Hand sofort sinken.

Mit dem Zeigefinger deutete sie auf den mutmaßlichen Energiefluß. »Subraum-Kanalisierung ... eine Kompressionsvorrichtung ... Scheint sehr leistungsfähig zu sein, zehn hoch zwanzig oder hoch fünfundzwanzig Watt, schätze ich. Projektoren und Fokussierungsapparate ... Commander? Die Fremden standen kurz vor der Entwicklung der Transportertechnik. Doch dann setzten sie die Entwicklung in eine neue Richtung fort. Ich weiß nicht genau, worum es sich dabei handelt, aber ich bin ziemlich sicher, daß es uns nicht gefallen wird.«

»Wieso?«

»Wenn die Anlage einsatzfähig ist und in Betrieb genommen wird ... Ich glaube, dann steht genug Energie zur Verfügung, um ein weit entferntes Objekt zu erreichen und zu zermalmen.«

»Ein Objekt?«

»Ein Raumschiff. Vielleicht auch einen Planeten oder eine Sonne. Oder leeren Raum. Und mit ›zermalmen‹ meine ich ... Eine Sonne könnte dadurch in einen Neutronenstern oder gar ein schwarzes Loch verwandelt werden, wenn die ursprüngliche Masse ausreicht.«

»Sind Sie sicher?«

B'Elanna Torres errötete – eine Reaktion, die allein auf ihre menschliche Hälfte zurückging. Doch beide Aspekte ihres Wesens verstanden Zweifel und Verlegenheit. *Chakotay hält mich für verrückt,* dachte sie. *Er vertraut mir nicht mehr.*

Oder bin ich plötzlich paranoid geworden? Nervös befeuchtete sie sich die Lippen und suchte nach geeigneten Worten für eine Antwort. Sie fühlte einen enormen Druck, der von ihr verlangte, aktiv zu werden, etwas zu sagen. *Bei Kahless, warum schweigst du schon wieder?*

»Chakotay ...« Kes wandte sich an den Ersten Offizier »Ich glaube, B'Elanna hat recht. Ich erkenne einige Komponenten dieser Technik. Sie ähneln den Vorrichtungen, die wir nach Anleitung des Beschützers konstruierten, um die Energie zu verteilen.«

Chakotay nickte. »Wenn Sie beide der gleichen Auffassung sind, so ist die Sache für mich in Ordnung. Fähnrich Kim?«

Kim zuckte mit den Schultern. Er verstand nicht genug von solchen Dingen, um einen eigenen Standpunkt zu vertreten. Paris wurde erst gar nicht gefragt.

»Fassen wir noch einmal zusammen, was wir wissen«, sagte Chakotay. »Die Fremden haben eine Art Sonnenkäfig konstruiert, der etwa zehn Prozent der solaren Energie aufnimmt und sie in Form von Mikrowellen zum künstlichen Mond sendet. Im Innern des Mondes gibt es einen riesenhaften Apparat – vielleicht sogar mehrere –, der diese Energie aufnimmt und zu einem Strahl konvertiert, der Objekte komprimieren kann, möglicherweise sogar durch den Subraum. Vielleicht ist er stark genug, um eine Sonne in einen Neutronenstern zu verwandeln. Sind diese Feststellungen soweit richtig?«

»Auf diese Weise ausgedrückt, jagt es mir einen gehörigen Schrecken ein«, meinte Torres. Sie versuchte sich vorzustellen, was jemand mit einem solchen ›Spielzeug‹ anstellen wollte.

Chakotay nickte. »Mir ergeht es ebenso. Wir wissen auch, daß auf dem künstlichen Mond ein Starfleet-Shuttle abstürzte, dessen Pilot von den Fremden gefangengenommen wurde. Außerdem halten sich derzeit Captain Janeway, Neelix und Lieutenant Tuvok bei ihnen auf.«

Chakotay schwieg und überlegte. B'Elanna glaubte fast, seine Gedanken lesen zu können, als sie ihn musterte. Er blickte dorthin, wo Janeway gestanden hätte, starrte dann in die Tiefe, zu der riesigen Maschine. Die eine Hand tastete unbewußt nach seinem Insignienkommunikator.

»Wir sollten Captain Janeway bitten, sofort zurückzukehren«, sagte er schließlich. »Sie muß von dem erfahren, was wir herausgefunden haben. Die Sache gefällt mir ganz und gar nicht.«

»Aye, aye, Sir«, ließ sich Fähnrich Kim vernehmen. »Bitte um Erlaubnis, zur Brücke zurückkehren zu dürfen.«

»Gibt es noch Kommentare oder Vorschläge?« fragte der Erste Offizier. Alle blieben stumm, auch B'Elanna. Ihr fiel nichts anderes ein als *Ich bin ganz Ihrer Meinung,* und in solchen Worten sah sie kaum einen Sinn – Chakotay brauchte keinen Jasager. »Dann ist die Besprechung hiermit beendet. Kim, suchen Sie die Brücke auf und setzen Sie sich von dort aus mit Captain Janeway in Verbindung. Paris, halten Sie sich für einen Nottransfer bereit, nur für den Fall. Torres, Sie überwachen den Mond. Geben Sie mir sofort Bescheid, wenn das energetische Niveau wächst. So etwas könnte darauf hindeuten, daß die Waffe einsatzbereit gemacht wird. Wegtreten.«

Die Führungsoffiziere eilten fort, doch B'Elanna blieb bei Chakotay und sah einmal mehr in die Tiefe.

»Chakotay? Was sollte jemandem daran gelegen sein, durch den Subraum einen Planeten zu zermalmen?«

»Hoffen wir, daß es nur darum geht«, erwiderte der

Commander. »Ich fürchte ...« Er sprach nicht weiter, und diesmal bot sein Gesichtsausdruck keine Hinweise darauf, was er dachte. Nach einigen weiteren Sekunden wandte sich B'Elanna Torres von ihm ab und verließ das Holo-Deck.

»Captain«, brachte Tuvok heiser hervor. Janeway und Neelix ergriffen den Vulkanier jeweils an einem Arm und halfen ihm dabei, auf der eisernen Sitzbank Platz zu nehmen, die mit der Darstellung von Totenschädeln und Spinnennetzen geschmückt war.

So habe ich ihn nie zuvor gesehen, dachte Janeway. *Er muß Schreckliches erlebt haben.*

»Versuchen Sie noch nicht zu sprechen, Tuvok«, sagte sie. »Sie hatten gerade eine ziemlich schlimme Reaktion auf ...«

»Ich bin mir meiner Reaktion durchaus bewußt, Captain«, erwiderte der Vulkanier. »Jetzt ist wieder alles in Ordnung mit mir. Ich habe mich vollkommen unter Kontrolle.«

»Vielleicht sollten wir Sie zur *Voyager* zurückbeamen, damit der Doktor Sie untersuchen kann.«

»Ich versichere Ihnen, daß jetzt keine Gefahr mehr für mein geistiges Gleichgewicht besteht. Es wird zu keinen weiteren emotionalen Ausbrüchen kommen. Captain, ich muß Sie vor den Furien warnen.«

»Vor den *Furien*?« Janeway lehnte sich zurück, erstaunt darüber, wie *angemessen* der Name klang. Wieder regten sich vage Erinnerungen in ihr. Sie hatte schon einmal von den Furien gehört, während ihres zweiten Jahres an der Starfleet-Akademie, im Fach Militärgeschichte. Vor sechzig oder siebzig Jahren war der Captain einer früheren *Enterprise* im Raumgebiet der Föderation gräßlichen Wesen begegnet, die eine Invasion des ganzen Quadranten beabsichtigten.

Damals brachte sie der Geschichte nur geringes Interesse entgegen. Ihre Aufmerksamkeit galt vor allem einer Semesterarbeit über rotierende Okudagramme, und jenes Abenteuer war eines von vielen, das man mit Captain Kirk und der ersten *Enterprise* in Verbindung brachte.

Doch die Berichte schienen nicht übertrieben zu haben – die Parallelen waren zu deutlich. Wenn Captain Kirk damals irgendwelche besonderen Erkenntnisse in Hinsicht auf die Furien gewonnen hatte, so schafften es die entsprechenden Informationen nicht, die Akademie zu erreichen und dort Teil von Vorlesungen zu werden. Janeway und Tuvok blieben auf ihre genetischen Erinnerungen angewiesen, um herauszufinden, ob die Furien tatsächlich mehr waren als nur monströs aussehende fremde Wesen.

Die Kommandantin ließ ihren Blick durch den Raum schweifen, in dem Navdaq sie zurückgelassen hatte. Das Zimmer war nicht ganz rund, die Wände nicht ganz senkrecht. Es kam einem Schmortopf gleich, geformt von einem achtlosen Eisenwarenhändler. An der einen Wand gab es eine ebenfalls aus Metall bestehende Sitzbank, und darauf saßen Tuvok und Janeway. Neelix hingegen ging unruhig auf und ab, wie ein Tier, das Gefahr witterte. Im düsteren roten Glühen, das von den Wänden stammte, wirkten die gelben Streifen auf den Wangen des Talaxianers wie gebrannte Umbra.

Janeway dachte an die Furien und überlegte, woran sich Tuvok erinnerte. Die vulkanische Zivilisation war viel älter als die menschliche. Vielleicht gab es historische Aufzeichnungen.

»Ich weiß, daß sie einmal woanders lebten und andere Völker unterdrückten«, sagte Janeway langsam. »Sie verwendeten einen Projektor, mit dem sie Angst und Schrecken in ihren Sklaven entstehen ließen und ihren Gehorsam erzwingen konnten. Es bleibt allerdings rätselhaft, woher ich das weiß. Man könnte meinen ...«

»Man könnte meinen, Sie hätten es selbst erlebt«, sagte Neelix verärgert.

»Ja«, bestätigte der Vulkanier. »Das ist eine durchaus treffende Beschreibung.«

Tuvok schloß die Augen und berichtete von der Hölle, die er während der vergangenen dreißig Minuten erfahren hatte. Er schilderte die Erinnerungen an individuelle Schicksale, nannte Details. Janeway hörte hingerissen zu und stellte verblüfft die Ähnlichkeiten mit ihren eigenen Reminiszenzen fest.

»Wir sind schon einmal mit den Furien konfrontiert worden«, sagte der Vulkanier zum Abschluß.

Janeway nickte. »Ja, ich erinnere mich. Vor einigen Jahrzehnten kam es zu einem Gefecht zwischen der ersten *Enterprise* und einem Raumschiff der Furien. Ich habe bei einer Vorlesung in Militärgeschichte davon erfahren.«

Tuvok wölbte eine Braue. »Interessant. Ich habe in den damaligen Kom-Nachrichten von Starfleet über den Zwischenfall gelesen.«

Janeway sah ihn groß an. »Vor so langer Zeit?«

»Ja. Bedauerlicherweise hielt ich es damals nicht für nötig, den betreffenden Mitteilungen mehr als nur beiläufige Beachtung zu schenken.«

Janeway versuchte, sich all das ins Gedächtnis zurückzurufen, das sie in den vergangenen Jahren über die Furien gehört hatte. Es war nicht sehr viel. »Aber warum wollen sie das stellare Territorium der Föderation erobern?« fragte sie. »Warum geben sie sich nicht mit dem zufrieden, was sie hier haben?«

»Captain«, sagte Tuvok mit vulkanischer Rationalität, »ich glaube, das von Navdaq mehrmals erwähnte Paradies befand sich im Alpha-Quadranten. Und zu den Untertanenvölkern gehörten nicht nur die Vulkanier, sondern auch die Menschen.«

»Aber wir waren nie ...« Janeway preßte die Lippen zusammen. Es erklärte ihre eigene instinktive Reaktion, die irrationale Furcht, die Navdaqs Anblick in ihr geweckt hatte.

Vor hunderttausend Jahren mochte es für die Bewohner des Planeten Erde keinen Grund gegeben haben, die Furien entsetzlich zu finden. Die primitiven Menschen hielten sie vermutlich für Götter oder Dämonen – solche übernatürlichen Wesen sahen sie praktisch überall!

Aber *etwas* sorgte dafür, daß sowohl die Menschen als auch die damals sehr aggressiven und gewalttätigen Vulkanier einfach aufgaben und sich für Zehntausende von Jahren versklaven ließen, wenn Tuvoks DNS-Erinnerungen der Wahrheit entsprachen.

Es lief Janeway kalt über den Rücken, als sie sich an Navdaqs Worte entsann: *Wir werden ins Paradies zurückkehren, aus dem man uns einst verbannte, und dann löschen wir die Unreinen aus. Allein den Furien soll das Paradies gehören.*

Sie stand auf, versperrte Neelix den Weg. Er wäre fast gegen sie gestoßen und verharrte gerade noch rechtzeitig.

Janeway fühlte sich auf seltsame Weise von der Realität um sie herum getrennt. Sie gab sich keinen Illusionen hin. In biologischer Hinsicht unterschied sich der moderne Mensch kaum von seinen Ahnen vor hunderttausend Jahren.

Mit anderen Worten: Was damals geschehen war, konnte sich heute wiederholen.

Bald kehren wir in unsere alte Heimat zurück ...

»Hat Navdaq die Unreinen beschrieben, Captain?« fragte Tuvok. »Ich muß gestehen, daß ich einige Minuten lang überhaupt nichts mitbekommen habe.«

»Auch ich bin nicht die ganze Zeit über aufmerksam gewesen«, gestand Janeway kummervoll. Stille folgte diesen Worten – bis sich Neelix schließlich räusperte.

»Nun, *mir* ist kein Wort entgangen«, betonte der Talaxianer. »Navdaq beschrieb die Unreinen als eine Mischung aus Virus und Maschine.«

Janeway schüttelte den Kopf. »Von einer solchen Spezies im Alpha-Quadranten habe ich noch nie etwas gehört. Es gibt sie weder in der Föderation noch in den Raumgebieten der Klingonen, Cardassianer und Romulaner.«

»Aber praktisch jeden Tag werden neue Lebensformen entdeckt«, sagte Tuvok. »Vielleicht finden wir in einigen Jahren die Nachfahren der damaligen Unreinen. Allerdings sind sie vielleicht nicht imstande, uns gegen die Furien zu helfen. Im Lauf der Jahrtausende scheinen sie degeneriert zu sein – immerhin verloren sie das ›Paradies‹, nachdem sie den Sieg über Navdaqs Volk errangen.«

»Ich werde das Gefühl nicht los, daß es jetzt allein auf uns ankommt.« Janeway blickte zu den Wänden, die zwar rot glühten, aber keine Wärme abgeben. Aus einem Reflex heraus wich sie zurück.

»Wie meinen Sie das, Captain?«

»Wenn es die Furien wirklich ernst meinen ... Dann können vielleicht nur wir eine schreckliche Invasion des Alpha-Quadranten verhindern.«

»Ich glaube nicht, daß Navdaq lügt«, sagte Neelix. »Auf mich wirkte er aufrichtig und leidenschaftlich.«

»Dann sind wir in Schwierigkeiten, Tuvok. Ein Raumschiff gegen siebenundzwanzig Milliarden Angreifer. Haben Sie in letzter Zeit mit dem Phaser geübt?« fügte Janeway scherzhaft hinzu, um einen Teil der Anspannung zu vertreiben.

»Ich erkenne den Ernst der Situation, Captain.«

»Warum soviel Schwarzseherei?« warf Neelix ein. »Freuen Sie sich lieber darüber, daß Sie rechtzeitig von der bevorstehenden Invasion erfahren haben. Dadurch bekommen wir die Möglichkeit, die Fremden zu überwältigen und sie an einem Angriff zu hindern.«

Janeway richtete einen durchdringenden Blick auf Neelix – unter den gegebenen Umständen konnte sie mit der talaxianischen Abenteuerlust nichts anfangen.

»Weitere Fragen: Warum diese sonderbare Architektur? Warum die Dunkelheit, die feuchte, faulig riechende Luft?«

In Navdaqs Abwesenheit war Tuvok wieder ganz er selbst, holte seinen Tricorder hervor und sondierte. »Die Luft enthält hier weitaus mehr Mikroorganismen als auf Vulkan oder auf der Erde.«

»Meinen Sie ... Bazillen?« erkundigte sich Neelix besorgt. »Sind wir vor ihnen geschützt? Ich möchte mir auf keinen Fall irgendeine seltsame Krankheit holen.«

»Ich halte es für sehr unwahrscheinlich, daß die hiesigen Mikroben überhaupt in der Lage sind, unseren Organismus als geeigneten Nährboden zu erkennen«, entgegnete Tuvok. »Außerdem weisen die Mikroorganismen größere Ähnlichkeit mit Plankton auf als mit Viren und Bakterien. Es handelt sich um einfache, pflanzenartige Einzeller, die nicht fähig sind, die DNS fremder Zellen zu reprogrammieren.«

»Plankton?« wiederholte Janeway. Sie dachte kurz nach. »Tuvok, ist es möglich, daß Navdaq und die anderen Furien Nahrung durch die Luft aufnehmen?«

»Meiner Ansicht nach spricht eine große Wahrscheinlichkeit dafür. Die Hörner und Ranken auf den Köpfen vieler Wesen, außerdem die wurmartigen Flimmerhaare in Navdaqs Mund ... Es könnten Organe sein, die dazu dienen, Mikroorganismen aus der Luft zu filtern.«

»Die feuchte Dunkelheit begünstigt vermutlich das Wachstum von Pilzen und Plankton«, sagte Janeway. »Ich frage mich ... Die fernen Vorfahren von Menschen und Vulkaniern hausten vor Jahrmillionen in Löchern, die sie in den Boden gruben. Doch unter der Erde zu sein – heute verbinden wir solche Vorstellungen mit Tod und Verdammnis. Worauf geht diese Assoziation zurück?«

»Stammt jene Furcht vielleicht von den Furien?«

Sie schwiegen, und fünfzehn Minuten verstrichen. Navdaq blieb fort, und auch der Autokrat zeigte sich nicht. Janeway fühlte sich versucht, auf ihren Insignienkommunikator zu klopfen und Chakotay nach dem Status der *Voyager* zu fragen. Doch wenn man sie beobachtete ... Es widerstrebte ihr, den Fremden zu zeigen, daß sich ein Kommunikationsgerät in dem Abzeichen an ihrer Brust verbarg.

Nach einer Weile wandte sie sich mit einer weiteren Frage an Tuvok, wobei es ihr in erster Linie darum ging, den Vulkanier mit Logik beschäftigt zu halten, ihn damit vor Gefühlen zu schützen, die für ihn noch viel beunruhigender sein mußten als für sie.

»Warum ist Navdaq so offen gewesen?« fragte Janeway. »Leuten gegenüber, die sein Volk einst versklavt hat?«

»Vermutlich sieht er keine Feinde in uns«, erwiderte Tuvok. »Immerhin befinden wir uns *hier*. Wir sind im Delta-Quadranten, und die Furien müssen davon ausgehen, daß sich die Unreinen auch weiterhin im Alpha-Quadranten aufhalten.«

»Meine Besorgnis wächst«, sagte Janeway. »Navdaq ist schon ziemlich lange fort, und niemand zeigt sich. Vielleicht läßt man uns mit voller Absicht warten, um uns zu verunsichern. Oder wir sind aufgeflogen.«

»Aufgeflogen? Meinen Sie damit, daß die Furien eventuell in Erfahrung gebracht haben, wer Sie sind?« Neelix starrte argwöhnisch in die dunklen Ecken, als rechnete er jeden Augenblick damit, daß eine Horde Navdaqs mit Heugabeln heranstürmte.

Und tatsächlich geschah etwas. Ein Spalt bildete sich in der eisernen Wand ihnen gegenüber, zeigte ein helleres Rot wie von heißem Feuer. Ganz langsam schwang eine ölig glänzende Holztür auf.

Jenseits davon verstärkte sich das rote Glühen.

»Ich glaube, der Doktor ist jetzt bereit, uns zu empfangen«, murmelte Janeway.

8

Ich verstehe nie, was sie meint, dachte Neelix verärgert, als sie durch die Tür traten. Die roten Wände waren nicht wärmer als der Rest des Planeten; es ging nur mehr Licht von ihnen aus. Der Talaxianer fragte sich, ob die Furien eine solche Helligkeit als unangenehm empfanden – schließlich deutete bisher alles darauf hin, daß sie ein halbdunkles Ambiente bevorzugten. Diente der Korridor vielleicht dazu, Bittsteller zu verunsichern, bevor sie dem Autokraten begegneten? Nun, auf Neelix erzielte das hellere Licht die gegenteilige Wirkung – er hatte die Finsternis satt.

Der Flur mit den glühenden Wänden knickte mehrmals ab, und zwar immer in einem Winkel von neunzig Grad. Der Boden blieb unverändert, aber die Decke wurde immer niedriger, um sich dann abrupt nach oben zu neigen und aus dem Blickfeld zu verschwinden. Aus dem Glühen wurde ein so helles Schimmern, daß selbst Neelix die Augen zusammenkneifen mußte, um nicht geblendet zu werden. Alles um sie herum hatte die gleiche Farbe, und deshalb ließen sich die Übergänge von Boden, Wände und Decke nur mit Mühe erkennen.

Der Talaxianer konnte nicht sehen, wie weit sich der Korridor erstreckte, und *das* beunruhigte ihn.

Ich muß bereit sein, meine Begleiter zu verteidigen, dachte er und tastete kurz nach dem Phaser an seinem Gürtel. Dann zögerte er kurz. *Ich sollte hier besser nicht sterben, denn sonst bringt mich Kes um.* Der Furienplanet bescherte einem die sonderbarsten Gedanken.

Manchmal wandte sich der Korridor so abrupt zur Seite, daß sie nicht rechtzeitig reagierten und an die Wand stießen – deren Strahlen zum Glück nicht auf eine hohe Temperatur zurückzuführen war.

Kurze Zeit später bemerkten sie einen schwarzen Fleck in der Ferne, der einzige farbliche Unterschied, der sich ihnen seit dem Verlassen des eisernen Zimmers offenbarte. Der Fleck erwies sich als Tür, die erneut aus ölig glänzendem Holz bestand. Ein Hebel ragte aus der unteren Hälfte, allem Anschein nach ein *mechanischer* Öffnungsmechanismus.

Neelix ging sofort in die Hocke und betätigte ihn.

Die Tür sprang mit einem Knall auf. Der Talaxianer gab einen erschrockenen Schrei von sich, sprang zurück und breitete die Arme aus, um seine Gefährten vor dem zu schützen, was ihnen durch den offenen Zugang entgegenstürmen mochte.

Doch es erfolgte kein Angriff.

Auf der anderen Seite der Tür erstreckte sich ein Raum, in dem weißes Licht gleißte – eine wahre Hölle für die an Dunkelheit gewöhnten Einheimischen. Neelix brauchte keinen Blick auf die Anzeigen eines Tricorders zu werfen, um zu wissen: Hier war die Luft trocken und steril, enthielt keine Plankton-Nahrung. Ein weiterer unangenehmer Faktor für die Furien.

Am anderen Ende des Raums saß eine große Gestalt in einem halbdunklen Bereich. Schatten verhüllten das Gesicht des Autokraten, nicht aber seine Masse. Sitzend überragte er sogar Tuvok, und seine Schultern waren ebenso breit wie er selbst groß. Arme und Hals befanden sich an den falschen Stellen.

Neelix spürte, wie sich tief in seiner Magengrube etwas zusammenkrampfte.

Der Autokrat schien in eine Aura des Grauens gehüllt zu sein. Sein enormer Leib hob und senkte sich: Mit einem dumpfen Ächzen wuchs er der hohen Decke entgegen und neigte sich dann wieder nach vorn.

Als sich die Augen des Talaxianers an die geänderten Lichtverhältnisse gewöhnten, nahm er weitere Einzelheiten des Raums wahr. Auch hier bildeten Wände und Boden seltsame, verwirrende Winkel, die ein Gefühl der Desorientierung schufen. Ein Tisch formte ein großes U, und es gab nur einen, mit eisernen Beschlägen ausgestatteten Stuhl, der natürlich dem Autokraten zur Verfügung stand. Die Besucher mußten stehen, wie Angeklagte vor dem Richter.

Neelix konzentrierte sich auf die Gestalt und vernahm eine sonderbare Stimme. Es klang nach trockenen Knochen, die durch einen Kamin fielen, gleichzeitig auch nach dem warnenden Zischen einer giftigen Schlange. »Sie sind. Also hier. Um Geschäfte. Abzuschließen.«

Der Talaxianer versuchte, sich von Geräuschen und Anblick unbeeindruckt zu geben. »So ist es, o großer ... Potentat. Ich bin Captain Neelix vom Handelsschiff *Sonnenvogel*. Ich ...«

Die neben Neelix stehende Janeway verlagerte ihr Gewicht und erweckte den Anschein, ihm rein zufällig auf den Fuß zu treten.

»Autsch! Vom Handelsschiff *Singvogel*. Und dies sind meine Assistenten. Unwichtige Assistenten, die einen niedrigen Rang bekleiden. Die tolpatschige Frau hier ist Vizepräsidentin Janeway, und rechts von mir ...«

»Was. Können Sie. Uns anbieten?«

»Oh, in den Weiten des Delta-Quadranten – und in den Frachtkammern meiner Schiffes – gibt es sicher viele Dinge, die auch für Sie von Interesse sein könnten. Zum Beispiel die berühmten Britelblumen von Dazan Zwei, deren Duft Sehnsucht nach der Person weckt, die man liebt – vorausgesetzt natürlich, daß eine solche Person existiert. Oder eine Halskette aus den Zähnen des Druggabären. Es sind die schönsten und symmetrischsten Kristallzähne, die man sich vorstellen kann ... Nein? Nun, wer sich durch einen erlesenen Geschmack auszeichnet, versäumt bestimmt nicht die Gelegenheit, Lavawasser von Distak 'nk'Arat zu kaufen – das stärkste Rauschmittel im ganzen Quadranten, garantiert ohne schädliche Nebenwirkungen! Ich biete es Ihnen für die Hälfte des normalen Preises an, gewissermaßen das Einführungsangebot für einen neuen Kunden.«

Der Autokrat gab ein eigentümliches Geräusch von sich: Es klang nach dem Todesröcheln eines Tiers, das an Schmerz und Durst zugrunde ging. *Er lacht*, dachte Neelix verärgert. *Er lacht über mich.*

»So etwas brauchen.«

»Wie bitte?«

»Wir nicht. Es sind. Unnütze Dinge. Wie können. Sie unserer heiligen. Mission helfen?«

»Meinen Sie ... Waffen? Navigationskarten?«

Das seltsame Geräusch wiederholte sich mit einer etwas höheren Frequenz. »Artefakte! Wir benötigen. Keine Werkzeuge. Wir stellen. Sie selbst her. Was haben Sie. In Geistiger Hinsicht. Anzubieten?«

Neelix öffnete den Mund – und schloß ihn dann wieder. Dieser Vorgang wiederholte sich zweimal. *Ehrlichkeit*, dachte er. *Warum es nicht einmal damit versuchen? Wenn alles andere versagt ...* »Tut mir leid, aber ich weiß nicht, wovon Sie reden.«

Plötzlich ertönte Navdaqs Stimme hinter dem Autokraten. In der seltsamen Mischung aus Gleißen und Schatten hatte Neelix die Furie übersehen.

»Der Autokrat meint folgendes, du rankenloser Feigling: Die Furien brauchen *Mut*, um die Unreinen zum Kampf zu stellen. Sie brauchen *Reinheit*, um das Paradies zurückzuerlangen. Sie brauchen *Loyalität*, um unverzüglich zu gehorchen, und *Grausamkeit*, um ohne Gnade gegen einen Feind zu kämpfen, der sich nahm, was uns gehörte! Doch solche Werte gibt es nicht an Bord der *Singvogel*. Oder heißt das Schiff *Sonnenvogel*? Wir haben die Übersicht verloren.«

Das Unbehagen in Neelix verdichtete sich. »Ziehen Sie etwa die Ehrbarkeit meiner Motive und meiner Person in Zweifel?«

Der Autokrat lachte zum dritten Mal, und dabei lief es dem Talaxianer kalt über den Rücken. »Ja! Ja, ja. Jetzt verstehen Sie! Gut.«

Janeways Insignienkommunikator piepte, und Neelix zuckte zusammen. »Captain«, erklang Chakotays Stimme, »wir orten eine Flotte, die den Planeten verläßt und näher kommt. Seien Sie für einen Nottransfer bereit.«

»Chakotay, bringen Sie das Schiff in Si ...«, rief Janeway. Wie aus dem Nichts erschien von hinten eine Hand mit Saugnäpfen und wurmartigen Fingern, preßte sich der Kommandantin auf den Mund und hinderte sie daran, noch mehr zu sagen. Gleichzeitig trat Navdaq vor und riß den Kommunikator von Janeways Uniformjacke, in dem dadurch ein Loch entstand – ein Teil des Pullis darunter wurde sichtbar. Die Furie warf das kleine Gerät fort, und andere wiederholten den Vorgang bei Neelix und Tuvok.

Der Talaxianer hielt den Atem an und hoffte inständig, daß die *Voyager* den Transferfokus bereits ausgerichtet hatte. Wenn die ID-Signale der Insignienkommunikatoren erst noch angepeilt werden mußten, kam ein Einsatz des Transporters nicht mehr in Frage.

Neelix wartete vergeblich auf das Prickeln der Entmaterialisierung.

»Eure besondere Waffe nützt euch jetzt nichts mehr. *Unreine* seid ihr, und Verbündete des *Unreinen*, der unsere Projektionsantenne zerstörte! Duckt euch vor dem Zorn der Furien! Bald könnt ihr beobachten, wie euer Schmutz aus dem Paradies entfernt wird. Und du, Verräter deines eigenen Volkes und Freund der *Unreinen* ...« Navdaq richtete einen wütenden Blick auf Neelix, der versuchte, möglichst würdevoll zu wirken. »Respektlos bist du durch den Gang mit den rechten

Winkeln geschritten, und deshalb sollst du das Schicksal der *Unreinen* teilen. Auserwählte, bringt sie nach unten.«

Zwei oder drei Sekunden lang leistete Neelix sinnlosen Widerstand, als ein ›Auserwählter‹ ihn an den Armen packte und zu einer Wand zerrte, von der schmerzhaft grelles Licht ausging. In dem Gleißen verbarg sich eine Öffnung, durch die ihn der Wächter stieß.

Neelix sah zu Janeway und Tuvok, die sich wie willenlos abführen ließen. Es hatte auch keinen Sinn, gegen eine solche Übermacht zu kämpfen: Zwölf große, sechsbeinige Geschöpfe leisteten ihnen Gesellschaft. Ihre Mienen verbargen sich hinter runden Visieren.

Verdammt! fuhr es Neelix durch den Sinn. *Ich hätte mich auf meinen Instinkt verlassen sollen!* Er empfand es als beschämend, daß sich ein interstellarer Forscher mit seiner Erfahrung so leicht überwältigen ließ.

Er versuchte, sich zu entspannen, während er gehorsam einen Fuß vor den anderen setzte. Nach wenigen Metern erreichten sie einen Korridor, der ihnen wieder feuchte, faulige Luft und Finsternis bescherte. Als sich Neelix' Augen an die Dunkelheit gewöhnt hatten, stellte er fest: Die Auserwählten nahmen die Visiere ab, und darunter kamen sechs Augen zum Vorschein, zwei vorn, zwei hinten und jeweils eins an der Seite. Der Aufmerksamkeit solcher Wächter entging nichts.

In der Welt der Düsternis sanken die Auserwählten auf vier Beine und galoppierten, wodurch ihre zweibeinigen Gefangenen zum Laufen gezwungen waren, wenn sie nicht fallen und niedergetrampelt werden wollten. Der Weg führte durch mehrere dunkle Passagen, eine Wendeltreppe hinunter – dort stürzte Neelix, was ihm fast eine verstauchte Hand eingebracht hätte – und über einen großen Platz mit vielen Furien, die einen Blickkontakt vermieden.

Hier und dort sah der Talaxianer Bodengitter, Holztüren, hohe Eisendecken und Gebäude, von denen ein Lärm ausging, der an Hochöfen erinnerte. Es gelang ihm nicht, sich den Weg einzuprägen, denn die Umgebung veränderte sich zu schnell.

Die halsbrecherische Geschwindigkeit und der Umstand, daß sich eine Klauenhand wie ein Schraubstock um beide Arme von Neelix geschlossen hatte, ließen Gedanken an Flucht gar nicht erst entstehen. Sie fanden kaum Gelegenheit, den Blick vom Boden zu heben, als die Auserwählten sie über den Platz trieben und dann durch einen mit Totenschädelmotiven geschmückten Torbogen.

In einer Grube dahinter hielten die Wächter an. Janeway und Tuvok waren außer Atem, doch Neelix fühlte sich einem Zusammenbruch nahe. Sein Herz klopfte so schnell, als wollte es ihm die Brust zerreißen, und immer wieder schnappte er nach Luft. *Für solchen Unfug bin ich zu alt*, dachte er zum wiederholten Mal und stöhnte leise. Darin bestand einer der großen Nachteile des Lebens als Abenteuer: Oft mußte der Körper mit enormen Belastungen fertig werden.

Neelix hielt die Augen geschlossen und den Mund weit geöffnet, als er sich faulige Luft in die Lungen saugte. Sie brannte ihm in der Kehle, wie ätzendes Gas, schien kaum Sauerstoff zu enthalten.

Die Auserwählten sprachen miteinander, verständigten sich mit schrillen, kurzen Lauten. Vermutlich verwendeten sie hochkomprimierte Datenpakete. Der vielgepriesene automatische Translator konnte damit nichts anfangen. Seine elektronischen Schaltkreise erkannten die knappen, quiekenden Laute nicht einmal als Zeitraffer-Monologe, und somit war eine Analyse der fremden Sprache unmöglich.

Die Beratungen der Auserwählten nahmen kaum mehr als zwanzig Sekunden in Anspruch. Danach setzten sie sich wieder in Bewegung, wenn auch etwas langsamer als vorher.

Nach unten ging es, immer weiter nach unten, durch Kammern und Verliese, deren wie absurd erscheinende Architektur den Gleichgewichtssinn des Talaxianers auf eine harte Probe stellte. Schließlich kamen sie an einzelnen Zellen vorbei. Neelix litt an starkem Seitenstechen, keuchte hingebungsvoll und glaubte, die Anstrengungen nicht länger ertragen zu können.

Dennoch taumelte er weiter, angetrieben mehr von Stolz als von Furcht. Er wollte auf keinen Fall zusammenbrechen, damit Schande über Captain Janeway und Lieutenant Tuvok bringen.

Die Auserwählten hielten an, und Neelix spürte einen so jähen Ruck an den Armen, daß er glaubte, sie würden ihm aus den Schultern gerissen. Irgendwie gelang es ihm, auf den Beinen zu bleiben, obgleich ihm die Knie zitterten. Erschöpft neigte er den Oberkörper nach vorn, konzentrierte sich auf jeden einzelnen Atemzug.

Als er den Kopf zur Seite drehte, sah er noch immer Sterne. Janeway war blaß, und ihr Blick ging ins Leere – sie wirkte recht mitgenommen. Tuvok hingegen schien überhaupt nicht müde zu sein. Sein Gesicht kam der üblichen ausdruckslosen Maske gleich, und die Brust hob und senkte sich nur langsam. *Er stammt von einem heißen, trockenen Planeten,* erinnerte sich Neelix. *In seiner Heimat herrschen ähnliche Umweltbedingungen wie hier, sieht man einmal von der hohen Luftfeuchtigkeit ab.* Aus irgendeinem Grund weckte diese Erkenntnis fast so etwas wie Verdruß in ihm.

Einer der Auserwählten schob sich vor, holte einen kartenförmigen Schlüssel – einen *Schlüssel*! – aus seiner Tasche und steckte ihn in einen Schlitz. Daraufhin glitt die Zellentür vor ihnen beiseite.

Das Wesen rührte sich nicht. Als Tuvok vortrat, ließ ihn sein Wächter gewähren. Janeway folgte dem Beispiel des Vulkaniers. Als sie im Zugang der Zelle zögerte, bekam sie einen so wuchtigen Stoß, daß sie zu Boden fiel. Tuvok half ihr wieder auf die Beine.

Neelix gesellte sich rasch den beiden Starfleet-Offizieren hinzu. Der Wächter schloß die Tür, und dann sprinteten die Auserwählten fort, kehrten in die Richtung zurück, aus der sie gekommen waren.

Neelix holte noch einmal tief Luft. »Ich hatte schon befürchtet ... daß sie mich in ... einer eigenen Zelle unterbringen würden ... aus Respekt vor meinem Status.«

Von Samuel Taylor Coleridge vor Jahrhunderten niedergeschriebene Worte gingen Janeway durch den Kopf:

... Durch Höhlen unermeßlich für Menschen,
Bis hin zu einem sonnenlosen Meer.

Sie begann mit einer unruhigen Wanderung durch die Zelle, während Neelix noch immer versuchte, wieder zu Atem zu kommen. Ihr Ärger galt vor allem dem Umstand, daß Chakotay einen denkbar schlechten Zeitpunkt gewählt hatte, um sich mit der Einsatzgruppe in Verbindung zu setzen – dadurch war der Autokrat auf die wahre Natur der Insignien hingewiesen worden. Ein paar Minuten vorher oder nachher, und die sogenannten Auserwählten hätten nie erfahren, daß sich leistungsfähige Kommunikatoren in den Abzeichen verbargen.

Ohne die Kom-Geräte konnten sie nicht hoffen, an Bord der *Voyager* gebeamt zu werden, selbst wenn sie sich noch im Orbit befand – was Janeway bezweifelte. Chakotay würde die Anweisung befolgen, das Schiff zu schützen, was bedeutete, daß er sich vom Planeten entfernen mußte.

Sie blieb stehen und betastete die Gitterstäbe der Tür. Sie bestanden aus Metall, einer Legierung, die ihr fremdartig erschien. Genauere Daten ließen sich nur mit Hilfe einer Tricorder-Sondierung gewinnen. Tuvok trat zu ihr und streckte den Arm zwischen zwei Stäbe.

»Ich glaube, es gibt hier kein Kraftfeld, Captain«, sagte er.

»Soll das heißen, nur einige lausige Stahlstäbe halten uns hier drin gefangen?« Janeway schüttelte den Kopf und blickte durch den langen Korridor zu den vielen anderen Zellen, die ebenso beschaffen waren wie ihre. Jeder Raum enthielt vier Liegen und in der Mitte eine Vorrichtung, die offenbar als Toilette diente, den Häftlingen aber nicht die geringste Privatsphäre gestattete. Es war barbarisch – es sei denn, die Furien kannten nicht einmal das Konzept von Intimität, was durchaus einen gewissen Sinn ergab. Vermutlich wandten andere Furien-Gefangene den Blick ab, wenn jemand die Toilette benutzte. Das Verhalten der Einheimischen in den Straßen – bei denen es sich eigentlich um unterirdische Tunnel handelte – ließ eine solche Vermutung plausibel erscheinen.

»Zwar bestehen die Stäbe nicht aus Stahl, aber im wesentlichen haben Sie recht«, sagte Tuvok.

Janeway seufzte. »Dies ist ein sonderbarer Quadrant. Hier gibt es Warptriebwerke, Energiewaffen und Subraum-Kommunikation, aber keine Schilde, Replikatoren und Holodecks. Der Platz hier reicht für Hunderte von Gefangenen, und wahrscheinlich ist es nicht der einzige Zellenblock. Ich dachte immer, daß die einzelnen Teile unserer Technik zusammengehören und mit Freiheit einhergehen.«

»Offenbar basiert unsere Gesellschaft auf mehr Zufällen, als wir gemeinhin glauben«, kommentierte der Vulkanier.

»Aber was den Furien fehlt, läßt sich ganz einfach aus den Dingen entwickeln, die ihnen bereits zur Verfügung stehen!« Janeway unterbrach sich und überlegte. In der Föderation war es nicht möglich, ein künstliches Wurmloch zu schaffen, Verstorbene durch Cloning ins Leben zurückzuholen oder Kranke mit Hilfe des Transporters zu entmaterialisieren, um sie anschließend gesund zu rematerialisieren. Sie mußten auch auf einen Schutzschirm verzichten, durch den man beamen konnte, und auf einen Traktorstrahl, mit dem sich Phaserstrahlen beeinflussen ließen. Es war unmöglich, Raumschiffe auf die Geschwindigkeit von Subraum-Kommunikationssignalen zu beschleunigen und sie brauchten noch immer eine ziemlich große Flotte, um sich vor potentiellen Feinden zu schützen.

Wie lange mochte es dauern, bis sie Fähigkeiten entwickelten, die denen der Organianer ähnelten? Vielleicht noch eine Ewigkeit.

»Hinterher ist man immer klüger«, erwiderte Neelix verärgert. Er mochte es offenbar nicht, daran erinnert zu werden, daß sein Quadrant im Vergleich mit dem Alpha-Quadranten ein wenig zurückgeblieben war.

»Mag sein«, erwiderte Janeway, die den Talaxianer nicht beleidigen wollte. »Nun, im Augenblick geht es nur um die Frage, wie wir diese Zelle verlassen können. Ein berühmter Dichter sagte einmal: ›Mauern bilden keinen Kerker, und Eisenstangen keinen Käfig.‹«

Tuvok betastete die Stäbe nacheinander. »Vermutlich haben Sie aus einem Text von Richard Lovelace zitiert. Das Gedicht heißt *Lucasta*, ›An Althea: aus dem Gefängnis‹, von 1649.«

»Das dürfte stimmen.«

»*Diese* Mauern und *diese* Gitterstäbe sehen mir sehr nach einem Kerker aus!« meinte Neelix.

»Wirklich schade, daß wir unsere Kom-Geräte verloren haben – dann könnten wir uns von der *Voyager* an Bord beamen lassen. Es *muß* irgendeinen Weg geben, die bevorstehende Invasion zu verhindern.«

Neelix wirkte überrascht. »Sie haben keinen Kommunikator?«

Janeway seufzte. »Sie haben selbst gesehen, wie Navdaq sie uns wegnahm, zusammen mit den Phasern und Tricordern.«

Der Talaxianer richtete einen ungläubigen Blick auf die Kommandantin. »Soll das heißen, daß Sie keine *Reserve*-Kommunikatoren mitgenommen haben, obgleich solche Geräte überaus nützlich sind?«

»Nein, warum auch?«

»Für den Fall, daß man Ihnen die Insignienkommunikatoren wegnimmt!«

Janeway spürte, wie ihre Wangen zu glühen begannen. Sie hielt sich nicht gern für unvorbereitet, doch Neelix' Hinweise hatten durchaus etwas für sich. »Gute Idee, Mr. Neelix. Wenn ich Sie selbst zitieren darf: Hinterher ist man immer klüger. Haben Sie einen zusätzlichen Kommunikator mitgenommen?«

Neelix wirkte gekränkt und beleidigt – sein normaler Gesichtsausdruck, wenn er sich nicht gerade dienstbeflissen und wichtig gab. »Natürlich!«

Der Talaxianer mochte leicht eingeschnappt, empfindlich, sehr exzentrisch, gelegentlich aufgeblasen und praktisch immer eifersüchtig sein, wenn es um Kes ging. Andererseits: Er behielt oft recht und hatte ihnen aus so mancher heiklen Lage geholfen. Auch diesmal schien er wieder weise Voraussicht bewiesen zu haben. *Was sollten wir nur ohne ihn anstellen?* dachte Janeway – und ärgerte sich gleichzeitig darüber, daß ihr dieser Gedanke erneut durch den Kopf ging.

Der kleine, dickliche Talaxianer nahm auf einem der vier Betten Platz und zog den rechten Stiefel aus. Ein Insignienkommunikator fiel auf den Boden.

Die Verlegenheitsröte in Janeways Gesicht dehnte sich aus. Sie beneidete Tuvok, der seine Empfindungen so gut unter Kontrolle hatte, daß er sich nichts anmerken ließ.

»Ich habe sogar zwei mitgebracht«, sagte Neelix und zog auch den anderen Stiefel aus.

»Sie haben nicht zufälligerweise daran gedacht, auch einen Pha …«

Janeway unterbrach sich, als Neelix in den zweiten

Stiefel griff, um einen Insignienkommunikator und auch einen Phaser hervorzuholen.

Wortlos überließ er die Gegenstände der Kommandantin, die eins der beiden Kom-Geräte Tuvok gab. Der Koch und Ich-denke-an-alles-Abenteurer runzelte die Stirn. »Es ist mir ein Rätsel, warum nicht alle Starfleet-Angehörigen mit einem halben Dutzend dieser kleinen Geräte ausgerüstet werden. Oder besser noch: Mit Ihrer hochentwickelten medizinischen Technik müßte es eigentlich möglich sein, Kommunikatoren zu implantieren – dann könnte sie niemand wegnehmen.«

Janeway wußte nicht, was sie darauf erwidern sollte. Tuvok hob nur wortlos eine Braue und zeigte einen typischen vulkanischen Gesichtsausdruck, der alles bedeuten konnte, von *Habe ich gerade richtig gehört?* bis zu *Ich glaube, das war eine Lektion für uns alle.*

Janeway lächelte, aber es sah mehr nach einem Wolf aus, der die Zähne fletschte. »Ausgezeichnet, Mr. Neelix. Nach unserer Rückkehr zeichne ich im Logbuch eine offizielle Belobigung auf.«

Ein guter Captain wußte, wann es nachzugeben galt, um die eigenen Verluste in Grenzen zu halten.

Sie klopfte auf ihren Insignienkommunikator. »Janeway an Chakotay ... Janeway an *Voyager,* Nottransfer. Richten Sie den Transferfokus auf diese Koordinaten ...«

Niemand antwortete. Nichts geschah.

Janeway ließ den angehaltenen Atem entweichen. »Entweder gibt es hier eine Kom-Abschirmung, oder das Schiff ist so weit entfernt, daß es unsere Kommunikationssignale nicht empfangen kann.«

»Bisher deutet nichts darauf hin, daß die Furien über Schilde verfügen«, sagte Tuvok. »Vielleicht befindet sich die *Voyager* tatsächlich außerhalb der Kom-Reichweite. Oder sie will sich nicht durch eine Antwort verraten und schweigt deshalb.«

Janeway nickte. »Na schön. Treten Sie vom Gitter zurück. Wenn kein Transfer stattfinden kann, müssen wir uns eben aus eigener Kraft befreien.« Sie richtete den Phaser auf die Stäbe, die sehr wohl einen Käfig formten.

Neelix wich zurück, wandte sich ab und kniff die Augen zu, für den Fall, daß der Strahl abgelenkt wurde. Doch als Janeway gerade Gebrauch vom Phaser machen wollte, hörte der Talaxianer Stimmen.

»Warten Sie!« flüsterte er.

Die Kommandantin bedachte ihn mit einem erstaunten Blick. »Was ist denn?«

Ach, warum können Menschen so schlecht hören? dachte Neelix.

Eine Sekunde später neigte der Vulkanier den Kopf zur Seite. »Ich glaube, ich höre Furien, die sich nähern.«

»Im Ernst? Oh, jetzt höre ich sie ebenfalls.«

Die Anspannung in Tuvoks Stimme schien Janeways Aufmerksamkeit zu entgehen, doch Neelix bemerkte sie. Äußerlich blieb der Vulkanier ruhig und gelassen, aber die Präsenz der fremden Wesen wirkte noch immer irritierend auf ihn.

Sie warteten, bis die Furien an der Zelle vorbeigingen und die drei dabei neugierig anstarrten. *Touristen!* fuhr es Neelix durch den Sinn. Die letzte Gestalt blieb hinter den anderen zurück, um die Gefangenen noch etwas länger zu beobachten. Ein sonderbarer Geruch ging von der Furie aus – sie schien in einer Art Parfüm gebadet zu haben.

Tuvok entspannte sich, und das überraschte Neelix. Diese spezielle Furiengruppe bestand aus den Angehörigen mehrerer Spezies, aber offenbar war kein Angehöriger von Navdaqs Volk dabei, das damals über Vulkan geherrscht hatte.

Als sich der Nachzügler in Bewegung setzte und den anderen folgte, hörte Neelix zwei weitere Furien, die aus der entgegengesetzten Richtung kamen.

Janeway wartete mit wachsender Ungeduld, während sie erneut angestarrt wurden. Für die Furien mußten sie die faszinierendsten Geschöpfe sein, die sie je gesehen hatten: Unreine aus dem legendären Paradies! Neelix nahm unterschiedliche Gerüche wahr. *Vielleicht identifizieren sie sich gegenseitig durch ihren Geruch und nicht durch Merkmale ihres Erscheinungsbilds. Oder gibt er Hinweise auf Rang und Status?* In einer dunklen Umgebung ergab so etwas durchaus einen Sinn. Intensive Gerüche ließen sich leicht erkennen und deuten; das galt insbesondere für Leute, die ihre Privatsphäre schützten, indem sie bei Begegnungen Blickkontakte vermieden.

Zwei weitere Gruppen aus Neugierigen fanden Gelegenheit, dem Zellenblock einen Besuch abzustatten und die Gefangenen zu begaffen – was ein krasser Verstoß gegen die hiesige Etikette sein mußte. Es sei denn, man vertrat die Ansicht, daß Unreine überhaupt keine Rechte besaßen und somit gar nicht beleidigt werden konnten.

›Captain‹ Neelix hatte nie als sehr geduldig gegolten, nicht einmal bei anderen Talaxianern. Er gehörte auch nicht zu den Leuten, die sich in der Gesellschaft vieler anderer Personen wohl fühlten. Den größten Teil seines Lebens hatte er im Weltall verbracht, und zwar allein. Es gefiel ihm ganz und gar nicht, nun wie eine Kuriosität angestarrt zu werden. Er bedauerte seine Großzügigkeit, die ihn veranlaßt hatte, den Phaser Captain Janeway zu geben. Er stellte sich vor, mit dem Strahler auf die glotzenden Furien zu zielen und …

Nun, es wäre sicher nicht sehr intelligent gewesen, auf sie zu schießen, dachte er.

Captain Janeway schien bereit zu sein, sich allein mit ihren Zähnen durch die Gitterstäbe zu beißen, als die vierte Touristengruppe durch den Gang wanderte und außer Sicht geriet.

»Na endlich«, sagte sie. »Beeilen wir uns. Ich möchte

von hier verschwunden sein, bevor ganze Busse mit Schaulustigen durch den Zellenblock fahren. Treten Sie zurück!«

Sie richtete den Phaser aufs Gitter und folgte Neelix' Beispiel, indem sie die Augen zukniff. Vermutlich rechnete sie mit der Möglichkeit, daß das ungeschützte Metall barst und Splitter umherflogen.

Janeway betätigte den Auslöser, und ein dünner Strahl zuckte zu einem Gitterstab.

Der Stab glühte dort rot auf, wo er getroffen wurde, aber abgesehen davon erfolgte keine Reaktion. Als Janeway das Feuer einstellte, ließ das Glühen sofort nach.

Tuvok näherte sich dem Gitter, streckte vorsichtig die Hand aus und berührte den Stab. »Ich glaube, der Phaserstrahl ist ohne Wirkung geblieben, Captain«, verkündete er unnötigerweise. »Vielleicht benötigen wir einen hochenergetischen Schneidephaser, um diese Gitterstäbe zu durchtrennen.«

Neelix musterte den Vulkanier überrascht. »Haben Sie nicht daran gedacht, einen solchen Schneidephaser mitzunehmen? Obwohl es sich zweifellos um ein sehr nützliches Werkzeug handelt?« Es war nicht richtig, den Vulkanier zu verspotten, aber Neelix konnte der Versuchung einfach nicht widerstehen. Er gab sich alle Mühe, nicht zu lächeln und den Eindruck zu erwecken, es tatsächlich ernst zu meinen.

»Mr. Neelix ...«, sagte Captain Janeway. »Bitte seien Sie still, wenn Sie nicht zufällig einen solchen Apparat unter Ihrem Hemd haben.«

9

Neelix konnte noch immer nicht fassen, daß der Phaserstrahl völlig ohne Wirkung geblieben war. Er streckte die Hand nach dem Gitterstab aus – und zog sie wieder zurück.

»Haben Sie eine Erklärung dafür, Tuvok?« fragte Janeway, die ebenso verblüfft zu sein schien wie der Talaxianer.

Man setze niemals sein ganzes Vertrauen in die Technik, dachte Neelix. *Das ist immer meine Meinung gewesen. Personen kann man vertrauen, aber keinen Dingen.*

Lieutenant Tuvok beugte sich vor und berührte die Gitterstäbe so sanft, daß sich Neelix einen verrückten Augenblick lang vorstellte, wie der Vulkanier eine Mentalverschmelzung herbeizuführen versuchte. *Hallo, liebes Gitter, warum hast du dem Phaserstrahl standgehalten und dich nicht aufgelöst?*

»Ohne eine genaue Analyse kann ich keine endgültigen Aussagen treffen, Captain, aber mir scheint, diese Legierung teilt einige der Eigenschaften, die Mr. Kim beim Metall des künstlichen Monds festgestellt hat. Ich nehme an, die Furien verwenden dieses Material als Abschirmung. Was wiederum darauf hindeutet, daß sie zu Sondierungen imstande sind – andernfalls hielten sie es bestimmt nicht für nötig, sich vor Sondierungssignalen zu schützen.«

»Können wir irgendwie durch das Metall schneiden?«

Neelix starrte zu den Stäben, die so dick wie sein Unterarm waren und so dunkel wie *Thrat*-Blut. *Schneiden?*

Womit denn? Vielleicht mit einem Taschenmesser? Er schwieg, nahm erneut auf einer der unangenehm harten Liegen Platz. Matratzen und Decken fehlten.

»Ich glaube nicht«, erwiderte Tuvok. »Zumindest nicht mit den uns zur Verfügung stehenden Werkzeugen. Selbst wenn wir einen Schneidephaser hätten – wahrscheinlich kämen wir selbst damit nicht weiter.«

»Captain«, sagte Neelix, »ich bedauere den Scherz von vorhin …«

»Können wir die Stäbe krümmen? Oder sie so sehr abkühlen, daß es möglich wird, sie zu zerbrechen?«

»Wir haben nicht die Möglichkeit, die Temperatur des Metalls zu senken«, antwortete der Vulkanier. »Denkbar ist tatsächlich, daß die Legierung dadurch spröde genug wird, um sie zu zerbrechen. Und was das Biegen betrifft: Die für den Bau des künstlichen Monds erforderliche Zugfestigkeit beträgt etwa …«

Tuvok schloß halb die Augen und rechnete mit mentaler Warpgeschwindigkeit, verwendete dabei sowohl Schätzungen als auch konstante technische Koeffizienten.

»Sie ist drei Komma eins mal so groß wie die von Stahl. Das Metall dürfte noch etwas fester sein, allerdings nicht viel mehr, weil sich sonst Probleme bei der Verarbeitung ergäben.«

Neelix betrachtete das Schloß, eine kastenförmige, blauschwarze Vorrichtung. Wenn die Zelle einen schwachen Punkt hatte, so befand er sich dort.

»Ist es nicht möglich, die Gitterstäbe *nur ein wenig* zu biegen?«

»Captain, Lieutenant, vielleicht sollten wir …«

»Nicht mit unseren Mitteln, tut mir leid.«

Janeway zögerte und lauschte. Im Gang blieb alles still – es näherten sich weder Wächter noch Neugierige.

»Captain«, begann Neelix erneut, aber sie hob die Hand, richtete den Phaser auf die Wand und schoß.

Neelix brodelte innerlich und beobachtete den neuen

Versuch der Kommandantin. Die Wand zeigte sich von dem Strahl noch weniger beeindruckt als zuvor das Gitter – sie glühte nicht einmal.

»Verdammt!« fluchte Janeway leise.

Sie wandte sich um und schob den Arm durch die Lücke zwischen zwei Gitterstäben. Sie kam über den Ellenbogen hinaus bis zum Bizeps – dort blieb der Arm stecken. Um ihn zurückzuziehen, mußte sie sich sogar mit dem Fuß am Gitter abstützen.

»Ich kann den Arm nicht weit nach draußen strecken, aber das spielt kaum eine Rolle. Immerhin weiß ich gar nicht, wonach ich greifen sollte.«

Der auf dem Bett sitzende Neelix suchte nach einer Möglichkeit, den beiden Starfleet-Offizieren die Anwendung brutaler Gewalt auszureden und ihnen eine Alternative nahezulegen, die Finesse erforderte. Er beugte sich vor, sah durchs Gitter zur Zelle auf der anderen Seite und trachtete danach, Einzelheiten des dortigen Verriegelungsmechanismus zu erkennen. *Wie öffnet man ein Schloß? Nun, zum Beispiel mit einem Schlüssel.*

»Captain«, sagte Neelix, »warum warten wir nicht einfach, bis die nächsten Furien vorbeikommen? Dann betäuben wir sie mit dem Phaser und nehmen ihnen die Schlüsselkarten ab.«

Janeway dachte kurz nach und wirkte ein wenig verlegen. »Was ist, wenn die Fremden etwas von dem Metall an ihrem Körper tragen, um vor Phasern geschützt zu sein?«

Neelix erkannte sofort die Probleme seines Vorschlags. Er wollte ihn gerade zurückziehen, als Tuvok seiner Idee den Gnadenstoß versetzte. »Außerdem sollten wir mit der Möglichkeit rechnen, daß die betreffenden Furien nicht über die richtigen Schlüsselkarten verfügen. Vielleicht sänken sie dort bewußtlos zu Boden, wo wir sie nicht erreichen können. Oder sie erwidern das Feuer, wodurch wir in Lebensgefahr gerieten. Es gibt mehrere Gründe, warum eine derart naive Anwendung von Gewalt nicht in Frage kommt.«

»Tut mir leid«, entgegnete Neelix verletzt. »Ich wollte nur helfen.« *Großartige Hilfe leistest du! Wochenlang bemühst du dich, damit dich diese Leute endlich ernst nehmen, und dann dies!*

»Ich glaube, der schwache Punkt unserer Zelle ist das Schloß, Captain«, sagte Tuvok. »Auf das Gitter und die Wände können wir keinen Einfluß nehmen, aber das Schloß läßt sich vielleicht irgendwie manipulieren.«

»Sie meinen, wir können es eventuell knacken«, sagte Neelix sofort. Er hatte den Vorschlag selbst unterbreiten wollen, aber Tuvok war ihm zuvorgekommen.

»Ich glaube, so drückt man es aus, Mr. Neelix.«

»Womit knacken wir das Schloß?« fragte Janeway.

»Ich habe noch keine Gelegenheit gefunden, darüber nachzudenken«, erwiderte der Vulkanier.

Janeway ging in die Hocke und betrachtete den Kasten aus der Nähe. »Bist ein kleines elektrisches Ding, nicht wahr? Wie gern würde ich einen winzigen Photonentorpedo durchs Schlüsselloch schicken ...«

»Wie wär's mit dem Phaser?« warf Neelix ein. »Wenn wir damit durch die Öffnung feuern ... Läßt sich das Schloß auf diese Weise kurzschließen?«

Nach ein oder zwei Sekunden fügte Neelix hinzu: »Einen Augenblick ... Die Entladung würde vermutlich einen Teil des Schlosses schmelzen und den Mechanismus dadurch blockieren.«

Janeway und Tuvok sprachen miteinander, aber Neelix achtete nicht auf ihre Worte, als er sich in der Zelle umsah. Er spürte, daß irgend etwas darauf wartete, von ihm entdeckt zu werden. Was konnten sie verwenden? Phaserenergie kam nicht in Frage. Etwas Primitiveres ...

Ich verlange eine gute Idee, und zwar sofort. Ich möchte, daß mir ein Licht aufgeht. Er ließ sich auf das sinken, was für die Furien ein Bett war, starrte zur Decke empor.

Zur hellen Decke.

Zum Leuchtkörper, der dort glühte.

»Licht!« entfuhr es dem Talaxianer, und er sprang auf. »Sehen Sie nicht das Licht? Ich sehe es ganz deutlich. Licht!« Triumphierend deutete Neelix zum Leuchtkörper empor.

»Licht?« wiederholte Janeway und hob den Kopf. Nach den Maßstäben der Furien war das Licht sehr hell und beleuchtete die Zelle mit etwa zweihundert Lux. An Bord der *Voyager* erreichte die normale Beleuchtungsstärke den doppelten Wert.

»Das ist unsere Energiequelle!« verkündete Neelix. »Damit können wir das Schloß außer Gefecht setzen.«

Janeway nickte langsam und schien von Neelix Ideenreichtum beeindruckt zu sein. Der Talaxianer strahlte.

»Wieviel Watt sind es Ihrer Meinung nach?« wandte sich die Kommandantin an Tuvok.

»Ich bin nicht zu einer Schätzung imstande. Allerdings glaube ich, daß nicht viel Elektrizität notwendig ist, um eine Überladung des Verriegelungsmechanismus herbeizuführen.«

»Es gibt nur ein Problem.« Neelix stieg aufs Bett und blickte zur Lampe. »Wie leiten wir den Strom von *hier* nach *dort*?«

Die Entfernung zwischen Leuchtkörper und Zellentür betrug etwa viereinhalb Meter. Ebensogut hätten es vier Kilometer sein können. Nicht einmal Captain Kathryn die Große konnte Elektrizität in einem Eimer befördern.

Sie betastete ihr Haar. Auf diese Weise verhielt sie sich oft, wenn sie Anspannung ausgesetzt war.

Eine gräßliche Ahnung regte sich in Tuvok.

»Können wir die Lampe aus der Einfassung lösen, um an die elektrische Verbindung heranzukommen?«

Neelix trat direkt unter den Leuchtkörper und stützte ihn, während Tuvok an der dem Gitter zugewandten

Seite zerrte. Janeway stand auf einem Bett und versuchte, ihre Fingernägel unters andere Ende der Lampe zu schieben.

Einmal mußten sie ihre Bemühungen unterbrechen, weil einige weitere Schaulustige eintrafen und die Gefangenen anstarrten. Als die Gruppe wieder gegangen war, gelang es mit wiederholtem Ziehen, die Einfassung zu lösen und einen Blick darunter zu werfen.

Sie sahen ein Gewirr aus kleinen Röhren, die ineinander verschlungen zu sein schienen. Am einen Ende war das Durcheinander mit einer Steckdose verbunden, die vier Anschlußstellen aufwies.

»Die Röhren enthalten vermutlich Gas, das von der Elektrizität zum Leuchten angeregt wird«, überlegte Janeway laut. »Ein solches Museumsstück habe ich nicht mehr gesehen seit… Nun, zum letzten Mal konnte ich so etwas im Hieronymus-Museum für ungewöhnliche Technik auf Urbania bewundern. Wenn wir die Röhren zerbrechen, läßt sich vielleicht ein direkter Kontakt mit den stromführenden Teilen herstellen.«

»Womit denn?« fragte Neelix. Die schmerzenden Arme wirkten sich nicht gerade positiv auf seine Stimmung aus. »Etwa mit den Fingern?«

Captain Janeway runzelte die Stirn. »Das ist der beste Vorschlag, den Sie heute gemacht haben, Mr. Neelix.«

»Was soll das heißen? Ich wollte doch nur wissen, womit…« Er sprach nicht weiter, und sein Gesicht gewann einen orangefarbenen Ton. »O nein! Das kann doch nicht Ihr Ernst sein! Ich werde *auf keinen Fall* die Finger in eine Steckdose stecken, nur um zu sehen, was passiert.«

»Es käme mir nie in den Sinn, so etwas von Ihnen zu verlangen, Mr. Neelix.«

»Dem Himmel sei Dank dafür.«

»Tuvok wird die Finger in die Steckdose der Leuchtröhre stecken, und Sie halten dabei seine andere Hand.«

»*Was?*«

»Und ich halte Ihre Hand.«

»Captain, jetzt hören Sie mir mal gut zu. Sie sind überarbeitet. Ich bin kein Arzt, aber ich weiß trotzdem, was für Sie gut ist: eine Tasse von meinem besten dyzelianischen Kaffee. Und außerdem ...«

»Faszinierend, Captain«, unterbrach Tuvok den Wortschwall des Talaxianers. Janeways verrückter Plan schien ihn überhaupt nicht zu erschüttern. »Wie wollen Sie den Stromkreis mit dem Verriegelungsmechanismus schließen?«

Erneut betastete Janeway ihr Haar, doch diesmal steckte bewußte Absicht dahinter. »Hiermit«, sagte sie und zog eine Haarnadel aus dem Knoten.

Tuvok wölbte die Brauen. »Ich glaube, eine Haarnadel ist das klassische Werkzeug für illegale Manipulationen eines Schlosses.«

Neelix seufzte, und zwar lauter als beabsichtigt – Janeway und Tuvok drehten sich zu ihm um. »Sie sind wirklich dazu entschlossen, wie?« fragte er verärgert. *Sie bringt sich um*, dachte er, schwieg jedoch. Immerhin hatte er selbst sich des öfteren auf ebenso dumme wie gefährliche Dinge eingelassen.

»Es gibt keine andere Möglichkeit, diese Zelle zu verlassen«, betonte Janeway. »Und denken Sie daran, daß nicht nur unser Leben auf dem Spiel steht. Es geht auch um ...«

»Ja, ja, ich weiß, Captain.« Neelix richtete sich zu seiner vollen Größe auf und reichte Janeway dadurch bis zu den Schultern. »Auch ich hatte einmal eine Heimat, erinnern Sie sich?«

»Tut mir leid, Neelix. Ich wollte nicht herablassend sein.«

Er zuckte mit den Achseln. »Schon gut. Es ist ein Aspekt der menschlichen Natur. Wie dem auch sei, Captain: Wenn Sie wirklich entschlossen sind, uns mit einem Stromschlag umzubringen ... Dann bestehe ich darauf, daß *ich* es bin, der die Finger in die Steckdose steckt.«

Einen Sekundenbruchteil später schrillte es in ihm: *Bist du übergeschnappt? Warum willst du unbedingt Selbstmord begehen?* Seltsamerweise wies die innere Stimme eine gewisse Ähnlichkeit mit der von Kes auf.

Janeway starrte den Talaxianer stumm an, und Tuvok hob eine Braue.

Warum melde ich mich freiwillig für so etwas? fragte sich Neelix. Aber eigentlich kannte er die Antwort bereits: Talaxianer wußten, was Pflicht bedeutete, und deshalb zögerte Neelix nicht, sein Leben für eine gute Sache einzusetzen. Die Furien trugen keine Verantwortung für die Vernichtung seiner Heimatwelt, aber sie waren Tyrannen, die andere Völker versklavten.

Wie sollte er Janeway dazu bringen, ihm nachzugeben? »Captain ...«, begann Neelix. Einige Sekunden lang suchte er nach geeigneten Worten, und dann fand er zu seiner alten Zungenfertigkeit zurück. »Wir Talaxianer weisen eine besondere Widerstandsfähigkeit gegenüber Elektrizität auf. Sie schadet uns nicht im gleichen Maße wie Vulkaniern und Menschen.«

»Darauf haben Sie nie zuvor hingewiesen«, erwiderte Tuvok.

Neelix schnaubte leise. »Ich bin auch noch nie aufgefordert worden, die Finger in eine Steckdose zu stecken!«

Selbst Tuvok mußte eingestehen, daß eine solche Situation tatsächlich völlig neu war, doch Janeway blieb skeptisch. »Sind Sie sicher? Eine besondere Widerstandsfähigkeit?«

»Eine besondere Widerstandsfähigkeit Elektrizität gegenüber«, wiederholte Neelix. Die Regel Nummer Eins für gutes, überzeugendes Lügen lautete: Bleib bei der ersten Version; füge keine Veränderungen hinzu.

»Ich hoffe, das ist nicht wortwörtlich zu verstehen«,

sagte Tuvok. »Wir brauchen keinen Widerstand – der Strom muß ungehindert fließen.«

Es vergingen einige Sekunden, und Neelix fragte sich, ob er gerade ein Beispiel für vulkanischen Humor erlebt hatte. Er wagte es allerdings nicht, eine entsprechende Frage zu stellen.

Janeway streifte die Uniformjacke ab und streckte anschließend den bloßen Arm so weit wie möglich durch die Lücke zwischen zwei Gitterstäben. Als er dicht hinter dem Ellenbogen festsaß, preßte sie mit der anderen Hand den Bizeps zusammen und schob den Arm noch etwas weiter.

»Gerät die Elektrizität nicht ins Gitter?« fragte Neelix besorgt.

»Nein«, erwiderte Tuvok. »Das Metall ist zu dicht, um Strom zu leiten. Eigentlich handelt es sich nicht einmal um Metall im eigentlichen Sinn. Andernfalls hätte der Phaserstrahl die elektrochemischen Bindungskräfte neutralisiert und die Gitterstäbe aufgelöst.«

Janeway biß die Zähne zusammen. Der starke Druck unterbrach vermutlich die Blutversorgung des Arms.

Neelix beobachtete sie und dachte: *Bestimmt wird das Prickeln bald sehr unangenehm.*

Janeway konnte die Öffnung des Schlosses noch immer nicht mit der Haarnadel erreichen. »Tuvok ...«, ächzte sie und schnitt eine Grimasse, als der Schmerz stärker wurde. »Ich brauche Ihre Hilfe, um den Arm noch weiter nach draußen zu strecken.«

»Damit sind nicht unerhebliche Gefahren verbunden«, gab der Vulkanier zu bedenken. »Vielleicht bleibt Ihr Arm zwischen den Gitterstäben stecken, und wenn der Blutkreislauf für längere Zeit unterbrochen ist, sind Gewebeschäden nicht auszuschließen.«

»Vermutlich geraten wir in eine noch kritischere Situation, wenn wir hier darauf warten, daß uns die Furien hinrichten.«

»Guter Hinweis.« Tuvok preßte Janeways Bizeps zusammen, und dadurch gelang es ihr, den Arm noch weiter nach draußen zu strecken – weit genug, um die Haarnadel in den Schlitz des Schlosses zu schieben.

»Schnell, Neelix – berühren Sie die Kontaktstellen! Meine Hand wird taub, und die Nadel könnte mir aus den Fingern rutschen.«

Der Talaxianer schluckte und nahm Tuvoks Hand, der wiederum nach Janeways freier Hand griff. Neelix' Herz pochte immer schneller. *Bin ich wirklich bereit, mich auf einen derartigen Wahnsinn einzulassen?* Er spürte, wie er zu zittern begann. *Dies ist für dich, Kes,* dachte er. Zwar glaubte er seiner eigenen Lüge nicht, aber sie gab ihm trotzdem etwas Mut.

Er streckte den Arm nach oben, zerschlug die Röhre, befeuchtete sich die Finger und preßte sie dann an die Kontaktstelle.

Eisige Klauen packten ihn von beiden Seiten und bohrten ihm substanzlose Krallen in den Leib. Eine seltsame Art von Ekstase durchströmte ihn und vertrieb alles Belastende. Der starke elektrische Schlag ließ Neelix zusammenzucken. Seine Finger schlossen sich krampfhaft fest um Tuvoks Hand, dessen andere Hand im Kontakt mit der Janeways ebenso reagierte.

Etwas knisterte, und es roch verbrannt. Noch immer strömte Elektrizität durch das Nervensystem des Talaxianers und hinderte ihn daran, sich zu bewegen oder auch nur einen klaren Gedanken zu fassen.

Und dann, von einem Augenblick zum anderen, fand die Entladung ein Ende. Neelix blinzelte und stellte zwei Dinge gleichzeitig fest: Er lag auf dem Boden, dicht an einer Wand, *und die Zellentür stand einen Spaltbreit offen.*

Das Schloß war geknackt.

An Captain Janeways Arm zeigten sich einige Brandspuren. »Tuvok ...«, brachte sie hervor. »Wir sollten die Möglichkeit berücksichtigen, daß Wächter in der Nähe sind. Daher dürfen wir die Tür erst öffnen, wenn wir bereit sind, diesen Raum zu verlassen. Und noch ist es nicht soweit. Ich habe da nämlich ein kleines Problem ...«

Tuvok und Neelix traten an ihre Seite. »Können Sie den Arm bewegen?« fragte der Talaxianer und starrte auf weiße Haut hinab.

Sie versuchte es, aber es gelang ihr nur, die Finger ein wenig zu krümmen. »Ich sitze fest«, stöhnte sie leise.

Tuvok bemühte sich, ihr zu helfen, indem er erneut den Muskel zusammenpreßte. Daraufhin wurde aus Janeways Stöhnen ein gedämpfter Schrei. Der Arm steckte zwischen den beiden Gitterstäben und rührte sich nicht von der Stelle.

»Haben Sie etwas dabei, das sich als Schmiermittel verwenden läßt, Mr. Neelix?« fragte Tuvok. »Zum Beispiel Öl oder Seife?«

Der Talaxianer schüttelte kummervoll den Kopf. »Es tut mir schrecklich leid, Captain. Normalerweise habe ich Maschinenöl dabei, aber heute mußte ich es in der Kombüse verwenden.«

»Hoffentlich nicht bei Ihrer neuesten kulinarischen Kreation«, erwiderte Tuvok.

Neelix glaubte fast, daß der Vulkanier bestrebt war, eine Konfrontation mit ihm herbeizuführen. Aber vielleicht ging es ihm auch nur darum, Janeway abzulenken.

Doch mit einer solchen Taktik konnte er kaum einen Erfolg erzielen – die Kommandantin litt viel zu sehr.

»Natürlich nicht!« entfuhr es Neelix empört. »Ich habe das Öl benutzt, um ein Gerät ...«

»Captain, ich glaube, Ihre Oberarmmuskeln haben sich so sehr verkrampft, daß sie jetzt mehr Platz beanspruchen als vorher. Wenn wir Ihnen ein Antispasmodikum verabreichen könnten, wären Sie vermutlich imstande, den Arm ohne große Schwierigkeiten zurückzuziehen.«

»Möchten Sie ... die Furien ... um ein solches ... Medikament bitten?«

»Ihr Vorschlag ist zwar scherzhaft gemeint, aber vielleicht sollten wir ihn in Betracht ziehen. Wenn wir für genug Unruhe sorgen, locken wir möglicherweise Wächter an, die bereit sind, medizinische Hilfe zu leisten.«

»Oder die den Arm einfach abschneiden«, sagte Neelix. Er hatte die Starfleet-Leute allmählich satt – sie schienen nur selten fähig zu sein, Probleme zu lösen. »Tuvok, die Fremden sehen nicht einmal Personen in uns. Für sie sind wir Tiere – *gefährliche* Tiere! Wir dürfen nicht von ihnen erwarten, daß sie bereit sind, dem Captain zu helfen.«

»Ich fürchte, da haben Sie recht, Mr. Neelix.«

»Wir müssen den Arm irgendwie lösen. Ich betone noch einmal: Die Hilfe muß von *uns* kommen. Außerdem: Ich bin nur dann bereit, diese Zelle zu verlassen, wenn auch der Captain dazu in der Lage ist.«

»Niemand schlägt vor, Captain Janeway hier allein zurückzulassen. Aber wir brauchen eine Möglichkeit, ihre Muskeln zu entspannen. Andernfalls bleiben wir alle hier – bis Wächter eintreffen und die geöffnete Tür bemerken.«

»Wie wär's mit ... Meditation oder dergleichen?« fragte Neelix.

Janeway versuchte, sich zu beruhigen. Sie atmete mehrmals tief durch, doch der Schmerz beeinträchtigte ihre Fähigkeit, sich zu konzentrieren. Nach einigen Sekunden gab es sie es auf – jeder Herzschlag schickte Schmerz durch den gepeinigten Arm.

»Kann mich nicht ... konzentrieren ...«

Wieder kam dem Talaxianer eine Idee. *Warum den Captain nicht betäuben? Wir haben einen Phaser, und im betäubten Zustand sind die Muskeln entspannt.*

Während Tuvok die Gitterstäbe und den Arm untersuchte, trat schritt Neelix zu einer Liege und nahm den dort wie vergessen liegenden Phaser. Er wollte seinen Einfall erklären, aber Tuvok war viel zu sehr damit beschäftigt, am festsitzenden Arm zu zerren, was der Kommandantin neuerliche Schmerzen bescherte.

Vielleicht ist es besser so, wenn sie vorher nichts erfahren, überlegte Neelix und betrachtete den Phaser. Zwar hatte er die Einstellungen einer solchen Waffe nie zuvor modifiziert, aber die Bedeutung der einzelnen Kontrollen wurde ihm sofort klar. Er verringerte das energetische Niveau des Strahlers.

»Treten Sie beiseite«, wandte er sich dann an den Vulkanier. Tuvok kam der Aufforderung erstaunt nach, und Neelix gab ihm keine Gelegenheit eine Frage zu stellen. Er zielte und betätigte den Auslöser. Im rötlichen Schein der Furienwelt wurde Janeway von einem orangefarbenen Glühen erfaßt, und aus ihrem überraschten Brummen wurde ein Seufzen. Die Beine gaben nach, und sie sank auf die Knie.

Janeway verlor das Bewußtsein, und ihr Leib entspannte sich. Die Schwellung an ihrem festsitzenden Oberarm ging zurück.

Neelix und Tuvok zogen behutsam an dem Arm, und ganz plötzlich kam er frei. Janeway fiel auf ihren Allerwertesten und erwachte aus der kurzen Ohnmacht. Sie rieb sich den Arm, und ihr Gesicht verriet Verwirrung. Vielleicht wußte sie gar nicht mehr, wo sie sich befand.

Dann kehrte die Erinnerung zurück.

»Neelix ... Sie haben auf mich *geschossen*!«

»Ja, Captain«, bestätigte der Talaxianer und wirkte nun recht nervös. »Sie sind mir deshalb doch nicht böse, oder?«

»Ganz im Gegenteil. Ich danke Ihnen.«

Neelix lächelte erfreut. Er hatte nicht nur verlorenen Boden zurückgewonnen, sondern auch bewiesen, ein mit allen Wassern gewaschener Abenteurer zu sein.

»Lassen Sie uns von hier verschwinden, Tuvok«, sagte Janeway. »Ich glaube, ich höre etwas – vielleicht sind weitere ›Touristen‹ hierher unterwegs.«

Tuvok und Neelix halfen Janeway hoch und stützten

sie. Es fiel ihr schwer, die Beine schnell genug zu bewegen.

»Warten Sie«, flüsterte die Kommandantin, als sie in den Korridor traten.

Sie beugte sich vor und streckte den Arm aus, in den gerade das Gefühl zurückkehrte. Behutsam griff sie nach der immer noch im Schloß steckenden Haarnadel.

»Sollen sich die Furien fragen, wie wir ausbrechen konnten«, sagte Janeway. Dann hastete sie zusammen mit Tuvok und Neelix durch die Düsternis.

10

Commander Chakotay wäre im Kontrollraum der *Voyager* am liebsten auf und ab gegangen. Alles in ihm drängte danach, zu den einzelnen Stationen zu eilen und dort selbst einen Blick auf die Anzeigen zu werfen. Er wünschte sich, schreien zu können und jemanden in den Schacht des Turbolifts zu werfen. Statt dessen saß er im Kommandosessel, schlug nur immer wieder die Beine übereinander und versuchte, sich seine Unruhe nicht zu deutlich anmerken zu lassen.

Der Captain und Tuvok befanden sich auf dem Planeten. In der Krankenstation stritten sich Paris und Kim mit dem holographischen Arzt über die von ihm verschriebene »Ruhe und Erholung«. Die derzeitige Brückencrew bestand aus: Chakotay, B'Elanna Torres – sie kümmerte sich um die wissenschaftlichen, technischen und Ops-Kontrollen – sowie die drei Besatzungsmitglieder Dalby, Chell und Jarron. Torres war bisher erstaunlich still gewesen und hatte nur auf direkte Fragen geantwortet.

Sechs fremde Raumschiffe verfolgten die *Voyager* – eine regelrechte Flotte. Das Föderationsschiff änderte immer wieder den Kurs, glitt hinter den Planeten und versuchte dafür zu sorgen, daß die Gegner hintereinander blieben. Dann konnte immer nur einer von ihnen feuern, und mit einer solchen energetischen Belastung wurden die Schilde problemlos fertig. Doch wenn Chakotay den falschen Befehl gab oder wenn der Navigator zu langsam reagierte ... Dann bekamen mehrere Schiffe

Gelegenheit, die *Voyager* unter Beschuß zu nehmen, wodurch sie zweifellos in große Gefahr geraten wäre.

Die Situation stellte Chakotays Ruhe auf eine harte Probe.

»Nach rechts abdrehen, Kurs null zwei null Komma vier null ... Und jetzt in Richtung eins acht null, mit fünfundzwanzig Prozent Impulskraft ... Gut. Halten Sie diesen Kurs. Mal sehen, ob die Fremden noch einmal versuchen, das Feuer auf uns zu eröffnen.«

Diesmal schien es der Gegner nicht mehr so eilig damit zu haben, die *Voyager* zu verfolgen – er hatte das Spiel allmählich satt. Das Föderationsschiff war viel wendiger, und es ließ sich nicht in eine Falle locken.

Einmal hatte sich eine kritische Situation ergeben, und zwar durch Chakotays Anweisung, erst nach Steuerbord und dann sofort nach Backbord abzudrehen. Als die *Voyager* in ihrer eigenen Impulsspur schlingerte, konnten drei feindliche Schiffe den Zielerfassungsfokus auf sie richten und feuern.

Dalbys rasche Reaktion rettete sie. Er wartete keinen Befehl ab und änderte den Kurs auf null null null Komma neun null – er steuerte die *Voyager* direkt nach ›oben‹, und dadurch rasten die Energiestrahlen in einer Entfernung von mehreren hundert Metern an ihr vorbei.

»Ausgezeichnet, Mr. Dalby«, lobte Chakotay. Er verfluchte sich selbst für seinen Fehler – bei seiner Anweisung hatte er die *Voyager* mit einem wesentlich kleineren Maquis-Schiff verwechselt.

»Bisher konnten wir vermeiden, von den Fremden zum Kampf gestellt zu werden«, sagte er laut. »Aber wir sind nicht auf Dauer imstande, dem Gegner zu entkommen. Wir müssen dieses Duell auf eine Weise beenden, die es uns gestattet, bis auf Transporterreichweite an den Planeten heranzukommen und die Einsatzgruppe an Bord zu beamen.«

»Vielleicht sollten wir uns auf einen Kampf einlassen,

Sir«, schlug Dalby vor, ohne die Navigationskontrollen aus den Augen zu lassen. Glücklicherweise kümmerte sich Chell um die Waffen. Dalbys Impulsivität war begrüßenswert, wenn es um plötzliche Flugmanöver ging, die dazu dienten, destruktiver Energie auszuweichen. Doch bei einem Gefecht sah die Sache ganz anders aus.

»Nein, ein Kampf kommt nicht in Frage«, erwiderte Chakotay. »Immerhin befindet sich der Captain bei den Fremden. Ebenso wie Lieutenant Tuvok und Neelix.«

Dalby brummte etwas Unverständliches. Er, Chell, Jarron und Henly – alles frühere Maquisarden – hatten seit kurzer Zeit zu einem guten Arbeitsverhältnis mit Tuvok gefunden. Er bildete sie in einer Art Mini-Akademie-Kursus aus.

»Wie wär's, wenn wir dieses Sonnensystem einfach verlassen?« fragte Chell.

»Wollen Sie Captain Janeway ihrem Schicksal überlassen?«

»Nein, nein! Ich meine, wir könnten einen Warptransfer einleiten, von der anderen Seite der Sonne her zurückkehren und uns dort verstecken.«

»Denken Sie mal genauer darüber nach, Chell«, antwortete Chakotay sofort. »Die Schiffe der Fremden sind sowohl mit Impuls- als auch mit Warptriebwerken ausgestattet. Sie würden bestimmt nicht darauf verzichten, uns in den Warptransit zu folgen.«

Chakotay begriff plötzlich, daß etwas Unfaßbares geschehen war: Die Brückencrew der *Voyager* bestand allein aus Angehörigen des Maquis. Der Commander lächelte. *Mein größter Wunsch ist in Erfüllung gegangen: Wir haben ein Starfleet-Schiff unter unsere Kontrolle gebracht. Aber wir können es nicht nach Belieben verwenden.*

Er hörte leises Husten und achtete nicht darauf. Nach einigen Sekunden wiederholte es sich, gefolgt von einer so leisen Stimme, daß Chakotay zunächst gar nicht wußte, aus welcher Richtung sie kam. »Sir …«, brachte der Bajoraner Jarron zaghaft hervor. »Wenn wir … Ich meine, wenn die Fremden uns für vernichtet halten … Dann gäbe es keinen Grund für sie, uns noch weiter zu verfolgen … äh … oder nach uns Ausschau zu halten … Schon gut. Bitte verzeihen Sie.«

»Sprechen Sie nur, Jarron.«

»Nun, ich meine … Wenn die Fremden glauben, wir seien erledigt … Dann würden sie uns nicht länger verfolgen und zum Planeten zurückkehren.«

»An was dachten Sie dabei?«

»Nun, wir könnten irgendwelche Dinge ausschleusen, die wie Trümmer auf den Ortungsschirmen erscheinen.«

Chakotay schüttelte den Kopf. »Nein. Die Fremden würden bestimmt eine Einsatzgruppe zu uns schicken, um an Bord des angeblichen Wracks nach dem Rechten zu sehen.«

»Entschuldigung.«

»Oh, Sie brauchen sich nicht zu entschuldigen. Immerhin sind Sie auf dem richtigen Weg. Möchte jemand anders etwas hinzufügen?«

Stille folgte diesen Worten. Dalby starrte zum Hauptschirm und beobachtete die sechs Schiffe – bisher deutete nichts darauf hin, daß sie einen weiteren Angriff planten. Chell sah den Commander an, und sein Gesicht zeigte dabei die für ihn typische Mischung aus Verwirrung und Erstaunen. Der in sich gekehrte Jarron hatte seinen ganzen Mut zusammengenommen, um eine Idee zu präsentieren. Jetzt sah er wie schuldig auf die Kontrollen seiner Station.

Chakotay spürte, daß sich hinter ihm jemand zu Wort melden wollte. Er drehte sich um und sah, wie B'Elanna Torres den Mund öffnete – um ihn dann wieder zu schließen. Nachdem sich dieser Vorgang zweimal wiederholt hatte, fragte der Erste Offizier: »Möchten Sie etwas sagen, B'Elanna?«

»Es liegt mir fern, mich einzumischen, aber ...« Sie sprach nicht weiter.

»Fahren Sie fort.« Einmal mehr fühlte Chakotay, daß B'Elannas Selbstvertrauen in letzter Zeit sehr gelitten hatte.

»Wenn die Fremden ...« Das klingonische Selbst in Torres schien die Unschlüssigkeit der menschlichen Hälfte nicht länger zu ertragen und übernahm plötzlich die Kontrolle. »Wenn die Fremden glauben, daß wir in der Sonne verbrannt sind, geben sie die Suche nach uns bestimmt auf.«

»Habe ich Sie richtig verstanden? Sie möchten, daß wir in die *Sonne* fliegen?«

»Wir haben Schilde, unser Gegner nicht«, erklärte B'Elanna. »Wir sind vor Hitze und Druck geschützt, im Gegensatz zu den Fremden, die selbst einen kurzen Flug in die Sonne nicht überstehen würden. Bestimmt glauben sie, wir hätten uns umgebracht, weil unsere Mission fehlschlug.«

»Sie scheinen unsere Widersacher gut zu kennen, B'Elanna.«

»Sie ähneln meinem Volk. Beziehungsweise einem meiner beiden Völker.«

»Zwar verfügen wir über Schilde, aber bestimmt können sie den enormen Belastungen im Innern der Sonne nicht lange standhalten.«

B'Elanna schwieg, und ihre Finger huschten über die Kontrollen. Als sie schließlich antwortete, klang ihre Stimme mehr nach der eines Menschen. »Es sieht nicht besonders gut aus. Meine Berechnungen zeigen, daß wir nach zweiundvierzig Komma sechs Sekunden damit rechnen müssen, im solaren Plasma zu verbrennen.«

»Weil dann die Schilde nachgeben?«

»Ja, Commander.«

»Und wenn wir ihr energetisches Niveau erhöhen?«

»Den Berechnungen liegt maximale Schildenergie zugrunde.«

»Haben Sie auch die übrige Energie an Bord berücksichtigt? Damit meine ich Triebwerke, Notstrom, Replikatoren, das Holodeck und die Lebenserhaltungssysteme. Alles bis auf das medizinische Holo-Notprogramm. Den holographischen Arzt brauchen wir vermutlich.«

»Nein, diese Energie habe ich außer acht gelassen. Warten Sie einen Augenblick.« B'Elanna fügte ein verspätetes ›Sir‹ hinzu, als sie erneut Schaltflächen berührte. »Bemerkenswert ... Nach den neuen Berechnungen müßten die Schilde fast hundertfünfzig Sekunden lang halten.«

»Zweieinhalb Minuten können sehr lang sein«, sagte Chakotay. »Beginnen Sie sofort mit den notwendigen Modifikationen.« Als sich die Chefingenieurin abwandte, meinte Chakotay. »Und noch etwas, B'Elanna ... Danke für Ihren guten Vorschlag.«

»Commander!« entfuhr es Chell. »Die Fremden leiten wieder Energie in ihre Waffensysteme – sie schicken sich an, das Feuer auf uns zu eröffnen!«

»Haben unsere Deflektoren noch immer volle Kapazität, Mr. Chell?«

»Ja, Sir.«

»Und die gegnerischen Schiffe sind nach wie vor hintereinander angeordnet? Nun, mal sehen, was sie planen. Ich habe da so eine Ahnung. Schon seit einer Stunde erwarte ich von den Fremden, daß sie es mit einer ganz bestimmten Taktik versuchen. Bisher bin ich von ihnen enttäuscht worden.«

Vom Turbolift her erklang eine neue Stimme. Lieutenant Tom Paris hatte gerade die Brücke betreten. »Sie meinen nicht zufällig das *Starburst*-Manöver?«

»Kennen Sie es?«

»Ich bin vage damit vertraut.« Paris zwinkerte, doch Chakotay schien nicht zu verstehen.

»Möchten Sie die Steuerung des Schiffes übernehmen?«

Dalby verzog andeutungsweise das Gesicht. Er war es nicht gewohnt, Ersatzmann der Brückencrew zu sein, nachdem er Steuermann eines Maquis-Schiffes gewesen war.

Paris bemerkte Dalbys Reaktion – und staunte darüber, daß er still blieb. Dalby stand in dem Ruf, ein ziemlich lockeres Mundwerk zu haben.

»Nein«, beantwortete Tom Chakotays Frage. »Ich sehe einfach nur zu – bis zum Wachwechsel in fünfzehn Minuten.«

»Danke, Mr. Paris. Mr. Dalby, geben Sie mir sofort Bescheid, wenn ein Starburst-Manöver stattfindet.«

»Was hat es damit auf sich, Commander?«

»Das wissen Sie, sobald Sie es sehen«, erwiderte Paris geheimnisvoll. »Die Schiffe nehmen Fahrt auf, Sir.« Dalby zögerte und sah zum Hauptschirm. »Oh! Jetzt weiß ich, was Sie meinen – melde Starburst-Manöver, Sir.«

Die Raumer der Fremden beschleunigten und flogen in verschiedenen Richtungen, wirkten dabei wie die Strahlen eines Sterns. Schon nach wenigen Sekunden hatte jedes Schiff freies Schußfeld, und sie eröffneten sofort das Feuer.

»Mr. Dalby, Flankengeschwindigkeit, Kurs null null null Komma null.«

Die *Voyager* sauste nach vorn, dem Zentrum des Starburst-Manövers entgegen – zum einzigen Ort, wo sich kein Gegner befand. »Wenn wir jetzt Glück haben, oder wenn die Fremden sehr dumm sind …« Chakotay erlaubte sich ein erwartungsvolles Lächeln.

»Ich fasse es nicht«, murmelte Lieutenant Torres. Sie starrte auf das Display des Scanners. »Sir, es ist unglaublich!«

»Was stellen Sie fest?«

»Der Zielerfassungsfokus der gegnerischen Waffensysteme ist noch immer auf uns gerichtet. Sie feuern auch weiterhin, und bestimmt treffen sie … Berichtigung: Sie *haben* eins ihrer eigenen Schiffe getroffen. Sogar zwei. Und jetzt drei!«

Chakotay drehte sich zu Paris um, der vergeblich versuchte, ein Grinsen hinter vorgehaltener Hand zu verbergen.

Chell erholte sich weit genug von der Überraschung, um Bericht zu erstatten. »Sir ... Als wir die fremden Schiffe passierten, setzten sie mit einer Ausnahme auch weiterhin ihre Waffen ein, obwohl eigene Raumer in die Schußlinie gerieten.«

»Spießruten laufen«, kommentierte Paris den Vorgang. Offenbar fiel es ihm sehr schwer, nicht schallend zu lachen.

»Ein fremdes Schiff zerstört«, sagte B'Elanna Torres. »Zwei weitere beschädigt, eins schwer.«

»Nicht schlecht, wenn man bedenkt, daß wir noch keinen einzigen Schuß abgefeuert haben«, meinte Chakotay. Ihm erging es ähnlich wie Paris: Nur eiserne Selbstbeherrschung hinderte ihn daran, wie eine Hyäne zu lachen.

»Commander ...«, sagte B'Elanna, die nicht sehr amüsiert wirkte. *Pech für sie,* dachte Chakotay. »Ich bin mit den Modifizierungen des Energiegitters der Schilde fertig. Es kann jetzt jederzeit volle Kapazität hergestellt werden.«

Chakotay antwortete nicht und dachte nach.

»Sir?« fragte Torres nach einigen Sekunden. »Die Modifizierungen ...«

»Ich habe Sie gehört, Lieutenant.« *Bin ich mutig genug, den notwendigen Befehl zu erteilen?* dachte Chakotay. Er spürte, wie sein Herz allein bei der Vorstellung schneller schlug. Dann zuckte er mit den Schultern. Eigentlich blieb ihm gar keine Wahl. Sie wurden die Verfolger nur dann los, wenn sie die *Voyager* vernichtet glaubten.

»B'Elanna«, sagte er schließlich, »wieviel Zeit brauchen Sie für eine metaphasische Rekonfiguration der Schilde?«

»Etwa zwei Minuten. Aber warum sollten wir ... Chakotay! Sie beabsichtigen doch nicht etwa ...«

Er nickte ernst und preßte dabei die Lippen zusammen. »Ich habe vor, direkt in die Sonne zu fliegen«, bestätigte er. »Glauben Sie, daß uns die Fremden folgen würden?«

Niemand antwortete. Der Erste Offizier gab sich einen inneren Ruck.

»Jarron, öffnen Sie einen Kom-Kanal zum Flaggschiff – vorausgesetzt, es wurde vorhin beim Starburst-Manöver nicht zerstört.«

»Es kam mit einigen leichten Schäden davon«, erwiderte Jarron. Er sprach so leise, daß Chakotay die Ohren spitzen mußte, um ihn zu verstehen. »Kanal geöffnet.«

Der Commander sprang auf, lief plötzlich rot an und schrie so laut, daß Speichel von den Lippen spritzte. »Wir lassen uns auf *keinen* Fall lebend gefangennehmen! Nicht eine einzige *Minute* werden wir in Ihren Folterkammern verbringen! Lieber sterben wir wie *Männer*, anstatt wie *Tiere* zu leben! *Singvogel* Ende!«

Jarron war so verblüfft, daß er fast vergaß, den Kom-Kanal wieder zu schließen. Als der rote Indikator erlosch, nahm Commander Chakotay wieder im Kommandosessel Platz und wischte sich ruhig den Mund ab.

»Mr. Dalby, programmieren Sie einen direkten Kurs zur Sonne und beschleunigen Sie mit voller Impulskraft.«

Die Brückencrew brauchte einige Sekunden, um sich wieder zu konzentrieren. Chakotay nahm die Verzögerung mit gerunzelter Stirn zur Kenntnis und vermutete, daß Starfleet-Offiziere wesentlich schneller reagiert hätten.

Die Schlußfolgerung, daß es tatsächlich einen qualitativen Unterschied zwischen einer Starfleet-Besatzung und einer Maquis-Crew gab, gefiel ihm nicht sonderlich. Er nahm sich vor, mit Captain Janeway darüber zu sprechen. Vielleicht ließ sich Tuvoks Mini-Akademie erweitern, so daß auch Führungsoffiziere ausgebildet werden konnten. *Damit meine ich auch mich selbst.*

Zeit hatten sie genug, selbst für die volle, vier Jahre dauernde Akademie-Ausbildung.

Die Sonne schien der *Voyager* entgegenzuspringen und wurde immer größer, bis sie den ganzen Hauptschirm füllte. Die kleineren Bestandteile des solaren Käfigs gerieten in Sicht, zeichneten sich als Silhouetten vor dem Glanz der Sonne ab.

»Äh ... Commander?« fragte B'Elanna nervös. »Soll ich Energie in die Schilde leiten?«

»Wann erreichen wir die solare Korona, Mr. Dalby?«

»Kommt darauf an, wie weit sie in den Raum reicht.«

»Wir haben es mit einem Stern vom Typ G2 zu tun. Die Photosphäre sollte also etwa eine Million Kilometer vom Kern entfernt sein, und ihre Temperatur beträgt etwa sechstausend Grad.«

»Dort sind wir in sieben Minuten und fünfzig Sekunden, Sir.«

»Chakotay ...«, ließ sich B'Elanna vernehmen. »Sechstausend Grad sind für die ungeschützte Außenhülle der *Voyager* zuviel.«

»Können uns die Schilde mit ihrer derzeitigen Beschaffenheit schützen?«

»Einige Sekunden lang.«

»Na schön«, brummte der Erste Offizier. »Kühlen Sie das Schiff ab, bevor Sie die Energie der ambientalen Systeme in die Schilde leiten, B'Elanna. Hier drinnen wird's ziemlich heiß, wenn wir uns in der Sonne befinden. Wenn der Temperaturanstieg von einem niedrigeren Wert aus erfolgt, halten wir ihn länger aus.«

Lieutenant Torres reagierte sofort. Schon nach einer knappen Minute begann Chakotay zu frösteln, als die kryogenischen Systeme mit voller Leistung arbeiteten.

»Die fremden Schiffe verfolgen uns«, meldete Jarron, und diesmal war seine Stimme bemerkenswert laut.

»Feuern sie auf uns, Mr. Chell?«

»Nein. Das heißt ... ja. Äh ... nein, ich glaube nicht.« Und nach einer kurzen Pause: »Doch, sie versuchen erneut, uns unter Beschuß zu nehmen.«

»Mr. Chell!«

»Bitte um Entschuldigung, Sir. Es war meine Schuld. Ja, die fremden Schiffe feuern auf uns.«

»Sie dürfen nicht Selbstmord begehen«, verkündete Paris und sprach als Kommandant der Verfolger. »Wir müssen Sie hinrichten.«

»Verstärken Sie die rückwärtigen Schilde, B'Elanna.«

»Die rückwärtigen Schilde?« wiederholte Torres verblüfft. »Die Sonne befindet sich *vor* uns!«

»Und die gegnerischen Schiffe sind *hinter* uns.«

»Möchten Sie lieber schwitzen oder riskieren, daß die *Voyager* zu einem Wrack wird?«

»Verstärken Sie die Heckschilde, Lieutenant Torres. *Denken* Sie nicht einmal daran, das Feuer zu erwidern, Mr. Chell. Und was Sie betrifft, Mr. Paris ... Machen Sie sich irgendwie nützlich.«

Das Summen der kryogenischen Systeme wurde lauter, als sie sich der Sonne näherten. Die Entfernung schrumpfte auf 0,25 Astronomische Einheiten.

Einige Brückenoffiziere zitterten – die Temperatur betrug minus fünfzehn Grad.

Eine vertraute Stimme erklang.

»Hier spricht das medizinische Holo-Notprogramm. Was ist los bei Ihnen? Überall an Bord erleiden Besatzungsmitglieder einen Kältekollaps ... Oh, ich verstehe. Ich habe gerade einen Blick ins Computerlogbuch geworfen. Es dauert nicht mehr lange, bis wir alle tot sind.«

»Nicht jetzt, Doktor – bitte.«

»Meine Güte, Sie führen wirklich ein interessantes Leben. Medizinisches Holo-Notprogramm Ende.«

»Jarron!« rief Chakotay ein wenig zu laut. »Geben Sie mir Bescheid, wenn wir uns dem Sonnenkäfig nähern.«

»Äh ... wir fliegen direkt darauf zu, nicht wahr, Commander?«

»Sie sollen mir keine Fragen stellen, sondern Auskunft geben.« *Immer mit der Ruhe. Auf diese Weise verunsicherst du ihn nur.* »Informieren Sie mich, wenn wir nur noch zwanzig Sekunden davon entfernt sind.«

»Aye, Sir. Entfernung beträgt jetzt nur noch zwanzig Sekunden Flugzeit.«

»Mr. Dalby.« Chakotay versuchte, ruhig zu sprechen. »Wie groß ist der Abstand der einzelnen Kabelstränge an der breitesten Stelle?«

»Uns bleibt jede Menge Platz, Commander«, sagte Paris. »Acht bis zehn Meter auf beiden Seiten, wenn wir genau die Mitte einer Öffnung treffen.«

Acht bis zehn Meter! Chakotay wies Paris an, die Steuerungskontrollen zu übernehmen – jetzt brauchten sie das Geschick eines wirklich guten Piloten.

Sie rasten dem Sonnenkäfig entgegen. Aus der Nähe betrachtet bemerkte Chakotay, daß sich die solaren Kollektoren nicht durch eine uniforme Farbe auszeichneten. Sie glühten und schimmerten in allen Farben des Spektrums, wie Prismen, die das Sonnenlicht in seine Bestandteile zerlegten. *Wahrscheinlich werden die einzelnen Frequenzen gesondert absorbiert,* dachte der Erste Offizier. Die Schönheit des Sonnenkäfigs entging ihm keineswegs; von seinem Vater hatte er gelernt, selbst in kritischen Situation ästhetische Aspekte zu erkennen und zu schätzen.

Er schluckte, als die einzelnen Stränge der netzartigen Kollektoren immer näher kamen und sich als Kabel mit einem Durchmesser von fast zehn Metern herausstellten. Er befahl seine Seele dem Himmelsgeist und bat gleichzeitig darum, noch etwas mehr Zeit im Diesseits zu bekommen.

Eine Lücke erschien, aber sie befand sich nicht genau

im Zentrum des Hauptschirms – offenbar flog die *Voyager* nicht mit idealem Kurs. Praktisch im gleichen Augenblick neigte sich das Schiff zur Seite, raste in den Sonnenkäfig hinein …

Chakotay glaubte, ein leises *Ping* zu hören, als sie die Öffnung passierten.

»Nun …«, sagte ein blasser Tom Paris wenige Sekunden später, »es gab etwas weniger Platz, als ich zunächst dachte.«

Nach kurzer Zeit meldete der Pilot: »Wir nähern uns der Photosphäre.« Paris' Stimme klang jetzt unnatürlich ruhig. »Noch fünfunddreißig Sekunden.« Angesichts der großen Gefahr, die der *Voyager* drohte, wuchs er über das Stadium der emotionalen Reaktion hinaus. *Eine bewundernswerte Eigenschaft für einen Starfleet-Offizier*, dachte Chakotay.

»Torres!« sagte er scharf. »Ihnen bleiben dreißig Sekunden, um mir mitzuteilen, daß Sie die metaphasische Konfiguration aktiviert haben.«

»Ich bin in zwanzig Sekunden damit fertig!« erwiderte sie von den Kontrollen der technischen Station.

»Halten Sie sich bereit, die zusätzliche Energie auf mein Kommando hin in die Deflektoren zu leiten. Zwanzig Sekunden. Zehn Sekunden … Fünf, vier, drei, zwei, eins, *jetzt*.«

»Metaphasische Schilde sind aktiviert und haben volles Potential.«

»Wir erreichen die Photosphäre in fünf Sekunden, Sir«, sagte Paris. »Drei, zwei, eins …«

»Voller Umkehrschub«, ordnete Chakotay an. »Wir wollen vermeiden, die Sonne auf der anderen Seite wieder zu verlassen. B'Elanna, verstärken Sie die Schilde auch mit der Energie des Warpkerns. Jetzt können wir nur noch warten und hoffen, daß die Fremden dort draußen möglichst schnell die Geduld verlieren.«

Das Impulstriebwerk heulte so laut, daß sich alle Brückenoffiziere – auch Chakotay – die Ohren zuhalten mußten. Einmal mehr kam es zu einer Überlastung der Andruckabsorber: Für den Bruchteil einer Sekunde stieg die Gravitation an Bord der *Voyager* aufs Fünfzehnfache.

Chakotay hatte das Gefühl, von einem Maulesel getreten zu werden. Er fiel nach vorn und stieß gegen Chell, der gegen seine Konsole prallte. Eine Mikrosekunde später funktionierten die Absorber wieder und reduzierten die negative Beschleunigung auf ›nur‹ vier g.

Zwei oder drei Sekunden später kam die *Voyager* fast zum Stillstand.

Chakotay blinzelte benommen und stellte fest, daß Paris nicht mehr an den Pilotenkontrollen saß, sondern neben dem Turbolift an der Wand lag.

Der Erste Offizier versuchte, wieder auf die Beine zu kommen, aber sein Körper gehorchte ihm nicht. Erleichterung durchströmte ihn, als er sah, wie Paris aufstand – alle anderen Brückenoffiziere schienen bewußtlos zu sein.

11

Paris bediente die Kontrollen. Das Schiff reagierte eher träge. Kein Wunder: Immerhin befand es sich im Innern einer Sonne vom Typ G2.

Der Pilot versuchte, die gegenwärtige Position der *Voyager* zu halten, was sich als recht schwer erwies. Konvektionsströme zerrten es hin und her, schienen bestrebt zu sein, die *Voyager* zu zerreißen, bevor Hitze und Strahlung sie zerstören konnten.

Paris erinnerte sich an den astrophysikalischen Unterricht an der Akademie. Ohne die Konvektion würde es *Dutzende von Jahrmilliarden* dauern, bis das erste Photon aus dem Kern der Sonne, wo es durch die Fusion von Wasserstoff zu Helium entstand, die Oberfläche erreichte.

Mit anderen Worten: Ohne Konvektionsströme, die Photonen wie Gasblasen im Wasser nach oben steigen ließen, wären alle Sterne im Universum rabenschwarz und so kalt wie das interstellare All.

»Und wenn schon«, knurrte Paris. »Derzeit kommt die Konvektion verdammt ungelegen.«

Paris trachtete danach, das wie ein wildes Pferd bockende Schiff unter Kontrolle zu halten, als er es tiefer in die Sonne hineinsteuerte, bis zu einer Stelle, die etwa ein Drittel des Weges zum Kern markierte. Noch näher an den Zentralbereich wagte sich der Pilot nicht heran, denn dort herrschten Temperaturen von bis zu fünfzehn Millionen Grad. Er wußte nicht, ob die metaphasisch verstärkten Schilde einer solchen Belastung standhalten konnten.

Fast hätte er den größten Fehler seines Lebens begangen und die Sensoren aktiviert.

Seine Hand verharrte dicht über den betreffenden Schaltelementen und zitterte plötzlich. Die Verwendung der Sensoren wäre dem Einschalten eines Suchscheinwerfers gleichgekommen – die Fremden hätten sofort Bescheid gewußt.

Er begnügte sich mit den passiven Sensoren und hoffte, daß sie auf Subraum-Fluktuationen durch die Warpkerne der gegnerischen Schiffe reagierten. »Computer, beginne mit der Aufzeichnung aller empfangenen Daten.«

Es hatte natürlich keinen Sinn, nach Ionenspuren Ausschau zu halten – immerhin bestand die ganze Sonne aus ionisiertem Plasma!

Die fremden Schiffe zu entdecken ... Paris verglich seine Lage mit jemandem, der sich in einer Antimaterie-Reaktionskammer befand und herauszufinden versuchte, wann und wo jemand draußen einen Kommunikator verwendete.

Die Temperatur der Außenhülle nahm immer mehr zu, betrug bereits tausend Grad. Und noch immer waren die übrigen Besatzungsmitglieder bewußtlos.

B'Elanna Torres materialisierte auf der Diagnoseliege, und der holographische Arzt beugte sich über sie. Er wußte: Ohne die Chefingenieurin bestand die Gefahr, daß das Schiff in der Sonne verglühte.

Er verabreichte ihr ein kortikales Stimulans und fügte dem Anregungsmittel einen Klaps auf die Wange hinzu. Torres stöhnte leise, erwachte jedoch nicht.

Nun, sie ist zur Hälfte Klingonin, dachte der Arzt.

Er holte aus und versetzte ihr einen heftigeren Schlag.

Torres brüllte wie ein zorniger Stier, sprang auf und nahm sofort eine kampfbereite Haltung an. Dann schwankte sie, sank auf ein Knie, hob die Hand zum Kopf und ächzte leise.

»Die Schmerzen lassen gleich nach«, sagte der Doktor. Diesen Hinweis hätte er sich sparen können, denn das dumpfe Stechen verschwand sofort. Es war vom Blut ausgelöst worden, das nach dem starken Andruck in die Kopfadern zurückkehrte.

»Wir befinden uns in der Sonne«, verkündete der Doktor.

»Was? Schon? Aber es blieben uns doch noch einige Minuten, bevor ...«

»Mikroamnesie. Auf Wiedersehen.«

Ohne ein weiteres Wort beamte er B'Elanna Torres direkt in den Maschinenraum.

Der plötzliche Ortswechsel weckte neuerliche Benommenheit in B'Elanna. Verwirrt schüttelte sie den Kopf.

»Paris an Torres«, tönte es aus ihrem Insignienkommunikator. »Hören Sie mich? Sind Sie da?«

»Ob ich *da* bin?« brachte sie hervor. »Ich bin im Maschinenraum. Glaube ich wenigstens ... Wo sollte ich denn sonst sein?«

»Gut«, sagte Thomas Paris, der manchmal eine echte Nervensäge sein konnte. »Ich brauche eine Auskunft von Ihnen. Teilen Sie mir mit, ob sich Raumschiffe jenseits der Photosphäre befinden. Aber verwenden Sie nicht die Sensoren der Zielerfassung, um eine Sondierung vorzunehmen ... Wir müssen so schnell wie möglich aus dieser Hölle verschwinden, wenn wir nicht wie Butter in der Pfanne schmelzen wollen!«

B'Elanna wankte zu den entsprechenden Kontrollen und mußte sich an der Wand abstützen, um nicht das Gleichgewicht zu verlieren und zu fallen. Sie aktivierte die passiven Scanner der Zielerfassungssysteme und begann mit einer Sondierung, die den Bereichen vor und auch hinter dem Schiff galt.

Aufmerksam betrachtete sie die Anzeigen des Displays und spürte dabei, wie sie in der heißen, trockenen Luft zu schwitzen begann. »Ich orte zwei Schiffe. Beide hinter uns. Moment ... Ein drittes Schiff fliegt mit Kurs zwei sieben null. Es will zur anderen Seite der Sonne, um festzustellen, ob wir dort wieder zum Vorschein kommen.«

»Mist. Ich hatte gehofft, daß die Raumer praktisch sofort zum Planeten zurückkehren.«

»Wie lange sind wir schon in der Sonne?«

»Zwei Minuten und fünfzehn Sekunden.«

»Verdammt, Paris – wir müssen hier raus, ob Schiffe dort draußen sind oder nicht.«

»Ausgeschlossen, Torres. Wahrscheinlich braucht Ihr Trick nur etwas mehr Zeit, um zu funktionieren. Die Schilde werden besser als erwartet mit den Belastungen fertig. Ihre Kapazität liegt noch bei zweiundsiebzig Prozent.«

»*Was?*« B'Elanna überprüfte die graphische Darstellung der energetischen Destabilisierung und verglich sie mit den zuvor berechneten Werten. »Idiot! Das Schildpotential ist um drei Prozent geringer, als es eigentlich der Fall sein sollte!«

»Wieviel Zeit bleibt uns noch?«

»Nach meinem Modell versagen die Schilde ganz plötzlich und auf recht spektakuläre Weise – in zehn Sekunden.«

»Und wann löst sich die Außenhülle auf?«

»Nach weiteren zehn Sekunden.«

»Rühren Sie die Kontrollen nicht an.«

Torres wartete und zählte stumm. Sie war bei »fünf« angelangt, als die Displays eine Veränderung zeigten. »Paris! Die Schiffe entfernen sich von der Sonne und kehren in Richtung Planet zurück.«

»Können die Fremden feststellen, was auf der von ihnen abgewandten Seite der Sonne geschieht?«

»Noch ist das der Fall, ja«, bestätigte B'Elanna. »Aber warten Sie ... warten Sie ... Die Schilde haben zwei Sekunden länger gehalten, als ich dachte. Tja, das wär's dann wohl. Freut mich, Sie kennengelernt zu haben. Auf Wiedersehen im Jenseits.«

»Wird dieser Teil der Sonne noch von den Sensoren der Fremden erfaßt? Verdammt, ich kann die Kontrollen nicht betätigen, sie sind zu heiß! Uns bleibt keine Zeit mehr …«

Die *Voyager* beschleunigte, sprang aus der Photosphäre ins All zurück. *Offenbar ist es Paris doch gelungen, die Schaltflächen zu berühren*, dachte B'Elanna. Die Temperatur an der Außenhülle stieg auf über zweitausend Grad, und im Innern des Schiffes erreichte sie einen Spitzenwert von siebzig Grad, um dann rasch wieder zu sinken.

Während der nächsten Stunde normalisierten sich die Verhältnisse an Bord der *Voyager*. Chakotay und die übrigen Besatzungsmitglieder erholten sich, während die überhitzte Außenhülle abkühlte. Die kryogenischen Systeme verringerten die Temperatur an Bord auf erträgliche dreißig Grad – es war noch immer heiß, aber es drohte keine Katastrophe mehr. B'Elanna kehrte zur Brücke zurück, wobei sie nicht den Transporter benutzte, sondern den längeren Weg per Turbolift nahm.

Von den Fremden war weit und breit nichts zu sehen. Allem Anschein nach hielten sie die *Voyager* wirklich für vernichtet.

Paris »parkte« das Schiff einige Millionen Kilometer über der vom Planeten abgewandten Seite der Sonne. Um im solaren Ortungsschatten zu bleiben, konnte die *Voyager* nicht in eine normale Umlaufbahn gebracht werden, was bedeutete: Kontinuierlicher Schub des Impulstriebwerks hinderte das Schiff daran, erneut in die Photosphäre hinabzufallen.

Captain Janeway ballte die Faust und streckte die Finger dann wieder, spürte dabei ein schmerzhaftes Prickeln und Stechen im Arm. Zusammen mit Tuvok und Neelix eilte sie durch den Korridor, der an Dutzenden von Zellen vorbeiführte. Sie hielten vergeblich nach dem gefangenen Shuttle-Piloten Ausschau, sahen weder andere Häftlinge noch irgendwelche Wächter. Allerdings dauerte es nicht lange, bis man ihre Flucht bemerkte. Das Licht flackerte und wurde für den Bruchteil einer Sekunde so hell, daß es selbst menschliche Augen blendete. Anschließend kehrte die Düsternis zurück. Janeway vermutete, daß es sich um das bei den Furien übliche Äquivalent einer Alarmstufe Rot handelte.

Zuerst nahm sich Janeway Zeit genug, um auf beiden Seiten des Ganges in jede Zelle zu blicken. Doch schon bald beschränkte sie sich auf eine Seite.

»Neelix«, sagte sie und lauschte den Geräuschen, die ihre Verfolger in der Dunkelheit verursachten.

»Captain?«

»Sie schauen in die Zellen auf der linken Seite, und ich überprüfe die auf der rechten. Tuvok, behalten Sie den Bereich hinter uns im Auge. Wir müssen den Piloten finden und so schnell wie möglich von hier verschwinden.«

Sie liefen nun mit voller Geschwindigkeit und hofften dabei, daß sie nicht hinter der nächsten Ecke gegen einen Auserwählten stießen. Die Zellen in dieser Sektion waren alle leer. Offenbar legten die Furien Wert darauf, verschiedene Unreine getrennt voneinander unterzubringen.

Alle Zellen stellten eine exakte Kopie des Raums dar, in dem man sie eingesperrt hatte: sechs mal fünf Meter, vier Betten, Wände und Boden, die nicht in einem Winkel von neunzig Grad aufeinandertrafen. Die seltsame Architektur der Furien spielte nicht nur Janeways Augen einen Streich, sondern auch ihren Füßen: Mehrmals stolperte sie und konnte sich dabei nur mit Mühe auf den Beinen halten.

Die Herren dieser Welt scheinen ganz bewußt darauf aus zu sein, andere Leute zu verwirren und zu desorientieren, fuhr es der Kommandantin verärgert durch den Sinn.

Sie hasteten durch einen langen Korridor mit insgesamt vierundachtzig Zellen. Am Ende erwartete sie eine verschlossene Tür.

Janeway starrte auf das Schloß hinab. Irgendwo hinter ihnen erklang ein triumphierender Schrei.

»Haben Sie irgendeine Idee, wie wir dieses Ding knacken können, Tuvok? Meine Güte, es ist rein mechanischer Natur!«

»Vielleicht kann ich das Problem lösen. Wenn Sie gestatten, Captain ...«

Janeway wich zur Seite. Woraufhin Tuvok den Fuß hob und der Tür dicht über dem Knauf einen kräftigen Tritt gab. Es knirschte laut, und die Tür neigte sich nach unten. Der Vulkanier stieß sie mit der Schulter beiseite, und sie traten ein, als die Wächter hinter ihnen einen schlecht gezielten Schuß abfeuerten.

Janeway sah sich in einem Raum mit fünf Wänden um. Direkt gegenüber bemerkte sie eine weitere Tür. »Diesmal bin ich dran!« rief Neelix.

Er sprintete der Tür entgegen und schob dabei die eine Schulter nach vorn. Doch kurz bevor er sie erreichte, teilte sie sich in vier Segmente, die von der Mitte her auseinanderglitten. Neelix sauste durch die Öffnung, und auf der anderen Seite erklang ein dumpfes Pochen.

Janeway sah Tuvok an und lächelte. Das Gesicht des Vulkaniers blieb ausdruckslos, aber er wölbte eine Braue. Doch bevor sie Tuvoks Reaktion interpretieren konnte, polterte es im Nebenzimmer. Janeway eilte zur Tür, die sich bereitwillig vor ihr öffnete. In dem Raum dahinter rang Neelix mit einem Schlangenwesen, das kurze, dicke Beine und muskulöse Arme hatte. Rasch trat sie vor und hob den Phaser.

Bevor sie Gelegenheit bekam, auf das Geschöpf zu schießen, drehte Neelix es zur Seite – wodurch es plötzlich erschlaffte und zu Boden sank. Zufrieden sah der Talaxianer auf den bezwungenen Gegner hinab.

»Captain«, sagte Tuvok, »darf ich darauf hinweisen,

daß die Wächter diesen Raum in einigen Sekunden erreichen werden und weitaus besser bewaffnet sind als wir?«

Wortlos zielte Janeway auf einen Kasten neben der Tür und feuerte. »Jetzt haben wir wesentlich mehr Zeit«, behauptete sie.

Wenige Augenblicke später krachte es, als die Wächter gegen eine Tür prallten, die sich überraschenderweise nicht vor ihnen öffnete. Sie hämmerten an das Hindernis und riefen Drohungen, bei denen es um unsterbliche Seelen, helles Licht und öffentliche Hinrichtungen von Unreinen ging.

»Darf ich das Fenster vorschlagen?«

»Ich schätze, uns bleibt keine Wahl, Tuvok. Können Sie nach draußen sehen? Erwartet uns jemand?«

Tuvok stellte sich auf die Zehenspitzen und spähte in die Finsternis. »Ich erkenne nicht viel, aber es scheint niemand in der Nähe zu sein.«

Mit dem Ellenbogen klopfte der Vulkanier erst versuchsweise ans Glas und verwendete dann mehr Kraft, bis das Fenster splitterte.

Janeway benutzte den Kolben des Phasers, um einige scharfkantige Bruchstücke zu entfernen. »Helfen Sie mir hoch«, sagte sie dann.

Draußen auf dem Hof hob die Kommandantin den Kopf und hofft, den Himmel zu sehen – auf der Oberfläche des Planeten wären sie vielleicht in der Lage gewesen, einen Kontakt mit der *Voyager* herzustellen. Doch ihren Blicken bot sich nur jenes graue Metall dar, das weder von Phaserstrahlen noch von Sondierungssignalen durchdrungen werden konnte. »Möchten die Furien nie ihre Sonne sehen?«

»Wenn siebenundzwanzig Milliarden intelligente Lebensformen auf diesem Planeten leben sollen, so muß ein gewisses Desinteresse an Umwelt und externem Panorama vorausgesetzt werden.«

»Hm. Jedem das Seine. Was mich betrifft ... Ich möchte hier nicht wohnen.«

Sie gingen am Rande des Hofes entlang. Die dortige Wand bestand aus Eisen, das viele große Rostflecken aufwies. Überall gab es runde Artefakte aus Stein. »Sind das vielleicht ... Gräber?« fragte Janeway.

»Ohne einen Tricorder ...«

»... können Sie nicht feststellen, ob hier jemand begraben liegt. Ich weiß, Mr. Tuvok, ich weiß. Die einstigen Tyrannen müssen unsere Ahnen wirklich sehr beeindruckt haben. Praktisch alles, das in einem Zusammenhang mit ihnen steht, jagt Menschen Angst und Schrecken ein.«

»Es gibt auch viele uralte vulkanische Symbole für Unglück und Entsetzen, Captain.«

»Großartig!« warf Neelix ein. »Wenn die beiden Amateur-Anthropologen jetzt damit fertig sind, historische Daten zu vergleichen ... Wie wär's, wenn wir unsere Flucht fortsetzen?«

Der ›Hof‹ führte an einem L-förmigen Gebäude vorbei und setzte sich dann mehr als zwei Kilometer weit fort. Jenseits der Biegung waren viele Furien unterwegs: Mit gesenktem Kopf schritten sie zielstrebig umher und vermieden es dabei, sich gegenseitig anzusehen.

»Ich glaube, wir sollten Schutz in der Menge suchen«, meinte Janeway.

Sie näherten sich.

»Captain ...«, sagte Neelix leise. »Ich schlage vor, wir besorgen uns drei Kapuzenmäntel. Wir sehen nicht unbedingt wie Furien aus.«

Die Kommandantin schüttelte den Kopf. »Es gilt, einen Kampf zu vermeiden. Gegen eine solche Übermacht könnten wir uns nicht behaupten. Wir müssen einfach unserem Glück und der sonderbaren Pseudo-Privatsphäre dieser Wesen vertrauen. Vielleicht schenken sie uns überhaupt keine Beachtung. Und selbst wenn sie uns bewußt zur Kenntnis nehmen ... Möglicherweise wissen sie nicht, wer wir sind.«

Janeway atmete tief durch, um sich zu beruhigen, als sie sich der Menge langsam näherten und dann mit ihr verschmolzen. In unmittelbarer Nähe befanden sich zwei Schlangenwesen, ein watschelndes, rotäugiges *Etwas* und eine Furie, die aus Navdaqs Volk zu stammen schien. Auf allen Seiten drängten sich ihnen die Geschöpfe entgegen.

»Halten Sie sich an mir fest«, zischte Janeway. Neelix verstand sofort und griff nach ihrem Pulli, während sie beide Hände nach Tuvoks Jacke ausstreckte.

Um sie herum wogte die Menge, wie Ebbe und Flut. Ihre Bewegungen glichen der von Flüssigkeit. Wenn sich Janeway und ihre beiden Begleiter nicht festgehalten hätten, wären sie bestimmt voneinander getrennt worden.

»Captain!« rief ihr Neelix ins Ohr und ließ sie dadurch zusammenzucken. »Sehen Sie nur!«

Sie blickte in die Richtung, in die der Zeigefinger des Talaxianers wies, bemerkte dort sechs Furien, die einer ihr unbekannten Spezies angehörten. Ihre rosarote Haut war so runzlig und faltig wie die von Rhinozerossen, und sie hatten dichtes, borstiges Haar. Aus der Ferne gesehen wirkten ihre Füße wie Hufe, und vom Rücken gingen lange Schwänze aus.

Ihr erstaunlichstes Merkmal bestand jedoch darin, daß sie Starfleet-Uniformen trugen.

Janeway blinzelte verblüfft und korrigierte ihren ersten Eindruck: Die Fremden *schienen* Starfleet-Uniformen zu tragen. Sie sah gelbe und rote Hemden, mit schwarzen Hosen kombiniert, und die Hufe waren ebenfalls dunkel, ließen sich daher leicht mit Stiefeln verwechseln.

Captain, wissenschaftlicher Offizier und Koch setzten ihren Weg durch die Menge fort, ließen sich in ihrem Wogen treiben und hielten dabei den Kopf gesenkt. Sie vermieden es, nach rechts und links zu blicken.

Die ganze Zeit über waren sie neben einem Gebäude unterwegs, dessen Zweck sich nicht einmal erraten ließ. Weit oben wölbte sich der metallene Himmel. Wie tief unter der Oberfläche des Planeten befanden sie sich hier? Als das Gebäude schließlich hinter ihnen zurückblieb, wagte es Janeway, den Kopf ein wenig zur Seite zu drehen. Aus den Augenwinkeln sah sie Dutzende von Computerterminals an der einen Wand, vergleichbar mit öffentlichen Kom-Stationen.

Sie zerrte an Tuvoks Jacke und dirigierte den Vulkanier in die entsprechende Richtung. Neelix folgte ihr.

»Wenn die Terminals mit einer zentralen Datenbank verbunden sind ...«, sagte Janeway. »Dann gelingt es mir vielleicht, in das System einzudringen und herauszufinden, wo man den Shuttle-Piloten festhält.«

Sie trat vor eine der letzten Konsolen und hoffte, keine Aufmerksamkeit zu erregen.

Einige Sekunden lang starrte sie auf die Kontrollen, berührte sie dann und versuchte, ein Gefühl für das System zu bekommen.

»Können Sie eine Datenverbindung herstellen, Captain?« fragte Tuvok.

»Wenn nicht, kann wohl nie ein guter Chefingenieur aus mir werden«, erwiderte Janeway, zwinkerte dem Vulkanier zu und machte sich an die Arbeit.

12

Tuvok und Neelix standen zu beiden Seiten des Terminals, während Captain Janeways Finger über die Tasten flogen.

Das Computersystem der Furien verwendete ein besonderes Sicherheitssystem, um den Zugriff auf wichtige Daten zu schützen. Janeway untersuchte es vorsichtig und fand heraus, daß es ein aus siebenhundert Buchstaben bestehendes Kennwort verlangte.

»Nun, so was läßt sich nicht einfach erraten«, brummte sie.

»Captain?«

»Schon gut, Tuvok. Offenbar sitzen wir fest.« Janeway schnitt eine finstere Miene. Es ging ihr gegen den Strich, aufgeben zu müssen, nur weil sie ein Kennwort nicht kannte. Sie holte ihren Insignienkommunikator hervor und unternahm den neuerlichen Versuch, einen Kontakt mit der *Voyager* aufzunehmen.

»Einen Augenblick«, sagte sie plötzlich. »Vielleicht gibt es doch noch eine Möglichkeit.«

Nachdenklich betrachtete sie das kleine Kom-Gerät.

»Ja …« Sie lächelte geheimnisvoll und legte den Insignienkommunikator aufs Terminal. Solche Geräte enthielten einen Mikrochip, dessen künstliche Intelligenz einfache Kommandos wie *Janeway an Commander Chakotay* erkennen und interpretieren konnte, um dann die gewünschte Kom-Verbindung herzustellen.

Im Vergleich mit dem Bordcomputer der *Voyager* war das Leistungspotential des Chips lächerlich gering, aber sie mußten sich eben mit dem begnügen, was sie hatten.

»Insignienkommunikator«, sagte Captain Janeway, »identifiziere dein Modell und Herstellungsjahr.«

Sie zuckte innerlich zusammen, als ihr die so vertraute Computerstimme antwortete. »Ich bin ein Starfleet-Standardmodell, Tang Bioelektrik 74-A, hergestellt auf Rivendell Prime im Jahr 2362.«

Neelix wirkte sehr erstaunt. »Ich wußte gar nicht, daß so etwas möglich ist.«

»Ich habe mich selbst gerade erst daran erinnert«, sagte Janeway und befeuchtete sich die Lippen. »Insignienkommunikator, lokalisiere einen Empfänger-Schaltkreis in dem Terminal, auf dem du liegst. Bestätige die Entdeckung eines solchen Schaltkreises mit einem akustischen Signal.«

Nach zwei stillen Sekunden piepte das Kom-Gerät.

»Übermittle dem Empfänger mit Hilfe des automatischen Translators folgende Anweisung: Zeige die Gefangenenliste.«

Janeway blickte auf den Bildschirm. Zeichen erschienen dort – ihre Bedeutung blieb unklar, aber vermutlich handelte es sich um Klartext.

»Faszinierend«, kommentierte Tuvok. »Sie haben das Sicherheitssystem einfach übersprungen und kommunizieren direkt mit dem Computerkern.«

»Ach, tatsächlich?« erwiderte Neelix verunsichert. Mit solchen Dingen kannte er sich nicht besonders gut aus.

»Habe ich Ihnen nie erzählt, daß ich zur Hälfte eine Ferengi bin?« Janeway zwinkerte ihren beiden Begleitern zu. »Anweisung: Zeige eine schematische Darstellung der Zellen; hebe jenen Ort hervor, an dem sich der Unreine vom Mond befindet.«

Die Umrisse einiger fast – aber auch nur *fast* – rechteckiger Gebäude erschienen auf dem Display, und eins von ihnen wies ein Gittermuster aus einzelnen Zellen auf. Die Darstellung schwoll an, bis sie den ganzen Schirm füllte, und eine Zelle glühte blau.

»Anweisung: Zeige die Lage dieses Terminals in bezug auf die hervorgehobene Zelle.«

Ein Punkt blinkte an der Seite des Gebäudes. Janeway, Tuvok und Neelix orientierten sich, blickten zu dem großen Bauwerk, das sie zuvor hinter sich zurückgelassen hatten. »Zeige alle Zugänge«, sagte die Kommandantin. Sie blickte wieder auf den Schirm und prägte sich das Bild ein. Der Eingang befand sich auf der Rückseite des großen Zellenblocks.

Janeway zögerte. Der nächste Befehl hatte es in sich. »Anweisung: Öffne die Tür der Zelle, in der sich der Unreine befindet.«

Die Darstellungen erstarrten für einige Sekunden, und dann erschien ein Hinweis in der Sprache der Furien. Unmittelbar darauf erloschen alle Anzeigen.

»Unberechtigter Datenzugriff oder nicht autorisierter Befehl«, sagte Tuvok. »Captain, ich schlage vor, wir verlassen diesen Ort, bevor Wächter eintreffen.«

Sie widerstanden der Versuchung zu laufen, gingen statt dessen mit der gleichen Geschwindigkeit wie vorher. Durch einen breiten Seitenhof schritten sie, wandten sich der Rückseite des großen Gebäudes zu.

Sie war genauso beschaffen wie die Vorderfront: dunkel, voller seltsamer Kanten, kalt selbst in der Hitze des Furienplaneten. Doch in der Mitte zeigte sich ein Zugang und wirkte wie ein Schlund, der sich jeden Augenblick öffnen mochte.

Janeway trat nähert und hoffte, daß sie es hier mit einer jener Türen zu tun bekamen, die sich von selbst öffneten. Sicherheitshalber hielt sie den Phaser bereit.

Wie sich herausstellte, war die Tür geschlossen und mit einer sonderbaren Vorrichtung gesichert. Erst nach einigen Sekunden erkannte Janeway den Apparat als ein altmodisches *Vorhängeschloß*. Es ragte aus einer Öse in der Klinke.

»Ich fasse es nicht«, murmelte Janeway und schüttelte den Kopf. Sie fand die Mischung aus moderner Technik und Steinzeit auf dieser Welt immer verwirrender.

Das Vorhängeschloß bestand aus dem gleichen unzerstörbaren Metall, das bereits der Phaserenergie standgehalten hatte. Janeway zögerte und wußte zunächst nicht weiter. Dann lächelte sie, justierte ihren Strahler auf ein höheres energetisches Niveau und schnitt einfach ein großes Loch in die Tür – die aus mit Stahl verstärktem, ölig glänzendem Holz bestand. In diesem Fall gereichten ihnen die Besonderheiten der Furienwelt zum Vorteil.

Janeway achtete darauf, daß oben eine Verbindung zwischen dem separierten Segment und dem Rest der Tür blieb. Als sich die Ränder abgekühlt hatten, drückten sie das herausgeschnittene Oval nach innen. Es löste sich nicht, verursachte kaum ein Geräusch.

Anschließend duckten sie sich durch die Öffnung und betraten das Gebäude.

Sofort zeigten sich Ähnlichkeiten mit ihrem eigenen Gefängnisblock. Die zu den Zellen führende Tür glitt auseinander, als sie sich ihr näherten. Lange Korridore führten in die Ferne, vorbei an Räumen, deren Gitter die von Kartenschlüsseln kontrollierten Schlösser aufwiesen. Die Einsatzgruppe von der *Voyager* blieb am Rand des Ganges, in den dunkelsten Bereichen. Diese Taktik erwies sich als richtig: Als sie um eine Ecke kamen und sich dem Bereich näherten, der die Zelle des gefangenen Piloten enthielt, bemerkte Tuvok mehrere Wächter.

Stumm winkte er den Captain und Neelix hinter die Ecke zurück, flüsterte dann: »Offenbar haben Sie auf den Versuch reagiert, die Zelle mit einer entsprechenden Anweisung an den Computer zu öffnen. Vermutlich wissen die Wächter, daß unbefugte Personen in die elektronischen Elaborationssysteme eingedrungen sind.

Jetzt lassen Sie den Gefangenen bestimmt nicht mehr allein.«

Janeway nickte. »Da haben Sie sicher recht. Uns bleibt also keine andere Wahl, als den Plan zu ändern.«

»Was soll das heißen?« entfuhr es Neelix. »Wollen Sie den Piloten seinem Schicksal überlassen?«

»Nein. Ich habe gehofft, dieses Problem mit friedlichen Mitteln zu lösen, doch das scheint nicht möglich zu sein. Also müssen wir zu anderen Mitteln greifen. Ich habe es satt, herumgestoßen, angestarrt und ins Gefängnis gesteckt zu werden – das gilt sowohl für mich und Sie als auch für den Piloten. Meiner Ansicht nach sind hier nicht mehr die Regeln der Ersten Direktive anwendbar, sondern die der Selbstverteidigung.«

»Da stimmt ich Ihnen zu, Captain«, sagte Tuvok. »Die Furien beabsichtigen einen Großangriff auf die Föderation, was bedeutet: Die Bestimmungen der Ersten Allgemeinen Order können hier nicht mehr zur Anwendung kommen.«

»Wir sollten ihnen endlich zeigen, wozu Starfleet-Offiziere fähig sind. Mr. Tuvok, Sie übernehmen die rechte Flanke. Neelix, Sie achten links darauf, daß niemand entkommt und Verstärkung holen kann. Ich knöpfe mir die mittleren beiden Wesen vor. Neelix, erwecken Sie den Anschein, Tuvok gefangengenommen zu haben. Vielleicht nimmt man Ihnen ab, zu den Furien zu gehören. Alles klar?«

Erneut traten sie um die Ecke. Janeway verharrte auf dem Bauch im Schatten, während Neelix und Tuvok in Richtung Zelle gingen. Die Wächter hatten dort die Tür geschlossen und ein Bündel zurückgelassen, das eine halb verbrannte und zerfetzte Starfleet-Uniform trug. Sieben Furien standen nun vor dem Gitter und hoben die Waffen, als sie die beiden sich nähernden Personen sahen.

Tuvok hob die Hände, und Neelix gab ihm keinen

besonders sanften Stoß in den verlängerten Rücken. »Na los, Bewegung!«

Die verwirrten Wächter wichen ein wenig zurück. Sie hielten ihre Waffen noch immer schußbereit, wußten aber nicht, was sie von der Situation halten sollten. Captain Janeway lag völlig reglos. Wenn die Furien in der Dunkelheit auf die gleiche Weise sahen wie Menschen und Vulkanier … Vielleicht bemerkten sie vor allem Objekte, die sich bewegten. Völlige Reglosigkeit war daher eine gute Tarnung, die Janeway vor Entdeckung schützen mochte.

»Erhabene«, wandte sich Neelix an die Wächter, »ich habe diesen Unreinen hier gefangengenommen. Äh … soll ich ihn Ihrer Obhut übergeben?«

Die Blicke der Furien wanderten zwischen Neelix und Tuvok hin und her. Mit ziemlicher Sicherheit hatte der Talaxianer gegen mehrere Regeln der hiesigen Gesellschaft verstoßen – der Einsatzgruppe war nicht genug Zeit geblieben, um sich mit allen Aspekten der Furienkultur auseinanderzusetzen.

Während die Wächter darüber rätselten, was es mit den beiden Neuankömmlingen auf sich hatte, kamen Neelix und Tuvok noch näher. »Ich möchte ein volles Geständnis ablegen«, sagte der Vulkanier, ließ die erhobenen Händen sinken und tastete nach dem Nacken von zwei Furien. Eine Sekunde später stellte sich heraus, daß der vulkanische Nervengriff auch bei ihnen funktionierte.

Als die beiden betäubten Wächter zu Boden sanken, machte Janeway von ihrem Phaser Gebrauch. Sie schoß, ohne aufzustehen, winkelte den linken Arm an und verwendete ihn als Stütze für den Strahler. Es gelang ihr, innerhalb weniger Sekunden zwei Wächter zu betäuben.

Damit blieben noch drei übrig. Zwei von ihnen liefen Janeway entgegen. Tuvok drehte sich um und versetzte einem von ihnen einen Hieb, der ihn mit einem schmerzerfüllten Stöhnen zu Boden schickte. Janeway versuchte, den anderen zu treffen, aber diesmal war er vorbereitet und duckte sich unter dem Strahlblitz hinweg. Dann stieß er gegen die Kommandantin der *Voyager* und verwickelte sie in einen Nahkampf.

Doch Janeway war nicht irgendein Gegner, sondern ein Starfleet-Captain, in Dutzenden von verschiedenen Kampfarten ausgebildet. Außerdem war sie nicht allein. Es genügte, daß sie den Kopf der Furie ein wenig nach hinten drückte – den Rest erledigte Tuvok mit einem weiteren Nervengriff.

Janeway rollte zur Seite, zielte erneut mit dem Phaser und schickte den sechsten Wächter, den Tuvok zuvor niedergeschlagen hatte, ins Reich der Träume. Der Getroffene ging erneut zu Boden.

Kathryn Janeway blinzelte und erinnerte sich plötzlich an den letzten Wächter. Als Nummer fünf und sechs in ihre Richtung gestürmt waren, hatte sich Nummer sieben in die entgegengesetzte Richtung gewandt. Sie ahnte Gefahr, sprang auf die Beine und versuchte, die letzte Furie mit einem weiteren Schuß zu erledigen. Aber Tuvok stand ihr im Weg, und der betreffende Wächter war bereits zu weit entfernt.

Ein gelber Schemen erschien in Janeways Blickfeld. Neelix verfolgte den letzten Wächter und stürzte sich auf ihn, kurz bevor er einen Hebel erreichte – wahrscheinlich beabsichtigte er, einen Alarm auszulösen.

»Sind alle überwältigt?« fragte Janeway. »Haben wir auch bestimmt niemanden übersehen?« Sie untersuchte die sieben Wächter rasch und vergewissert sich, daß sie alle bewußtlos waren. Dann kehrte sie zur Zelle zurück, begleitet von Tuvok. »Irgendeine Idee, wie man das Schloß von *dieser* Seite aus knacken könnte?«

»Derzeit nicht«, erwiderte der Vulkanier. »Die Leuchtkörper in diesem Flur sind so hoch angebracht, daß sie sich nicht ohne weiteres erreichen lassen.«

Janeway wollte bereits eine Nadel aus ihrem Haar

ziehen, als Neelix demonstrativ hüstelte. »Äh ... Captain, verzeihen Sie bitte, aber wie wär's, wenn wir das hier benutzen?«

Er reichte ihr die Schlüsselkarte des Wächters, den er daran gehindert hatte, Alarm zu geben.

Janeway errötete ein wenig und schob die Karte in den Schlitz. Nichts geschah. Als sie den Kartenschlüssel wieder herauszog ... Es klickte, und die Tür schwang auf. Ein seltsames Geräusch ertönte dabei: Es klang nach einem rostigen Rad, das über ein Kopfsteinpflaster rollte.

Sie traten ein und blickten auf das hinab, was einst ein Mann gewesen war, ein menschlicher Starfleet-Offizier. Die rote Farbe seines Kommandopullis ließ sich kaum mehr erkennen, denn der größte Teil des Stoffes war verbrannt, vermutlich beim Absturz des Shuttles. Der Insignienkommunikator fehlte; vielleicht hatten die Furien das Kom-Gerät fortgenommen. Vielleicht war er einmal groß gewesen, aber ein gebeugter Rücken und krumme Schultern ließen ihn ein ganzes Stück kleiner werden. Früher einmal mochte das rote Haar dicht gewesen sein, doch jetzt zeigten sich viele kahle Stellen, und in den übriggebliebenen Büscheln gab es viele graue Strähnen. Die Haut wies häßliche braune Flecken auf, wahrscheinlich das Ergebnis von Folterungen, bei denen man auch ultraviolette Strahlung verwendet hatte. Die trüben Augen starrten ins Leere. Hier und dort ließen sich blutige Risse in der Haut erkennen.

Tuvok tastete nach der Halsschlagader des Mannes und stellte fest, daß er noch lebte. Der Gefangene blutete aus mehreren Wunden, und der eine Arm war ausgekugelt. Er hatte ein gequetschtes Handgelenk und mehrere gebrochene Rippen. Aber vielleicht kamen noch andere Verletzungen hinzu, die innere Organe und das Gehirn betrafen. Ganz offensichtlich hatte der Mann ein Trauma erlitten, denn er starrte auch weiterhin ins Leere und schwieg, reagierte nicht auf die geflüsterten Fragen. Der fehlende Pupillenreflex bestätigte die Existenz zerebraler Probleme.

Janeway zögerte nur kurz. »Wir müssen ihn zum Schiff bringen – das hat jetzt absoluten Vorrang. Außerdem: Ich weiß nicht, wie wir die Invasion verhindern sollen – in dieser Hinsicht sind mir die Ideen ausgegangen. Aber wenn wir herausfinden, woher der Pilot kam und *wie* er in den Delta-Quadranten gelangte ... Vielleicht entdecken wir dann eine Möglichkeit, zur Föderation zurückzukehren und Starfleet zu warnen.«

»Es wäre auch denkbar, daß wir die Furien begleiten, wenn sie mit der Invasion beginnen«, sagte Tuvok. »Wir könnten unmittelbar nach dem Transfer eine Warnung übermitteln. Wie dem auch sei: Ich glaube, uns bietet sich eine Gelegenheit, in den Alpha-Quadranten zurückzukehren.«

»Wir müssen in jedem Fall zur *Voyager*, was bedeutet: Es geht jetzt darum, einen Weg zur Oberfläche des Planeten zu finden oder einen Ort aufzusuchen, von dem wir an Bord gebeamt werden können.«

»Wie wär's mit dem Ort, an dem wir auf – beziehungsweise *in* – dieser Welt erschienen sind?« fragte Neelix.

»Sind Sie imstande, ihn wiederfinden?«

»Vielleicht. Ganz sicher bin ich mir nicht, aber ich könnte es zumindest versuchen.«

»Dann sind Sie zu mehr fähig als wir. Tuvok und ich waren nicht in der Lage, uns den Weg zu merken.«

Tuvok zog den Lieutenant auf die Beine. Erstaunlicherweise blieb er stehen, schwankte nur ein wenig. Janeway gab ihm versuchsweise einen vorsichtigen Stoß, woraufhin der Mann zwei Schritte nach vorn taumelte und dann wieder stehenblieb. Mit einer Mischung aus Ziehen und Schieben dirigierten sie den Piloten in die richtige Richtung. Janeway stützte ihn mit einer Schulter, damit sie schneller vorankamen.

Sie ging voraus, durch die sich selbsttätig öffnende

Tür und dann zum Platz. Dort übernahm Neelix die Führung der Gruppe. Sie versuchten, sich dem Bewegungsmuster der Furien anzupassen, mit gesenktem Kopf zu gehen und ihre Identität in der Gruppe aufgehen zu lassen, um auf diese Weise ein wenig Privatsphäre zu gewinnen.

Für den sonderbaren Stoizismus der Furien gab es nur eine Erklärung: Ihnen ging es allein darum, ins alte »Paradies« zurückzukehren – alles andere spielte für sie keine Rolle.

Neelix führte sie erst in eine Sackgasse und dann durch einen breiten Korridor, der ebenfalls nicht in die gewünschte Richtung führte. »Aber *jetzt* weiß ich, wo wir sind«, sagte er jedesmal. Janeway und Tuvok folgten ihm, hatten sich beide einen Arm des Piloten über die Schultern gelegt.

»Diesmal weiß ich *wirklich*, wo wir sind«, meinte Neelix nach einer Weile, und diesmal behielt er recht. Er geleitete sie um einige Ecken und dann über einen Hof, der tatsächlich vertraut wirkte, wie Tuvok einräumte. Es folgten einige Flure mit seltsam schiefen Wänden und dann ein Platz, der auch für Janeway wie jener Ort aussah, an dem sie in der Furienwelt materialisiert waren. An der ungefähren Transferstelle berührte die Kommandantin den Insignienkommunikator. »Janeway an *Voyager*. Hören Sie mich, Chakotay?«

Statisches Knistern drang aus dem kleinen Lautsprecher, und dann ertönte eine Stimme – die des Ersten Offiziers. »Captain! Wir haben mehrmals versucht ...«

»Beamen Sie uns an Bord, Mr. Chakotay. Vier Personen. Peilen Sie die Kom-Signale an.«

»Ja, Captain. Aber zuerst müssen wir das Schiff nahe genug an den Planeten heranbringen.«

Janeway wandte sich an Tuvok und Neelix. »Endlich ist ein Kontakt mit dem Schiff hergestellt. Jetzt müssen wir nur noch lange genug überleben, bis die *Voyager* eintrifft und uns zurückholt.«

»Das ist vielleicht nicht so einfach, wie es klingt«, gab Tuvok zu bedenken. Er deutete auf einige Wächter und Auserwählte, die aus einem nicht sehr weit entfernten Gebäude kamen. »Vielleicht entgehen wir der Entdeckung, wenn wir hier in der Menge bleiben«, fügte der Vulkanier hinzu.

Das Oberhaupt der Verfolger verursachte ein seltsames, klingelndes Geräusch – vielleicht das Äquivalent eines Pfiffes. Die Wächter versammelten sich, abgesehen von den Auserwählten. Sie kamen nur nahe genug, um die Stimme des Anführers zu hören, der sprach und mit mehrgelenkigen, tentakelartigen Armen winkte. Schließlich holte er einen Kasten hervor.

Was nun? dachte Janeway. Es gefiel ihr ganz und gar nicht, daß die Spielregeln plötzlich geändert wurden.

»Es könnte ein Tricorder der Furien sein«, spekulierte Neelix.

»Neuer Plan: Wir bringen uns selbst und den Piloten fort von hier. Ich lasse den Insignienkommunikator eingeschaltet, um Chakotay eine Peilung zu ermöglichen, sobald die *Voyager* in Reichweite ist.«

Wieder legte sich Janeway einen Arm des Mannes um die Schultern, und Tuvok nahm den anderen. Sie versuchten, möglichst schnell zu gehen, ohne Aufmerksamkeit zu erregen. Neelix eilte einige Meter voraus und kehrte dann wieder zurück, wirkte dadurch fast wie ein Hund.

»Hinter das Gebäude«, sagte Janeway. »Vielleicht sind die Tricorder der Furien ebensowenig wie unsere imstande, Sondierungssignale durch das Metall zu schicken.«

»Dadurch ergibt sich kaum ein Vorteil für uns«, erwiderte Tuvok. »Die Wächter brauchen nur unserer Biospur zu folgen.«

»Ja, aber sie müssen ihr *folgen* und können nicht auf direktem Weg zu uns finden. Wodurch wir die Möglichkeit haben, sie im Kreis zu führen.«

»Ihre Idee hat durchaus etwas für sich.«

Janeway spähte um die Ecke, die sie gerade hinter sich gebracht hatten, warf von dort aus einen Blick zu den Wächtern. Derzeit drohte keine Gefahr, zumindest nicht bis zum nächsten Gebäude, von dem sie etwa dreißig Meter trennten. Sie sah zum grauen, metallenen ›Himmel‹ hoch, sehnte die Ankunft der *Voyager* herbei.

Neelix gesellte sich an ihre Seite und beobachtete die Verfolger.

Tuvok versuchte, den Piloten aus seiner Apathie zu wecken – wenn er sich von allein bewegte, kamen sie wesentlich schneller voran. Doch der Mann reagierte nicht. Zwar war er halb bei Bewußtsein – er stöhnte immer wieder, und gelegentlich hob er wie schützend die Arme vor den Kopf –, aber sein Selbst weilte in einer anderen, inneren Welt. Es grenzte an ein Wunder, daß er sich überhaupt auf den Beinen hielt.

»Oh, oh«, ächzte Neelix. »Sie haben die Spur gefunden. Jetzt folgen sie ihr und ... He, sie gehen in die falsche Richtung!«

Janeway hielt unwillkürlich den Atem an, als Wächter und Auserwählte sich der Tür näherten, durch die Janeway und ihre Begleiter zuvor das große Gebäude verlassen hatten. Der größte Auserwählte lief los und wirkte wie ein lebendiges Kampffahrzeug, als er durch die Öffnung stürmte und dabei seine Waffe abfeuerte. Das von Janeways Phaser aus der Tür geschnittene Oval löste sich, und einige Sekunden lang krachte es. Dann folgten die anderen Wächter und betraten das Gebäude etwas vorsichtiger.

»Jetzt ist unsere Chance gekommen«, sagte Janeway. »Wir müssen los, Tuvok. Bestimmt dauert es nicht lange, bis die Furien merken, daß sie sich für die falsche Richtung entschieden haben.«

Neelix und Tuvok führten den Piloten, als sie Janeway um die Ecke folgten. »Captain«, sagte der Vulkanier, »vielleicht sollten wir unsere Biospur mehrmals überqueren, um bei den Verfolgern noch mehr Verwirrung zu stiften.«

Sie behielten die Tür im Auge – die Verfolger hatten dort natürlich einen Wachtposten stationiert –, als sie wieder über den Platz schritten, dabei von einem Fußgängerstrom zum nächsten wechselten. Janeway spürte Verwunderung und Ärger bei den Furien um sie herum. Mit ihrem derzeitigen Verhalten verstieß die Einsatzgruppe von der *Voyager* vermutlich gegen die Regeln der Höflichkeit. Die Kommandantin fuhr damit fort, zwischen den einzelnen Verkehrsreihen hin und her zu springen, langsam genug, damit Neelix und Tuvok ihr folgen konnten. Sie wählte dabei eine ganz bestimmte Richtung, kehrte zu einem Ort zurück, den sie schon einmal passiert hatten. Etwa zehn Meter weit folgte sie dem Verlauf der eigenen Biospur, wandte sich dann nach links und verschwand wieder in der Menge. Im Zickzack schritt sie über den Platz.

Aus den Augenwinkeln sah sie, wie sich der Wächter an der Tür durch die Öffnung beugte und mit jemandem im Innern sprach. Wenige Sekunden später drehte er sich um und ließ seinen Blick über den Platz schweifen.

»Neelix!« brachte Janeway hervor. »Schnell! Hinter das nächste Gebäude dort drüben!«

Ihre Befürchtungen bestätigten sich: Der Wächter nahm den Kasten entgegen und sondierte.

Er erstarrte kurz, deutete dann direkt zu den Fliehenden. Janeway und ihre Begleiter versuchten, sich zu verbergen, aber es war bereits zu spät. Der Wächter gab eine eigene Version des klingelnden Geräusches von sich, und sofort traten seine Kollegen durch die Tür nach draußen.

Als der Anführer das Gebäude verließ, wartete er nicht, bis seine Gruppe vollständig versammelt war. Statt dessen streckte er den Arm aus und rief laut genug, um dem automatischen Translator die Übersetzung zu ermöglichen: »Faßt die Unreinen! Wenn sie entkommen, werden wir alle exkommuniziert!«

Eine enorme Drohung, wenn die ganze Gesellschaft auf der Grundlage eines Großen Heiligen Kreuzzugs organisiert ist, dachte Janeway. Für eine exkommunizierte Furie verlor das Leben wahrscheinlich seinen Sinn. In einem solchen Fall kam es bestimmt zum Selbstmord – wenn Furien zu einer derartigen Selbstopferung imstande waren.

Diese Gedanken gingen ihr durch den Kopf, als sie mit voller Kraft lief. Bei jedem Schritt erwartete sie, von einem Energieblitz getroffen zu werden. Oder von den Emissionen des Angstprojektors. *Welche Hölle erlebt man dann?* überlegte Janeway – und hoffte, keine Antwort auf diese Frage zu bekommen.

Tuvok mußte sich nicht konzentrieren, um dafür zu sorgen, daß seine Beine in Bewegung blieben. Die Flucht vor den Furien kam einem Reflex gleich, der automatisch erfolgte – so tief wurzelte die Furcht in seinem Unterbewußtsein. Während er lief, hob er beide Hände und tastete nach den Schläfen des Piloten. Er hoffte, im Kerker des gepeinigten Körpers ein isoliertes Selbst zu finden. Es ging dem Vulkanier darum, eine Mentalverschmelzung herbeizuführen – ohne die Flucht zu unterbrechen.

Gräßliche mentale Bilder wogten Tuvok entgegen: ein fremdes Raumschiff; ein Gefecht; Tod, Explosionen, Chaos, Panik; Schrecken, hervorgerufen von einem Treffer ... Der Pilot kam in einer Krankenstation zu sich, von Schmerzen erfüllt ... Und er versuchte, einen Freund zu schützen, einen anderen Starfleet-Offizier ...

Tuvok wäre fast aus dem fremden Ich zurückgewichen. Die Mentalverschmelzung kam einer groben Verletzung der Privatsphäre gleich, und außerdem hatte dieser Mann ein schweres Trauma erlitten. Der

Vulkanier fragte sich, ob er die mentalen Sondierungen unter solchen Bedingungen fortsetzen durfte.

Er zögerte nur kurz und erinnerte sich dann an den zentralen Lehrsatz der vulkanischen Philosophie, ein Prinzip, das Surak selbst formuliert haben soll: *Die Bedürfnisse der Vielen sind wichtiger als die der Wenigen oder des Einzelnen.*

Aber wäre auch der Pilot – oder Captain Janeway – dieser Meinung gewesen? Menschen dachten anders als Vulkanier, und manchmal hielten sie nichts von logischen, utilitaristischen Axiomen.

Letztendlich gelangte Tuvok zu dem Schluß, daß die Entscheidung bei ihm lag, und er selbst hatte keine Probleme damit. Die Einsatzgruppe mußte gerettet, die Föderation vor einer Invasion bewahrt werden. Diese beiden Ziele konnten sie nur erreichen, wenn der Pilot wieder halbwegs zu sich kam. Sein Recht auf Privatsphäre durfte unter diesen besonderen Umständen nicht unverletzlich bleiben.

Tuvok stieß tiefer in den Geist des Piloten vor, suchte nach den untersten Bereichen des fremden Selbst. Wieder sah er Bilder des Grauens, und ein Name glitt vorbei. Der Vulkanier griff danach.

Lieutenant Redbay – die Identität des Mannes.

Hinter dem Namen fand er schließlich jenen Teil des Ichs, das so elementare Dinge wie Gehen, Bewahren des Gleichgewichts und Laufen kontrollierte. *Öffnen Sie sich,* dachte Tuvok und trachtete danach, die lähmende Apathie fortzureißen. *Lassen Sie mich herein. Ich bin ein Freund. Ihr Leben ist in Gefahr. Sie müssen erwachen und laufen.*

Etwas regte sich im fremden psychischen Kosmos, und das Redbay-Selbst griff Tuvok an. *Eindringling! Mörder! Verschwinden Sie aus meinem Kopf, VERSCHWINDEN SIE …*

Sie brauchen keine Angst vor mir zu haben. Ich bin gekommen, um Ihnen zu helfen. Sie sind in Gefahr und müssen endlich bereit sein, sich aus eigener Kraft zu bewegen.

... heranstürmende Teufel, bringen schier unerträgliches Entsetzen, und sie greifen an, greifen an! Muß das Shuttle durchs Wurmloch steuern, bevor ...

Tuvok war fasziniert. Ein Wurmloch? Wo? Konnten sie es erreichen und die Föderation darauf hinweisen, daß eine Invasion bevorstand – eine Invasion, über deren Details sie leider nichts wußten?

Aber vielleicht verfügte Redbay über Informationen. Tuvok schob sich noch etwas weiter in das andere Selbst vor. *Sie müssen das Bewußtsein wiedererlangen, um gegen jene zu kämpfen, die Ihnen soviel Pein beschert haben. Folgen Sie meiner Stimme. Folgen Sie mir ...*

Langsam wich der Vulkanier zurück. Redbay hielt sich an ihm fest und trachtete danach, das fremde Ich zu überwältigen. Aber Tuvok erwies sich als viel stärker. Langsam zog er Redbay aus seinem selbstgeschaffenen mentalen Gefängnis heraus, das ihn davor bewahrt hatte, vollkommen den Verstand zu verlieren.

Aus dem Zustand des Menschen ließ sich nur ein logischer Schluß ziehen: Redbay war dem Angstprojektor der Furien ausgesetzt gewesen.

Der Pilot stöhnte erneut, aber diesmal klang es entschlossener als vorher. Janeway spürte, wie er die Muskeln spannte und sich aufrichtete, sie überragte. Dadurch konnte sie ihn nicht mehr stützen, wurde sogar zu einer Last für den Mann. Sie ließ ihn los.

Neelix hatte seine drei Begleiter aufmerksam beobachtete und sah nun wieder in die Richtung, aus der sie kamen.

»Lauft!« entfuhr es ihm. »Die Wächter haben uns fast erreicht!«

Janeway und Tuvok liefen sofort los. Erstaunlicherweise setzte sich auch der Pilot des Shuttles in Bewegung, ohne daß ihm jemand einen Stoß geben mußte. Aus eigenem Antrieb folgte er den Starfleet-Offizieren, eilte zusammen mit ihnen über den Platz, während hinter ihnen die Wächter schrien. Glücklicherweise gehörten keine Auserwählten zu den Verfolgern – sonst wäre die Einsatzgruppe innerhalb weniger Sekunden eingeholt und niedergetrampelt worden.

Mit den Füßen sind die Auserwählten schnell, nicht aber mit dem Kopf, dachte Janeway.

Doch auch die anderen Wächter waren nicht gerade langsam, und es mangelte ihnen gewiß nicht an Motivation. Außerdem stellte der Pilot noch immer eine Belastung dar, obgleich er sich nun aus eigener Kraft bewegte. Er blieb benommen und träge, was den Verfolgern die Möglichkeit gab, immer weiter zu den Fliehenden aufzuschließen. Neelix bildete die Nachhut, und die Entfernung zwischen ihm und den Wächtern schrumpfte immer mehr.

Schließlich drehte sich der Talaxianer um und stieß den ersten Verfolger mit ausgestreckten Armen beiseite. Die anderen stürmten mit lautem Gebrüll heran.

Gesichtstentakel zuckten zornig hin und her. Klauen streckten sich Neelix entgegen … Aber sie griffen ins Leere, denn genau in diesem Augenblick wurde die Einsatzgruppe von einem Transporterstrahl erfaßt und entmaterialisiert.

Janeway und ihre Begleiter verschwanden einfach, ließen ebenso wütende wie verdutzte Wächter zurück. Bald würden sie ihren Vorgesetzten erklären müssen, wieso die ›Unreinen‹ entkommen konnten.

Vermutlich war niemand bereit, ihnen die Geschichte vom plötzlichen Verschwinden der Verfolgten zu glauben. Janeway bedauerte die Wächter fast, als sie im Transporterraum der *Voyager* rematerialisierte.

13

»Bin ich tot?«

Kes stand besorgt im Transporterraum und verlagerte ihr Gewicht vom einen Bein aufs andere, während sich die Einsatzgruppe ein ganzes Ocampa-Leben lang – neun Jahre – Zeit zu lassen schien, um vollständig zu materialisieren. Der ausgezehrte Fremde wirkte wie ein Geist und erschien mit einer schrecklichen Frage auf den Lippen: »Bin ich tot?«

Kes umarmte Neelix und brachte den Fremden – von Tuvok wußte sie, daß er Redbay hieß – dann so schnell wie möglich zur Krankenstation. Die anderen machten sich auf den Weg zur Brücke.

In der medizinischen Abteilung beobachtete Kes, wie der Doktor den Mann rasch untersuchte und feststellte, daß sich in physischer Hinsicht die Verletzungen auf einige gebrochene Knochen, Fleischwunden und Abschürfungen beschränkten.

Kes hätte gern gewußt, ob mit Neelix alles in Ordnung war, aber sie blieb in der Krankenstation. Redbay litt vor allem an einer tiefen psychischen Wunde, die sich nur schwer heilen ließ. Vielleicht wurde eine Rekonvaleszenz sogar unmöglich, wenn er erfuhr, in welcher Lage sie sich befanden. Er hatte stark abgenommen, und ganz offensichtlich war er sowohl körperlich als auch geistig gefoltert worden. Redbay sah wie ein wandelnder Toter aus. Sein Gesicht schien völlig ohne Farbe zu sein, und die Augen blickten immer wieder ins Leere.

»Bin ich tot?«

»Nein«, sagte Kes. »Sie sind an Bord eines Starfleet-

Schiffes.« *Das siebzigtausend Lichtjahre von der Heimat entfernt ist*, fügte sie in Gedanken hinzu. *Sie könnten genausogut tot sein.*

Der Doktor trat an seinen Patienten heran.

»Sie haben einige ernste Verletzungen erlitten, die ich nun behandeln werde – wenn Sie mir Gelegenheit dazu geben, indem Sie lange genug still liegen. Während der nächsten Tage werden Sie sich recht wund und steif fühlen, was insbesondere für das Handgelenk gilt. Versuchen Sie, es zu schonen. Am besten, Sie belasten es gar nicht.«

»Dies ist die U.S.S. *Voyager*«, sagte Kes. »Aber Sie sind noch immer im Delta-Quadranten. Ich bin Kes, und das ist der Doktor. Unser Captain heißt Janeway – jene Frau, die Sie rettete, zusammen mit dem Vulkanier. Zur Einsatzgruppe gehörte auch noch Neelix, mein ... Ein Talaxianer.«

»Kes ist meine Assistentin«, fügte der holographische Arzt hinzu.

Die Ocampa musterte Redbay aufmerksam. Sie hatte das Gespräch in der Hoffnung begonnen, ihn von seinen düsteren Gedanken abzulenken.

»Ist dies die Hölle? Bin ich jetzt in der Hölle?«

Kes seufzte und erzählte Redbay, wie die *Voyager* in den Delta-Quadranten geraten war. *Ich unterhalte ihn die ganze Nacht, wenn es sein muß*, dachte sie. Der geistige Zustand des Patienten beunruhigte sie.

Janeway nahm so im Kommandosessel Platz, als sei sie nur kurz fort gewesen, um eine Kleinigkeit zu essen. Sie war froh, wieder an Bord ihres Schiffes zu sein. »Wie ist die Situation, Mr. Chakotay?«

»Freut mich, daß Sie zurück sind, Captain. Wir haben uns alle große Sorgen gemacht. Mr. Paris?«

»Wir konnten uns dem Planeten nicht schneller nähern, weil wir die Nähe des Mondes meiden mußten, um einer neuerlichen Entdeckung zu entgehen.«

»Wo sind wir jetzt?«

»Wir flogen um die Sonne herum und beamten Sie an Bord«, antwortete Kim. »Jetzt befinden wir uns wieder am Ausgangspunkt: auf der vom Planeten abgewandten Seite der Sonne. Allerdings ist die Entfernung diesmal groß genug für einen echten Orbit.«

Janeway nickte. »Achten Sie auf weiterhin darauf, daß man uns vom Planeten aus nicht orten kann.«

»Haben Sie mich vermißt?« erklang eine Stimme vom Turbolift her.

»Willkommen daheim, Neelix«, sagte Kim. »Natürlich haben wir Sie vermißt. Besonders zur Essenszeit. Lieutenant Paris hat den kürzeren gezogen und mußte kochen.«

»Mr. Neelix ...« Janeway sah den Talaxianer an. »Auf dem Planeten haben Sie unter sehr schwierigen Bedingungen großen Mut bewiesen, ebenso wie Mr. Tuvok. Ich werde in einem Logbucheintrag darauf hinweisen. Doch zuerst müssen wir uns um ein ernstes Problem kümmern. Ich bitte die Führungsoffiziere zu einer Besprechung in den Bereitschaftsraum. Dort möchte ich Ihnen mitteilen, was wir auf dem Planeten herausgefunden haben. Computer, aktiviere das ... Ich meine, Janeway an den Doktor.«

»Ja, Captain?«

»Wie geht es Lieutenant Redbay?«

Der auf dem Display sichtbare Holo-Arzt runzelte die Stirn und hob den Zeigefinger zum Kinn – eine verblüffend menschliche Geste. »In Hinsicht auf seinen körperlichen Zustand habe ich die übliche hervorragende Arbeit geleistet. Allerdings hat er noch immer erhebliche psychische Probleme. Kes spricht gerade mit ihm ... Ich schätze, er kann die Krankenstation bald verlassen.«

»Kes!« rief Neelix. »Hörst du mich?«

Die Ocampa erschien auf dem Bildschirm. »Ach, Neelix, ich war sehr besorgt, als wir den Kontakt zur

Einsatzgruppe verloren. Ich dachte schon, man hätte euch gefangengenommen.«

»Wir sind tatsächlich in Gefangenschaft geraten! Wir brachen aus, und der Captain verwendete dabei eine Haarnadel, und ...«

»Ist alles in Ordnung mit dir? Kannst du hierherkommen?«

»Tut mir leid, Kes«, warf Janeway ein. »Ich brauche Neelix noch. Es geht ihm gut. Ich schicke ihn zur Krankenstation, sobald wir hier fertig sind. Janeway Ende.«

Chakotay sah sie groß an. »Sie haben beim Ausbruch eine *Haarnadel* verwendet? Nun, auf *die* Geschichte bin ich gespannt.«

»Sie müssen sich noch ein wenig gedulden, Commander. Führungsoffiziere in den Bereitschaftsraum. Mr. Kim, geben Sie Torres Bescheid. Sie sollte bei der Besprechung ebenfalls zugegen sein.«

Chakotay lehnte sich zurück und hörte dem Captain aufmerksam zu. Es erstaunte ihn, wie erleichtert er war, daß sich Janeway wieder an Bord befand. *Noch vor einigen Minuten hätte ich sie einfach auf dem Planeten zurückgelassen,* dachte er.

»Soviel konnten wir über die Pläne der Furien erfahren. Vielleicht sind sie die größte Gefahr, mit der es die Föderation jemals zu tun bekam. Sie könnten sogar noch gefährlicher sein als die Borg.

Vor knapp hundert Jahren gelangte ein einzelnes Schiff von ihnen in den Alpha-Quadranten, vernichtete die halbe klingonische Flotte und kämpfte auch gegen die *Enterprise* unter dem Kommando des legendären Kirk. Wenn die Fremden mit zehn, hundert oder gar tausend Schiffen angreifen, so wäre die Föderation verloren.

Meine Worte genügen vielleicht nicht, um die Situation, in der wir uns befinden, auf angemessene Weise zu beschreiben. Wenn Sie uns auf den Planeten begleitet und die Furien dort *gesehen* hätten, so wüßten Sie, daß ihre Präsenz selbst ohne den Angstprojektor lähmendes Entsetzen bewirkt.«

Einige Sekunden lang herrschte Stille, und dann ertönte die ruhige Stimme des Vulkaniers Tuvok. »Captain Janeway hat sich bewußt vage ausgedrückt, sofern es meine Reaktion auf die Furien betrifft. Sie wollte vermeiden, meine Gefühle zu verletzen, da ich Schande über das aus Logik und Rationalität bestehende Erbe meines Volkes brachte. Nun, bei mir gibt es keine Gefühle, die verletzt werden können, und deshalb möchte ich Ihnen meine Reaktionen in allen Einzelheiten beschreiben. Die Schilderungen dürften Ihnen helfen, den Ernst der Situation richtig zu beurteilen.«

Tuvok zögerte kurz, bevor er Chakotay, Kim, Paris und Torres vom emotionalen Sturm in seinem Innern erzählte.

Chakotay staunte immer mehr. Zwar hatte er noch keine einzige Furie gesehen, aber er begann zu verstehen.

»Auf dem Planeten gibt es siebenundzwanzig Milliarden *Dämonen*«, sagte Janeway. »Wenn auch nur ein Teil von ihnen den Alpha-Quadranten erreicht, erscheint dort der zahlenmäßig größte Gegner, mit dem die Föderation jemals fertig werden mußte. Hinzu kommt: Bisher haben die Furien darauf verzichtet, den Angstprojektor einzusetzen; aber bei der Invasion machen sie bestimmt von ihm Gebrauch.«

»Damals, in grauer Vorzeit, konnten wir die Furien nicht abwehren, und sie versklavten uns«, fügte Tuvok hinzu. »Heute verfügen wir ebenfalls über moderne Technik, doch die zahlenmäßige Überlegenheit des Gegners könnte uns erneut eine Niederlage beibringen.«

Chakotay runzelte die Stirn. Mit Fatalismus konnte er kaum etwas anfangen. »Nicht nur unsere Technik hat sich verändert. Wir sind auch älter und reifer geworden. Wir sind zivilisiert und haben viele seltsame – manche würden auch sagen: schreckliche – Lebensformen kennengelernt. Man denke nur an die Wilsonwürmer auf Dalmat Sieben oder die Viidianer. Oder man nehme nur die Vulkanier: Sie weisen eine gewisse Ähnlichkeit mit menschlichen Vorstellungen von Dämonen auf.«

Janeway schüttelte den Kopf. »Wenn ein Mensch einer Furie begegnet, so ist er keine reife, zivilisierte Person mehr. Er wird in die Ära des Grauens versetzt und verwandelt sich wieder in einen Sklaven, der von Angst und Entsetzen zum Gehorsam gezwungen wird.«

Die Tür des Bereitschaftsraums öffnete sich, und im Zugang zeigte sich eine wandelnde Leiche. Der Anblick hätte Chakotay fast veranlaßt, eine Grimasse zu schneiden. Das Gesicht war so hohlwangig, daß der Eindruck eines Totenschädels entstand. Die bleiche, blutleere Haut wirkte fast durchsichtig – die Knochen zeichneten sich viel zu deutlich darunter ab. Die Kleidung des Mannes bestand aus einer Starfleet-Uniform, aber er trug sie nicht im eigentlichen Sinne. Der Stoff erweckte vielmehr den Eindruck, an einem Drahtgestell zu hängen. Redbay – wer konnte es sonst sein? – neigte sich zur Seite, wie ein Schiff, das Wasser aufnahm, kurz bevor es sank.

Er wankte herein und streckte die Arme aus. Chakotay erhob sich ruckartig, doch Redbay griff nur nach dem Tisch, um sich festzuhalten – die Beine drohten unter ihm nachzugeben. Die Datumssignatur des Notrufs deutete darauf hin, daß der Absturz des Shuttles erst vor wenigen Wochen erfolgt war. Doch der Mann sah aus, als hätte er mehrere Jahre in einem Gefangenenlager verbracht, unter extrem schweren Bedingungen.

Kes begleitete ihn in den Bereitschaftsraum. Sie hielt Redbay am Arm fest und half ihm dabei, in einem Sessel Platz zu nehmen. Dann setzte sie sich neben ihn und hielt stumm seine Hand. *Sie leistet ihm emotionale Hilfe,* dachte Chakotay.

»Ich habe die Hölle gesehen«, krächzte Redbay, und niemand zog diese Behauptung in Zweifel. Selbst Tuvok faltete nur die Hände und ließ die Worte im Raum stehen.

»Sie leben noch«, sagte Kes in einem beruhigenden Tonfall.

»Niemand sollte die Hölle sehen und überleben«, brachte Redbay hervor.

»Aber Sie haben überlebt«, stellte Captain Janeway fest. »Und jetzt bitten wir Sie, uns dabei zu helfen, ebenfalls zu überleben. Kennen Sie die Absichten der Furien? Ja, ich sehe, daß Sie Bescheid wissen. Und deshalb erwarte ich Hilfe von Ihnen.«

Redbay schloß die Augen – und öffnete sie sofort wieder. In der Schwärze schien er noch gräßlichere Dinge zu sehen als im Licht. Er richtete einen erwartungsvollen Blick auf Janeway.

»Ja«, sagte die Kommandantin. »Wir wissen, daß die Furien eine Invasion planen. Aber wir haben keine Ahnung, wie sie dabei vorgehen wollen. B'Elanna?«

Die Chefingenieurin räusperte sich. »Lieutenant Carey und ich haben die Daten analysiert, die Fähnrich Kim mit seinem Tricorder im Innern des Monds aufzeichnete. Alles deutet auf folgendes hin: Die lunaren Installationen sollen eine so gewaltige Energiemenge empfangen, daß der ganze Mond wenige Mikrosekunden nach ihrem Empfang vernichtet wird.«

Sie berührte einige Schaltflächen, und über dem Tisch erschien eine dreidimensionale graphische Darstellung der Maschine. Das Gebilde rotierte langsam, damit man es von allen Seiten betrachten konnte. Chakotay beobachtete das Etwas neugierig; er verstand nicht genug von technischen Dingen, um die Bedeutung des Aggregats zu erkennen.

»Das System, dem Kim und Paris einen Besuch abstatteten, dient zur Kanalisierung einer wahrhaft riesigen Menge von Energie. Der Mond soll eine kolossale Entladung empfangen. Und es muß eine *Entladung* sein – mehr als ein kurzer energetischer Schub kommt nicht in Frage, da die Schaltkreise der Belastung höchstens fünfzehn Millisekunden lang standhalten. Nach hundert Millisekunden verflüssigt sich die Oberfläche des Mondes, und nach einer Viertelsekunde verwandelt sie sich in ionisiertes Gas.«

Paris schüttelte verwirrt den Kopf. »Wenn das ganze System innerhalb einer Viertelsekunde ausfällt ...«

»Es dauert nicht einmal so lange«, berichtigte ihn Lieutenant Torres. »Die Schaltkreise verdampfen nach nur fünfzehn *Milli*sekunden.«

»Na schön. Und was geschieht während dieser kurzen Zeit?«

»Die Anlage projiziert Energie, Paris. Genug Energie, um einen Subraum-Riß entstehen zu lassen und die gesamte Raum-Zeit-Struktur zu durchlöchern. Das Ergebnis ist eine Art künstliches Wurmloch.«

B'Elanna Torres zögerte, und Chakotay zog den logischen Schluß aus ihren Worten: Das Wurmloch sollte dazu dienen, vielen Furien den raschen Transfer in einen anderen Bereich des Universums zu ermöglichen.

14

»Eigentlich verstehe ich das alles nicht«, fuhr B'Elanna fort und ärgerte sich darüber, daß sie es nicht verstand. Hätte sie solche Dinge begreifen können, wenn sie an der Akademie geblieben wäre? Diese Frage machte alles nur noch schlimmer.

»Ein Subraum-Spezialist wäre nötig, um die Hintergründe zu erklären. Nun, die starke Partikelstrahlung, die zu einem erheblichen Masseverlust des Sterns führen wird, kriecht mit nur einem Zwanzigstel der Lichtgeschwindigkeit durchs All, mit etwa fünfzehntausend Kilometern pro Sekunde. Gleichzeitig kommt es zu einem ersten Schub aus masselosen, hochenergetischen Neutrinos, die so schnell sind wie das Licht. Sie treffen hier auf die Neutrinokollektoren.« Torres betätigte eine weitere Schaltfläche, woraufhin achtunddreißig gigantische Spulen aus dünnem Draht blau glühten. Sie wirkten wie metallene Spinnweben in der großen, sich noch immer drehenden Darstellung.

»Während der ersten dreihundert Nanosekunden werden die Neutrinos in Subraum-Pumpwellenenergie mit Bela-Smith-Ng-Struktur verwandelt – die gleiche Energie verwenden wir für die Übertragung von Subraum-Nachrichten. Doch in diesem Fall hat jedes Partikel ein um fünfzehn oder sechzehn Größenordnungen höheres energetisches Niveau. Rein theoretisch ist so etwas unmöglich – zumindest nach der *Föderations*wissenschaft.« Ihr Lächeln zeigte die Zufriedenheit eines Maquisarden.

»In den nächsten vierzehn Nanosekunden wird die

Bela-Energie mehrere Millionen Mal durch eine runde Spule geleitet, und zwar hier.« B'Elanna markierte einen anderen Teil des Diagramms, bemerkte jedoch Verwirrung in den Zügen von Kim und Paris. Offenbar fiel es ihnen schwer, ihren Ausführungen zu folgen.

»Zu welchem Zweck?« fragte der junge Fähnrich leise. B'Elanna fühlte sich versucht, ihm die Hand auf den Arm zu legen. Kim wies immer wieder darauf hin, daß vielleicht ein guter Chefingenieur aus ihm geworden wäre, wenn er sich nicht für die Kommandolaufbahn entschieden hätte. *Er glaubt seine Tüchtigkeit in Frage gestellt, weil er nicht sofort versteht,* dachte Torres und war beinahe erleichtert, weil er ihre eigene Unzulänglichkeit teilte.

»Edvard Bela lebte auf einer Kolonialwelt, die heute ein Zentrum des Maquis-Widerstands darstellt, in jenem Raumgebiet, das nach dem angeblichen Friedensvertrag den Cardassianern zugesprochen wurde«, sagte B'Elanna. »Er glaubte folgendes: Wenn sogenannte Bela-Energie in eine kreisförmige Bahn gezwungen wird, so explodiert sie in die beiden einzigen möglichen Richtungen, nach vorn und nach hinten. Bei uns hat bisher niemand versucht, dieses Konzept auf die Probe zu stellen, doch den Furien scheint es gelungen zu sein, eine entsprechende Maschine zu bauen.«

»Es geht ihnen also tatsächlich darum, ein künstliches Wurmloch zu schaffen?« fragte Janeway fassungslos.

»Ja, zu diesem Schluß kamen Carey und ich.«

Captain Janeway sprach so schnell, daß selbst B'Elanna Mühe hatte, ihr zu folgen. »Die Furien haben etwas konstruiert, das eine enorme Energiemenge aufnimmt und für die Erzeugung eines Wurmlochs verwendet. Bei genauen Berechnungen würde sich vermutlich herausstellen, daß es bis zum Alpha-Quadranten reichen soll. Und sobald der Dimensionstunnel stabil geworden ist, wird eine Invasionsflotte hindurchgeschickt. Allerdings ist Eile geboten. Wieviel Zeit ist vergangen? Zwei Millisekunden. Und wie viele stehen insgesamt zur Verfügung? Fünfzehn. Gehen wir von zehn aus, um ganz sicher zu sein. Also bleiben nur noch acht Millisekunden. Das ist nicht genug Zeit, um die Schiffe durchs Wurmloch zu *schicken*. Der Tunnel muß um sie herum entstehen. Eine erste Warnung bekämen wir also, wenn Raumschiffe starten und sich an einer Stelle im All sammeln. Wie dick ist der projizierte Strahl, B'Elanna? Wie groß könnte der Transferradius sein? Und woher wollen die Furien so enorm viel Energie nehmen? Vorhin erwähnten Sie einen erheblichen Masseverlust des Sterns ...«

Janeway unterbrach sich, als sie plötzlich begriff. Torres öffnete den Mund, um es laut auszusprechen, aber Tuvok kam ihr zuvor.

»Es gibt nur eine Möglichkeit, einen ausreichend starken Energieschub zu verursachen«, sagte der Vulkanier. »Die Furien beabsichtigen, ihre Sonne zur Supernova werden zu lassen.«

Bestürzte Stille herrschte. B'Elanna gewann den Eindruck, sie könnte die anderen Offiziere schon dadurch erschrecken, daß sie ein einzelnes Molekül fallen ließ.

Redbay wollte lächeln, doch es sah nach einer Grimasse aus. Torres versuchte, nicht den Blick auf ihn zu richten. Er weckte dumpfe Furcht in ihr.

»Ja«, bestätigte sie. »Die Furien haben vor, ihre Sonne explodieren zu lassen. Wir sind vor einer Weile durch ihre Photosphäre geflogen.« Die Chefingenieurin sah zu Commander Chakotay, der noch keinen Ton von sich gegeben hatte. Die erwartete Reaktion erfolgte: Janeway wandte sich verblüfft an den Ersten Offizier.

»Sie haben *mein* Schiff in die *Sonne* gesteuert.«

Chakotay nickte knapp, und die Kommandantin lehnte sich zurück. Sie runzelte die Stirn, schwieg aber.

Torres fühlte sich so verlegen, als hätte sie das in sie gesetzte Vertrauen verletzt. »Paris nahm dabei eine Sondierung der näheren Umgebung vor – nur eine passive, um den Verfolgern nicht zu verraten, daß es uns noch gab. Die dabei gewonnenen Daten habe ich inzwischen untersucht und festgestellt, daß im Kern der Kollaps bereits begonnen hat. Die Anzahl der Bosonen ist dort drastisch zurückgegangen, während die der Neutrinos ebenso deutlich zunahm. Übrigens weiß ich sehr wohl, daß es der Sonne an Masse mangelt, um von sich aus zu kollabieren; dazu müßte sie ein ganzes Stück größer sein. Auch die Temperatur würde unter normalen Umständen nicht ausreichen. Bei einer Supernova kann der Kern bis zu sechshundert Millionen Grad heiß werden.«

»Ein Bela-Neutron-Apparat«, warf Tuvok ein.

»Ja. Ein weiterer von Professor Bela erzielter wissenschaftlicher Durchbruch. Solche Apparate – Millionen von ihnen – absorbieren schwere Teilchen wie Wasserstoff- und Heliumkerne, emittieren anschließend Neutrinos, Elektronen und Neutronen. Neutrinos haben keine Wechselwirkungen mit anderen Partikeln und reagieren nur auf Neutrinokollektoren, was bedeutet: Der größte Teil der solaren Energie wird einfach vergeudet ...«

»Der energetische Druck verringert sich, und dadurch können die peripheren Bereiche der Sonne nicht mehr dem Zerren der Schwerkraft standhalten«, sagte Janeway. »Die Sonne platzt wie eine Seifenblase, in die man eine Nadel gestochen hat.«

»Ein sehr anschauliches Beispiel«, kommentierte Tuvok. »Und im großen und ganzen korrekt.«

»Und wenn die Sonne kollabiert ...«, fügte B'Elanna hinzu. »Dann macht's *Bumm.*«

Paris' Augen waren bei den Ausführungen immer größer geworden. Beim Physikunterricht an der Akademie mochte er nicht besonders gut aufgepaßt haben, aber er konnte zwei und zwei zusammenzählen. »Die Furien planen offenbar, ihre Brücken auf eine sehr endgültige Weise hinter sich abzubrechen.«

Tuvok wölbte die Brauen. »Mr. Paris spricht da eine sehr interessante Frage an. Wenn die Sonne zur Supernova wird und genug Energie zur Verfügung stellt, um ein Wurmloch zu erzeugen und die Invasionsflotte zu transferieren – was soll dann mit der restlichen Bevölkerung geschehen? Die Explosion des Sterns betrifft einen Raumbereich, der sich über die Umlaufbahn des Planeten hinaus erstreckt. Alle Lebensformen auf der Oberfläche jener Welt würden verbrennen. Es gäbe keine Überlebenden.«

B'Elanna nickte ernst. »Dieser Punkt erschien uns ebenfalls seltsam. Die Sonne verwandelt sich in eine Supernova; siebeneinhalb Minuten später erreichen die Neutrinos und Photonen den Mond. Innerhalb von vier Millisekunden wird das künstliche Wurmloch zum Zielort projiziert. Elf Millisekunden später verdampfen die Schaltkreise, und das Wurmloch wird instabil. Nach sieben oder acht Sekunden dürfte es kollabieren.

Der Mond ist genauso weit von der Sonne entfernt wie der Planet – er befindet sich in der L-4-Position und kann somit keine Sonnenfinsternis bewirken. Der Planet wird sich bei der solaren Explosion auflösen oder zumindest zu einem leblosen Glutball werden.«

»Die Furien leben tief unter der Oberfläche«, gab Tuvok zu bedenken. »Vielleicht sind sie imstande zu überleben.«

»Aber anschließend hätten sie keine Sonne mehr!« erwiderte B'Elanna. »Captain, bisher bin ich nicht auf Ihre Frage nach der Größe des Wurmlochs eingegangen. Der Grund ist: Wir haben keine Ahnung, wie die Antwort lautet. Niemand hat Erfahrung mit Subraum-Pumpwellenenergie dieser Art – nach der Föderationswissenschaft existiert sie überhaupt nicht. Der Radius des künstlichen Wurmlochs könnte nur einige Meter betragen, aber auch einige tausend Kilometer. Carey und ich sind nicht imstande, es genau vorauszusagen.«

Die am oberen Ende des Tisches sitzende Janeway

stützte das Kinn auf die Hand. »Während wir uns auf dem Planeten befanden, haben wir keine Anzeichen einer größeren Flotte gesehen. Natürlich blieb unser Aufenthalt auf einen Ort beschränkt.«

»Vom Orbit aus haben wir ebenfalls nichts bemerkt, Sir«, sagte Fähnrich Kim. »Ich könnte den Computer anweisen, die aufgezeichneten Daten zu analysieren, insbesondere in Hinsicht auf die Bereiche des Planeten, die wir nicht direkt beobachten konnten, die aber von den Sensoren erfaßt wurden.«

»Gute Idee, Mr. Kim.«

»Captain«, ließ sich Chakotay vernehmen, »ich glaube nicht, daß wir irgendeine Invasionsflotte finden werden.«

B'Elanna hörte aufmerksam zu. Sie kannte diesen besonderen Tonfall. Offenbar stand der Erste Offizier unmittelbar vor einer wichtigen Erkenntnis.

»Wie meinen Sie das?« fragte der Captain.

»Ich weiß es nicht. Ich habe nur so ein Gefühl ... Vielleicht gehen wir von falschen Voraussetzungen aus. Möglicherweise gibt mir mein Seelenfreund einen Hinweis. Wie dem auch sei: Ich bin ziemlich sicher, daß wir bei dieser Sache einen wichtigen Aspekt übersehen.«

»Einzelheiten können Sie uns nicht nennen?«

»Leider nein, Captain.« Chakotay dachte kurz nach und schüttelte dann den Kopf. »Etwas entgeht unserer Aufmerksamkeit. Ich bin davon überzeugt, daß wir keine Invasionsflotte finden werden. Gleichzeitig bezweifle ich, daß die Furien beabsichtigen, jemanden im Feuersturm der Supernova sterben zu lassen.«

»Navdaq, der Autokrat und die anderen Furien zeichneten sich nicht durch eine Tendenz zu Anteilnahme aus, Commander«, erwiderte Tuvok.

»Ich behaupte nicht, daß die Fremden aus Mitgefühl danach trachten, alle Angehörigen ihres Volkes – beziehungsweise ihrer Völker – zu retten, Mr. Tuvok«, wandte sich Chakotay an den Vulkanier. »Meiner Ansicht nach sind die Furien nicht bereit, einen einzelnen Soldaten zu opfern, der ihrer Sache dienlich sein könnte. Sie sähen darin vermutlich eine Verschwendung von Ressourcen.«

Redbay lachte leise. B'Elanna richtete einen verwirrten Blick auf ihn, aber er schwieg, leistete keinen Beitrag zur Diskussion.

»Nun, in einem Punkt hat der Commander zweifellos recht«, meinte Kim und sah vom Bildschirm auf. »Der Computer hat die Analyse der Daten gerade beendet und nichts entdeckt, das auf die Existenz einer größeren Flotte hindeutet.«

»Im Mond gab es keine Einrichtungen, die wie Hangars oder Startrampen aussahen«, sagte Paris. »Vermutlich *denken* die Furien nicht einmal an große Raumflotten.«

»In der Nähe des Planeten findet kein Raumschiffverkehr statt«, fuhr Kim fort. »Ebensowenig zwischen Mond und Planet.«

Chakotay wandte sich an die Chefingenieurin. »Lieutenant Torres, haben wir auf dem Weg hierher nahe Sonnensysteme mit bewohnbaren Planeten geortet?«

»Ja, Sir. Zwei Sterne: einer mit zwei bewohnbaren Welten, der andere mit vier.«

»Dort beheimatete Lebensformen?«

»Keine, Commander.«

Chakotay sah zu Janeway, und die Kommandantin lächelte. »Wir haben also festgestellt, daß die Furien weder sehr gesellig noch an Kolonisation, Handel und Kontakten mit Fremden interessiert sind. Das erklärt nicht, wieso unmittelbar vor Beginn der Invasion eine Invasionsflotte fehlt.«

»Jene Schiffe, die versuchten, uns in die Enge zu treiben, Captain«, sagte Torres. »Sie manövrierten sehr schwerfällig, und in Hinsicht auf den Kampf im All erwiesen sie sich als völlig unerfahren. Aber warum setzten sie den Angstprojektor nicht gegen uns ein? Diese Frage beunruhigt mich.«

Im Verlauf der vergangenen Minuten war Lieutenant Redbays Kichern immer lauter und häufiger geworden. Jetzt brach er in schallendes Gelächter aus. B'Elanna wich ein wenig von ihm fort, wie alle anderen am Tisch, mit Ausnahme von Chakotay und Tuvok.

Es war das Lachen eines Irren, der sich nicht darum scherte, was andere von ihm hielten. Redbay stand ruckartig auf und stieß Kes' Arm beiseite.

»Eine *Flotte*? Sie wollen eine *Flotte*? Oh, die Furien haben uns eine Flotte geschickt – eine schöne große Flotte, bestens geeignet für eine Invasion!

Und Sie vermissen Schrecken? O ja, davon gab es jede Menge. Grauen und Entsetzen brachten sie. Und *Sie* sitzen hier, faseln von Flotten, die angeblich nicht existieren, vermissen außerdem das Grauen!«

Redbay tanzte bei diesen Worten, wandte sich nach links und rechts. Kes stand auf, um ihm dabei zu helfen, wieder Platz zu nehmen, doch Neelix hielt sie zurück. B'Elanna fand, daß er richtig handelte; ihrer Meinung nach war der Lieutenant unberechenbar und zu allem fähig.

Doch Redbay wurde nicht etwa gewalttätig. Mit langen, energischen Schritten marschierte er um den Tisch herum, schlang dabei die Arme um sich selbst. Aus trüben Augen blickte er ins Leere, sah dort etwas, das ihn erzittern ließ. »Aus der Schwärze kamen sie. Zuerst sahen wir sie nicht. Und dann hielten wir sie für eine weitere Lebensform von vielen. Einen friedlichen Kontakt wollten wir herstellen ... Doch die Fremden kamen, um unsere Heimat zu erobern, um uns zu unterjochen!«

»Fahren Sie fort«, sagte Janeway. Tuvok wölbte die Brauen und bedachte sie mit einem fragenden Blick, aber sie schüttelte den Kopf.

Redbay erzählte seine Geschichte. Er berichtete von

der Begegnung mit den Furien, von den Verhandlungen. Er schilderte Captain Picards vergeblichen Versuch, eine Übereinkunft zu erzielen.

Janeways Lippen zuckten. Jene Ereignisse hatten sich zugetragen, kurz nachdem die *Voyager* vom Beschützer in den Delta-Quadranten versetzt worden war. Wenn sie von der Konfrontation der *Enterprise* mit den Fremden gewußt hätte, so wäre sie bestimmt in der Lage gewesen, die von den Furien ausgehende Gefahr wesentlich schneller zu erkennen.

B'Elanna rutschte unruhig hin und her, als sie erfuhr, wie unnachgiebig und monoman der Gegner war, wie unbarmherzig und entschlossen. Bis zum letzten Schiff kämpfte er, bis zum letzten Soldaten, ohne jemals die Möglichkeit eines Kompromisses in Erwägung zu ziehen.

Schließlich nahm Redbay wieder Platz, aber er war noch nicht fertig. Er schlug die Hände vors Gesicht, flüsterte vom Angstprojektor, von einem Entsetzen, das Gedanken zerfetzte und das Bewußtsein mit der Bereitschaft erfüllte, jedem Befehl zu gehorchen – *wenn dadurch das Grauen ein Ende fand.*

»Man kämpft nicht mehr. Nein, man sinkt auf die Knie und gehorcht, und jeder Befehl wird zum eigenen Wunsch, man *will* gehorchen, man ist zu allem bereit, um der Furcht zu entkommen, die einen innerlich aushöhlt. Man würde sich selbst die Kehle durchschneiden oder den eigenen Captain als Sklaven verkaufen, um die Furien zu veranlassen, den Angstprojektor endlich auszuschalten, ihn *auszuschalten,* ihn AUSZUSCHALTEN!«

Kes berührte Redbay am Arm, und er schluchzte leise. Es machte ihm überhaupt nichts aus, daß andere Leute seine Tränen sahen. B'Elanna saß völlig reglos und versuchte, sich einen externen Faktor vorzustellen, der ihr Selbst ebenso zerfetzen konnte wie das des Lieutenants. Tief in ihrem Innern schauderte sie.

Niemand sonst brachte seine Furcht zum Ausdruck – nur Redbay hatte den dafür notwendigen Mumm.

Wir gehören alle zu Starfleet, dachte B'Elanna und beobachtete die verschiedenen Reaktionen auf Redbay – er löste nicht nur Mitgefühl, sondern auch Unbehagen aus. Ihr wurde klar, daß sie sich nicht von den anderen unterschied: Wenn die Furien den Angstprojektor einsetzten, würde auch Lieutenant Torres auf die Knie sinken und um Gnade winseln, sogar ihre klingonische Ehre aufgeben, um dem Grauen zu entkommen. Sie konnte sich nicht dagegen wehren.

»Lieutenant Redbay ...« Janeways Stimme klang fest und gleichzeitig sanft. »Wir müssen herausfinden, auf welche Weise die Invasion erfolgen soll. Wenn die erste Flotte vernichtet wurde, wenn sie durch die Zerstörung des energetischen Moduls ihre Energiequelle verlor ... Wo ist dann die neue Flotte? Aus welcher Richtung soll der nächste Angriff erfolgen? Wir haben bisher keine Anzeichen einer zweiten Invasionsflotte entdeckt.«

Redbay bewegte sich nicht und starrte auf den Tisch. »Wissen Sie denn noch immer nicht Bescheid? Haben Sie keine Ahnung, wie die Furien über die Föderation herfallen wollen? Bald beginnt ihr Angriff, und Entsetzen wird sie begleiten.«

»*Wie* wollen sie angreifen, Lieutenant? Mit einer Flotte, die vielleicht in einem anderen Sonnensystem auf den Einsatzbefehl wartet? Oder befindet sie sich bereits im Alpha-Quadranten? *Wir müssen es wissen*, Mr. Redbay.«

Der Lieutenant schwieg und hob wieder die Hände zum Gesicht.

Janeway hielt offenbar den Zeitpunkt für gekommen, den Mann an seine Pflichten als Starfleet-Offizier zu erinnern.

»Sehen Sie mich an«, sagte sie. Als er sich noch immer nicht rührte, fügte sie hinzu: »Sie sollen mich *ansehen*, wenn ich mit Ihnen rede, Mr. Redbay.«

Der scharfe Kommandoton weckte ihn aus der Starre. Langsam lehnte er sich zurück und richtete einen verwunderten Blick auf Janeway, wie ein verzogenes Kind, das zum erstenmal in seinem Leben eine Ohrfeige bekommen hatte. B'Elanna war beeindruckt.

»Ich brauche eine Auskunft von ihnen«, fuhr die Kommandantin fort. »Erklären Sie mir, auf welche Weise die Invasion der Furien stattfinden soll. Sagen Sie es mir jetzt sofort – ich muß es wissen.«

»Sie ... greifen an.«

»Aber *wie*, Lieutenant Redbay?«

»Greifen an ...«

»Wie erfolgt der Angriff?«

»Sie schaffen ein ... Wurmloch, ein ... künstliches Wurmloch, und dann ...«

»Wir wissen bereits, daß die Furien vorhaben, ein künstliches Wurmloch zu erzeugen, Lieutenant. Erstatten Sie Bericht: *Wo befindet sich die Invasionsflotte?*«

Redbay hatte Oberkörper und Kopf ganz gerade gehalten. Jetzt ließ er die Schultern plötzlich hängen und krümmte wieder den Rücken, erweckte dadurch den Eindruck, in sich zusammenzusinken.

»Es gibt keine Invasionsflotte«, sagte er leise. »Das Wurmloch ist ... für sie alle.«

»Für sie alle? Wie soll der Angriff erfolgen?«

»Für sie alle. Für den Planeten.«

B'Elanna erstarrte kurz, und eine Sekunde später schlug ihr das Herz bis zum Hals empor. *Für den Planeten?*

»Das Wurmloch«, brachte Redbay leise hervor. »Es ist für den ganzen Planeten bestimmt.«

»Captain!« entfuhr es Torres. »Jetzt haben wir die Antwort! Jetzt wissen wir, welchen Aspekt wir bisher übersehen haben! Die Furien wollen den ganzen Planeten durchs Wurmloch schicken!«

»Mit allen siebenundzwanzig Milliarden Bewohnern?« fragte Tom Paris.

»Ja!«

»Aber ...« Neelix blinzelte verwirrt. Es fiel ihm ganz offensichtlich schwer, sich an eine solche Vorstellung zu gewöhnen. »Aber selbst wenn das möglich sein sollte ... Wie wollen die Furien anschließend von einem Ort zum anderen gelangen?«

Redbays Finger strichen über den Tisch, folgten dabei der Maserung des replizierten Eichenholzes. »Der ... Planet.«

Chakotay beugte sich vor. »Der Planet ist ein riesiges Raumschiff, Lieutenant?«

Redbay nickte widerstrebend. Er ballte die Fäuste, kämpfte gegen den noch immer in ihm vorhandenen Drang an, den Furien zu gehorchen und zu verhindern, daß ihre Geheimnisse preisgegeben wurden.

Janeway stand auf, und ihre Autorität ließ sie größer erscheinen. »Ich wußte, daß wir ein Problem haben. Aber erst jetzt wird mir klar, welche Dimensionen es hat.

Angesichts der neuesten Informationen weiß ich beim besten Willen nicht, wie wir eine Invasion aufhalten sollen, bei der ein ganzer Planet mit seinen siebenundzwanzig Milliarden Bewohnern eingesetzt wird. Ich habe nicht die geringste Ahnung, wie wir verhindern können, daß sich die Furien in den Alpha-Quadranten transferieren und dort mit dem schrecklichsten Krieg beginnen, den wir jemals führen mußten.

Für unseren Gegner kommt jener Krieg einem heiligen Kreuzzug gleich, und es gibt nur zwei Möglichkeiten ihn zu beenden. Entweder werden Föderation, Klingonen, Romulaner, Cardassianer und alle anderen Völker in unserem Teil der Galaxis von Dämonen versklavt – oder wir müssen sie alle töten, bis hin zur letzten Furie. In dem Fall würde siebenundzwanzigmilliardenfacher Mord unser Gewissen belasten.

Mit solchen Alternativen kann ich mich einfach nicht abfinden, und deshalb beauftrage ich Sie damit, eine andere Möglichkeit zu finden, und zwar schnell. Das ist alles. Sie können gehen.«

Die Offiziere erhoben sich – Tuvok bildete die einzige Ausnahme – und kehrten zu ihren Stationen zurück. B'Elanna fragte sich, wie sie die Anweisung des Captains befolgen sollten.

Lieutenant Tuvok blieb im Bereitschaftsraum, ebenso wie Redbay. Janeway bedachte die beiden so unterschiedlichen Männer mit einem letzten Blick und spürte, daß eine besondere Verbindung zwischen ihnen bestand.

Sie folgte den Offizieren auf die Brücke, ließ Tuvok mit dem lebenden Toten allein.

15

»Offenbar haben die Furien ihre Invasion jahrhundertelang geplant«, murmelte B'Elanna Torres. Sie saß verkehrt herum auf einem Stuhl im Maschinenraum, stützte das Kinn auf die Rückenlehne und betrachtete eine graphische Darstellung des Mondes. *Jahrhunderte!* Dieser Gedanke weckte Unbehagen in ihrer menschlichen Hälfte und Ehrfurcht in der klingonischen.

»Glauben Sie?« erklang die Stimme von Janeway hinter B'Elanna. Die Chefingenieurin zuckte zusammen; sie hatte geglaubt, allein zu sein.

»Captain! Ich habe gar nicht gehört, daß Sie hereingekommen sind.«

»Sie meinten, die Furien hätten dies alles über Jahrhunderte hinweg geplant. Woher wollen Sie das wissen?«

B'Elanna schwieg einige Sekunden lang und besann sich auf die Schlußfolgerungen ihrer menschlichen Hälfte. »Aufgrund der Zahlen«, antwortete sie schließlich. »Siebenundzwanzig Milliarden Furien. Man stelle sich tausend oder gar *zehn*tausend in einem Raumschiff vor. Dann wäre eine Flotte aus zwei Komma sieben Millionen Schiffen notwendig.«

»Eine ziemlich große Flotte.«

»Eine *absurd* große Flotte! Im Vergleich dazu steht der Föderation nur eine Handvoll Schiffe zur Verfügung, und keins von ihnen kann zehntausend Personen befördern. Der interstellare Völkerbund, das Klingonische Imperium, die Cardassianer, Romulaner und alle anderen Völker im Alpha-Quadranten ... Zusammen haben sie weniger als fünfzigtausend Raumschiffe aller Art. Die gesamte Transportkapazität beträgt vielleicht zwölfeinhalb Millionen Personen, wenn wir sie wie klingonische Fische verstauen.«

»Deshalb glauben Sie also, daß die Furien von Anfang an beabsichtigten, ihren ganzen Planeten zu transferieren.«

B'Elanna fragte sich, ob Janeway sie auf den Arm nehmen wollte. *Nein, so etwas paßt nicht zu ihr.* »Stimmt haargenau. Ich meine: Ja, Captain. Es handelt sich nicht um eine Verzweiflungstat oder etwas dergleichen. Es war nie etwas anderes geplant. Die Angriffe mit den Raumschiffen dienten nur dem Zweck, einen Brückenkopf zu bilden.«

»Wäre mehr als ein Jahrhundert nötig gewesen, um all jene Technik zu entwickeln?«

»Die Furien mußten dabei ganz von vorn anfangen, Captain. Wenn sie vor hundert Jahren in der Lage gewesen wären, ihre Welt durch ein Wurmloch zu schicken, so hätten sie die Möglichkeit genutzt. Sie planten es schon damals, bei der Begegnung mit der ersten *Enterprise*. Und zu jenem Zeitpunkt arbeiteten sie schon seit Jahrzehnten daran.« B'Elanna blickte zum Warpkern und beobachtete das dort pulsierende rote Licht. Es spendete ihr sonderbaren Trost angesichts einer ewigen, unerbittlichen Feindschaft.

»Ich wünschte, wir könnten so weit vorausplanen«, sagte Janeway. »Was unternehmen wir, um die Invasion zu verhindern? Wo ist die dritte Alternative, Torres?«

B'Elanna biß die Zähne zusammen. Zwei Stunden lang hatte sie nachgedacht und überlegt, um sich anschließend mit Lieutenant Carey zu beraten und den Maquisarden-Einfallsreichtum mit Starfleet-Gründlichkeit zu verbinden.

Gemeinsam war es ihnen gelungen, eine Möglichkeit zu finden. Aber sie blieb theoretischer Natur, ließ sich nicht in die Praxis umsetzen. Carey grübelte derzeit in seinem Quartier darüber nach, und auch Torres kam einfach nicht zur Ruhe.

»Nun, Carey und ich haben da eine vage Idee. Aber ehrlich gesagt: Ich weiß nicht, wie wir sie verwirklichen sollen.« Rotes Pulsieren, langsam und gleichmäßig. Die Konsole neben ihr fühlte sich kalt und hart an.

»Worum geht es dabei?«

»Um die Zerstörung des Monds. Keine Energie, kein künstliches Wurmloch.«

Janeway tastete geistesabwesend nach ihrem Haar, und ihr Blick glitt zu den Displays der Konsole. *Sie hört nicht eine Sekunde lang auf, Captain zu sein*, dachte B'Elanna. Ein alter Traum erwachte in ihr, und darin sah sie sich selbst, mit vier Rangknöpfen am Kragen ...

»Nun, das klingt vielversprechend«, meinte Janeway. »Wie gehen wir vor? Können wir den peripheren Bereich mit unseren Phasern durchdringen?«

»Nein.«

»Und Photonentorpedos? Könnten wir den Mond zerstören, wenn wir ihn rammen – selbst wenn es das Ende der *Voyager* bedeutet?«

Autsch. »Die Antwort auf beide Fragen lautet nein. Alle wichtigen Systeme befinden sich im Innern des Monds und sind damit für die *Voyager* unerreichbar. Es käme höchstens der neuerliche Einsatz eines Shuttles in Frage.«

Janeway schloß die Augen. Als sie die Lider wieder hob, reichte ihr Blick bis in den Kern von B'Elannas Selbst. »Es gibt da noch einen anderen Punkt, den Sie bisher nicht erwähnt haben.«

»Äh ... ja.« B'Elanna fühlte sich versucht, auf dem Stuhl hin und her zu rutschen. »Wenn wir den Mond zerstören ... Die Sonne verwandelt sich trotzdem in eine Supernova und wird den Planeten verbrennen.«

»Ich habe bereits darauf hingewiesen, daß so etwas nicht unbedingt akzeptabel ist.«

Nicht unbedingt? »Captain, Sie meinten, es käme nicht in Frage, alle Furien zu töten. Ziehen Sie diese Möglichkeit jetzt doch in Erwägung?«

Janeway schürzte die Lippen. Dünne Falten bildeten sich in ihrer Stirn. »Nein, Lieutenant. Noch nicht.«

B'Elanna achtete darauf, sich ihre Freude nicht anmerken zu lassen. Wie die meisten Menschen neigte Janeway dazu, ihren Feinden zuviel Mitgefühl entgegenzubringen. *Wenn das Schiff endlich in die richtige Richtung fliegt, sollte man besser nicht an den Trägheitsabsorbern herumspielen,* dachte die Chefingenieurin.

»Könnten wir ein Shuttle mit einem Photonentorpedo in den Mond schicken?«

B'Elanna hob die Brauen. »Ihnen dürfte klar sein, daß eine Rückkehr des Shuttles praktisch ausgeschlossen ist.«

»Ja.«

»Nun, damit kämen wir kaum weiter. *Wohin* soll der Torpedo gebracht werden? Wo befinden sich die wichtigen Komponenten der Anlage? Es hat keinen Sinn, diesen und jenen Schaltkreis zu zerstören. Die Installationen im Innern des Mondes dienen dazu, die Energie einer *Supernova* aufzunehmen, und das bedeutet: Es gibt Dutzende von Reservesystemen. Vermutlich würden die Aggregate selbst dann noch funktionieren, wenn die Hälfte aller Schaltkreise ausfällt.«

B'Elanna lauschte dem Klang der eigenen Stimme und glaubte, so etwas wie Bewunderung darin zu hören.

»Was schlagen Sie vor?«

Diesmal schloß Torres die Augen und schüttelte den Kopf. »Ich kann Ihnen leider keine Vorschläge anbieten. Ebensowenig wie Carey.« Sie hielt die Augen noch eine Zeitlang geschlossen. Als B'Elanna sie schließlich wieder öffnete, war Janeway gegangen, ohne einen Gruß. Überrascht blickte sie zur Tür, zuckte dann mit den Schultern und setzte ihre Arbeit fort.

Im Bereitschaftsraum berichtete Janeway Chakotay von der ›vagen Idee‹. Der Erste Offizier runzelte die Stirn. »Haben Sie an die moralischen Aspekte gedacht?«

Die Kommandantin wartete – sie wußte, daß Chakotay nicht sofort eine Antwort von ihr erwartete, seiner Frage noch etwas hinzufügen wollte.

»Wenn wir den Mond zerstören, Captain, so entsteht kein Wurmloch. Aber die Sonne wird dadurch nicht daran gehindert, zur Supernova zu werden.«

Janeway sah dem Commander in die Augen. »Ja, Chakotay, ich habe daran gedacht.«

»Es bedeutet, daß siebenundzwanzig *Milliarden* Personen sterben, und zwar als direkte Folge unserer Intervention.«

»Es ist ein sehr ernüchternder Gedanke.«

Chakotay wandte sich halb ab. »Ich wäre nicht einmal fähig, so viele Cardassianer zu töten – ganz zu schweigen von Wesen, die ich nicht einmal kenne.«

Janeway fragte sich, ob sie selbst fähig war, eine Entscheidung zu treffen, die so enorme Konsequenzen nach sich zog. Bisher hatte sie sich auf die technischen Details konzentriert und es vermieden, der Stimme ihres Gewissens zu lauschen. Doch sie konnte die moralischen Gesichtspunkte nicht auf Dauer ignorieren. »*Sie* kennen die Wesen nicht, Chakotay, aber Ihre *Gene* erinnern sich an die Furien.«

»Vielleicht sollten wir erneut versuchen, einen Kontakt mit ihnen herzustellen und Verhandlungen zu führen.«

»Die Zeit genügt nicht«, erwiderte Janeway. »Torres ist davon überzeugt, daß die Sonne schon sehr bald zur Supernova wird, in ein oder zwei Tagen. Außerdem darf ich nicht riskieren, daß die Furien ihren Angstprojektor gegen uns einsetzen und die Crew damit zur Meuterei zwingen.«

Im Anschluß an diese Worte nahm sie Platz – deutlicher Hinweis darauf, daß sie ihre Meinung in dieser Hinsicht nicht ändern wollte.

Chakotay sah sie wieder an. »Sie sind der Captain. Sie müssen eine Entscheidung treffen, und zwar schnell.«

Janeway nickte und sah aus dem Fenster, beobachtete unbewegte Sterne. Ein besonders heller würde bald explodieren. »Die Situation hat sich verändert. Nie zuvor bin ich mit der Notwendigkeit konfrontiert gewesen, mehr Lebensformen zu vernichten, als ich zählen kann. Ich weiß nicht, ob ich dazu imstande bin, selbst wenn ich es für erforderlich halte.«

Sie atmete tief durch. »Na schön. Sie haben wieder das Kommando. Ich gehe zu B'Elanna und überlege mit ihr, welche Möglichkeiten es gibt, den Mond zu zerstören – nur für den Fall. Geben Sie uns drei Stunden Zeit. Anschließend findet eine Besprechung der Führungsoffiziere statt. Ich treffe dann die endgültige Entscheidung.«

Janeway ging zum Maschinenraum und legte die Hände auf den Rücken. Ein schweres Gewicht schien auf ihr zu lasten. *Manchmal kann es gräßlich sein, die Verantwortung des Captains zu tragen*, dachte sie.

Zum erstenmal in ihrem Leben kam sie zu spät zu einer Besprechung der Brückencrew. Zweiundzwanzig Minuten nach der festgesetzten Uhrzeit betrat Kathryn Janeway zusammen mit B'Elanna Torres den Bereitschaftsraum. Am Tisch saßen die gleichen Personen wie am vergangenen Tag, mit einer Ausnahme: Lieutenant Redbay war diesmal nicht zugegen. Kes wirkte geistesabwesend und wäre vielleicht lieber in der Krankenstation gewesen, um dem Patienten dort Gesellschaft zu leisten. *Möglicherweise wünscht sie sich an* irgendeinen *anderen Ort*, dachte Janeway.

»Wir wissen noch immer nicht, ob wir den Mond zerstören können oder nicht«, sagte sie und setzte sich. B'Elanna nahm wie üblich neben Kim Platz. »Wie dem auch sei: Zuerst müssen wir entscheiden, ob eine Zerstörung des Monds überhaupt in Frage kommt. Sie alle wissen, was das bedeutet.«

»Ob eine Zerstörung überhaupt in Frage kommt?« wiederholte Torres. Sie klang verärgert. »Wie kann sie *nicht* in Frage kommen? Das Schicksal von Föderation und Imperium steht auf dem Spiel!«

Janeway sah zu Kes, die den Mund öffnete und wieder schloß. Die Ocampa schwieg, und Neelix legte ihr die Hand auf den Arm.

Chakotays Stimme erklang in der Stille. »Die Sache ist nicht so einfach, wie Sie glauben, Torres. Kein Mensch – keine einzelne Lebensform im uns bekannten Universum – hat jemals in einem so gewaltigen Ausmaß getötet.«

»Noch nie zuvor sind wir in einem solchen Ausmaß von Unterjochung und Sklaverei bedroht worden!«

»Aber haben wir das *Recht*, siebenundzwanzig Milliarden Personen zu töten, um uns selbst vor der Sklaverei zu bewahren?«

Janeway runzelte die Stirn. Der Bereitschaftsraum erschien ihr seltsam dunkel, so als sei er auf die Welt der Furien versetzt worden. *Verdammt, ich muß diese Entscheidung auf der Grundlage von Rationalität treffen und darf mich dabei nicht von genetisch verankertem Entsetzen beeinflussen lassen.*

»Entschuldigen Sie bitte.« Der Ernst in Neelix' Stimme ließ die halblauten Gespräche am Tisch verstummen. »Ich glaube, Kes hat etwas zu sagen.«

»Haben Sie berücksichtigt, daß sich unter den siebenundzwanzig Milliarden Furien auch viele ganz und gar unschuldige Kinder befinden?« fragte die Ocampa leise.

Unruhe erfaßte Janeway. Sie hatte in diesem Zusammenhang eine eigene Meinung – Kritiker wären vielleicht bereit gewesen, von einem *Programm* zu sprechen –, aber sie durfte nicht dem Beispiel cardassianischer Kommandanten folgen und der Crew ihren Willen aufzwingen. Dazu war diese Angelegenheit viel zu wichtig.

Die von Chakotay und Kes geäußerten Bedenken wirkten sich auf die allgemeine Stimmung aus. Janeway sah zu Tuvok, doch der Vulkanier wahrte auch weiterhin ein geheimnisvolles Schweigen.

Neelix legte der Ocampa den Arm um die Schultern. »Ich stimme Kes zu. Wie können Sie auch nur daran *denken*, siebenundzwanzig Milliarden Personen umzubringen? Ich möchte mich nicht mit einer so kolossalen Schuld belasten, ganz gleich, wie groß die Gefahr sein mag.«

Tom Paris ergriff das Wort und ließ ein erstaunliches Maß an Anteilnahme erkennen. »Ich verstehe Kes und Commander Chakotay. Es ist eine schreckliche Vorstellung, mehr Individuen zu töten, als jemals auf der Erde gelebt haben. Aber ...«

Er zögerte, und sein Gesicht brachte echten Schmerz zum Ausdruck. Vielleicht dachte er an Maquis-Freunde, die bei seinem einzigen Einsatz ums Leben gekommen waren. Oder an jemand anders, der durch seine Schuld den Tod gefunden hatte. *Falsche Entscheidungen und ein zu aktives Gewissen*, dachte Janeway.

»Aber so groß die Anzahl der toten Furien auch sein könnte ...«, fuhr Paris fort. »Weitaus mehr Personen müßten damit rechnen, versklavt und wenn nicht körperlich, so zumindest geistig umgebracht zu werden. Ich bin der Ansicht, daß sich das Mitgefühl nicht auf eine Seite beschränken sollte.«

Gute Worte. Janeway nickte und wandte sich an Fähnrich Kim, der bisher keinen Ton von sich gegeben hatte. »Mr. Kim, wir beraten hier über etwas, das entweder die Seelen aller intelligenten Wesen im Alpha-Quadranten rettet oder zum größten Völkermord in der bisherigen galaktischen Geschichte wird. Ich würde gern Ihre Meinung dazu hören, Fähnrich.«

Kim holte tief Luft. »Mein Volk bekam oft Gelegenheit, Erfahrungen mit solchen Dingen zu sammeln, sowohl auf der einen als auch auf der anderen Seite. Ich habe mich oft gefragt, ob ich mein Leben riskieren würde, um der Sklaverei zu entkommen. Ich glaube, die Antwort lautet ja. Ich hätte Angst, aber ich könnte sie überwinden, mit einem freien Geist.«

Er zögerte. Janeway forderte ihn mit einem Nicken auf, seine Ausführungen fortzusetzen.

»Doch was wäre, wenn meine Furcht künstlich so sehr verstärkt wird, daß ich außerstande bin, mich über sie hinwegzusetzen? So seltsam es auch klingt: Ich finde so etwas viel schlimmer als Sklaverei oder Mord, und deshalb meine ich, daß wir *alles* versuchen sollten, um es zu verhindern.«

»Ihre Ansicht möchte ich ebenfalls hören, Lieutenant Torres«, sagte Janeway.

»Kim hat auch für mich gesprochen«, knurrte sie.

Diese Antwort kommt von der Klingonin in B'Elanna, dachte Janeway und sah sich mit dem anderen Extrem konfrontiert: Der Gedanke an unschuldige Opfer rückte in den Hintergrund; Bedeutung hatte allein der Kampf gegen die Unterdrücker. »Sprechen Sie für sich selbst.«

»Na schön. Eins steht fest, Captain: Die Furien stellen eine immense Gefahr dar. Ich habe das Innere des Monds gesehen und weiß daher, welche Energiemengen die Fremden für ihre Zwecke verwenden wollen. Nun, sie haben weder Transporter noch Schilde, aber in bezug auf energetische Manipulation sind uns die Furien um Jahrhunderte voraus.«

Janeway lehnte sich überrascht zurück. B'Elannas Zorn wurzelte in ihrer menschlichen Hälfte, nicht in der klingonischen!

»In der Föderation ist niemand fähig, ein künstliches Wurmloch zu schaffen und zu nutzen«, fuhr Torres fort. »Captain, wer sagt eigentlich, daß wir überhaupt in der Lage sind, die Pläne der Furien zu vereiteln und ihren Mond zu zerstören? Vielleicht liefe es auf eine neue

Version von Narenda Drei hinaus. Wir gehen tapfer in den Tod – und die Furien führen trotzdem den Transfer zum Alpha-Quadranten durch, um dort alle Völker zu versklaven.«

»Computer, aktiviere medizinisches Holo-Notprogramm«, sagte Janeway.

»Bitte nennen Sie die Art des medizinischen Notfalls«, erklang die Stimme des Holo-Arztes, der auf dem Bildschirm in der Mitte des Tisches erschien. Er sah sich überrascht um. »Schon wieder? Finden solche Konferenzen jetzt regelmäßig statt?«

Paris konnte sich nicht zurückhalten. »Soll das ein Scherz sein? Das Schicksal der Menschheit hängt jetzt von der Meinung eines *Hologramms* ab?«

Daraufhin zeigte Janeway ihren Ärger ganz deutlich. »Sie hatten bereits Gelegenheit, Ihre Meinung zu äußern, Mr. Paris. Seien Sie jetzt still – es sei denn, Sie möchten degradiert werden und die nächsten sechs Monate in der Arrestzelle verbringen.«

»Ich bitte um Entschuldigung, Captain. Aber warum fragen Sie ihn überhaupt? Er ist darauf programmiert, Doktor zu sein. Wir wissen, wie er abstimmen wird.«

»Dies ist keine Abstimmung, Mr. Paris. Ich treffe letztendlich die Entscheidung.«

Janeway blickte wieder zum Bildschirm. »Wir haben es mit einem Notfall zu tun, Doktor, und ich brauche Ihren Rat.« Mit knappen Worten beschrieb sie die beiden Möglichkeiten. »Ich möchte die Meinung aller Führungsoffiziere hören, und das schließt den Bordarzt ein – selbst wenn er ein Hologramm ist.«

Die Züge des Holo-Arztes glätteten sich, und er wirkte gerührt. Nicht zum erstenmal fragte sich Janeway, ob ein von biologisch erweiterten Schaltkreisen geschaffenes Hologramm zu einer echten Lebensform werden konnte.

»Ich bin dankbar, daß Sie mich fragen. Es überrascht

mich, aber ich bin dankbar. Und meine Meinung ist klar: Zerstören Sie den Mond.«

»*Was?*« entfuhr es Kes. Die anderen am Tisch sitzenden Personen waren ebenfalls verblüfft, wobei Tuvok die einzige Ausnahme bildete. Selbst Chakotay blinzelte.

»Ich vermute, Sie vertreten einen anderen Standpunkt, Kes«, sagte der Doktor. »Ich kenne auch den Grund dafür. Die durchschnittliche Lebenserwartung der Ocampa beträgt nur neun Jahre, und verzeihen Sie mir, wenn ich meiner Programmierung nachgebe und mich unverblümt ausdrücke: Sie sind über lange Zeit hinweg Mündel des Beschützers gewesen und haben daher gar keine realistische Vorstellung davon, was es bedeutet, frei und für sich selbst verantwortlich zu sein.«

»Wissen *Sie*, was es mit Freiheit auf sich hat?« fragte Chakotay mit einem Hauch Ironie.

»Ja, ich glaube schon. Ich weiß, was ich gern möchte, und mir ist der Unterschied zwischen meinen Wünschen und der Wirklichkeit klar. Selbst wenn ich keine richtige Person in dem Sinne bin – ich *fühle* mich wie eine. Aber vielleicht ist auch das ein Ergebnis der Programmierung.

Nun, ich weiß, daß kleine Dinge viel bedeuten können. Zum Beispiel die Möglichkeit, mich selbst auszuschalten und zu reaktivieren. Ich würde es sehr bedauern, wenn man mir diese Freiheit nähme.«

Janeway hörte aufmerksam zu. Eins stand fest: Niemand konnte behaupten, daß nicht alle Seiten angehört worden waren.

»Aber Sie sind Arzt!« warf Kes ein. »Wie können Sie ... Was ist mit dem hippokratischen Eid passiert, den Sie mich gelehrt haben? Darin heißt es, daß es in erster Linie darum geht, keinen Schaden anzurichten. Wir reden hier von Mord!«

»Nein, Kes. Es geht hier darum, eine Wahl zu treffen.«

»Eine Wahl?« wiederholte Kes verwirrt.

»Manchmal muß man eine Person sterben lassen, damit andere leben können«, erklärte der Arzt. »Man denke nur an die alten Kriege auf der Erde. Damals gab es nicht genug Doktoren und Operationstische, um allen Verwundeten zu helfen. Also ließ man jene sterben, deren Behandlung Stunden gedauert hätte – damit die Ärzte in der gleichen Zeit drei oder vier anderen Patienten mit leichteren Verletzungen das Leben retten konnten.«

»Sie *lassen* niemanden sterben«, wandte die Ocampa ein. »Sie bringen ein ganzes Volk um!«

»Nein«, widersprach Kim. In seiner Stimme kam nun mehr Gewißheit zum Ausdruck als vor einigen Minuten. »Wir haben nicht dafür gesorgt, daß die Sonne zur Supernova wird. Dieser Prozeß wurde von den Furien in Gang gesetzt. Sie wollten die Energie, und deshalb leiteten sie den Kollaps ein. Wir hindern sie nur daran, jenen Kollaps für eine Invasion des Alpha-Quadranten zu nutzen.«

»Es läuft aufs gleiche hinaus. Sie verhindern nicht nur die Invasion, sondern nehmen den Furien auch die Möglichkeit, dem Feuersturm der Supernova zu entkommen – was den Tod für sie alle bedeutet.«

»Was die hippokratische Regel betrifft, keinen Schaden anzurichten ...«, sagte der Doktor. »Können wir auch nur *abschätzen*, wieviel Leid Sklaverei und der Einsatz des Angstprojektors verursachen?«

Janeway wandte sich an Tuvok, der ihr besonderes Vertrauen genoß und bisher geschwiegen hatte. Verärgert und verwirrt schüttelte sie den Kopf. »Paris, Kim, Torres und der Doktor sind für die Zerstörung des Monds, Neelix, Kes und Chakotay dagegen. Wenn dies eine Abstimmung wäre, hätten wir eine Mehrheit, und damit läge die Entscheidung fest.« Sie sah Tuvok an. »Mit einer Stimmenthaltung.

Aber ich habe bereits darauf hingewiesen, daß es hier

nicht um Mehr- und Minderheiten geht. Meine Verantwortung besteht darin, die Entscheidung ganz allein zu treffen. Mir ging es darum, Ihre Meinungen zu hören, denn ich möchte bei dieser Angelegenheit keinen Aspekt übersehen. Ich ziehe mich jetzt in mein Quartier zurück, um gründlich über alles nachzudenken.«

»Sie sollten sich nicht zuviel Zeit lassen«, wandte B'Elanna ein.

»Ich weiß, daß Eile geboten ist – vielen Dank, daß Sie mich daran erinnern«, erwiderte Janeway ein wenig zu scharf. »Ich verspreche Ihnen, die Entscheidung schnell zu treffen.«

Sie verließ den Bereitschaftsraum und suchte ihre Unterkunft auf, nahm dort an einem Tisch Platz, auf dem Berichte, Dienstpläne, Wartungslisten und Datenfolien Stapel bildeten. *Man wird mich ›die blutige Kate‹ nennen, ›Scharfrichterin ohne Gnade‹*, dachte die Kommandantin. Sie gab sich keinen Illusionen hin: Wenn sie schließlich zur Föderation zurückkehrten, war es so gut wie unmöglich, ein wirklich vollständiges Bild von der aktuellen Situation zu vermitteln. Und Janeway zweifelte nicht daran, daß ihnen die Rückkehr vor Ablauf der siebzig Jahre normaler Flugzeit gelingen würde.

Vielleicht bietet sich uns hier eine entsprechende Möglichkeit, dachte sie plötzlich und staunte darüber, daß niemand diesen Punkt zur Sprache gebracht hatte.

Die Furien hatten eine Anlage gebaut, die dazu diente, einen ganzen Planeten in den Alpha-Quadranten zu transferieren.

Konnte die *Voyager* irgendwie an dem Transfer teilnehmen?

Und dann? Ihr Schiff allein war nicht imstande, die Invasion von siebenundzwanzig Milliarden Furien zu verhindern. Der Feind würde sie töten und anschließend damit beginnen, die Völker des Alpha-Quadranten zu unterjochen.

Es sei denn... Gab es eine Möglichkeit, mit der

Voyager durchs künstliche Wurmloch zu fliegen und gleichzeitig die Furien daran zu hindern, das Raumgebiet der Föderation zu erreichen?

Es lohnte sich bestimmt, diese Idee genauer zu prüfen. Aber nicht jetzt. Zunächst ging es darum zu entscheiden, ob ein Versuch unternommen werden sollte, den Mond zu zerstören – was den Tod aller Furien, auch ihrer unschuldigen Kinder, bedeutete. Oder war es besser, eine Nachricht durchs künstliche Wurmloch zu schicken, um Föderation, Klingonen, Romulaner, Cardassianer und alle anderen darauf hinzuweisen, daß sich Dämonen aus der Hölle anschickten, sie zu versklaven?

Der Türmelder summte, und Janeway spürte eine jähe Nervosität, deren Grund ihr rätselhaft blieb. Bei einem Notfall hätte ihr Chakotay eine kurze Kom-Nachricht übermittelt. Wer sonst kam, um sie ausgerechnet jetzt zu stören?

Das Summen wiederholte sich.

»Herein«, sagte Captain Kathryn Janeway, die sich nach einigen Sekunden der Meuterei wieder fest unter Kontrolle hatte.

16

Tuvok kam herein, die Hände auf den Rücken gelegt. Er wartete höflich, und Janeway musterte ihn ungeduldig. Beide warteten darauf, daß der andere etwas sagte. *Vulkanier haben mehr Geduld*, dachte die Kommandantin.

Sie gab nach. »Na schön, heraus damit.«

»Sie meinen vermutlich, daß ich mein Anliegen vortragen soll.«

»Wenn ein Vulkanier in Hinsicht auf menschliche Redensarten pedantisch wird, so hat er etwas zu sagen und weiß nicht genau, wie er es ausdrücken soll.«

Tuvok zögerte und suchte nach passenden Worten. Es ging jetzt darum, seinen Überlegungen eine geeignete verbale Struktur zu geben, damit ein Mensch sie nachvollziehen konnte. »Sie kennen mein Volk ziemlich gut. Was ich Ihnen mitteilen möchte, klingt vielleicht seltsam, vor allem aus dem Mund eines Vulkaniers. Aber es gibt einige Dinge, die schlimmer sind als der Tod, und die Furien stellen so etwas in Aussicht.«

»Meinen Sie ein Leben in Sklaverei?«

»Nein, Captain. Das ist nicht schlimmer als der Tod. Ein gewöhnlicher Sklave träumt davon, eines Tages frei zu sein, und möglicherweise plant er sogar die Flucht. In dieser Hinsicht hat Fähnrich Kim einen interessanten Punkt zur Sprache gebracht. Er sah einen Unterschied zwischen Zwang unter der Androhung des Todes und der völligen Vergewaltigung des Bewußtseins, wodurch aus einer Person praktisch ein Tier wird.«

»Fahren Sie fort.«

Verstand Janeway nicht die besondere Gefahr, die Furien gerade für Vulkanier darstellten? »Wenn die Furien nach Vulkan zurückkehren und mein Volk wieder in das verwandeln, was es vor Surak gewesen ist ... Das wäre weitaus schlimmer als das gräßlichste Massaker. Wir blieben am Leben, aber wir wären keine Vulkanier mehr. Außerdem trügen wir die Last der Erinnerung an das, was wir erreichten und dann für immer verloren.«

»Ich verstehe, was Sie meinen. Nun, die Entscheidung fällt mir dadurch nicht leichter.«

»Das habe ich auch nicht erwartet. Wie dem auch sei: Ich bin keineswegs mit der Absicht gekommen, Fähnrich Kims Ausführungen zu erklären.«

»Sie sind hier, um ...?«

»Um Sie an Ihre Pflicht zu erinnern, Captain. Sie haben einen Eid abgelegt, als Sie mit dem Starfleet-Dienst begannen. Sie schworen unter anderem, die Ideale der Vereinten Föderation der Planeten gegen alle inneren und äußeren Feinde zu verteidigen sowie die Freiheit ihrer Bürger zu schützen.«

»Die Autoren jenes Eids haben nie an die Möglichkeit gedacht, daß der Schwur verlangen könnte, siebenundzwanzig Milliarden Personen zu töten, unter ihnen viele unschuldige Kinder.«

Tuvok nickte. Sein Blick galt einer neuen Skulptur von Aton-77, die Captain Janeway repliziert hatte – sie mußte die Replikator-Rationen mehrerer Tage dafür verwendet haben.

»Trotzdem wurde der Eid in der Ihnen bekannten Form geschrieben, und Sie legten ihn aus freiem Willen ab. Jetzt können Sie dieser Verpflichtung nicht einfach den Rücken kehren. Nicht einmal die Vorstellung, milliardenfach Leben auszulöschen, darf Sie dazu veranlassen.«

Plötzlich schlug Janeway mit beiden Händen auf den Tisch – menschliche Emotionen beeinträchtigten ihre

Rationalität. Tuvok drehte sich nicht um; er wollte vermeiden, Janeway auf diese Weise zu sehen.

»Mr. Tuvok! Glauben Sie etwa, daß ich mich nicht an den Eid erinnere?«

»Nein. Ich weiß, daß Sie ihn gut kennen. Aber ich fürchte, Sie nehmen ihn nicht ernst genug.«

»Ein Schwur! Was ist wichtiger: die Worte oder die *Ideale*, die durch die Worte geschützt werden sollen?«

Tuvok schwieg, drehte sich aber um. Nie zuvor hatte er Janeway so von Selbstzweifeln und Unschlüssigkeit geplagt gesehen. Er wünschte sich eine magische Antwort, die ihr half, alles aus der richtigen Perspektive zu sehen. Doch so etwas gab es natürlich nicht.

»Wir ziehen nicht durchs All und räumen all jene aus dem Weg, die wir für Bösewichter halten, Mr. Tuvok. Der Grund dafür ist nicht etwa unsere ach so gutmütige Natur, sondern die Tatsache, daß wir *keine Götter sind*. Wir wissen nicht, was geschehen würde, wenn wir plötzlich mit einem heiligen Krieg beginnen, der alles Unheilvolle auslöschen soll. Vielleicht würden wir damit uns selbst zerstören!«

»Ein solches Risiko läßt sich manchmal nicht vermeiden.«

Janeway setzte sich langsam und musterte den Vulkanier. »Wenn wir ein Dorf zerstören, um es zu retten – war es dann überhaupt die Rettung wert?«

»Was geschaffen wurde, sollte erhalten werden. Auch wenn es nötig ist, Milliarden unschuldiger Leben zu opfern.«

»Tuvok, ist Ihnen eigentlich klar, was Sie da *sagen*?«

»Ich bin im Vollbesitz meiner geistigen Kräfte. Sie wollen den Mond nicht vernichten, weil es Ihnen widerstrebt, die damit einhergehende Schuld auf sich zu nehmen. Doch die Pflicht verlangt genau das von Ihnen. Das ist der Preis, den Sie – wir alle – für unsere Freiheit bezahlen müssen.«

»Tuvok, Ihre DNS erinnert sich an so traumatische

Ereignisse, daß Sie es nicht einmal wagen, darüber nachzudenken. Ich habe ebenfalls mit Furcht auf die Furien reagiert, aber es regten sich keine detaillierten Erinnerungen in mir. Vielleicht waren damals nur die Ok'San so schlimm. Vielleicht litt Vulkan mehr als andere Welten.«

»Eine solche Annahme ist zwar unlogisch und sehr unwahrscheinlich, aber nicht völlig ausgeschlossen.« Tuvok beugte sich zu der Skulptur vor. Sie hieß *Wasser*: eine Säule aus dünnem Graphit, darin ein haarfeiner blauer Riß.

»Außerdem sind viele Jahrtausende vergangen. Zeit genug für die Furien, sich zu verändern. Navdaq schien nicht das absolut Böse zu repräsentieren, auch wenn er uns einsperren ließ. Vielleicht ist er nichts weiter als ein kleiner Tyrann – in der Galaxis wimmelt es von ihnen.«

Von der Skulptur ging eine seltsam beruhigende Wirkung aus. »Ja, vielleicht. Aber bisher deuten die uns bekannten Daten auf folgendes hin: Die Furien eroberten einst den Alpha-Quadranten und wurden später von Fremden vertrieben, die heute nicht mehr existieren; jetzt planen sie die Rückkehr.«

»Wir können nicht mit Sicherheit sagen, daß sie tatsächlich einen Angriff beabsichtigen. Ich halte das ebenfalls für wahrscheinlich, doch es gibt keine Gewißheit.«

»Wir können nicht sicher sein, daß die Furien sozusagen als Dämonen herrschen wollen – aber niemand kann uns garantieren, daß sie darauf verzichten werden. Eine hohe Wahrscheinlich spricht für einen neuen Eroberungsfeldzug.« Tuvok richtete das volle Ausmaß seiner vulkanischen Aufmerksamkeit auf Janeway. »Die Pflicht gebietet, daß wir etwas dagegen unternehmen.«

Janeway blieb stumm. Tuvok hielt es für falsch, seinen Argumenten mit weiteren Worten Nachdruck zu verleihen – damit mochte er bei Janeway genau das Gegenteil erreichen.

Die Kommandantin lehnte sich in ihrem Sessel zurück und hob die Hände zu den Schläfen, um sie sanft zu massieren.

»Vielleicht könnte der Doktor den Schmerz lindern«, sagte Tuvok. Eigentlich diente dieser Hinweis nur dazu, an seine Präsenz zu erinnern.

»Ich möchte nicht, daß er etwas dagegen unternimmt. Es ist mein Schmerz, und ich bin entschlossen, ihn zu behalten.«

Eine sonderbare Bemerkung, dachte der Vulkanier. *Menschliche Sturheit kommt darin zum Ausdruck.* »Wenn die Furien unseren Quadranten erobern, bleibt Ihnen nicht einmal diese Freiheit.«

Janeway sah zu Tuvok auf. »Ich habe entschieden, daß wir versuchen werden, den Mond zu zerstören. Aber ich treffe diese Entscheidung nicht wegen Ihrer Ausführungen.«

»Weshalb dann?«

»Es geht dabei um ein Argument, das Sie *nicht* vortrugen: Unser Schiff, die *Voyager,* ist die erste und letzte Verteidigungslinie auf dieser Seite des Wurmlochs. Wir sind hier ganz auf uns allein gestellt. Entweder verstehen wir uns als ein Teil von Starfleet im Delta-Quadranten, oder wir sind nur eine Crew, die weit, weit von der Heimat entfernt ist.

Manchmal, mein Freund ...« Janeway unterbrach sich und blickte zur Seite, schien in Gedanken plötzlich ganz woanders zu sein. Tuvok wahrte sein Schweigen. *Sie lauscht einer menschlichen Stimme,* dachte er. *Einer Stimme, die jenseits von Vernunft erklingt und doch oft die Wahrheit spricht.* Er hoffte, diese seltsame innere Stimme der Terraner eines Tages besser zu verstehen.

»Manchmal, mein Freund, ist das Überleben wichtiger als alles andere«, fuhr die Kommandantin fort. »Wie sehr ich es auch verabscheue: Unter bestimmten Umständen muß man erst schießen und später Fragen stellen.« Bei den letzten Worten richtete sie einen durchdringenden Blick auf Tuvok.

»Ich habe mich gefragt: Wenn nicht wir – wer dann? Und wenn nicht jetzt – wann? Es klingt abgedroschen und banal, ich weiß. Aber in vielen abgedroschenen und banalen Dingen verbirgt sich eine tiefe Wahrheit.« Sie klopfte auf ihren Insignienkommunikator. »Janeway an Chakotay.«

»Hier Chakotay«, ertönte die Stimme des Ersten Offiziers.

»Teilen Sie den übrigen Führungsoffizieren mit, daß wir versuchen, den Mond zu zerstören.«

»Ihre Entscheidung überrascht mich nicht. Haben Sie schon das Wie geklärt?«

Janeway stand auf, sah zur Skulptur und runzelte die Stirn. Nach kurzem Zögern drehte sie das replizierte Kunstwerk so, daß der blaue Riß zur Wand deutete. Dafür wurde nun an der rückwärtigen Seite eine gezackte rote Linie erkennbar. »Nein. Dieser Punkt muß noch geklärt werden. Sagen Sie Torres und Carey, daß ich in fünf Minuten bei ihnen im Maschinenraum bin. Janeway Ende.«

»Danke, Captain«, ließ sich Tuvok vernehmen.

»Es ging mir nicht darum, Ihnen einen Gefallen zu erweisen.«

»Auch dafür bin ich Ihnen dankbar.«

Der Vulkanier wartete, bis Janeway begriff, daß er diesen letzten Worten nichts mehr hinzufügen wollte. Nachdenklich ließ sie ihn gehen, und lautlos wie ein Geist verließ er das Quartier. Seine Dankbarkeit galt auch dem Umstand, daß es ihm erspart geblieben war, jenes Argument zu verwenden, mit dem sich Janeway schließlich selbst überzeugt hatte.

Captain Janeway machte sich auf den Weg zum Maschinenraum. Ihnen blieb nur wenig Zeit, um einen Vernichtungsapparat zu entwerfen, der genug destruktive Kraft entfaltete, um den Mond zu zerstören. Bisher hatte sie nicht die geringste Ahnung, wie sie dabei vorgehen sollten.

Carey und Torres befanden sich nicht im Maschinenraum. Janeway wartete einige Minuten und forderte den Computer dann auf, die beiden Ingenieure zu lokalisieren.

»Lieutenant Torres und Lieutenant Carey sind auf dem Holodeck zwei«, sagte die Sprachprozessorstimme.

Janeways Frage, was B'Elanna und Carey in der holographischen Projektionskammer anstellten, wurde sofort beantwortet, als sich vor ihr das Schott öffnete. Carey hatte ein maßstabgerechtes dreidimensionales Modell des Mondes entwickelt und dabei alle bisher gewonnenen Informationen verwendet. Weit entfernt zeigte sich eine Darstellung des Furienplaneten.

Ein besonders heller Stern markierte die Position der Sonne. Die beiden technischen Spezialisten schwebten in der Leere des simulierten Alls.

»Captain!« rief Torres mit einer sonderbaren Mischung aus Begeisterung und Sorge. »Commander Chakotay hat uns von Ihrer Entscheidung berichtet.«

»Jetzt müssen wir eine Möglichkeit finden, sie in die Tat umzusetzen.«

Lieutenant Carey hüstelte – er fühlte sich direkt angesprochen. »Wir sind hier, hinter der Sonne.« Ein winziger Fleck blinkte rot und grün, war so weit entfernt, daß man ihn kaum erkennen konnte. »Hier ist das erste Szenario, das wir in Erwägung gezogen haben.«

Der Fleck glitt um die Sonne herum und kam rasch näher, woraufhin der Mond rot glühte, wie ein Alarmindikator.

»Wir haben die Aufzeichnungen überprüft und festgestellt, bei welcher Distanz das Alarmsystem des Mondes aktiv wird und die Furien verständigt«, erklärte Carey.

Die *Voyager* setzte den Anflug fort, während eine Abwehrflotte vom Planeten startete. Dem Starfleet-Schiff blieb gerade genug Zeit, einige Photonentorpedos zu starten und die Phaser abzufeuern, bevor es von sechs Furienschiffen in ein Gefecht verwickelt wurde.

Falten bildeten sich in Janeways Stirn.

Die *Voyager* schenkte den Angreifern keine Beachtung und setzte erneut Photonentorpedos ein ... Dann leuchtete sie plötzlich in einem grellen Weiß auf.

»Was hat das zu bedeuten?« entfuhr es Janeway überrascht.

»Der Angstprojektor«, sagte Carey schlicht. »Das Ende.«

»Da fällt mir ein ... Chakotay hat mir nicht erklärt, warum die Furien darauf verzichteten, die Besatzung der *Voyager* mit Entsetzen zu lähmen. Ich hatte den Eindruck, daß er dieses Thema anschneiden wollte, aber dann sorgte Redbay für eine Unterbrechung.«

»Ich glaube, zuerst wußten die Furien gar nicht, woher wir kommen. Vermutlich waren die Schiffe, mit denen wir es zu tun bekamen, überhaupt nicht mit Angstprojektoren ausgestattet.«

»Wir mußten abschätzen, wann der Gegner diese spezielle Waffe gegen uns einsetzen würde«, fügte Torres hinzu. »Inzwischen wissen die Furien über uns Bescheid. Wenn erneut Schiffe starten, so befinden sich bestimmt Angstprojektoren an Bord.«

»Reichweite und Stärke bleiben unbekannt«, meinte Carey.

»Das weiße Strahlen des Schiffes bedeutet, daß wir von projiziertem Grauen erfaßt werden«, sagte B'Elanna. »Dann sind wir Sklaven der Hölle.«

»Und der Mond?« fragte Janeway. Sie betrachtete die holographische Projektion – der Trabant des Planeten schien völlig intakt zu sein.

»Wir sind zu folgendem Ergebnis gelangt«, erwiderte Carey. »Nicht einmal dreizehn Photonentorpedos und mehrere Phaserentladungen sind imstande, die Außenhülle des Mondes zu durchdringen. Der Schutzmantel ist drei bis vier Kilometer dick.«

»Drei bis vier *Kilometer*?« wiederholte Janeway verblüfft. Sie wich einen Schritt zurück und hatte das gräßliche Gefühl, nichts gegen die Furien unternehmen zu können.

»Immerhin soll er einige Sekunden lang der Energie einer Supernova standhalten.«

Janeway seufzte. »Na schön. Sehen wir uns einige andere Szenarios an.«

Die *Voyager* sauste zum Mond und löste den Alarm aus. Schiffe starteten vom Planeten, und der Starfleet-Raumer schleuste einen experimentellen Photonentorpedo aus, der von einem eigenen Navigationscomputer gesteuert wurde.

Schon nach kurzer Zeit bekam es die *Voyager* mit dem Angstprojektor zu tun, der allen Besatzungsmitgliedern an Bord unerträgliches Grauen bescherte... Unterdessen erreichte der Photonentorpedo den von Kim und Paris entdeckten Schacht.

Er flog in Richtung Fokussierungsmodul und Empfangsantenne. Ein Furienschiff nahm die Verfolgung auf und feuerte immer wieder eine spezielle Waffe ab, deren gefächerte Energie Modul und Antenne nicht beschädigen konnte, wenn sie den Torpedo verfehlte.

Der Torpedo war nicht dafür vorgesehen, mehrere Treffer einzustecken. Ihm fehlte die widerstandsfähigere Struktur eines Raumschiffs. Er explodierte weit über der Empfangsantenne, und die in ihm enthaltene Antimaterie löste nur einige wenige Zentimeter des Panzermaterials auf, das innerhalb von Mikrosekunden verbrennen würde, wenn sich die Sonne in eine Supernova verwandelte.

Die Mission schlug fehl – und den Furien gelang der Transfer zum Alpha-Quadranten.

Die *Voyager* flog ein weiteres Mal zum Mond. Erneut

starteten Schiffe vom Planeten, und wieder schleuste Janeway einen Photonentorpedo aus. Diesmal verfügte er nicht nur über einen Navigationscomputer, sondern auch über einen Schildgenerator.

Er flog durch den Schacht, zur Antenne, die den enormen Energieschub der solaren Explosion empfangen sollte. Ein Furienschiff folgte und feuerte, aber der Schild absorbierte die Entladungen.

Der Torpedo kam seinem Ziel immer näher, als das weiße Strahlen der *Voyager* auf den Einsatz des Angstprojektors hinwies. Das Furienschiff im Schacht beschleunigte und rammte den Photonentorpedo ...

Die *Voyager* sprang zum Mond.

Der Photonentorpedo war schneller und auch mit Phasern ausgestattet, die nach hinten feuerten.

Das Furienschiff beschleunigte, um den Torpedo zu rammen, doch als es sich ihm näherte, eröffnete er das Feuer!

Die Phaserblitze hielten das Furienschiff auf Distanz. Schließlich erreichte der Photonentorpedo sein Ziel und prallte mit 17 500 Kilometern pro Sekunde auf die Empfangsantenne. Gleichzeitig zündete die in ihm enthaltene Materie-Antimaterie-Bombe.

Die Explosion war so gewaltig, daß sie ein mehrere hundert Meter durchmessendes Loch in die dreißig Quadratkilometer große Antenne riß. Sie zerstörte etwa 0,003 Prozent des gesamten Empfangsbereichs.

Die Mission schlug fehl.

»Auf diese Weise kommen wir nicht weiter«, sagte Janeway enttäuscht. »Wie wär's, wenn wir ein Shuttle durch den Schacht schicken, mit einem Photonentorpedo an Bord?«

Carey dachte kurz darüber nach und veränderte dann die Programmierung der holographischen Projektion.

Die *Voyager* flog zum Mond und löste den Alarm aus, als sie ihm nahe genug kam. Kurz bevor die Schiffe der

Furien eintrafen, öffnete sich der Hangar, und ein Shuttle startete mit voller Impulskraft.

Es raste dem Schacht entgegen, verfolgt von zwei Raumern der Furien. Heckschilde schützten es vor dem gegnerischen Feuer. Als die Distanz zur Empfangsantenne schrumpfte, setzten die Furien den Angstprojektor ein.

Das kleine Schiff erstrahlte weiß und ...

Das *unbemannte* Shuttle beschleunigte mit voller Impulskraft und raste in den Schacht, verfolgt von zwei Furienschiffen. Als es sich der Empfangsantenne näherte, versuchten die beiden Raumer, es zu rammen.

Doch kurz vor dem fatalen Kontakt zuckte ein Phaserstrahl aus dem Heck des Shuttles, traf eins der beiden Schiffe und schleuderte es gegen das andere. Es kam zu einer Explosion, und nur die starken Heckschilde bewahrten das Shuttle davor, ebenfalls zerstört zu werden.

Es setzte den Flug fort, wich der Antenne aus und erreichte den zuvor von Kim und Paris entdeckten »schwachen Punkt«, wo ein Transfer durch den Schutzmantel möglich war.

Dort hielt das Shuttle an. Der bereits auf der Transporterplattform bereit liegende Photonentorpedo wurde in den gewaltigen Maschinensaal gebeamt.

Wenige Sekunden später explodierte er, und ...

Die holographischen Darstellungen erstarrten. Geisterhafte Buchstaben erschienen mitten in der Leere und verkündeten folgende Botschaft: WIRKUNG UNBEKANNT. WIRKUNG UNBEKANNT.

Captain Janeway starrte fassungslos zu den beiden blinkenden Worten und fühlte sich von ihnen verhöhnt. Zwei Minuten lang überlegte sie konzentriert.

»Carey, Torres ...«, sagte sie schließlich. »Das genügt nicht. ›Wirkung unbekannt‹ ist zu vage, um eine Entscheidung zu treffen, bei der es um Freiheit oder Versklavung aller intelligenten Wesen des Alpha-Quadranten geht.«

»Wir haben noch ein weiteres Szenario«, sagte Torres.

»*Sie* hat noch eins«, berichtigte Lieutenant Carey und sah zu Boden.

B'Elanna warf ihm einen verärgerten Blick zu. »Computer, aktiviere Simulation Z-neun.« Sie wandte sich an Janeway. »Ich starte dieses Programm zum erstenmal und weiß nicht, was passieren wird.«

Die *Voyager* flog zum Mond ... Als die Furienraumer vom Planeten starteten und sich rasch näherten, steuerte das Starfleet-Schiff den Schacht an – und beschleunigte auf ihre theoretische Höchstgeschwindigkeit von Warp 9,9. Bei dieser Belastung des Triebwerks kam es nach spätestens zehn Minuten zu einer automatischen Deaktivierung.

Doch diese Zeitspanne spielte überhaupt keine Rolle, denn die *Voyager* würde den Mond innerhalb von vierhundert Nanosekunden erreichen.

Die Simulation lief jetzt nicht mehr im normalen Tempo ab, sondern zeigte in einer realen Sekunde die Ereignisse von zehn Nanosekunden. Janeway beobachtete, wie die *Voyager* ruckartig schneller wurde. Der erste Kontakt mit dem Schacht erwies sich als wenig spektakulär. Das Schiff war breiter, doch zuerst gaben die Schachtwände nach: Die beiden Kanten des Diskussegments hinterließen tiefe Furchen im Panzermaterial, das plötzlich so weich wie Butter wirkte.

Kurze Zeit später verdampften die seitlichen Bereiche des Schiffes. Die dabei freigesetzte Energie entfaltete sich nach innen, in Richtung Schiffszentrum – der Rumpf platzte.

Janeway blieb gelassen, als sie das Ende ihres Schiffes und aller Personen an Bord beobachtete. Die Szene wirkte viel zu irreal, um Emotionen in ihr zu wecken.

Die *Voyager* mochte geborsten sein, aber ihre Trümmer bewegten sich noch immer mit dreitausendfacher

Lichtgeschwindigkeit. Sie setzten den Flug fort, denn nichts konnte so schnelle Schrapnellgeschosse abfangen.

Genau das erwies sich als Nachteil. Wenn es nichts gab, das die mit einem Vielfachen der Lichtgeschwindigkeit fliegenden Trümmer der *Voyager* aufhalten konnte, so war es auch unmöglich, *ihre Energie zu absorbieren*. Doch eine Bombe funktionierte nur dann, wenn das Ziel ihre destruktive Energie aufnahm. Andernfalls …

Die hyperschnellen Bruchstücke des Starfleet-Schiffes schlugen einige Löcher in der Empfangsantenne, rasten dann weiter und verließen den Mond auf der anderen Seite. Im Bruchteil von einer Sekunde waren sie eine Milliarde Kilometer entfernt und stellten für die Furien keine Gefahr mehr dar.

Etwas mehr als 0,003 Prozent der Empfangsantenne erwiesen sich als zerstört. Das Ende der *Voyager* hatte also kaum mehr ausgerichtet als zuvor die Explosion eines Photonentorpedos.

»Ich habe es ja gesagt«, meinte Carey verdrießlich. »Ich habe keine Angst vor dem Tod, aber ich möchte nicht sinnlos sterben.«

Captain Janeway blickte nachdenklich ins simulierte All. »Und wenn die *Voyager* langsamer fliegt? Absorbiert die Empfangsantenne dann mehr kinetische Energie?«

»Wenn die Antenne genug Energie aufnehmen soll, um zerstört zu werden, so dürfte die *Voyager* nicht schneller fliegen als mit sechzig Prozent der Lichtgeschwindigkeit«, erwiderte B'Elanna Torres. »Und das ist unmöglich. Es wäre dreimal schneller als mit Impulskraft – und doch nicht Warp eins.«

»Und wenn wir auf Warp eins beschleunigen?«

»Das ist zu schnell. Mit Impulskraft sind wir *rein theoretisch* imstande, einen großen Teil der Empfangsantenne zu zerstören, vielleicht dreißig Prozent.«

»Das könnte genügen«, meinte Janeway. »Es scheint die bisher beste Möglichkeit zu sein.«

»Sie übersehen dabei einen kleinen Faktor«, ließ sich Carey vernehmen. »Mit Impulskraft sind wir nicht schnell genug, um das Schachtende zu erreichen, bevor die Verfolger heran sind. Was bedeutet …«

»Der Gegner bekäme Gelegenheit, den Angstprojektor gegen uns einzusetzen«, sagte Janeway.

»Und dann befiehlt er uns einfach, den Angriff aufzugeben.«

»Verdammt!« entfuhr es Captain Janeway, und der scharfe Klang ihrer Stimme überraschte sie selbst. »Ich möchte zwischen konkreten, aussichtsreichen Möglichkeiten wählen können. Torres, Carey – lassen Sie sich etwas einfallen. Oder ich teile Sie sechs Monate lang für den Wartungsdienst ein!«

Hilfloser Zorn brodelte in Kathryn Janeway, als sie das Holodeck verließ.

17

Wütend marschierte Janeway durch einen Korridor der *Voyager* und spürte, wie plötzlich jemand ihren Arm packte. Aus einem Reflex heraus ging sie in Verteidigungsstellung und hob die Hände, bereit dazu, einen Angreifer zu Boden zu schicken oder mit einem Tritt ans Knie außer Gefecht zu setzen.

Commander Chakotay wich zurück. »Sind Sie wieder im Hier und Jetzt?«

»Wovon reden Sie da? Und warum haben Sie so an meinem Arm gezerrt?«

»Ich mußte irgendwie Ihre Aufmerksamkeit gewinnen.«

»Warum haben Sie es nicht mit ›Entschuldigung, Captain‹ versucht?«

»Entschuldigung, Captain …«

Janeway errötete ein wenig. »Oh. Tut mir leid. Ich war … in Gedanken versunken.«

»Ich glaube, es kam auch noch eine gehörige Portion Ärger hinzu.«

»Wir sitzen fest, Chakotay! Wir – Torres, Carey und ich – finden einfach keine Möglichkeit, den Mond zu zerstören. Entweder steht uns nicht genug Energie zur Verfügung, oder die Anlagen im Innern des Mondes absorbieren nur so wenig, daß sie funktionstüchtig bleiben.«

Chakotay hob und senkte die Schultern. »Schade, daß wir Sie nicht als Waffe einsetzen können. Eine interessante Kampftechnik. Ich wußte gar nicht, daß man so etwas an der Starfleet-Akademie lehrt.«

»Versuchen Sie nicht, mich abzulenken. Ich *will* zornig sein.« Janeway lehnte nun an der Wand und entspannte sich in der Präsenz eines Mannes, den sie einst verfolgt hatte und der nun zu ihren Freunden zählte.

Der Commander lächelte. »Ich befasse mich gern mit neuen Methoden der Selbstverteidigung. Hat diese einen Namen?«

»Es handelt sich um eine Weiterentwicklung des alten japanischen Judo. Mein Vater hat mich damit vertraut gemacht. Man richtet dabei die Kraft des Gegners gegen ihn selbst. Für mich bedeutete das immer, daß ich ihn aus dem Gleichgewicht brachte und ihm dann einen Genickschlag versetzte.« Zwar wollte Janeway an ihrem Ärger festhalten, aber Chakotays Taktik funktionierte: Sie beruhigte sich immer mehr.

»Wir sollten einmal zusammen üben. Ich würde gern erleben, wie es sich anfühlt, wenn meine eigene Kraft gegen mich eingesetzt wird.« Der Erste Offizier legte eine kurze Pause ein. »Wenn das auch beim Mond möglich wäre ... Ich meine, seine eigene Kraft gegen ihn einzusetzen. Ließe sich so etwas bewerkstelligen?«

Janeway wölbte die Brauen. »Das ist gar kein schlechter Vorschlag, wenn man bedenkt, daß er von einem technischen Dilettanten stammt.«

»Captain!«

»Ach, Sie wissen doch, wie ich das meine. Ich weiß nicht, wie wir dabei vorgehen sollen, aber die Idee ist es zumindest wert, näher untersucht zu werden.«

Erneut sank Janeway an die Wand, stemmte die Arme dagegen und schloß die Augen. Sie versuchte sich vorzustellen, wie eine gewaltige Kraft – die Energie der Supernova – nicht vom Mond umgewandelt wurde, sondern ihn zerstörte.

Leises Summen um sie herum kündete von der Energie der *Voyager* – leider reichte sie nicht aus.

»Nun, der technische Dilettant hat noch eine Idee anzubieten«, fuhr Chakotay fort. »Ich habe mit Lieutenant Redbay über den Angstprojektor gesprochen.«

»Erinnert er sich an etwas?«

»An genug, um mir folgendes mitzuteilen: Wenn wir die Schilde so verändern können, daß sie eine Art Keil bilden ...« Chakotay preßte die Fingerspitzen aneinander und neigte die Hände nach hinten, formte aus ihnen etwas, das Janeway an den Bug eines Seeschiffes erinnerte. »Dadurch können wir den emotionalen Manipulationsstrahl vielleicht lange genug ablenken, um nach rechts oder links auszuweichen.«

Janeway lächelte. »Eine weitere neue Methode der Selbstverteidigung?«

»Es ist zumindest etwas, das wir versuchen könnten. Leider weiß ich beim besten Willen nicht, wie wir die Schilde in eine solche Form bringen sollen.«

Janeway stellte sich die Deflektoren nicht als physische Objekte im Einsteinschen Raum vor, was sie eigentlich auch gar nicht waren, sondern als Vektoren im Phasenraum – auf diese Weise *sollte* man sie sich vorstellen.

»Sie sind für genau das Gegenteil bestimmt«, sagte die Kommandantin. »Wenn ein Phaser- oder Disruptorstrahl direkt auf den ... Saum träfe, würde er vermutlich voll durchschlagen und den Rumpf treffen. Wenn man an der Schildgeometrie herumspielt, muß man damit rechnen, daß selbst die Restenergie eines in unmittelbarer Nähe vorbeizuckenden Energiestrahls Schaden anrichten kann.«

Chakotay rieb sich das Kinn. »Captain, die Disruptoren der Furien haben ein recht hohes energetisches Niveau, aber ich glaube, wir könnten ein oder zwei direkte Treffer überstehen. Das ist immer noch besser, als den Emissionen des Angstprojektors zum Opfer zu fallen.«

»Ja, ich weiß.« Janeway schloß die Augen. »Um ganz ehrlich zu sein, Chakotay ... Ich glaube, es spielt keine

Rolle, ob die *Voyager* zwei Treffer oder ein Dutzend einstecken muß. Mit ziemlicher Sicherheit kommt niemand von uns mit dem Leben davon.«

»Wir müssen nur lange genug überleben, um den Mond zu zerstören«, sagte der Erste Offizier und vervollständigte damit Janeways Überlegungen.

Sie hob die Lider. »Nehmen Sie Carey. Torres kann ich nicht entbehren. Außerdem kennt sich Carey besser mit unserem biotechnischen Schildsystem aus als Torres – vermutlich deshalb, weil Klingonen glauben, nur Feiglinge könnten etwas mit Schutzschirmen und dergleichen anfangen.« Sie lächelte, doch Chakotays Gesichtsausdruck blieb neutral.

»Und nehmen Sie auch Tuvok. Er kennt die wissenschaftlichen Grundlagen besonders gut. Carey behauptet vielleicht, daß eine Modifikation der Schildstruktur unmöglich ist, und dann brauchen Sie Tuvok, um ihn vom Gegenteil zu überzeugen.«

»In Ordnung, Captain. Ich wünsche Ihnen viel Glück.«

Sie gingen in unterschiedliche Richtungen fort: Chakotay zum Maschinenraum, mit einem kleinen Umweg, der ihn zu Tuvoks Quartier führte; und Janeway zur Brücke. Sie hatte jetzt wieder ein Ziel, und dieser Umstand sorgte dafür, daß sich die Sturmwolken ihres Zorns immer mehr verflüchtigten.

Wie Commander Chakotay kurz darauf feststellte, bestand das erste Hindernis darin, *Tuvok* davon zu überzeugen, daß sich die Schilde modifizieren ließen. Der Vulkanier vertrat den Standpunkt, daß die Deflektoren auf keinen Fall in eine keilförmige Struktur gebracht werden konnten.

Chakotay stand in Tuvoks Quartier und bewunderte die schlichte Einrichtung. Hier gab es keine eindrucksvollen Bilder an den Wänden, und es fehlte auch anderer pseudoästhetischer Schnickschnack, der nur Platz beanspruchte. Im Vergleich zu den meisten Menschen zeichneten sich Vulkanier durch einen spartanischen Geschmack aus.

Geduldig hörte der Erste Offizier zu, doch als sich die dritte Minute eines wissenschaftlichen Vortrags dem Ende entgegenneigte, hielt er es für notwendig, den Vulkanier zu unterbrechen.

»Bitte verzeihen Sie«, sagte er höflich, »aber leider bleibt uns nicht viel Zeit, Lieutenant. Ihrer Meinung nach läßt sich eine solche Modifikation der Schilde nicht durchführen. Aber ich möchte vermeiden, daß Sie sich mit einem solchen Hinweis an Lieutenant Carey wenden.«

Tuvok runzelte die Stirn. Er stand ebenfalls, aus Respekt vor Chakotays Rang. »Vulkanier lügen nicht.«

»Aber sie können der Wahrheit auf recht kreative Weise aus dem Weg gehen.«

»Wir täuschen nichts vor.«

Mir haben Sie eine ganze Menge vorgetäuscht, als Sie zum Maquis gehörten und für Starfleet spionierten! »Das verlange ich auch nicht von Ihnen. Stellen Sie seine Geduld mit einer so detaillierten Analyse auf die Probe, daß er kapituliert, bevor Sie ihn auf die Unmöglichkeit einer Restrukturierung der Schilde hinweisen müssen.«

Sie musterten sich gegenseitig, führten ein überaus höfliches Duell. Der Commander hoffte, daß Tuvok bald Platz nahm – dann wären sie in der Lage gewesen, das Gespräch weniger förmlich fortzusetzen.

»Sie möchten, daß ich mich zu sehr in Einzelheiten verliere und pedantisch werde?«

»Ja.«

»Nun, Commander, dazu sollte ich ohne größere Probleme imstande sein.«

Chakotay verbiß sich die Bemerkung, die ihm auf der Zunge lag. Gemeinsam verließen sie das Quartier und gingen zum Maschinenraum, wo Carey an der runden Konsole saß – Torres war bereits zur Brücke beordert worden. Der Lieutenant arbeitete so konzentriert, daß er gar nicht hörte, wie die beiden Besucher hereinkamen. Chakotay räusperte sich, und daraufhin zuckte Carey zusammen.

»Nein«, sagte der Commander einige Minuten später und setzte seine Erklärungsbemühungen fort. »Ein *Keil*: zwei flache Ebenen, die sich in einem Winkel von etwa fünfundvierzig Grad treffen.«

Carey schüttelte verwirrt den Kopf. »Das ist unmöglich, Sir! Haben Sie Tuvok nicht gefragt? Er hat Ihnen bestimmt gesagt, daß sich so etwas nicht durchführen läßt.« Carey deutete auf den Vulkanier, der in keiner Weise reagierte. Nach zwei oder drei Sekunden ließ Carey die erhobene Hand sinken.

»Tuvok?« Chakotay drehte sich halb um und hoffte inständig, daß ihn der Vulkanier jetzt nicht im Stich ließ.

Tuvok blickte so auf Carey hinab, als sähe er ihn jetzt zum erstenmal. »Das Problem ist nicht annähernd so einfach beschaffen, wie Sie zu glauben scheinen, Mr. Carey.«

»Tatsächlich nicht? Man kann Schilde nicht nach Belieben verbiegen.«

»Haben Sie sich mit Admiral Anton Wilsons interessantem Werk ›Schildgeometrie als Funktion differenzierbarer Multidynamik‹ beschäftigt?« Der Vulkanier wölbte eine Braue.

Ausgezeichnet, dachte Chakotay.

»Nun, ich habe eine kurze Zusammenfassung gelesen«, erwiderte Carey. »Darin hieß es, Schilde mit einer diskontinuierlichen Funktion wie zum Beispiel einer Kurve seien unmöglich. Das stimmt doch, oder?«

»Eine Zusammenfassung kann nicht so viele Informationen enthalten wie der vollständige Artikel. Sie verlassen sich darauf, daß der Autor des Resümees selbst feinste Nuancen verstand und für wichtig genug hielt, um sie zu erwähnen. Ich empfehle Ihnen sehr, den ganzen Artikel zu lesen. Bestimmt verhilft er Ihnen zu neuen Erkenntnissen, die auch unsere gegenwärtige Situation betreffen.«

Commander Chakotay konnte ein Lächeln kaum unterdrücken. Es gelang Tuvok wirklich gut, mit vielen Worten nichts zu sagen.

Carey nickte und seine Lippen bewegten sich stumm. »Äh … danke. Ich beginne sofort mit der Lektüre. Glauben Sie wirklich, der Artikel enthält Hinweise darauf, wie man Schilde *biegt*?«

»Wenn solche Hinweise nicht in Admiral Anton Wilsons Artikel zu finden sind, so gibt es sie nirgends«, entgegnete Tuvok mit Bestimmtheit.

Chakotay überließ Carey seiner Arbeit und führte den Vulkanier rasch fort, bevor er sich dazu hinreißen ließ, eine Frage direkt – und wahrheitsgemäß – zu beantworten.

Als sie im Korridor außer Hörweite waren, blieben sie kurz stehen. »Na bitte. Es ist Ihnen doch gar nicht so schwer gefallen, oder?«

Tuvok runzelte die Stirn. »Ich kann mich des Eindrucks nicht erwehren, daß ich mit meinen Bemerkungen eine Unwahrheit zum Ausdruck brachte – obwohl ich nicht ein einziges Mal gelogen habe.«

»Angenommen, Carey findet tatsächlich eine Möglichkeit, die Schilde zu *biegen*, wie er es nennt. Dann werden Ihre Ausführungen im nachhinein wahr.«

Tuvok hob auch die andere Braue. »Ich erwarte nicht, daß sich die Gesetze der Physik ändern, um meinen Bedürfnissen gerecht zu werden.«

»Jetzt sind Sie zynisch«, erwiderte Chakotay. »Ich versuche immer, vor dem Frühstück an sechs unmögliche Dinge zu glauben, wie die Rote Königin zu Alice sagte.«

»Nehmen Sie damit Bezug auf alte Überlieferungen Ihres Volkes?«

»In gewisser Weise.« *Ja, wenn auch Lewis Carroll zu*

›meinem Volk‹ zählt, dachte Chakotay amüsiert und achtetet darauf, daß seine Miene ausdruckslos blieb.

»Vielleicht sollte ich jetzt zurückkehren und Lieutenant Carey helfen«, sagte der Vulkanier und deutete zur Tür des Maschinenraums.

»Vielleicht sollten Sie das nicht«, bestätigte Chakotay und dachte an das schlechte Gewissen des Vulkaniers – dessen Existenz Tuvok sicher bestritten hätte. Es konnte ihn veranlassen, das Täuschungsmanöver einzugestehen.

»Wie Sie meinen, Sir.«

»Ich schlage vor, Sie helfen B'Elanna und dem Captain bei der Suche nach einer Möglichkeit, die Empfangsantenne des Strahlungskollektors zu zerstören. Ich glaube, sie befinden sich auf dem Holodeck.«

Tuvok schritt fort, und Chakotay atmete erleichtert auf. Trotzdem hielt er die Finger gekreuzt – man konnte nie wissen.

Captain Janeway und Lieutenant Torres betrachteten eine holographische Darstellung der Rohre und Kabelstränge, die Kim und Paris im Innern des Monds gesehen hatten. Tuvok gesellte sich ihnen hinzu: Er trat durch einen Zugang in der Leere und schritt über die unsichtbare Plattform, auf der sie standen. Einen halben Kilometer unter ihnen erstreckte sich die gewaltige Anlage – aus dieser Entfernung war die Aufzeichnung mit dem Tricorder erfolgt.

Janeway wünschte sich von B'Elanna Auskunft darüber, was es zu zerstören galt, um das ganze kolossale Aggregat lahmzulegen. »Seien Sie der Geist in der Maschine«, forderte sie die Chefingenieurin auf und hoffte, daß Torres etwas bemerkte, das ihrer eigenen Aufmerksamkeit entging.

»Dies alles ist doch ... lächerlich, Captain! Wir wissen nicht, was es mit den vielen Kabeln und Verbindungen auf sich hat. Wir spekulieren nur!«

»Derzeit sind wir auf solche Spekulationen angewiesen.« Janeway drehte den Kopf und sah zum Vulkanier. »Hallo, Tuvok. Torres, wir brauchen eine einigermaßen klare Vorstellung davon, wo sich die kritischen Elemente befinden und wie sie beschaffen sind. Anschließend können wir in der Anlage danach Ausschau halten.«

»Nein, ausgeschlossen. Dazu bin ich nicht imstande. Es ist unmöglich.«

»Commander Chakotay versucht, vor dem Frühstück an sechs unmögliche Dinge zu glauben«, sagte Tuvok.

Janeway bedachte ihn mit einem erstaunten Blick. »Wie die Rote Königin sagte.«

»Aber ich bin nicht Alice, und wir sind hier nicht hinter den Spiegeln«, erwiderte B'Elanna scharf.

Tuvok hob eine Braue. »Ich muß mich mit der Quelle dieser Legende befassen. Es scheint sich um einen sehr mächtigen Mythos zu handeln, der sich nicht nur bei den Stämmen der amerikanischen Ureinwohner auswirkt, sondern auch bei Menschen angelsächsischer Abstammung und bei Klingonen.«

Janeway wandte sich wieder an B'Elanna und spürte, wie ihr Vorrat an Geduld allmählich zur Neige ging. »Versuchen Sie's, Lieutenant!«

»Nein, es geht einfach nicht, ich ...« Torres unterbrach sich und starrte auch weiterhin in die Tiefe. »Seltsam ...«

»Was meinen Sie?«

»Captain ... Plötzlich ergibt alles einen Sinn! Ich *fühle*, wie die Energie fließt! Sehen Sie, das Kabelbündel dort! Es fungiert als Rückkoppelungskontrolle. Von dort aus wird dem System mitgeteilt, wann ein bestimmtes Modul gefüllt ist, woraufhin die Energie umgeleitet werden muß. Und dort ...« B'Elannas Hände bewegten sich und formten seltsame Muster.

»Bei Kahless dem Unvergeßlichen«, murmelte sie.

Janeway war überrascht. *Sie verwendet sonst nie solche klingonischen Ausdrücke.* »Was haben Sie entdeckt?«

»Captain ...« B'Elanna sah Janeway aus weit aufgerissenen Augen an. »Wir können es schaffen, Captain! Wir können den Energiefluß verändern und *dadurch den Mond zerstören!*«

»Sind Sie sicher?« Janeway hielt unwillkürlich den Atem an. In letzter Zeit hatte sie zu viele Enttäuschungen hinnehmen müssen, um sich jetzt sofort zu freuen.

»Ich kann Ihnen keine rationale Erklärung anbieten – wenn Sie das meinen.« Torres leckte sich die Lippen, wie ein halb verhungerter Wolf, der ein Lamm sah. »Aber ich *spüre* es. Ich glaube, diesmal haben wir wirklich ins Schwarze getroffen.«

»Wie gehen wir vor? Erklären Sie mir den Plan. Wir sollten beide Bescheid wissen, für den Fall, daß etwas passiert.«

Torres schüttelte den Kopf. »Tut mir leid, Captain. Ich kann Ihnen keine Einzelheiten nennen. Es ist alles hier drin, irgendwo ...« Sie klopfte sich an die Stirn. »Aber es gibt keine geeigneten Worte, um es zu beschreiben. Ich ... muß es selbst erledigen.«

Janeway nickte. »Sie leiten die Einsatzgruppe. Sie werden feststellen, daß ich Anweisungen nicht nur erteilen, sondern auch entgegennehmen kann.« Sie wollte gleich damit beginnen, Vorbereitungen zu treffen, aber Tuvok berührte sie vorsichtig am Arm.

»Ich halte es nicht für eine gute Idee, daß Sie selbst an dem Einsatz teilnehmen.«

»Was soll das heißen?«

»Sie werden dringender an Bord des Schiffes gebraucht. Commander Chakotay ist ein ausgezeichneter Erster Offizier, aber er kennt die *Voyager* nicht so gut wie Sie.«

»Aber im Gegensatz zu mir ist er kein ausgebildeter Techniker.«

»Es liegt mir fern vorzuschlagen, daß Commander

Chakotay Lieutenant Torres begleitet. Sie braucht einen erstklassigen Piloten, jemanden, der ein Shuttle mit voller Geschwindigkeit durch den engen Schacht fliegen kann, ohne daß es zu einer fatalen Kollision kommt.«

Janeway sah zu B'Elanna. Die Chefingenieurin hatte den Kopf inzwischen wieder gesenkt. Fünfhundert Meter ›unter‹ ihnen ging pulsierendes Licht von der gewaltigen Anlage aus, projizierte blaues, rotes und gelbes Glühen in B'Elannas Gesicht. Doch die meiste Zeit über blieben ihre Züge in geheimnisvollen Schatten verborgen. Janeway konnte nicht feststellen, was Torres dachte.

»Ich weiß, worauf Sie hinauswollen, Mr. Tuvok. Aber ich kann Tom Paris nicht entbehren, nicht einmal für diese Mission. Ich brauche ihn, damit er *dieses* Schiff fliegt.«

»Ich dachte nicht an Mr. Paris«, entgegnete Tuvok. »Ich hatte vielmehr jenen Mann im Sinn, der sich bis vor kurzer Zeit als Gefangener auf dem Planeten der Furien befand.«

»Redbay?« Janeway und B'Elanna drehten sich um.

»Ich habe mich mit seiner Starfleet-Personaldatei befaßt. Aus den darin gespeicherten Informationen geht hervor, daß Mr. Redbay ein besserer Pilot ist als alle anderen Angehörigen unserer Crew, Mr. Paris eingeschlossen.«

»Darauf sollten Sie Paris besser nicht hinweisen.«

»Ich verstehe. Emotionale Personen mögen es nicht, wenn man ihnen mitteilt, daß andere Leute in dem von ihnen frei gewählten Beruf bessere Leistungen erbringen.«

B'Elanna öffnete und schloß den Mund wie ein Fisch. Sie brummte etwas, und Janeway verstand nur die beiden Worte ›total übergeschnappt‹. Vielleicht war es besser, daß sie nicht auch den Rest hörte.

»Geben Sie Lieutenant Redbay Bescheid«, sagte die Kommandantin und kam damit Einwänden der Chefingenieurin zuvor. »Besorgen Sie sich alle notwendigen Ausrüstungsgegenstände, Torres. Um vier Uhr dreißig Bordzeit erwarte ich Sie im Shuttlehangar.«

Als Tuvok und B'Elanna gegangen waren, blickte Janeway noch einmal zu dem Aggregat hinab und rief sich ins Gedächtnis zurück, was sie über die Anlagen im Innern des Mondes wußten. Vergeblich hielt sie nach etwas Ausschau, das eine Rückkoppelungskontrolle sein konnte, und nach einigen Sekunden gelangte sie zu folgendem Schluß: Entweder mangelte es ihr an Intuition, oder B'Elanna war doch die bessere Technikerin.

Neelix zögerte vor dem Zugang zur Krankenstation, trat vom einen Bein aufs andere und fragte sich, mit welchen Worten er Kes das sagen sollte, was er ihr mitteilen mußte – ohne sie zu beleidigen oder die Ocampa sogar zu veranlassen, *ihre Beziehung zu überdenken*.

Er zog an seiner Weste, strich das Haar zurück, atmete zweimal tief durch und setzte sich entschlossen in Bewegung.

Die Tür glitt beiseite, und Neelix trat mit langen Schritten in die Krankenstation – um dort gegen den Arzt zu prallen. Sie verloren beide das Gleichgewicht und fielen zu Boden.

»Für ein Hologramm sind Sie erstaunlich fest«, klagte der Talaxianer.

Der liegende Doktor entmaterialisierte und erschien stehend. »Ich verwende eine feste Struktur für die Interaktionen mit Patienten und Geräten. Was haben Sie denn erwartet, etwa einen Geist? Nun, mit welchen Problemen kommen Sie, abgesehen von Kurzsichtigkeit?«

»Wie bitte?«

»Wo tut's weh?«

»Oh, mir fehlt nichts. Ich wollte nur mit Kes reden.« Neelix stand auf. Das heißt: Er versuchte aufzustehen. Doch plötzlich wich die Farbe aus seinem Gesicht, und mit einem schmerzerfüllten Ächzen sank er auf den Boden zurück, hielt sich dabei das Knie.

Der holographische Arzt beobachtete ihn. »Es freut mich sehr, daß Ihnen nichts weh tut.«

»Helfen Sie mir, um Himmels willen!«

Der Doktor rollte mit den Augen, ging in die Hocke und richtete einen medizinischen Scanner auf Neelix' Bein. Wie sich herausstellte, hatte er sich beim Sturz die Kniescheibe gebrochen. Der Holo-Arzt hielt ein spezielles Behandlungsgerät über die Fraktur, und Neelix spürte ein sanftes Prickeln, als der Knochen wieder zusammenwuchs. Der Schmerz ließ rasch nach, und schließlich blieb nur noch eine gewisse Steifheit.

Kes kam herein und eilte sofort herbei. »Neelix! Ist dir irgend etwas zugestoßen? Wie geht es dir? Wie geht es ihm, Doktor?«

»Es fällt ihm schwer, große Objekte zu erkennen, die sich direkt vor ihm befinden. Abgesehen davon ist alles in Ordnung mit ihm. Haben Sie die Artikel aus dem *Journal des medizinischen Verbands der Föderation* analysiert?«

»Ja. Und die Informationen stimmen mit denen der entsprechenden Zusammenfassungen überein. Neelix, komm, leg dich hin – du solltest mehr Rücksicht auf das verletzte Bein nehmen. Wie fühlst du dich?«

Kes machte ein solches Theater, daß Neelix errötete. Wie sollte er ihr unter solchen Umständen sagen, daß ihre sonst so bewundernswerte Anteilnahme in diesem besonderen Fall fehl am Platz war?

Wie sollte er seiner Liebsten in die Augen sehen und sie darauf hinweisen, daß Janeway recht hatte und nicht Kes, daß sie den Mond zerstören mußten, auch wenn es den Tod für siebenundzwanzig Milliarden Lebensformen bedeutete?

Und wenn er es ihr schließlich sagte ... Würde Kes je wieder mit ihm reden?

18

Commander Chakotay und Lieutenant Carey standen in einem kleinen experimentellen Laboratorium unweit der biotechnischen Kontrollen des Maschinenraums. Dieses Zimmer gehörte gewissermaßen zu Careys Privatsphäre – normalerweise hatte hier außer ihm niemand Zutritt.

»Ich fasse es einfach nicht«, brachte der Lieutenant hervor. »Es läßt sich tatsächlich bewerkstelligen – obwohl es eigentlich unmöglich sein sollte!«

Chakotay erlaubte sich ein Lächeln, das Carey nicht sehen konnte. »Es ist also möglich?«

»Nein. Ich meine, ja. Was für eine absurde Angelegenheit ... Welcher *Idiot* ist für die Zusammenfassung des Artikels verantwortlich? Hier, sehen Sie sich die Wellenfunktion für den Schild-Soliton an.«

Carey rieb sich die Stirn, als eine überaus komplexe Gleichung auf dem Bildschirm erschien. Chakotay betrachtete sie. Einige Ausdrücke erkannte er: Variablen für Schilde und Traktorstrahlen. Damit hatte er sich beim technischen Kursus an der Starfleet-Akademie beschäftigt. Aber außerdem wies die Gleichung sechs andere Elemente auf, die er noch nie zuvor gesehen hatte.

Vermutlich spielen sie bei normaler Schildgeometrie keine Rolle, dachte er. *Und deshalb weist man an der Akademie überhaupt nicht darauf hin.* Darin bestand ein Problem der Akademie-Ausbildung: Man achtete dabei vor allem auf den praktischen Aspekt. Wenn Starfleet glaubte, daß ein für die Kommandolaufbahn bestimmter Kadett nicht unbedingt über die Einzelheiten eines bestimmten technischen Systems Bescheid wissen mußte, so setzte man diese Dinge einfach nicht auf den Lehrplan. Schlimmer noch: Man verzichtete darauf, die Kadetten auf die *Existenz* einer solchen Sache hinzuweisen. Das Ergebnis bestand aus Starfleet-Offizieren, deren Wissen über möglicherweise kritische Systeme Lücken hatte. Offenbar galt das auch für die Impuls-Soliton-Wellenfunktion.

»Hier ist der Punkt, auf den es ankommt«, sagte Carey und deutete dabei auf eine Stelle der Gleichung. In seiner Stimme vibrierte so etwas wie Ehrfurcht. »Beim Standardmodell gehen wir immer davon aus, daß der Gammawert von *s* und *t* eine kontinuierliche Funktion sein muß. Aber Professor Wilson glaubte, daß es dafür weder eine theoretische noch eine praktische Notwendigkeit gibt.«

»Und wenn der Gammawert diskontinuierlich wird ...« Chakotay zeigte ebenfalls auf die Gleichung, obwohl er eigentlich gar nicht wußte, wonach er fragte.

Carey überlegte einige Sekunden lang und tastete dann mit dem Zeigefinger über den Schirm. Dadurch schien es ihm leichter zu fallen, die Bedeutung der einzelnen Gleichungssegmente miteinander in Verbindung zu bringen.

»Nun, entweder verändern die Schilde tatsächlich ihre Struktur, oder ...«

»Oder?«

»Oder das Schiff platzt wie ein Ei im Windkanal.«

»Oh.« Chakotay fragte sich plötzlich, ob es wirklich eine gute Idee gewesen war, Carey auf diese Sache anzusetzen und ihn davon zu überzeugen, daß sich etwas Unmögliches doch durchführen ließ. Nun, besondere Umstände erforderten besondere Maßnahmen.

»Ich *glaube* nicht, daß die *Voyager* zerstört wird. Es erscheint mir wahrscheinlicher, daß die Schilde ihre Form verändern. Das ist die niederenergetischste Konsequenz, wenn wir für den Gammawert eine Liniendiskontinuität direkt vor dem Schiff zulassen.«

»Den Geistern sei Dank für niederenergetische Konsequenzen.« Chakotay verstand nur jedes dritte oder vierte Wort, das aus Careys Mund kam, doch davon wollte er sich nichts anmerken lassen.

Der Techniker wandte sich an den Commander und musterte ihn mit neuem Respekt. »Wenn beim Maquis so etwas an der Tagesordnung ist, wundert es mich, daß Sie noch nicht die ganze Föderation übernommen haben. Bitte richten Sie Tuvok aus, daß er recht hatte. Die Restrukturierung der Schilde ist tatsächlich möglich, wenn wir das ›Kontinuitätsvorurteil‹ vergessen.«

»Oh, ich werde Tuvok ganz bestimmt darauf hinweisen«, erwiderte Chakotay mit einem hintergründigen Lächeln. »Wie lange dauert es, um einen Schildkeil zu formen?«

»Soll ich mit der Modifikation beginnen?« erkundigte sich Carey.

Der Erste Offizier dachte kurz nach. Ihnen blieb nichts anderes übrig, und er wußte, daß auch Janeway dieser Meinung war. Er hob die Hand zur Stirn, hinter der sich ein schmerzhaftes Pochen bemerkbar machte. Aber es blieb nicht genug Zeit, um den Doktor aufzusuchen.

Er nickte. »Ja, Mr. Carey. Nehmen Sie die Modifikation vor. Läßt sich die dafür notwendige Zeit abschätzen?«

»Einen Augenblick.« Carey betätigte einige Tasten. Sein Verhalten erinnerte Chakotay daran, daß manche Techniker eine Tastatur dem verbalen Computerinterface vorzogen, aus welchem Grund auch immer. »So, das wär's.«

»Wie lange dauert es?«

»Was?«

»Die Restrukturierung der Schilde«, erwiderte Chakotay ein wenig zu scharf.

»Sie ist bereits durchgeführt.«

Chakotay spürte, wie es ihm kalt über den Rücken lief. »Sie meinen … Das Schiff hätte gerade auseinanderplatzen können, ohne jede Vorwarnung?«

Carey blinzelte verwirrt. »Es ist doch gar nichts passiert.«

Ein flaues Gefühl breitete sich in Chakotays Magengrube aus, und ein jäher Adrenalinschub befreite ihn von den pochenden Kopfschmerzen. Er nickte knapp. »Gute Arbeit, Lieutenant.«

»Danke, Sir. Die Schildgeometrie ist jetzt modifiziert. Ich werde einen entsprechenden Kontrollmechanismus für die Konsole des Captains vorbereiten.«

»Statten Sie besser meine damit aus. Captain Janeway dürfte mit anderen Dingen beschäftigt sein, wenn's hart auf hart geht.« Chakotay verließ das kleine Laboratorium und kehrte zu seinem Quartier zurück. Dort stellte er fest, daß er plötzlich am ganzen Leib bebte.

Lieutenant B'Elanna Torres legte einen Werkzeuggürtel an und vergewisserte sich, daß die sechzehn Taschen alle Dinge enthielten, die sich im Innern des Mondes als nützlich erweisen mochten. Ganz gleich, was sie auch mitnahm: Wenn sie erst einmal mit der Arbeit begonnen hatte, stellte sie bestimmt nach spätestens zehn Minuten fest, daß irgendein wichtiges Instrument fehlte.

Die Klingonin in ihr sträubte sich gegen das Gebot der Höflichkeit, doch B'Elanna besann sich auf ihre menschliche Hälfte und murmelte ein »Guten Morgen, Mr. Redbay«, als der Pilot an Bord kam. Seine Ausrüstung bestand aus einem Phaser. *Warum der Strahler?* fragte sich Torres. Der Mann erwiderte den Gruß nicht, zuckte einfach nur mit den Schultern. *Vielleicht hat er die Waffe mitgenommen, weil er mir nicht traut,* dachte B'Elanna.

Die Taschen ihres Gürtels enthielten: Spulen mit Glasfaserkabeln, Kunststoff-Kletterseile, Zangen, verschiedene Schraubenschlüssel und Schraubenzieher, drei speziell programmierte Tricorder, dazu bestimmt, unterschiedliche Arten von elektronischen Impulsen aufzuzeichnen ... und so weiter. Waffen glänzten durch Abwesenheit.

Ohne ein weiteres Wort nahm sie an der Kopilotenkonsole des Shuttles Platz und schnallte sich demonstrativ an. Es war als Provokation gedacht, doch Redbay reagierte darauf, indem er ihrem Beispiel folgte.

Captain Janeway stand in der offenen Luke des Shuttles und trat zurück, damit sich das Schott schließen konnte. Redbay aktivierte die Systeme und forderte B'Elanna mit einer knappen Bemerkung auf, das energetische Niveau in einem Triebwerksmodul zu stabilisieren. Janeway verließ den Hangar und betrat die daran angrenzende Beobachtungskammer, als der Pilot die Checkliste durchging. Dann startete er und steuerte das Shuttle hinaus in die Schwärze. Kaum befand es sich im All, betätigte Redbay eine Schaltfläche und sagte: »Schilde hoch.«

Torres saß still und unbewegt. Etwas in ihr wollte den Piloten auch weiterhin verabscheuen, aber ein anderer Teil ihres Selbst begann damit, sein Geschick zu bewundern. Redbay flog direkt zur Sonne, drehte dann ab und lenkte das Shuttle am peripheren Bereich der Korona entlang, wobei er darauf achtete, daß die Temperatur der Außenhülle nicht zu sehr stieg. So nahe der Sonne war eine Kommunikation mit der *Voyager* unmöglich, aber gleichzeitig blieben sie vor einer Ortung durch die Furien geschützt.

Ein gute Taktik, fand B'Elanna.

Genau im richtigen Moment und fast instinktiv riß Redbay das kleine Raumschiff zur Seite, nahm Kurs auf den Mond und aktivierte das Warptriebwerk. Direkt von der Sonne zu kommen ... Es gab ihnen den Vorteil, daß der Gegner sie vielleicht erst entdeckte, wenn sie den Trabanten des Planeten erreichten.

Torres blickte auf den Bildschirm, der das All hinter ihnen zeigte. Die *Voyager* folgte dem Shuttle mit exakt dem gleichen Kurs. Falls den Furien eine Ortung gelang, mußte für sie der Eindruck entstehen, daß sich nur ein Schiff im Anflug befand.

Mit Warp vier brauchte das Shuttle fünf Sekunden, um von der Sonne bis zum Mond zu gelangen. Redbay deaktivierte das Warptriebwerk und wartete, bis sie hinter den Mond gedriftet waren, bevor er das Impulstriebwerk einschaltete. B'Elanna nahm unterdessen eine Sondierung mit den passiven Sensoren vor. Als die Entfernung auf etwa zweihunderttausend Kilometer schrumpfte, deuteten die von den Sensoren ermittelten Daten darauf hin, daß die Alarmsysteme des Mondes reagierten und den Planeten benachrichtigten.

Zwölf Furienschiffe starteten – was die *Voyager* zum Anlaß nahm, aktiv zu werden. Der Gegner sollte *sie* für die Ursache des Alarms halten.

Jetzt wird's interessant, dachte B'Elanna. Aufregung prickelte in ihr.

Redbay lenkte das Shuttle in einer weiten Kurve nach rechts, und das Summen der Trägheitsabsorber wurde lauter, als sie sich bemühten, mit den Andruckkräften fertig zu werden. Torres fühlte sich nach unten gepreßt, tiefer in den Sitz hinein, als die Belastungen immer mehr zunahmen. Sie spannte die Muskeln und ›pumpte‹ mit ihnen, um das Blut in den oberen Teil des Körpers zurückzuzwingen, in Richtung Gehirn – gerade jetzt durfte sie auf keinen Fall das Bewußtsein verlieren.

Zwei Furienschiffe blieben beim Shuttle. Die anderen folgten der *Voyager* in die entgegengesetzte Richtung. Der Gegner trachtete danach, den Zielerfassungsfokus auf das kleine Schiff zu richten, was B'Elanna mit Subraum-Störsignalen zu verhindern versuchte.

Janeway saß stumm im Kommandosessel. Es gab nichts zu sagen. Tom Paris wußte, worauf es ankam, was auch für Tuvok und Kim galt: Sie mußten nicht extra darauf hingewiesen werden, wie man die Kontrollen für Schilde und Waffen bediente. Die Kommandantin beobachtete den Verlauf des Kampfes, achtete dabei nicht nur auf die Furienschiffe und den Einsatz von Waffen und Schilden, sondern auch auf das Verhalten der Crew, jener sonderbaren Mischung aus Maquis und Starfleet. Commander Chakotay eilte zwischen den einzelnen Angehörigen der Brückencrew hin und her, kümmerte sich dabei insbesondere um Dalby, Jarron, Chell und Henley. Jeder nahm seinen oder ihren Platz ein, bereit dazu, eine andere Station zu übernehmen, falls jemand ausfallen sollte und ersetzt werden mußte.

Immer wieder neigte sich die *Voyager* von einer Seite zur anderen. Paris bewies eine Art sechsten Sinn: Er schien zu ahnen, was die Furien planten, kam ihnen ständig mit Ausweichmanövern zuvor. Strahlblitze zuckten durchs All, aber sie verfehlten das Starfleet-Schiff; gelegentlich feuerte der Gegner sogar auf die eigenen Schiffe.

Die Trägheitsabsorber der *Voyager* fielen glücklicherweise nicht aus, obwohl sie manchmal um den Bruchteil einer Sekunde zu spät reagierten. Dann wurden die Besatzungsmitglieder nach links und rechts gerissen, manchmal auch nach vorn gezerrt oder in die Sitze gepreßt.

Nach einer Weile fühlte sich Janeway von einem sonderbaren Schwindel erfaßt, und Übelkeit quoll in ihr empor. Paris ließ die *Voyager* erneut seitlich abkippen, um den Disruptorstrahlen zu entgehen. Den Angstprojektor hatten die Furien bisher noch nicht eingesetzt. Oder vielleicht doch?

»Fähnrich Kim, können Sie alle Waffen identifizieren, die bisher zum Einsatz gelangten?« fragte Janeway beunruhigt.

Kim wirkte sehr blaß, und kalter Schweiß glänzte auf seiner Stirn. Er blickte auf die Displays seiner Konsole und schüttelte den Kopf. »Negativ, Captain. Der Gegner verfügt über Disruptoren, Fusionsbomben und ... eine Art Strahl, den ich nicht kenne, der jedoch ausgeprägte Subraum-Fluktuationen bewirkt.«

»Hat uns jener Strahl getroffen?«

»Eine Entladung hat ... uns gestreift. Restenergie wirkte sich bei den neuralen Schaltern auf ... Deck dreizehn aus.«

»Schadensmeldungen?«

»Nein, Sir. Keine einzige.«

»Hat sich überhaupt niemand von Deck dreizehn gemeldet?«

Kim schüttelte erneut den Kopf.

»Verdammt. Ich fürchte, dort unten haben einige Personen das Furien-Entsetzen in seinem ganzen Ausmaß kennengelernt.« Janeway schloß kurz die Augen und kämpfte gegen eine Flutwelle aus Schuldgefühlen an. »Computer, aktiviere das medizinische Holo-Notprogramm.«

»Bitte nennen Sie die Art des me ...«

»Deck dreizehn, bei den neuralen Schaltern. Schicken Sie Krankenpfleger und Sicherheitswächter, Doktor. Teilen Sie ihnen mit, sie sollen auf einen besonders schlimmen Fall von Panik vorbereitet sein.«

»Ich verstehe, Captain.« Die Stimme des holographischen Arztes klang traurig. *Kann ein Hologramm wirklich traurig sein?* fragte sich Janeway. »Krankenpfleger und Sicherheitswächter sind unterwegs«, fügte der Doktor hinzu.

»Chakotay, wie steht's mit unserem Schildkeil?« fragte Janeway.

Der Erste Offizier blickte auf eine neue Anzeige seiner Konsole, sah dann zu Janeway und hob die Hand – seine Finger waren gekreuzt.

»Ist das Shuttle unbemerkt geblieben?« fragte die Kommandantin.

»Negativ, Captain«, antwortete Tuvok, der so ruhig und gelassen wirkte wie immer. »Zwei Furienschiffe verfolgen es zum Mond. Das Shuttle fliegt Ausweichmanöver, ohne das Feuer zu erwidern.«

»Redbay und Torres wollen nicht noch mehr Aufmerksamkeit erregen«, murmelte Paris.

Janeway wandte sich an ein Mitglied der Brückencrew. »Mr. Dalby, bitte beschaffen Sie uns ein Mittel gegen Übelkeit vom Replikator.«

»Aye, Sir.« Dalby tastete sich an der Wand entlang und hielt sich immer wieder fest, um nicht durch den Kontrollraum zu taumeln, wenn sich die *Voyager* erneut zur Seite neigte.

»Hat das einen Sinn, Sir?« fragte Chell. »Beim letztenmal haben uns solche Arzneien kaum etwas genützt.« Janeway glaubte, daß seine blaue Haut jetzt auch einen grünlichen Ton aufwies – vermutlich das Äquivalent von Blässe bei Bolianern.

»Sie sind selbst dann sinnvoll, wenn sie uns auch nur ein wenig helfen, Mr. Chell«, sagte Tuvok und blickte dabei auch weiterhin auf die Anzeigen der Sensoren.

Captain Janeway atmete tief durch und hielt den richtigen Zeitpunkt für gekommen. »Erwidern Sie das Feuer, Fähnrich Kim. Geben wir den Furien etwas, das eine Zeitlang ihre Aufmerksamkeit beansprucht.«

Die *Voyager* wich dem Kampf jetzt nicht mehr aus, sondern nahm aktiv daran teil und feuerte die ersten Salven in einem weiteren Sonnensystem des Delta-Quadranten ab. *Wenn es so weitergeht, ist die Föderation in diesem Quadranten bald ebenso beliebt wie die Borg in unserem,* überlegte Janeway kummervoll.

19

Los geht's, dachte Janeway und gab den Befehl, die *Voyager* solle nach ›unten‹ tauchen. – Solche Manöver stifteten bei jüngeren raumfahrenden Völkern oft Verwirrung – und das galt auch für einen Gegner, der über Jahrhunderte oder gar Jahrtausende hinweg keinen Kampf im All geführt hatte.

Zwischen den Furien und anderen Bewohnern des Delta-Quadranten gab es keine Konflikte. Ihnen lag nichts daran, ihren hiesigen Einflußbereich auszudehnen – sie wollten zurück in ihr Paradies. Alle Gefechte hatten dort stattgefunden, im Alpha-Quadranten, und keine einzige Furie war lebend zurückgekehrt.

Die besten Kämpfer dieser Wesen hatten siebzigtausend Lichtjahre entfernt ihr Leben gelassen. Den hier zurückgebliebenen Streitkräften mangelte es an Erfahrung, sofern es um Gefechte in drei Dimensionen ging. Wenn Paris Ausweichmanöver einleitete, reagierten die Verfolger häufig nur innerhalb der aktuellen Flugebene, ohne ›oben‹ und ›unten‹ zu berücksichtigen. Und wenn sie das Feuer eröffneten, brachten sie gelegentlich ihre eigenen Schiffe in Gefahr.

Janeway erteilte nur dann Befehle, wenn sie das für erforderlich hielt. Die meiste Zeit über verließ sie sich auf die Eigeninitiative der Offiziere.

Die Furien lernten schnell. Schon nach wenigen Minuten formierten sie sich zu einer koordinierten Einheit und führten die Anweisungen des Flaggschiffs aus.

»Drehen Sie ab, Mr. Paris«, sagte Janeway. »Mal sehen, ob sie sich an unsere Fersen heften.«

Die *Voyager* feuerte noch einmal ihre Bugphaser ab. Strahlbündel rasten durchs All und trafen die nicht von Schilden geschützten fremden Schiffe. Doch die superdichten, einen Meter durchmessenden Außenhüllen absorbierten die destruktive Energie, ohne daß es zu Schäden kam.

Paris kam der Aufforderung widerstrebend nach, drehte die *Voyager* und beschleunigte mit voller Impulskraft.

»Captain«, ließ sich Tuvok vernehmen, »die Schiffe der Furien können noch wesentlich mehr Energie aufnehmen, bevor die Außenhülle platzt.«

»Die Sensoren registrieren starke Interraum-Fluktuationen!« rief Fähnrich Kim. »Die Furien bereiten ihren Angstprojektor zum Einsatz vor!« Er war so besorgt, daß er seine Übelkeit vergaß.

»Schildkeil wird nach hinten gedreht«, meldete Chakotay. Er hätte auf diesen Hinweis verzichten können, denn eine solche Maßnahme war selbstverständlich. Aber seine gelassene Stimme beruhigte Kim und die anderen jungen Mitglieder der Brückencrew.

Janeways Blick glitt durch den Kontrollraum.

»Kim, ich habe Ihnen Kopilotenstatus gegeben«, sagte Paris. »Setzen Sie die Sondierungen fort und halten Sie sich für Ausweichmanöver bereit.«

»Aber …«

»Ich bediene die Kontrollen auch weiterhin, keine Sorge. Und ich übernehme alle Ihre Kursänderungen.«

»Das energetische Niveau in den Warptriebwerken der Furien steigt«, berichtete Tuvok.

»Beschleunigung auf Warp sechs«, sagte Janeway. »Paris, lassen Sie sich nicht überholen. Bleiben Sie vor den Furien und sorgen Sie dafür, daß wir etwas schneller sind als die Verfolger.«

»Aye, aye, Captain.«

»Warp sechs … Berichtigung, Warp acht«, sagte Paris. »Neun Komma eins. Neun Koma drei … Die Brüder sind verdammt schnell!«

»Was ist mit ...«

»Und sie schließen weiter zu uns auf! Mist, ich kann nicht auf neun Komma neun beschleunigen. Irgend etwas hindert uns daran, die Höchstgeschwindigkeit zu erreichen!«

Die Kommandantin klopfte auf ihren Insignienkommunikator. »Janeway an Maschinenraum. Was ist los, Carey? Wir brauchen volles Triebwerkspotential!«

Statisches Rauschen und Knistern untermalte die aus dem kleinen Kom-Lautsprecher dringende Stimme. »Es liegt nicht am Triebwerk, sondern am Schildkeil. Er wirkt wie die Bremsklappe eines Flugzeugs.«

»Können Sie die Sache in Ordnung bringen?«

»Es wäre möglich, die normale Schildgeometrie wiederherzustellen. Sie haben die Wahl: entweder Warp neun Komma neun oder ein Schildkeil. Beides ist ausgeschlossen.« Carey klang verzweifelt.

Janeway blickte auf den Schirm, der die Verfolger zeigte.

»Unsere Geschwindigkeit bleibt bei Warp neun Komma sechs sechs sechs konstant!« rief Paris, ohne sich umzudrehen. »Die Furien sind etwas schneller: Warp neun Komma sechs sechs sechs drei. Sie holen ganz langsam zu uns auf, Captain.«

»Fähnrich Kim«, sagte Janeway laut, um die murmelnden Stimmen zu übertönen, »schleusen Sie mehrere Photonentorpedos aus, einen nach dem anderen, auf Annäherungszündung programmiert.«

»Minen«, brummte Chakotay.

»Vielleicht werden die Furien dadurch etwas vorsichtiger«, erklärte Janeway.

Kim nickte und war noch immer blaß, obwohl er ein Mittel gegen die Übelkeit eingenommen hatte. »Photonentorpedos werden ausgeschleust. Eins ... zwei ... drei.«

»Der Abstand zu den Furienschiffen wächst!« rief Tom Paris.

»Sie haben festgestellt, daß wir ihnen nicht davonlaufen können«, sagte Janeway. »Jetzt geben sie sich damit zufrieden, uns zu vertreiben.« Sie lächelte. Genau dies hatte sie sich erhofft. »Sind noch immer alle Schiffe hinter uns, abgesehen von den beiden, die Torres und Redbay gefolgt sind?«

»Ja, Captain«, sagte Kim. Eine kurze Pause, und dann: »Das heißt ... Berichtigung. Ich zähle nur neun Furienschiffe!«

»Haben wir eins zerstört?« fragte Commander Chakotay.

»Negativ«, antwortete Tuvok. »In unserer Flugbahn gibt es nirgends Trümmer.« Er sah von seiner Konsole auf, und Besorgnis zeigte sich in seinem sonst so ausdruckslosen Gesicht. »Captain, ein Schiff ist in Richtung Sonnensystem zurückgekehrt. Die dortigen Ionenspuren könnten es zum Mond führen.«

»Außerdem wäre ein Kom-Kontakt mit den beiden anderen Raumern denkbar. Paris, wir müssen umkehren und uns dem Kampf stellen. Es ist nötig, um die Furien vom Mond abzulenken.«

»Aye, Captain«, bestätigte der Pilot und lächelte. *Jetzt erwacht der alte Seewolf in ihm,* dachte Janeway. Das Gefühl war ihr vertraut – auch sie selbst sehnte den Kampf herbei.

Die Furien durften keine Gelegenheit erhalten, das Shuttle anzugreifen.

»Mr. Kim, seien Sie bereit, den Emissionen des Angstprojektors auszuweichen. Mr. Paris, unterbrechen Sie den Warptransfer und gehen Sie mit Impulskraft auf Gefechtsgeschwindigkeit – *jetzt*.«

Die *Voyager* kam praktisch zum Stillstand, und Chakotay verschob den Schildkeil zum Bug. Die Furien rasten mit Warpgeschwindigkeit an ihnen vorbei, kehrten dann in einer weiten Schleife zurück und unterbrachen den Warptransit unweit des Starfleet-Schiffes.

»Na schön«, sagte Janeway. »Zeigen wir ihnen, wozu die *Voyager* imstande ist.«

Das Schiff sprang plötzlich nach links und bescherte den Besatzungsmitgliedern neue Übelkeit. Kim schnitt eine grimmige Miene – nur er war auf dieses Manöver vorbereitet gewesen, hatte es selbst durchgeführt. Er hielt sich an der Konsole fest, blickte auf die Displays der Sensoren und hielt nach Anzeichen für den Einsatz des Angstprojektors Ausschau. »Achtung!« warnte er und leitete weitere Ausweichmanöver ein.

Lieutenant Redbay flog das Shuttle dicht über der Oberfläche des Mondes, dicht vorbei an aufragenden Installationen. B'Elanna Torres räusperte sich voller Unbehagen. »Lieutenant, der von Kim und Paris entdeckt Schacht befindet sich …«

»Ich weiß«, sagte Redbay leise, setzte den Flug jedoch in der falschen Richtung fort.

Nach einer Weile begriff B'Elanna, daß er nicht beabsichtigte, auch nur in die Nähe des Schachtes zu gelangen, solange die beiden Furienschiffe das Shuttle verfolgten. Eine Sekunde später gab sie sich einen geistigen Tritt, als sie den Grund erkannte: Der Pilot wollte nicht mit zwei feindlichen Schiffen im Nacken durch einen langen, geraden Schacht fliegen.

Ich schätze, deshalb bin ich Technikerin geworden und arbeite nicht in der Sicherheitsabteilung, dachte B'Elanna.

Die Furien näherten sich bis auf Phaserreichweite, und dadurch bekam Torres zu tun: Sie bemühte sich um den einen oder anderen Treffer, während Redbay immer wieder Manöver flog, die eigentlich unmöglich sein sollten. B'Elanna *glaubte,* eins der beiden Schiffe gleich zweimal getroffen zu haben, aber es platzte nicht auseinander, obwohl es keine Schilde hatte. Es ließen sich nicht einmal Beschädigungen feststellen. *Vermutlich habe ich das Ziel verfehlt,* fuhr es ihr durch den Sinn. *Großartig. Jetzt kann ich nicht einmal mehr schießen.*

Sie beugte sich zu den Phaserkontrollen vor und konzentrierte sich ganz darauf, das Ziel zu erfassen, benutzte dabei ihr räumliches Vorstellungsvermögen und klingonisches Zen. Schließlich *sah* sie, wie ein Furienschiff von einem Phaserblitz getroffen wurde – aber es setzte den Flug fort!

Den Furien fehlten Transporter und Schilde, doch ihre Raumer konnten eine Menge aushalten. B'Elanna erinnerte sich an Tuvoks Bericht von einem so dichten Hüllenmaterial, daß Phaserstrahlen es nicht durchdringen konnten. Bisher hatte sie so etwas kaum für möglich gehalten.

Aber selbst wenn die Furien in der Lage waren, eine solche Substanz herzustellen und damit ihre Raumschiffe zu schützen: Die elementaren Gesetze der Physik konnten sie nicht ändern. Ein superdichtes Material mußte auch supermassiv sein.

Und darunter litt die Manövrierfähigkeit, denn Masse führt zu *Trägheit*, wenn man sie bewegt.

»Fliegen Sie enge Kurven, Redbay«, sagte B'Elanna. »Je enger, desto besser. Die Schiffe der Furien haben bestimmt eine wesentlich größere Masse und sind daher nicht so manövrierfähig wie wir.«

Redbay kam der Aufforderung nach, und Torres spürte, wie sich erneut ein schweres Gewicht auf sie herabsenkte, ihr die Luft aus den Lungen preßte. Unter diesen besonderen Umständen war sie dankbar für ihre klingonische Hälfte, die es ihr erlaubte, solchen Belastungen standzuhalten.

Es blieb ihr ein Rätsel, wie Redbay dem enormen Andruck standhielt. Er schien völlig unbeeindruckt zu sein. Die Knochen unter der fast transparenten Haut wirkten dünn und zerbrechlich, aber sie überstanden alles, ohne zu splittern.

Redbay riß das Shuttle von einer Seite zur anderen, steuerte es in halsbrecherischem Tempo an hohen Türmen vorbei, die wahrscheinlich dazu dienten, Kom-Verbindungen zu anderen Regionen des Mondes zu schaffen. Er flog *unter* einigen brückenartigen Konstruktionen hinweg – ein Manöver, das B'Elanna veranlaßte, unwillkürlich den Atem anzuhalten. Vor ihnen erschien ein Block aus dem superdichten Material, und das Shuttle raste direkt darauf zu. Redbay wich im letzten Augenblick aus, und Torres stellte fest, daß sie beide Hände krampfhaft fest um die Armlehnen geschlossen hatte. Sie wünschte sich einen Gefechtsharnisch, der verhinderte, daß man bei einem Ausfall der Trägheitsabsorber aus dem Sessel geschleudert wurde.

Es fiel den Furien schwer, ihnen zu folgen. B'Elanna hatte recht: Aufgrund ihrer großen Masse waren die Schiffe der Verfolger nicht annähernd so manövrierfähig wie das wesentlich leichtere Shuttle. Einer der beiden Raumer versuchte, ebenfalls unter den ›Brücken‹ hindurchzufliegen, doch er konnte den Sturzflug nicht rechtzeitig beenden. Er prallte auf die Oberfläche, pflügte eine sechs Kilometer lange Furche und löste sich dabei durch die Reibungshitze immer mehr auf.

Doch das zweite Schiff ließ nicht locker. Sein Pilot mußte inzwischen halbtot sein, vermutete B'Elanna Torres. Auf dem Furienplaneten herrschte eine etwas geringere Schwerkraft als auf der Erde, was bedeutete: Die Besatzungsmitglieder des Furienschiffes litten unter dem Andruck noch mehr – und vielleicht funktionierten ihre Trägheitsabsorber weniger gut als die des Shuttles.

Trotzdem gab der Verfolger nicht auf.

Und er setzte eine neue Waffe ein, bei der es sich weder um einen Disruptor noch um Torpedos handelte. B'Elanna beobachtete eine graphische Darstellung des Strahls – die Furien versuchten, das ganze Shuttle damit zu erfassen. Aus einem Reflex heraus erwiderte B'Elanna das Feuer, während ihre Gedanken allein der Frage galten, wie es sich anfühlen mochte, von den Emissionen des Angstprojektors erfaßt zu werden.

Unterdessen entdeckte Redbay ein neues Nadelöhr.

B'Elanna sah, wie sie sich einem Gebäude und einem Turm näherten. Zuerst erweckten sie den Eindruck, miteinander verbunden zu sein, doch dann entdeckte Torres eine winzige Lücke. Genau darauf hielt Redbay zu.

B'Elanna schloß ihre Hände um die Kanten der Konsole und bleckte die Zähne – obwohl sie natürlich wußte, daß sie auf diese Weise nichts gegen eine eventuelle Fehleinschätzung des Piloten ausrichten konnte. Die Lücke erschien ihr viel zu klein für das Shuttle ...

»Lieutenant ...«, brachte Torres hervor.

Redbay achtete nicht auf sie und nahm keine Kursänderung vor, beschleunigte statt dessen mit voller Impulskraft.

B'Elanna zwang sich, die Augen offenzuhalten. Was auch immer jetzt geschah: Sie wollte sich ihrem Schicksal auf klingonische Art stellen, tapfer und unerschrocken.

Der entscheidende Augenblick kam.

Und verstrich. Das Shuttle neigte sich zur Seite und raste durch die Öffnung – auf beiden Seiten blieb nur jeweils ein halber Meter Platz.

Das Furienschiff konnte ihnen unmöglich folgen! Diese jähe Erkenntnis erfüllte B'Elanna mit wilder Freude. Der Raumer war zu breit, um die Lücke zwischen Gebäude und Turm zu passieren.

Und dem Piloten des Schiffes blieb nicht mehr genug Zeit, um den Hindernissen auszuweichen. Er hatte nur noch Gelegenheit, ein letztes Mal zu feuern.

Der Strahl des Angstprojektors traf den Heckbereich des Shuttles, und die Schilde waren nicht dafür bestimmt, diese Art von Energie zu absorbieren.

Eine Sekunde lang wurden Redbay und B'Elanna Torres von den Emissionen erfaßt. Dann prallte der Furienraumer gegen das Gebäude und explodierte.

Unter gewissen Umständen kann eine Sekunde so lang sein wie eine Ewigkeit.

20

Die schreckliche Gewißheit, gleich in Tränen auszubrechen, gab B'Elanna Torres den ersten Hinweis darauf, daß etwas nicht stimmte.

Zum letztenmal hatte sie als Dreijährige geweint und war durch die heftige Reaktion ihrer Mutter darauf hingewiesen worden, daß sich so etwas für Klingonen nicht gehörte.

Sie wußte, was sich anbahnte, und hinzu kam das Gefühl von salziger Nässe auf der Wange – ein Empfinden, das wie mit einer eisigen Klaue nach ihrem Herzen griff und es zu zerquetschen drohte. Eine Klingonin, die weinte, wie ein Baby!

Einen Moment später wimmerte sie und begriff die *wahre* Gefahr – sie ging von der Konsole aus! Eine Entladung von mehreren hunderttausend Volt stand bevor, ein elektrischer Blitz, der sie verbrennen und in Asche verwandeln würde.

Entsetzt schnappte sie nach Luft und zuckte fort von der Todesfalle, versuchte mit zitternden Händen, die Sicherheitsgurte zu lösen. Anschließend rutschte sie aus dem Sessel und rollte auf den Bauch.

In dieser Position blieb sie liegen, von Furcht und der gräßlichen Erkenntnis gelähmt, daß lebensspendender Sauerstoff durch einen Riß in der Außenhülle entwich.

Irgendwann kroch sie los und schluchzte leise. B'Elanna die Klingonin spürte, wie die scharfen Kanten geborstener Decksplatten ihr in Hände und Knie schnitten. Gleichzeitig fühlte sie, wie Bazillen durch ihren Leib krochen, durch die Adern Herz und Gehirn erreichten. Würmer fraßen sich durch ihr Fleisch, ließen überall Larven zurück, die schnell heranwuchsen und sie von innen her verschlangen.

B'Elanna erschrak angesichts der jähen Gewißheit, daß sich die Emissionen des Angstprojektors nicht nur bei ihr auswirkten, sondern auch bei Redbay – und es war alles ihre Schuld, weil sie nicht für ein rechtzeitiges Ausweichmanöver gesorgt hatte. Sie versuchte, sich zu ihm umzudrehen, aber das Entsetzen war zu groß, lähmte Torres nach wie vor und hinderte sie daran, zum Piloten zu sehen.

Aber sie hörte seine verzweifelten Schreie und begriff, daß sie jetzt nichts mehr vor dem Tod bewahren konnte. Wodurch die Mission mit einem Fehlschlag endete. *Und es ist meine Schuld!*

Das Entsetzen verflüchtigte sich. *Das ist alles?* fuhr es Torres durch den Sinn. *Mehr richtet der dämliche Angstprojektor nicht aus?*

Doch es war noch nicht vorbei. Tief in B'Elannas Innern erwachte eine Furcht, die bisher auf eine Gelegenheit gewartet hatte, sich frei zu entfalten.

Jetzt begann das wahre Grauen.

Die Chefingenieurin rollte sich zur Fötushaltung zusammen, schlang die Arme um den Kopf und schrie, bis sie keine Luft mehr hatte und ihre Stimme versagte. Aus den Augenwinkeln sah sie, wie Redbay einen Schalter betätigte und dann ebenfalls zusammenbrach.

Die Dunkelheit sinnloser und profunder Verzweiflung ließ B'Elannas Gedanken zerfasern, brachte Vergessen.

Langsam kam Lieutenant Torres wieder zu sich und dachte daran, daß sie nicht nur Schande über sich selbst gebracht hatte, sondern auch über Starfleet, den Maquis und ihr Volk. Sie lag im Dunkeln, halb im Innern eines Wandschranks – offenbar hatte sie versucht, sich dort vor dem Entsetzen zu verbergen. Noch immer wimmerte sie, und manchmal kam ein Schluchzen hinzu. Aber sie weinte nicht mehr; ihr Vorrat an Tränen hatte sich erschöpft.

Inzwischen fühlte sich Torres nicht mehr gedemütigt – über diesen Punkt war sie längst hinaus. Sie lebte noch, und die Furien setzten ihren Angstprojektor nicht mehr ein. Nur darauf kam es an. Nie wieder wollte sie einem solchen Grauen zum Opfer fallen. Sie wäre bereit gewesen, jedem Befehl zu gehorchen, um nicht noch einmal von so gräßlichen Empfindungen heimgesucht zu werden.

Leider – zum Glück – befand sich niemand in der Nähe, der ihr irgendwelche Befehle geben konnte. B'Elanna schlug die Hände vors Gesicht und schluchzte lauter, flehte darum, daß jemand kam, dem sie gehorchen konnte, um auf diese Weise für ihr Versagen zu sühnen.

Nach fünf Minuten solcher Selbsterniedrigung begriff B'Elanna Torres, wie dumm ihre Reaktion war. Das Blut schoß ihr ins Gesicht, als sie aus dem Wandschrank kroch. Sie versuchte, nicht mehr zu wimmern, zog sich an der Wand hoch, kam wieder auf die Beine und kehrte zu ihrem Platz zurück.

Redbay wartete bereits auf sie. Er wirkte ein wenig hohlwangiger und kühler, schien ansonsten aber alles gut überstanden zu haben – im Gegensatz zu B'Elanna, der kühnen klingonischen Kriegerin.

»Sofort nach unserer Rückkehr nehme ich meinen Abschied«, sagte sie und spürte, wie das Glühen in ihrem Gesicht nachließ.

»Seien Sie nicht so dramatisch«, erwiderte der dürre Pilot.

»Ich habe Schande über mich gebracht und verdiene es nicht, diese Uniform zu tragen.«

»Sie haben die Auswirkungen einer Energiewaffe gefühlt. Jetzt wissen Sie, was ich die ganze Zeit über wußte.«

Klingonischer Stolz und die Sturheit eines Maquisarden sorgten dafür, daß sich B'Elanna versteifte. Menschliche Rationalität setzte sich durch, übernahm wieder die Kontrolle.

Sie schluckte und unterdrückte den Zorn, der aus dem klingonischen Teil ihres Selbst kam – ein Zorn, der ihren eigenen Unzulänglichkeiten galt. Nach einigen Sekunden gelang es ihr, das zu akzeptieren, was sie nicht ändern konnte.

»Na schön. Wo sind ... Oh.« B'Elanna sah das Innere eines Tunnels. Vermutlich war es *der* Tunnel. »Aber wie kamen wir hierher?«

»Mit Hilfe des Autopiloten.« Redbay hob und senkte die Schultern. »Ich habe ihn mit Paris' – so heißt er doch, oder? – Route programmiert, bevor wir aufbrachen.«

»Da können wir von Glück sagen.«

Redbay drehte den Kopf und bedachte Lieutenant Torres mit einem durchdringenden Blick. »Es war kein Glück, sondern Planung. Ich habe mit einer solchen Möglichkeit gerechnet. Weil mir die verheerende Wirkung des Angstprojektors bekannt ist. Es gelang mir, lange genug bei Bewußtsein zu bleiben, um den Autopiloten zu aktivieren.«

Nach einer kurzen Pause sagte B'Elanna Torres ganz leise: »Sie scheinen sich gut erholt zu haben.«

»Ihre Bewußtlosigkeit dauerte acht Minuten länger als meine. Vermutlich liegt es daran, daß ich die Emissionen des Angstprojektors mehrmals zu spüren bekam. Dadurch konnte ich mich gewissermaßen an sie gewöhnen – soweit das überhaupt möglich ist. Außerdem gibt es bei mir nicht so viele phobische Ansatzpunkte. Sie hatten nie zuvor richtige Angst vor etwas – im Gegensatz zu mir.«

Die Chefingenieurin schwieg. Offenbar konnte sie sich nicht einmal den Luxus des Schmollens leisten. Soviel zu den schlichten Freuden des Starfleet-Lebens.

Vielleicht sollte ich zum Maquis zurückkehren, dachte sie. *Dort begegnete man kindischem Verhalten mit mehr Toleranz.*

»Wir sind da«, sagte Redbay, ohne ein *Was jetzt?* hinzuzufügen.

»Ich hätte gern Tom Paris' Todeswende erlebt.«

»Vielleicht können Sie sie auf dem Rückweg kennenlernen – wenn wir überleben.«

B'Elanna lachte humorlos – sie erholte sich schnell. Überleben? Sollte das ein Witz sein? Sie wußte ebensogut wie Redbay, daß es sich bei dieser Mission um ein Himmelfahrtskommando handelte; mit ziemlicher Sicherheit würden sie keine Gelegenheit bekommen, den Mond lebend zu verlassen. Die hiesigen Anlagen dienten dem Zweck, die Energie einer Supernova aufzunehmen und zu kanalisieren. Wenn sie versuchten, die Schaltkreise zu manipulieren, mußten sie damit rechnen, von einer energetischen Entladung getroffen und auf der Stelle verbrannt zu werden. Und wenn ein solcher Zwischenfall ausblieb ... Sicher schickten die Furien sofort eine Einsatzgruppe, wenn sie merkten, daß jemand an ihren Installationen herumspielte.

»Ist Ihre ...« B'Elanna unterbrach sich und warf einen skeptischen Blick auf Redbays Waffe. »Ist Ihre Ausrüstung fertig? Können wir uns zum Ausgangspunkt beamen?«

»Ich habe einen Phaser mitgebracht.«

»Gut. Vielleicht können Sie uns damit eine Mondratte zum Mittagessen schießen. Kommen Sie.«

Sie transferierten sich zu jener Stelle, von der aus Paris und Kim ihre Expedition begonnen hatten – vor drei- oder vierhundert Jahren, wie es schien. B'Elanna aktivierte das Orientierungsprogramm des Tricorders, hob dann das Gerät und verglich die Umgebung mit der Darstellung auf dem Display. Ein projizierter Pfeil wies in die richtige Richtung.

»Also los«, sagte Torres und setzte sich in Bewegung.

Schon bald bekamen sie es mit Problemen zu tun: Oft führte der angezeigte Weg durch massive Wände – ganz offensichtlich hatte sich in der Zwischenzeit die innere Struktur in diesem Teil des Monds geändert.

Nach einer Stunde mußte sich B'Elanna der Erkenntnis stellen, daß ihre Aufgabe noch schwieriger war als zunächst vermutet. Vielleicht konnte sie überhaupt nicht durchgeführt werden. So sehr die Chefingenieurin auch versuchte, der ursprünglichen Route zu folgen: Immer wieder zwangen massive Wände zu weiten Umwegen. Das Labyrinth veränderte sich sogar, während sie darin umherirrten. Schließlich konnte selbst der Tricorder keine Orientierungshilfe mehr gewähren.

»Na schön«, brummte B'Elanna schließlich. »Dann müssen wir den Weg eben allein finden.«

»Wonach suchen wir eigentlich?«

»Nach den ... äh ... primären energetischen Schaltern.«

»Und woher wissen wir, wann wir sie gefunden haben?«

B'Elanna Torres zuckte mit den Schultern. »Wenn wir anhalten und die Schalter sabotieren.«

»Danke.«

»Gern geschehen.« *Was für eine dumme Frage!* B'Elanna wußte natürlich nicht, wie die betreffenden Systeme aussahen – das hätte Redbay eigentlich klar sein müssen.

Sie verdrängte den Sarkasmus. »Ich vermute, daß sie sich mehr oder weniger im Zentrum des Mondes befinden. Achthundert Kilometer dorthin.« Sie deutete direkt nach unten.

»Haben Sie irgendeine Idee? Wie sollen wir achthundert Kilometer in den wenigen Stunden zurücklegen, die uns noch bleiben?«

Torres schüttelte langsam den Kopf. »Ich kann Ihnen keine Ideen anbieten, nur Spekulationen. Es *muß* einen Weg nach unten geben, zum Beispiel für Reparaturgruppen. Bestimmt kam es in den vergangenen Jahrhunderten zum einen oder anderen Defekt.«

»Vielleicht beamen sich die Wartungstechniker in jene Bereiche, wo Reparaturen notwendig werden.«

Erneut schüttelte B'Elanna den Kopf, diesmal mit etwas mehr Nachdruck. »Sie wissen nichts davon, oder? In diesem Quadranten hat man noch keine Transportertechnik entwickelt. Das gilt zumindest für die Völker, mit denen wir bisher Kontakt hatten. Nein. Wenn die Furien das Zentrum des Mondes erreichen wollen, so müssen sie altmodische Transportsysteme benutzen, zum Beispiel eine Magnetbahn oder etwas in der Art.«

»Wir sollten nach einem Schacht Ausschau halten«, schlug Redbay vor.

B'Elanna hatte bereits mit der Suche danach begonnen, nahm eine Sondierung vor und blickte auf die Anzeigen des Tricorders.

»Dort entlang«, sagte sie. »Man könnte von ›Norden‹ reden, denn es geht in Richtung eines Rotationspols.«

Redbay nickte wortlos. Sie wanderten nach Norden, wichen nach rechts und links aus, wenn mobile Wände ihnen keine Wahl ließen. Immer wieder glaubte Lieutenant Torres, in dunklen Ecken Bewegungen zu bemerken, aber wenn sie genauer hinsah, rührte sich nichts mehr.

Wenn Redbay das schattenhafte Huschen ebenfalls sah, so reagierte er nicht darauf. Oder waren es nur Halluzinationen, die allein in B'Elannas Vorstellungswelt existierten?

21

Der Bär dreht sich zu den heulenden Wölfen um, die ihn verfolgt haben – und die er hinter sich her gelockt hat. Captain Janeway neigte den Kopf zurück, schloß die Augen und fragte sich, ob dieses Bild auf Wunschdenken zurückging. Eine zweite Frage verlangte Aufmerksamkeit: Warum lief es immer auf so etwas hinaus, auf einen Kampf in der kalten Leere des Alls?

Manchmal konnte auch ein Bär überwältigt und getötet werden. Bären waren nicht unsterblich.

Es ist ein gefährlicher Job, dachte Janeway. *Aber jemand muß ihn erledigen. Sei der Bär.*

Die Furien wichen zurück, zögerten die endgültige Konfrontation ein wenig hinaus. Sie lernten. Es waren *Personen*, keine Tiere – keine Wölfe. Sie wußten, daß man besser einen sicheren Abstand zu den Tatzen des aufgerichteten Bären wahrte. Jetzt gingen sie koordiniert vor, was Paris die Möglichkeit nahm, ihnen mit Ausweichmanövern den einen oder anderen Streich zu spielen.

Die *Voyager* schüttelte sich, als sie von einem Disruptorstrahl getroffen wurde. Janeway besann sich auf die aktuelle Situation, beugte sich vor und blickte zum Hauptschirm. Sie wußte, daß ihnen diesmal ein sehr schwerer Kampf bevorstand.

Vier kleine Schiffe beschleunigten, griffen von oben und unten die linke Flanke an. Der *Voyager* blieb nichts anderes übrig, als in die entgegengesetzte Richtung auszuweichen. Damit hatten die Furien gerechnet: Sie hielten sich nicht damit auf, den Zielerfassungsfokus auszurichten, feuerten einfach in die voraussichtliche Flugbahn.

Es ließ sich nicht vermeiden, daß der Starfleet-Raumer von mehreren Atomraketen getroffen wurde.

Die *Voyager* schlingerte wie ein Kutter in stürmischer See. Immer wieder erbebte sie, wenn destruktive Energie auf die Schilde traf. Sie waren dazu bestimmt, das Schiff vor Phaserstrahlen und Photonentorpedos zu schützen, nicht vor atomaren Sprengköpfen. Wenn es den Disruptoren gelungen wäre, eine Strukturlücke in den Schilden zu schaffen, groß genug, um eine der Raketen passieren zu lassen ... Durch die Explosion hätte sich das Starfleet-Schiff in einen Glutball verwandelt, heißer als der Kern einer Sonne.

Die Schläge eines gewaltigen Hammers schienen die *Voyager* zu treffen, und das Donnern hielt an – bis Janeway schließlich glaubte, das Geräusch von rollenden Würfeln in einem hohlen Schädel – ihrem eigenen – zu hören. Sie rief Befehle, die sie selbst nicht hörte. Die Stimmen der Brückencrew konnte sie durchaus vernehmen, nicht aber ihre eigene – sie verlor sich in dem Rasseln, das in ihrem Kopf widerhallte.

Kim sprang plötzlich auf, hastete zu Paris und betätigte einige Schaltflächen auf der Konsole des Piloten. Die *Voyager* neigte sich abrupt nach unten, und Janeway hatte das Gefühl, daß ihr Magen zur Decke emporspringen wollte.

Sie bedachte den Fähnrich mit einem fragenden Blick.

Kim zuckte kurz mit den Schultern. »Fast hätte uns ein Strahl des Angstprojektors getroffen.«

Tom Paris konzentrierte sich wieder darauf, das Schiff zu fliegen, Disruptorstrahlen und Atomraketen auszuweichen. Einige Sekunden lang befürchtete Janeway, daß er vielleicht verärgert war, doch dann schob sie diesen Gedanken beiseite. *Für so etwas haben wir jetzt keine Zeit.*

Der Schildkeil leistete zwar gute Dienste, wenn es darum ging, mit den Emissionen des Angstprojektors fertig zu werden. Aber die neue Struktur konnte gewöhnliche Energie nicht so gut absorbieren. »Kapazität der Schilde auf vierundsiebzig Prozent gesunken«, meldete Lieutenant Tuvok. Seine Stimme klang ruhig, doch sie erfüllte Janeway mit einer Unruhe, die sie kaum verbergen konnte. Sie lehnte sich im Kommandosessel zurück und wußte dabei, daß die Blicke der Brückenoffiziere auf ihr ruhten.

Wenn die Schilde schwächer wurden, pochte das Herz des Captains schneller. Es war eine fatale Wechselwirkung: je schwächer die Schilde, desto größer die Wahrscheinlichkeit, daß destruktive Energie eine Lücke durchdrang, das Schiff erreichte und dort großen Schaden anrichtete.

Die Strukturlücken kündigten sich als kleine Löcher im Strom der absorbierenden Energie an. Wenn die Schilde dort getroffen wurden, kam es in der *Voyager* zu heftigen Erschütterungen. Ein solcher Treffer hätte Janeway fast aus ihrem Sessel geschleudert.

Jeweils zwei oder drei Furienschiffe griffen an, flogen dicht am Starfleet-Schiff vorbei und feuerten. Nach einigen Minuten warnte Chakotay: »Sie wollen uns in Richtung Planet treiben!«

Captain Janeway erkannte es im gleichen Augenblick. »Mr. Paris! Weichen Sie den Attacken aus und kehren Sie zum vorherigen Kurs zurück. Wir dürfen uns von den Furien nicht die Flugbahn aufzwingen lassen.« Paris kam der Aufforderung sofort nach, und Janeway fügte ruhiger hinzu: »Wir sollten vermeiden, daß die Furien zurückkehren, während B'Elanna noch an der Arbeit ist – sie braucht Zeit.«

Andererseits: Die *Voyager* konnte dem Beschuß nicht mehr lange standhalten. Es mußte etwas geschehen …

Janeway stellte fest, daß die Furien im Eifer des Gefechts eine Lücke in ihrer Formation entstehen ließen.

Sofort nutzte sie die Chance. »Paris, Kurs null sieben null Komma drei null, volle Impulskraft. *Ausführung!*«

Der Pilot riß die *Voyager* fort von den Wölfen, flog eine Zeitlang in Richtung Sonnensystem zurück. Mit voller Impulskraft lenkte er sie um den Stern herum. Die Furien folgten, aber dabei lösten sich die Reste ihrer Formation auf.

Dadurch bekam das Starfleet-Schiff eine Atempause – es brauchte endlich nicht mehr auszuweichen und abzudrehen. Janeway stand auf, eilte zu Kims Station und betätigte die dortigen Waffenkontrollen – eine Anweisung an den jungen Fähnrich hätte diesmal zuviel Zeit in Anspruch genommen, und es blieben ihnen nur wenige Sekunden. Sie programmierte den Computer darauf, die Waffensysteme in wesentlich kürzeren Intervallen einzusetzen, als es ein Mensch vermocht hätte.

Als die Furien ebenfalls die Sonne hinter sich brachten, startete der Computer Photonentorpedos und ließ Phaserstrahlen mit Maximalenergie durchs All zucken. *Zwei* Furienschiffe wurden getroffen und zerbrachen wie ein Amboß unter dem Hieb eines Schwerts.

»Wir haben sie erwischt!« freute sich Kim.

Plötzlich erloschen die Anzeigen seiner Station.

Eine Sekunde später leuchteten sie wieder auf, aber Janeway fühlte sich von tiefer Besorgnis erfaßt. »Was hat das zu bedeuten?«

»Captain ...« Tuvok sah von der wissenschaftlichen Station auf. »Die solare Aktivität hat erheblich zugenommen, und zwar schon vor einiger Zeit. Wir sind neun Lichtminuten von der Sonne entfernt, und die erhöhte elektromagnetische Strahlung hat gerade diesen Teil des Alls erreicht.«

»Funktionieren unsere Sensoren?« fragte Janeway.

»Ihr Leistungspotential ist gesunken.«

»Mr. Kim?«

Der Fähnrich öffnete und schloß mehrmals den

Mund. »Auch die Scanner sind betroffen. Die Ortung wird zunehmend problematischer.«

Janeway nickte. »Die Interferenzen dürften noch wesentlich stärker werden, wenn der Stern stufenweise kollabiert.«

»Mit jedem einzelnen Kollaps steigt die Temperatur des Kerns«, erklärte Tuvok. »Wodurch die Fusion höherer Elemente beginnt: Helium, Lithium, Beryllium und so weiter.«

Janeway fragte sich, an wen der Vulkanier diese Worte richtete. Alle Anwesenden kannten sich mit elementarer Physik aus.

Sie beugte sich vor. »Können wir auch weiterhin den Transporter verwenden, Mr. Kim?«

Der Fähnrich schüttelte den Kopf. »Ich weiß es nicht, Captain. Gewißheit läßt sich nur erlangen, indem wir es versuchen.«

Als die Waffen wieder funktionierten, reaktivierte Kim das Programm des Captains und bescherte den Furien eine weitere Salve. Der elektromagnetische Impuls schien sich auch auf ihre Sensoren ausgewirkt zu haben, denn sie drifteten im Newtonschen Orbit und versuchten, ihr vorheriges energetisches Potential wiederherzustellen.

»Sie weichen nicht einmal aus«, sagte Kim, als er den Zielerfassungsfokus auf die einzelnen Schiffe richtete und feuerte.

Doch es dauerte nicht lange, bis die Raumer der Furien wieder voll einsatzfähig waren. Paris steuerte die *Voyager* mit voller Impulskraft zurück und schleuste dabei Photonentorpedos aus, die in verschiedenen Orbitalvektoren verharrten – weitere Minen. Den Furien blieb nichts anderes übrig, als ihnen auszuweichen, was sie zu schwierigen Manövern im solaren Gravitationsschacht zwang.

Es kam zu einem zweiten elektromagnetischen Impuls, und er sorgte dafür, daß alle Sensoren und Scanner der *Voyager* ausfielen. Von einem Augenblick zum anderen war sie taub und blind.

»Visuelle Darstellung!« befahl Janeway. Kim schaltete sofort um, und daraufhin erschienen wieder die Sterne im zentralen Projektionsfeld. Glücklicherweise flog das Schiff derzeit nicht im Warptransfer – dabei kam es zu visuellen Verzerrungen, deren Anblick ohne elektronische Filter niemand länger als für einige Sekunden ertrug.

Captain Janeway sah zum Hauptschirm und betrachtete die Darstellungen mit Augen, die dank der modernen Technik schärfer waren als die der ersten griechischen Astronomen. Sie hielt nach Punkten Ausschau, die sich durch ihre Bewegung als Raumschiffe zu erkennen gaben. Wenn die Furien schlau waren …

Wenn WIR schlau sind, dachte Janeway. »Paris, deaktivieren Sie das Impulstriebwerk. Relativgeschwindigkeit null. Mr. Kim, setzen Sie die passiven Sensoren ein. Wenn wir die Furien nicht sehen können …«

»Es bedeutet, daß sie uns ebenfalls nicht sehen«, beendete Paris den Satz.

»Und vielleicht verraten sie sich. Na bitte, da ist ein Schiff – Kurs zwei acht fünf …«

»Ich sehe es.«

»Vergrößern Sie das Bild.«

»Captain …«, ließ sich Tuvok vernehmen. »Ohne aktive Sensoren dürfte das vergrößerte Bild sehr instabil sein.«

»Und wenn schon«, erwiderte Janeway. Ein Bild war mehr wert als tausend Überlegungen. »Ich möchte das Schiff trotzdem sehen. Wie sehr ist es durch den EM-Impuls in Mitleidenschaft gezogen worden?«

Kim berührte eine Schaltfläche, und das Bild auf dem Hauptschirm wechselte. Ein Furienschiff erschien. Es drehte sich um die eigene Achse, und nach wenigen Sekunden erkannte Janeway den Grund dafür: Am Heck hätte sich das Glühen von drei Impulstriebwerken zeigen sollen, doch statt dessen gab nur das linke Schub; hinzu kam eine Plasmafontäne auf der gleichen Seite des Raumers – dadurch kam es zu einem ausgeprägten lateralen Bewegungsmoment.

»Offenbar sind die Eindämmungsfelder ausgefallen«, sagte Kim. »Arme Leute.«

»Ich bezweifle, ob es an Bord jenes Schiffes noch lebende Besatzungsmitglieder gibt, an deren Schicksal man Anteil nehmen könnte«, sagte Tuvok ruhig. »Bestimmt sind alle der hohen Strahlung zum Opfer gefallen. Ihre Intensität ...«

»Bitte ersparen Sie uns Einzelheiten«, sagte Janeway und schloß die Augen. *Gewöhn dich daran,* forderte sie sich selbst auf. *Versuch dir vorzustellen, wie es sich anfühlt, siebenundzwanzig Milliarden Personen umzubringen.*

Tiefer Kummer erfaßte sie.

»Wir orten zwei Furienschiffe, Captain«, sagte Lieutenant Paris. »Sie fliegen mit Kurs zwei acht null und null zwei null.«

Nur zwei Schiffe? »Schäden?«

»Keine offensichtlichen. Ich glaube, die Triebwerke sind wieder voll einsatzbereit, aber bisher wurde noch nicht versucht, den Zielerfassungsfokus auf uns zu richten.«

»Vielleicht sind ihre Sensoren hin.«

Paris sah auf die Anzeigen seiner Station. »Das ist nicht auszuschließen. Die beiden Raumer beschleunigen jetzt und beginnen mit einem Suchmuster.«

»Befinden wir uns in ihrem Erfassungsbereich?«

Tuvok betätigte Schaltflächen und nahm eine rasche Analyse vor. »Negativ, Captain. Wenn die beiden Schiffe ihren gegenwärtigen Suchflug fortsetzen, haben sie uns auch in fünf Stunden noch nicht gefunden.«

»Soviel Zeit nehmen sie sich bestimmt nicht«, murmelte Janeway. Sie behielt recht: Fünf Minuten später führten die beiden Furienschiffe ein Rendezvousmanöver durch und flogen dann in Richtung Planet zurück.

Janeway wandte sich einmal mehr an Kim. »Wann sind unsere Sensoren wieder einsatzbereit?«

Kim schüttelte den Kopf. »Ich weiß es nicht, Captain. Ich arbeite daran, aber der elektromagnetische Impuls hat mehrere Schaltkreise überlastet und durchbrennen lassen.«

Janeway nahm wieder Platz und begriff plötzlich, wie sehr sie auf Lieutenant Torres angewiesen war. B'Elanna hätte die Sensoren innerhalb kürzester Zeit in Ordnung gebracht und ... *Nein, jetzt bin ich unfair.* Kim war kein Techniker und gab sich alle Mühe. *Wenn du wirklich schnelle Resultate möchtest, solltest du dich selbst um die Reparaturen kümmern. Nein? Zu beschäftigt? Dann jammere nicht über Kims technische Fähigkeiten.*

»Folgen Sie ihnen, Paris. Aber nicht zu dicht. Wenn sie den Kurs ändern und zum Mond fliegen, so müssen wir eingreifen.«

»Aye, aye.«

Die Furien blieben bei Impulsgeschwindigkeit. Offenbar hielten sie es für zu gefährlich, mit Warpgeschwindigkeit durch einen Sturm aus Plasma, elektromagnetischer Strahlung und Gravitationswellen zu rasen. Nach vierzig Minuten erreichten die beiden Furienraumer und ihr heimlicher Schatten das innere Sonnensystem. Dort zögerten die Schiffe kurz, änderten dann den Kurs und steuerten den künstlichen Mond an.

»Verdammt!« fluchte Janeway. »Paris, seien Sie bereit für ...«

»Captain!« rief Fähnrich Kim. Er deutete zum Hauptschirm.

Ein winziges, weißes Objekt entfernte sich mit hoher Impulsgeschwindigkeit vom Mond. Die Entfernung war noch immer recht groß, aber trotzdem wirkte das

Objekt vertraut: Es handelte sich eindeutig um ein Starfleet-Shuttle.

Die Furien beschleunigten auf Gefechtsgeschwindigkeit und folgten dem Shuttle. Auch die *Voyager* wurde jetzt schneller.

Janeway stand wieder auf und beobachtete das Drama im All. Sie spürte eine gräßliche Hilflosigkeit. Alles in ihr drängte danach, etwas zu unternehmen.

»Wir sind fast da«, murmelte Paris. Seine Finger huschten über die Schaltelemente der Navigationskonsole. »Fast da ... Nur noch ein paar Sekunden ...«

Das erste Furienschiff feuerte aufs Shuttle. Das zweite machte von seinen Waffen Gebrauch, als Paris Photonentorpedos einsetzte.

Die Geschosse der *Voyager* zielten auf den Heckbereich der gegnerischen Schiffe, jene Stellen, die am schlechtesten geschützt waren.

Ein Disruptorstrahl tastete nach dem Shuttle und schnitt mitten hindurch.

Mehrere Photonentorpedos explodierten, und die energetische Druckwelle sorgte für eine Kollision der beiden dicht nebeneinander fliegenden Furienschiffe. Der Glutball einer gewaltigen Detonation verschlang sie.

Doch auch das Shuttle platzte auseinander. Ein weißer Blitz ließ es bersten, und glühende Trümmerstücke wirbelten in alle Richtungen davon.

Janeway starrte fassungslos, fühlte sich gleichzeitig benommen und voller Elend. Tief in ihrem Innern rangen Zorn und Kummer miteinander.

»Fähnrich Kim«, brachte sie hervor, »wenn wir wieder Kommunikationspotential haben ... Versuchen Sie, einen Kontakt zur Einsatzgruppe herzustellen. Vielleicht gibt es ... Überlebende.«

Eine Stimme in ihr flüsterte: *Ob sie den Mond sabotieren konnten, bevor sie starben?*

21

B'Elanna Torres trat gegen die Tür, gab ihr noch einen Tritt und warf sich dann gegen das Hindernis. Wie beschämend! Sechs Kilometer weit waren sie durch den lunaren Irrgarten marschiert, durch Korridore, die sich glichen wie ein Ei dem anderen. Manchmal mußten sie zur Seite ausweichen, um zu vermeiden, von mobilen Säulen und Schotten zerquetscht zu werden, die durch Furchen in einem aus Kabelsträngen und Glasfaserbündeln bestehenden Boden glitten. Und dann, wenige Meter vor dem Schacht, versperrte ihnen eine *verschlossene Tür* den Weg!

Der klingonische Zorn gewann die Oberhand, während sich die menschliche Hälfte darauf beschränkte, das Geschehen erstaunt zu beobachten. B'Elanna war einfach nicht imstande, sich unter Kontrolle zu halten. Immer wieder warf sie sich gegen die Tür und hämmerte mit beiden Fäusten darauf ein, bis sie außer Atem geriet und erschöpft zu Boden sank.

»Darf ich es mal versuchen?« fragte Lieutenant Redbay. Er wirkte völlig ruhig und gelassen, fast apathisch, fand Torres.

»Sie? Was können *Sie* schon ausrichten, wenn es *mir* nicht gelingt, das verdammte Ding zu öffnen?« In diesen Worten kam sowohl menschliche als auch klingonische Enttäuschung zum Ausdruck.

Redbay brummte etwas Unverständliches.

Dann zog er den Phaser und feuerte.

Ein großes Loch entstand.

B'Elanna warf einen vorwurfsvollen Blick auf die Tür, die jetzt nur noch teilweise existierte. Die Ränder des Loches glühten, strahlten Wärme ab.

Wortlos stand Torres auf und trat durch die Öffnung, gefolgt von Redbay. Es erschien ihr einfach nicht *elegant*, das Hindernis in einem Phaserstrahl aufzulösen, aber ... wenigstens konnten sie den Weg fortsetzen. Sie seufzte und betrachtete die Anzeigen des Tricorders.

Eigentlich sollten sie sich jetzt bereits im Innern des Schachtes befinden, doch die Umgebung sah nach einem weiteren Korridor aus.

»Er sollte hier sein«, sagte B'Elanna, drehte sich im Kreis und sondierte.

»Sind Sie sicher? Schalten Sie auf Vergrößerung.«

»Ich bin schon beim Maximum. Vielleicht brauchen wir nur einige Schritte weit zu gehen, um ... He!«

Unter B'Elannas Füßen gab der Boden nach. Er schien sich einfach in Luft aufzulösen, und sie fiel etwa zwanzig Meter tief durch die Dunkelheit, landete dann auf einem Gleis. Bei ›normaler‹ Schwerkraft hätte sie sich bestimmt ein Bein gebrochen, doch hier kam sie mit dem Schrecken davon.

»Leben Sie noch?« erklang Redbays Stimme von oben. Er schien nur mäßig interessiert zu sein.

»Ich glaube schon. Es sei denn, wir sind beide im Jenseits.«

Ein dumpfes Pochen wies darauf hin, daß Redbay gesprungen und neben B'Elanna gelandet war. In der Finsternis tastete sie nach dem Tricorder, den sie dummerweise fallen gelassen hatte. Plötzlich wurde es hell – das Licht stammte von einer phasenelektrischen Lampe, die Redbay in der Hand hielt.

Er muß sie im Stiefel versteckt haben, dachte B'Elanna.

Sie drehte den Tricorder und sondierte. »Zum Generator geht es dort entlang. Dieser Schacht ist für eine Art Magnetschwebebahn bestimmt, die nach wie vor in Betrieb sein dürfte – jedenfalls gibt es hier Energie. Vielleicht finden wir tatsächlich eine Möglichkeit, innerhalb kurzer Zeit das Zentrum des Mondes zu erreichen.« Sie eilten durch den Korridor und spürten dabei, daß die Zeit immer mehr drängte. Schon nach wenigen Minuten fanden sie einen flachen Waggon. Die Außenflächen waren blau und gelb, wiesen hier und dort rote Markierungen auf.

»Jetzt wissen wir, warum die Furien Düsternis bevorzugen«, meinte Redbay. »Bei mehr Licht würden sie an akuter farblicher Disharmonie zugrunde gehen.«

»Ha, ha«, machte B'Elanna. Der Tricorder wies nicht auf Lebensformen hin, aber immer wieder nahm sie aus den Augenwinkeln Bewegungen wahr.

Die Tür des Waggons mußte manuell geöffnet werden. Torres' ganze Kraft war nötig, um sie beiseite zu schieben. Redbay wollte sie nicht mit einem Phaserstrahl auflösen, denn vielleicht mußte das Innere der Transportkapsel eine hermetisch geschlossene Einheit bilden. Drei verschiedene Arten von Sitzen wies der Waggon auf, und nur eine davon schien sich für Menschen zu eignen. Das ›Armaturenbrett‹ erwies sich als ein leeres Anzeigefeld, das oben einen langen Streifen mit Hieroglyphen präsentierte.

Im Innern war der Waggon überwiegend weiß und grau. Die Sitze bestanden aus Kunststoff und wiesen keine Sicherheitsgurte auf.

»Wie funktioniert das?« fragte B'Elanna und berührte die Kontrolleinheit.

Sofort setzte sich der Waggon in Bewegung und beschleunigte so stark, daß Redbay den Halt verlor und zu Boden fiel. B'Elanna teilte sein Schicksal nur deshalb nicht, weil sie die Arme um den ›Pilotensessel‹ schlang, der allerdings gar keine erkennbaren Pilotenkontrollen aufwies. Der Waggon beschleunigte mit mindestens drei g und fuhr … wohin? In Richtung Mondmitte? Gab es am Ziel wichtige Komponenten der lunaren Installation?

Redbay kroch zu einem Sessel, der einigermaßen menschlichen Bedürfnissen gerecht wurde, während B'Elanna sich auch weiterhin an ihren Sitz klammerte. Angesichts der starken Belastung prickelte Schmerz in den Armen.

Nach zwei Minuten ließ die Beschleunigung abrupt nach. Torres schnaufte überrascht, als es plötzlich wieder ein ›unten‹ gab. Rasch nahm sie im Pilotensessel Platz und schätzte ihre gegenwärtige Geschwindigkeit auf dreieinhalb Kilometer pro Sekunde.

Den ersten Hinweis darauf, daß der Waggon tatsächlich in Richtung Mondmitte raste, bot die geringer werdende Gravitation. B'Elanna sah auf die Anzeigen des Tricorders und stellte fest, daß die Schwerkraft von 0,2 auf 0,1 g sank. Während sie den Weg fortsetzten, nahm die Gravitation weiter ab – genau im Zentrum des künstlichen Monds würde sie auf null sinken. Vorausgesetzt natürlich, die Mitte erwies sich als hohl.

Weitere Minuten verstrichen, schließlich eine halbe Stunde, und der Waggon sauste noch immer durch den Tunnel. B'Elanna und Redbay sprachen nicht miteinander. Sie hatten sich nichts zu sagen. Sie waren Kollegen und Gefährten bei dieser Mission, aber deshalb verband sie nicht notwendigerweise Freundschaft miteinander.

»Es könnte ziemlich unangenehm werden, wenn das Bremsmanöver beginnt«, sagte der dürre Pilot. B'Elanna antwortete nicht, verstand jedoch das Problem: Mit positiver, nach vorn gerichteter Beschleunigung konnte der menschliche Körper wesentlich besser fertig werden als mit negativer, nach hinten gerichteter. Wenige Sekunden später drehten sich langsam die Sitze des Waggons, darunter auch der des Piloten. Als Redbay und B'Elanna mit dem Rücken zur Fahrtrichtung saßen, erzitterte der Waggon und reduzierte die Geschwindigkeit.

Innerhalb von nur zwei Minuten kam er zum Stehen, und diesmal öffnete sich die Tür automatisch.

Sie befanden sich nun so tief im Innern des Mondes, daß die Schwerkraft nur mehr ein leichtes Zerren in Richtung der Bodenplatten war. Der Tricorder maß sie mit 0,005 g, ein Zweihundertstel der Erdnorm. Eine geringfügige Bewegung genügte, um B'Elanna aus dem Sitz in Richtung Dach schweben zu lassen. Der umsichtigere Redbay tastete sich an der Wand des Waggons entlang und glitt durch die offene Tür. Lieutenant Torres orientierte sich und folgte ihm.

Am Ende der Plattform hielten sie sich fest und blickten in ein gewaltiges, einen Kilometer tiefes Gewölbe. Die gegenüberliegende Seite ließ sich kaum erkennen, denn die Luftfeuchtigkeit schuf einen Dunst, in dem sich Einzelheiten verloren. Unten schienen sich kolossale Schaltkreise zu erstrecken. B'Elanna sah energetische Transferleitungen, groß genug, um die ganze *Voyager* aufzunehmen, außerdem Hunderttausende von Kilometern lange Glasfaserstränge, jeder einzelne von ihnen so dick wie ein Baumstamm. Die Chefingenieurin bemerkte logische Schalter, deren Anzahl sie auf einige Millionen schätzte, Funkenstrecken so breit wie die Heldenschlucht auf der klingonischen Heimatwelt. Über dem tiefen Tal wölbte sich eine riesige Antenne, glühte wie eine goldene Kuppel, eine göttliche Version von Kublai Khans Xanadu. Sie bestand aus den gleichen Drähten und Kabeln wie der solare Käfig. Das Energiegitter im All war natürlich wesentlich größer, aber seltsamerweise wirkte diese kleinere Version nachhaltiger auf B'Elanna. Sie fühlte, wie sich in ihrer Magengrube etwas zusammenkrampfte, und ihr stockte der Atem. Das Problem mit dem Sonnenkäfig bestand darin, daß er zu groß war. Er erstreckte sich über den Horizont des Vorstellungsvermögens hinaus, und deshalb existierte er für das Bewußtsein nur als ein rationales Konzept.

Diese Antenne hingegen ließ sich mit einem Blick erfassen. Es mochte die maximale Größe eines Objekts sein, das man noch sehen und als *ein Ganzes* erkennen konnte. Im Gegensatz zu einem Kontinent: Niemand spazierte auf einem Kontinent herum und staunte über seine Ausmaße.

»Beim Barte von Kahless«, hauchte B'Elanna und starrte nach oben.

»Ein ziemlich großes und beeindruckendes Ding«, meinte Redbay. »Lassen Sie mich raten: Wir sind hier beim zentralen energetischen Diffusor angelangt – oder wie auch immer man solche Anlagen nennt. Stimmt's?«

B'Elanna drehte sich langsam um die eigene Achse und sondierte dabei mit dem Tricorder. »Es gibt keine andere Anlage dieser Art in dem Mond«, bestätigte sie. »Wir haben unser Ziel erreicht.«

Redbay seufzte. »Es gibt wohl keine Möglichkeit, die Antenne zu zerstören, oder?«

»Dazu wären mindestens zweihundert Photonentorpedos notwendig, und die haben Sie bestimmt nicht in der Tasche, oder?«

»Nein. Ich wüßte nicht einmal, wo wir soviel Vernichtungspotential auftreiben könnten.«

»Ich habe nur Werkzeuge mitgebracht, keine Strahler oder Bomben. Was bedeutet, daß wir nichts gegen die Antenne ausrichten können. Nun, vielleicht ist es möglich, die Anschlüsse einiger Glasfaserstränge zu verändern und so den Energiefluß zu modifizieren.« B'Elanna überlegte und schwebte nach der Sondierung langsam zum Boden zurück. »Bestimmt haben die Furien hier Dutzende von Reservesystemen installiert. Sie können nicht wissen, welchen Weg die Energie während der Supernova-Explosion nimmt, und sie dürfen auf keinen Fall einen vorzeitigen Ausfall ihrer Anlage riskieren. Für uns folgt daraus, daß es keinen Sinn hat, einzelne Systeme zu zerstören. Statt dessen müssen wir für eine energetische Rückkoppelung sorgen, so daß es zu einer Entladung kommt, die gleichzeitig Hunderte oder gar Tausende von Subsystemen lahmlegt.«

»Wir sorgen dafür, daß sich das energetische Potential dieser Installationen gegen sich selbst richtet.«

»Genau. Aber wie gelangen wir nach unten?«

Redbay trat etwas näher an den Rand der Plattform heran – und sprang. B'Elanna Torres schnappte unwillkürlich nach Luft, bevor sie begriff, daß angesichts der niedrigen Schwerkraft keine Gefahr drohte.

Sie biß die Zähne zusammen. Nie zuvor hatte sie an Höhenangst gelitten, aber jetzt fühlte sie sich plötzlich davon so intensiv erfaßt, daß sie kaum mehr atmen konnte. Vielleicht eine Nachwirkung der Emissionen des Angstprojektors? Bestimmt dauerte es eine Weile, bis sie nicht mehr zusammenzuckte, wenn sich in dunklen Ecken etwas bewegte …

Sie besann sich auf ihre klingonische Hälfte, sprang ebenfalls und versuchte, die eigene Flugbahn der Redbays anzupassen. Doch sie landeten etwa einen Kilometer voneinander entfernt.

B'Elanna klopfte auf ihren Insignienkommunikator. »Torres an Redbay. Sehen Sie zur Mitte des Tals. Erkennen Sie dort die dornartige Vorrichtung? Sie dürfte der Fokuskollektor der Antenne sein.«

»Der Kollektor nimmt die gesamte Energie auf und leitet sie weiter?« ertönte Redbays Stimme.

»Ja«, bestätigte B'Elanna. »Dort können wir vielleicht die notwendigen Modifizierungen der hiesigen Schaltsysteme vornehmen. Wenn uns an der richtigen Stelle eine Rückkoppelung gelingt, läßt sich die Energie der Supernova möglicherweise verwenden, um den Mond zu zerstören.«

»Dann wird der Furienplanet nicht durch ein künstliches Wurmloch transferiert, sondern von heißem Plasma verbrannt.« Bei diesen Worten ließ sich zum erstenmal echtes Gefühl in Redbays Stimme vernehmen. Ganz offensichtlich erfreute ihn die Vorstellung, daß siebenundzwanzig Milliarden Furien den Tod fanden.

Noch vor einem Tag wäre B'Elanna Torres entsetzt

gewesen, doch seitdem hatte sich ihr Leben verändert, und zwar durch die Emissionen des Angstprojektors.

Sie wußte jetzt, was es bedeutete, ein Grauen zu spüren, das den Kern des eigenen Selbst zerriß und jeden inneren Widerstand brach. Auch die mutigste und tapferste Person wurde dadurch zu einem Häufchen Elend, das nur noch gehorchen wollte.

Heute wäre B'Elanna bereit gewesen, selbst den Schalter zu betätigen, der den siebenundzwanzig Milliarden Furien auf dem Planeten einen feurigen Tod bescherte.

»Zum Dorn?« fragte Redbay.

Torres nickte und begriff dann, daß er sie nicht sehen konnte. »Ja, wir treffen uns beim Dorn. Uns bleibt nicht viel Zeit, wenn wir zur *Voyager* zurückkehren wollen.«

Redbay lachte und unterbrach dann den Kom-Kontakt. *Warum fand er meine letzten Worte so komisch?* fragte sich B'Elanna.

23

B'Elanna Torres spannte die Muskeln und sprang mehr als sechzig Meter hoch. Sie beobachtete den Dorn, als sie sich ihm näherte, hielt nach einer Tür Ausschau, nach einer Zugangsluke oder dergleichen. Doch nirgends entdeckte sie etwas, das einen Weg ins Innere des Kollektors in Aussicht stellte. Die Außenflächen erwiesen sich als völlig glatt.

Die Chefingenieurin flog in einer Spirale um den Dorn herum. Die Gravitation kam Schwerelosigkeit so nahe, daß ihr Magen den Unterschied nicht mehr feststellen konnte. An der Starfleet-Akademie hatte sie die Null-g-Übungen immer verabscheut, und auch jetzt fand sie keinen Gefallen daran.

Schließlich entdeckte sie etwas Interessantes: ein Achteck mit einem Durchmesser von vierundachtzig Metern. Zuerst wußte sie nicht, worum es sich handelte. Sie glitt am Rand entlang und entdeckte kurze Zeit später drei Schlösser, die ganz offensichtlich einen Schlüssel erforderten. Aber nicht etwa einen elektronischen: Das Schloß war mechanischer Natur und ließ sich nur öffnen, indem man mit Zähnen und Kerben ausgestattete Metallstücke in die dafür vorgesehenen Öffnungen schob!

B'Elanna warf einen verdrießlichen Blick auf das Schloß, als Redbay eintraf.

»Ein primitiver Verriegelungsmechanismus«, erklärte sie. »Wir brauchen ein – wie nannte man so etwas? – Schlüsselbund.«

»Nein, so etwas brauchen wir nicht«, erwiderte Redbay.

B'Elanna brauchte ein oder zwei Sekunden, um zu verstehen, was der Pilot meinte. Erschrocken zuckte sie zurück, was sich unter den gegebenen Umständen als Fehler erwies, denn dadurch schwebte sie zwanzig Meter weit fort.

Redbay richtete den Phaser aufs Schloß und feuerte.

Die Luke schwang auf.

Im Innern des Dorns fanden sie genau das, was sie suchten: Glasfaserstränge, dafür bestimmt, einen starken elektromagnetischen Impuls von der Oberfläche des Mondes zu den zahlreichen Logikgattern und Schaltkreisen zu leiten.

Dies war der Nexus, die Zentrale der ganzen Anlage. Hier kam alles zusammen. Ein einzigartiger Ort, den es nirgends im Mond noch einmal gab. Die Furien wußten, daß ihnen nur *ein* Versuch blieb, wenn ihre Sonne zur Supernova wurde; eine zweite Chance würde es nicht geben. Entweder funktionierte das System, und dann stand dem Planeten ein kurzer Transfer durchs künstliche Wurmloch zum Alpha-Quadranten bevor, oder es funktionierte nicht – was den Tod für die siebenundzwanzig Milliarden Bewohner des Planeten bedeutete.

Aber wie sollen wir angesichts so vieler Schaltsysteme und energetischer Verbindungen dafür sorgen, daß es zu einer Explosion kommt, bevor das Wurmloch entsteht? fragte sich B'Elanna.

Die Chefingenieurin hatte gerade ein Kabel gelöst, um es zu untersuchen, als ein lautes Heulen sie zusammenzucken ließ. Sie wirbelte um die eigene Achse, drehte den Kopf von einer Seite zur anderen und hielt nach dem Ursprung des gräßlichen Geräuschs Ausschau. Besorgnis zitterte in ihr – vielleicht hatten sie ein Alarmsystem ausgelöst. Möglicherweise waren bereits Furiensoldaten unterwegs.

Redbay blickte auf seinen Insignienkommunikator herab. »Oh. Das ist für mich bestimmt.«

»Aber was …«

»Ich habe den Computer des Shuttles darauf programmiert, alle notwendigen Maßnahmen zu ergreifen, um die Furien fortzulocken, falls das erforderlich werden sollte. Jenes Signal bedeutet: Das Shuttle wurde entdeckt und hat den Mond verlassen.«

»Den Mond … *verlassen*? Soll das heißen, wir sitzen hier fest?«

»Ich fürchte, ja. Es sei denn, das Shuttle ist imstande, den Furienschiffen zu entkommen. Was ich jedoch bezweifle.«

B'Elanna starrte Redbay groß an. Er zuckte mit den Schultern. »Wenn die Furien das leere, geparkte Shuttle gefunden hätten, so wären sie bestimmt sofort hierhergekommen. Wenn wir in der Lage sind, die Achillesferse des Energiekollektors als solche zu erkenne, so dürften auch die Herren dieser Anlage darüber Bescheid wissen.«

»Das wär's also. Ob wir einen Erfolg erzielen oder nicht – wir sind so oder so erledigt.«

Redbay schwieg und setzte seine Bemühungen fort, die schwere Armierung der Kabelstränge zu entfernen – sie sollte die Bündel vor dem elektromagnetischen Impuls schützen, der dem zerstörerischen und für den Mond fatalen Materiestrom vorausging.

B'Elanna zögerte nur ein oder zwei Sekunden lang, konzentrierte sich dann wieder auf die Transferverbindungen und trachtete danach, die kritischen zu finden. Immer wieder versuchte sie, die Klingonin in ihr zu wecken, eine Kriegerin, die sich darüber freuen würde, für den Sieg über ihre Feinde in den Tod zu gehen. Doch sie spürte nur eine sonderbare Leere. B'Elanna Torres hatte ihre klingonische Hälfte über viele Jahre hinweg so sehr unterdrückt, daß sie jetzt nicht so ohne weiteres darauf zurückgreifen konnte.

Wenn ich dies durch irgendein Wunder lebend überstehen

sollte, werde ich mein klingonisches Selbst nie wieder verdrängen, dachte sie.

Plötzlich piepte ihr Insignienkommunikator, und verblüfft klopfte sie auf das kleine Kom-Gerät. »Hier Torres. Ist dort jemand?«

Stille. Der Insignienkommunikator piepte erneut, aber das Geräusch klang nicht wie sonst; B'Elanna verglich es mit dem nervösen Zirpen eines erschrockenen Insekts. Neuerliche Stille folgte, und Torres runzelte die Stirn. Es erschien ihr unheimlich, tief im Innern eines künstlichen Monds zu weilen, darauf zu warten, einer Supernova zum Opfer zu fallen und Anrufe von einem Geist zu erhalten, der sich nicht meldete, wenn sie auf die Kom-Signale reagierte.

Eine Minute verstrich, und dann wiederholte sich das Piepen. »Torres!« meldete sich die Chefingenieurin und klopfte mehrmals auf den Insignienkommunikator.

Diesmal hörte sie etwas: das Rauschen von Statik und in weiter Ferne, wie Tausende von Lichtjahren entfernt, eine leise Stimme.

»Ich weiß nicht, ob Sie mich hören können«, sagte B'Elanna. »Falls die *Voyager* versucht, einen Kontakt mit mir herzustellen – bitte kommen Sie näher.«

Sie nahm den Insignienkommunikator ab und verband ihn mit dem Tricorder, verbesserte damit den Empfang und erhöhte gleichzeitig die Sendestärke. Nach einer weiteren Minute reagierte der kleine Kommunikator erneut, und diesmal verstand B'Elanna einzelne Worte.

»Janeway an Torres ... zerstört. Hören Sie mich? Brauchen ... Hilfe?«

»Captain! Hier spricht Torres. Die Kom-Verbindung ist instabil; ich verstehe nicht alles. Wir sind wohlauf. Wir brauchen mehr Zeit, mehr Zeit, mehr Zeit. Halten Sie die Furien von uns fern!«

»Torres ... Shuttle zerstört.«

»Uns geht es gut. Wir sind beide am Leben und versuchen noch immer, die Anlage im Mond zu sabotieren. Was geschieht bei Ihnen? Ist mit dem Schiff alles in Ordnung?«

Die Stimme wurde deutlicher, als es dem Computer gelang, die von der starken elektromagnetischen Strahlung verursachten Interferenzen aus den Kom-Signalen herauszufiltern. »Die *Voyager* ist einsatzfähig. Brauchen Sie Hilfe?«

»Nein, wir kommen zurecht. Wir benötigen nur mehr Zeit. Findet ein Angriff statt?«

»*Wir* wurden angegriffen, aber ... Wie lange dauert es noch? In drei Minuten ... zurückbeamen, bevor die Sonne zur Supernova wird.«

In drei Minuten – was? Konnte dann ein Transfer stattfinden oder nicht?

»Bitte wiederholen Sie«, sagte Torres und hielt den Atem an.

»Die Strahlung nimmt zu ... in drei Minuten nicht mehr einsatzbereit. Sie müssen entscheiden, ob Sie ...«

Nun, damit wäre meine dumme Frage beantwortet.

»Bitte warten Sie, Captain.« Während des Kom-Gesprächs hatte B'Elanna auch weiterhin von ihrem Laserbrenner Gebrauch gemacht und damit einen dicken Glasfaserstrang durchgeschnitten. Jetzt rutschten die beiden Hälften auseinander. Torres brummte zufrieden und stellte eine neue Verbindung mit einem Input-Kabel her, das sie bereits mit einem Loch ausgestattet hatte.

Zwar herrschte fast völlige Schwerelosigkeit, aber die Kabel waren steif und massiv. Es erforderte ziemlich viel Kraft, sie zu biegen. Die Stränge wiesen ständig die Tendenz auf, sich wieder zu strecken.

Redbay hielt zwei Kabel aneinander, und B'Elanna verband sie mit Hilfe des Laserbrenners. »Captain, ich ...«, begann Torres und unterbrach sich wieder.

Sie richtete einen hilflosen Blick auf Redbay, der sie nicht ansah. Torres brauchte ihn nicht extra darauf hinzuweisen, worum es ging. Ihnen stand kein Shuttle zur

Verfügung, und es war zweifellos zu gefährlich, eins von der *Voyager* kommen zu lassen, während die Sonne zur Supernova wurde.

Ihre einzige Chance bestand in einem Einsatz des Transporters. Doch ein Transfer mußte sofort stattfinden und ließ sich nicht mehr durchführen, wenn sie noch einige Minuten warteten.

B'Elanna Torres preßte die Lippen zusammen, und in ihrem Hals bildete sich ein Kloß. *Ich hatte mich bereits mit dem Tod abgefunden, bevor sich der Captain meldete.* Eigentlich hatte sie gar nicht die Freiheit, eine Entscheidung zu treffen. Sie mußte eine Pflicht erfüllen, die von beiden Aspekten ihres Wesens – der klingonischen und menschlichen Hälfte – akzeptiert wurde.

Was Redbay betraf ... Er lebte allein für seine Rache. Für ihn ergab sich kein Problem.

»Wir transferieren uns nicht, Captain. Es ... es gibt noch zuviel zu tun. Wir geben Ihnen Bescheid, sobald wir hier fertig sind.«

»Später ... nicht mehr imstande. Die ... immer schlimmer. Vielleicht ist dies der letzte Kom ... Möchten Sie zurückkehren?«

B'Elanna verband die beiden Kabel miteinander und nahm sich den nächsten Strang vor. »Nein«, sagte sie. »Danke Captain. Es war mir eine Ehre, Mitglied Ihrer Crew gewesen zu sein. Und es hat mir sogar gefallen, wieder eine solche Uniform zu tragen. Ich bedauere, daß es auf diese Weise enden muß ...«

Sie sprach nicht weiter, als sie bemerkte, daß der Kom-Kontakt unterbrochen war. Stumm setzte sie die Arbeit fort. Es gab tatsächlich noch viel zu tun.

Eine Stunde verging wie im Flug, und B'Elanna blickte auf die Anzeigen des Tricorders. »Inzwischen müßte die Sonne ... Oh, oh.«

»Wo liegt das Problem?« fragte Redbay mit dem Enthusiasmus des für Beschwerden zuständigen Angestellten.

»Leiden Sie an Übelkeit?«

»Nein.«

»Das wird sich bald ändern.«

»Strahlung?«

»Ja, und zwar nicht nur elektromagnetische. Hinzu kommt intensive Partikelstrahlung: Wasserstoff- und Heliumkerne. Außerdem Gamma- und Röntgenstrahlen. Alles ziemlich intensiv.«

»Sie wußten von der Gefährlichkeit dieses Jobs, als Sie ihn annahmen«, erwiderte Redbay schlicht.

Torres versuchte, ihre Stimme fest klingen zu lassen, doch ein leichtes Zittern ließ sich nicht daraus verbannen. »Ich hoffe nur, daß wir lange genug überleben, um diese Mission zu einem erfolgreichen Ende zu führen.« Eigentlich hatte sie etwas anderes sagen wollen, aber die Worte klangen richtig.

Redbay betrachtete das Ergebnis der Arbeit, die sie während der vergangenen neunzig Minuten geleistet hatten: Kabel, die Schleifen bildeten oder wie Lametta an einem Weihnachtsbaum von anderen Kabeln herabhingen. Weihnachten ... Er hatte dieses Fest immer gefeiert, bevor er zur U.S.S. *Enterprise* versetzt wurde. An Bord jenes Schiffes war es nach langer Zeit zu einem Wiedersehen mit seinem alten Kumpel Will Riker gekommen. Lebte er noch? Als Lieutenant Redbay durchs Wurmloch geflogen war ... Genausogut hätte er eine tote Welt hinter sich zurücklassen können, denn es bestand nicht die geringste Aussicht, jemals in die Heimat zurückzukehren.

Er starb nun. Jeder Atemzug kündigte mit stechenden Schmerzen den Tod an. Er ahnte, daß er Fieber hatte, und er rang mit zunehmender Benommenheit. Allerdings vermied er es, auf seinen Zustand hinzuweisen. B'Elanna schien soweit in Ordnung zu sein, was vielleicht an ihren klingonischen Genen lag. Doch was ihn betraf ... Nie zuvor in seinem Leben hatte er sich so elend gefühlt.

Er durfte nicht darauf hoffen, sich zu erholen. Ganz im Gegenteil: Es würde immer schlimmer werden, bis er schließlich zusammenbrach, während der intensive Partikelstrom die Zellen seines Körpers zerfetzte. Er war bereits so gut wie tot, ein wandelnder Leichnam. Und wenn schon. Eigentlich hatte ihn das Leben an jenem Tag verlassen, an dem er begriff, was ihn jenseits des Grabs erwartete. Während ihn die Furien mit Entsetzen quälten, bekam er Gelegenheit, einen Blick ins Jenseits zu werfen, und dort sah er … *nichts*.

Mit dem Tod endete seine Existenz, und damit hatte es sich. Es gab kein zweites oder gar ewiges Leben, wodurch selbst die Hoffnung ihren Sinn verlor. Die Verzweiflung angesichts dieser Erkenntnis war ebenso schlimm wie das auf den Angstprojektor zurückgehende Grauen. Er hatte geschrien und sich zusammengekrümmt, so wie B'Elanna. Doch etwas unterschied sie. Torres war jung und wußte nicht aus eigener Erfahrung, wozu die Furien fähig waren; bei ihr blieb die Furcht ein fremder Faktor, der aus ihr wich, als sie sich nicht mehr im Einflußbereich des Angstprojektors befand.

Redbays Entsetzen hingegen war total, denn *es hörte nie auf*. Er hatte einen Blick über den Tod hinaus geworfen und dort nur endloses graues Nichts gesehen. Das Ergebnis bestand aus existentieller Agonie, aus der Gewißheit von absolutem Chaos. Er sah dem eigenen Tod mit einer Angst entgegen, die von Minute zu Minute wuchs, selbst jenen fragilen Frieden zu zerschmettern drohte, der darauf beruhte, daß er die eigene Bedeutungslosigkeit akzeptierte. Nicht mehr zu existieren, nie wieder zu sein … Redbay starrte in einen metaphorischen Spiegel und sah dort nicht etwa sich selbst, sondern die Wände eines leeren Zimmers.

Seine Hände zitterten, als er ein weiteres Kabel hielt, damit es mit einem anderen verbunden werden konnte. Zusammen mit Torres verband er Input-Module mit

Output-Anschlüssen, und zwar abseits des Verteilers, der die Energie eigentlich kanalisieren sollte. Sie konstruierten das Glasfaser-Äquivalent eines Hochofens, richteten das energetische Potential des Monds gegen ihn selbst. Wenn die Energie übertragen wurde, sollte sie von hier aus möglichst viele Schaltkreise zerstören und dadurch die Erzeugung eines künstlichen Wurmlochs verhindern.

Doch dazu mußten sie möglichst viele Kurzschlüsse schaffen. *Bei diesem Tempo brauchen wir dazu noch etwa anderthalb Jahre*, dachte Redbay. *Verdammt!*

Er blickte zu B'Elanna und sah sie plötzlich als eine sehr attraktive Frau. Der in Redbays stählerner Hülle gefangene Mensch sehnte sich nach einem letzten Hauch von Menschlichkeit. »B'Elanna ... möchten Sie ... möchten Sie noch einmal mit einem Mann zusammen sein, bevor Sie sterben?«

»Nein«, antwortete sie knapp.

Soviel zur menschlichen Solidarität, dachte Redbay. Dann lächelte er, obwohl Torres es nicht sehen konnte. In seinem gegenwärtigen Zustand wäre er ohnehin nicht imstande gewesen, besonders viel zu leisten!

»Nur so ein Gedanke«, sagte er, wobei seine Stimme wieder kühl und distanziert klang. Die kurze Phase von Emotionalität und Verletzlichkeit war schon wieder vorbei. Er wußte nicht einmal, ob Torres kurz gezögert hatte, bevor sie ihm einen Korb gab. Es spielte auch keine Rolle. Nur auf die Kabel kam es an. Darauf, daß siebenundzwanzig Milliarden Furien in dem energetischen Chaos starben, das sie selbst schufen.

»Wie lange noch?« fragte er.

»Eine halbe Ewigkeit«, erwiderte B'Elanna im gleichen Tonfall, mit dem sie ihn zuvor zurückgewiesen hatte.

»Vielleicht leben wir lange genug.«

Torres brummte etwas Unverständliches und bog ein weiteres Kabel.

24

Captain Kathryn Janeway saß auf der Brücke, sah zum Hauptschirm und beobachtete eine Sonne, die regelrecht zu brodeln schien. Inzwischen funktionierten die Ortungssysteme der *Voyager* wieder, und deshalb konnten die Kommandantin und ihre Crew dem solaren Kollaps zusehen.

Die Bela-Neutron-Apparate – kosmische Nanotechnik – absorbierten bereits so viele Bosonen, Protonen, Neutronen, Leptonen und Photonen, daß die Sonne erstaunlich dunkel und kalt wirkte. Menschen konnten fast einen direkten Blick darauf richten – aber eben nur fast. Die Oberflächentemperatur blieb bei sechstausend Grad konstant, aber im Kern sank sie, als die Bela-Neutron-Apparate hochenergetische Partikel aufnahmen und dafür nutzlose Neutrinos freisetzten.

Es würde nicht mehr lange dauern, bis die Temperatur im Kern auf einen Wert sank, der nicht mehr die Fusion von Helium erlaubte – während dieser Phase hatte sich die Sonne bereits so stark zusammengezogen, daß die Fusion von Wasserstoff nicht genügte, um den Druck der Gravitation auszugleichen. Das Ergebnis bestand in einem weiteren Kollaps, der die Kerntemperatur rapide ansteigen ließ und die Fusion des nächsten Elements – Lithium – erlaubte.

Schließlich mußte es zu einer kolossalen Explosion kommen, bei der die Sonne einen großen Teil ihrer Masse ins All schleuderte. Die Bela-Neutron-Apparate würden eine große Quantität dieser Energie absorbieren, doch der Rest genügte, um ein künstliches Wurmloch zu schaffen, das den ganzen Furienplaneten in den Alpha-Quadranten versetzte. Einen Planeten mit siebenundzwanzig Milliarden Furien, die entschlossen waren, die ›Unreinen‹ aus ihrem ›Paradies‹ zu vertreiben.

Siebenundzwanzig Milliarden … Vermutlich verfügte der Planet über ein Antriebssystem, damit er wie ein Raumschiff gesteuert werden konnte. Vielleicht ermöglichte es sogar Warpgeschwindigkeiten.

Im Vergleich mit den Furien wirkten die Borg geradezu harmlos.

Eins Komma fünf Hundertstel Sekunden nach dem Transfer des Wurmlochs löste sich der Mond im energetischen Orkan auf. Mit ihm verschwanden B'Elanna Torres und Redbay.

Oder? Ein sonderbarer Gedanke regte sich hinter Janeways Stirn. Angesichts der besonderen Eigenschaften von Bela-Neutron-Apparaten genügte die den Mond erreichende Energie vielleicht nicht, seine Moleküle zu zerfetzen. Die Kommandantin schüttelte den Kopf. Solche Überlegungen mußten Spekulationen bleiben, denn bisher war es in der Föderation niemandem gelungen, einen wirklich funktionierenden Bela-Neutron-Apparat zu konstruieren. Sie stellte sich vor, wie die Energie den Mond zwar aufplatzen ließ, ihn aber nicht in eine ionisierte Plasmawolke verwandelte.

Was mochte geschehen, wenn sich B'Elanna und Redbay auf der von der Sonne abgewandten Seite befanden, wenn die Sonne zur Supernova wurde? Bestanden die Konsequenzen für sie darin, im Vakuum des Alls zu sterben? Janeway schauderte unwillkürlich. Besser war es, im energetischen Sturm einen schnellen, schmerzlosen Tod zu finden.

Solche Gedanken ließen sie verdrießlich werden. Als Captain hatte Kathryn Janeway bereits mehreren Besatzungsmitgliedern Befehle erteilt, die zu ihrem Tod führten, doch nie zuvor mit einer solchen Gewißheit.

Schmerz stach in ihr, und rasch schirmte sie jenen Teil ihres Selbst vom Rest des Bewußtseins ab. Derzeit durfte sie sich keine derartigen Gefühle leisten. Sie mußte vorübergehend wie Tuvok werden. Andernfalls ließ sie sich vielleicht zu irgendeiner Aktion hinreißen, um B'Elanna und Redbay zu retten – was das Ende für die *Voyager* und ihre Crew bedeuten konnte.

Es gibt keine Chance für sie, dachte Janeway immer wieder. *Sie sind bereits tot. Sie sind bereits tot!*

Sie schloß die Augen und sah, wie B'Elanna dort durch die Schwärze des Alls flog, wo sich einst ein Planet gedreht hatte. Mit weit aufgerissenem Mund suchte sie nach Luft, wo es nur interstellaren Staub gab.

Janeway hob die Lider wieder und blickte zur Sonne.

Mit einem leisen Piepen öffnete sich ein interner Kom-Kanal, und die Stimme des holographischen Arztes ertönte. Aufregung vibrierte darin.

»Captain! Captain Janeway, entweder hatte ich gerade eine Art Offenbarung oder einen seltsamen Traum.«

»Einen *Traum*? Ist alles in Ordnung mit Ihnen, Doktor?«

»Ich denke schon. Einen Augenblick bitte ... Ja, alle meine Systeme funktionieren im Rahmen normaler Parameter.«

»Wieso sind Sie aktiviert?«

»Nun, um ganz ehrlich zu sein ... Niemand hat mich abgeschaltet, nachdem ich im Anschluß an Ihre letzte Eskapade mit den Furien alle Verletzten behandelte.«

»Wir haben Ihnen doch die Möglichkeit gegeben, sich selbst abzuschalten.«

Der Doktor wirkte nachdenklich, was ihm erstaunlich gut gelang, wenn man seine holographische Natur bedachte. »In der Tat. Allerdings ziehe ich es immer häufiger vor, bei Bewußtsein zu bleiben. Bei Bewußtsein? Ist das richtig ausgedrückt? Nun, ich *fühle* mich zumindest wie eine Person mit eigenem Bewußtsein.«

Janeway wurde ungeduldig. »Worauf wollen Sie hinaus, Doktor? Was hat es mit Ihrer ›Offenbarung‹ auf sich?«

»Zuerst muß ich Ihnen eine technische Frage stellen: Wie stark ist die energetische Schockwelle, wenn sie den Mond erreicht?«

Janeway wölbte beide Brauen. Sie empfand es als im höchsten Maße beunruhigend, daß ein Hologramm imstande war, gewissermaßen ihre Gedanken zu lesen. »Ich habe gerade über das gleiche Problem nachgedacht. Zwar sind bisher noch keine entsprechenden Simulationen durchgeführt worden, aber ich *vermute* folgendes: Die Energie der Supernova wird die zur Sonne gewandte Seite des Mondes zerstören, aber nicht ausreichen, um den ganzen künstlichen Trabanten zu verdampfen.«

»Was ist mit der anderen Seite des Mondes? Wie sehr wird sie in Mitleidenschaft gezogen?«

»Ich weiß es nicht. Vielleicht halten sich die dortigen Schäden in Grenzen. Denkbar ist aber auch, daß mich mein Instinkt trügt und tatsächlich der ganze Mond vernichtet wird. Warum fragen Sie danach?« Trotz ihres recht schroffen Tonfalls begann Janeway zu ahnen, daß der Doktor etwas entdeckt hatte. Vielleicht ließ sich dadurch eine aussichtslose *Kobayashi-Maru*-Situation in etwas verwandeln, das sich meistern ließ. James T. Kirk hatte das Problem mit einer geschickten Umprogrammierung gelöst ...

»Nun, es ist ein wenig unkonventionell, aber mir erscheint der menschliche Körper ein ganzes Stück widerstandsfähiger, als man gemeinhin annimmt. Sie wissen vermutlich, was passiert, wenn ein Mensch plötzlich dem Vakuum ausgesetzt wird?«

»Äh ... explosive Dekompression?« Der Unterschied betrug nur eine Atmosphäre, so wie beim plötzlichen Auftauchen aus einer Tiefe von zehn Metern. »Ich glaube, die Blutgefäße in den Lungen platzen.«

»Ausgezeichnet. Falls Sie es leid sind, Captain zu sein, könnten Sie wie Kes als medizinische Assistentin in der Krankenstation arbeiten. Während unseres bisherigen Gesprächs habe ich einige Simulationsprogramme gestartet, und die Ergebnisse der betreffenden Elaborationen laufen auf folgendes hinaus: Wenn ein Mensch dem Vakuum ausgesetzt wird, so bedrohen ihn mehrere Faktoren – die jedoch *nicht sofort* zum Tod führen. Die Haut gefriert, aber im leeren Raum ist es gar nicht so einfach, Wärme abzustrahlen. Das wissen Sie aufgrund Ihrer technischen Studien. In flüssigem Stickstoff würde ein menschlicher Körper viel schneller gefrieren. Zwar ist diese Substanz nicht so kalt wie das All, aber sie leitet Wärme wesentlich schneller ab.«

»Ja. Doktor, wollen Sie etwa andeuten, daß eine Person …«

»Die Blutgefäße in Lungen, Nase und Augen platzen. Es kommt zum Erstickungstod – aber erst nach einer gewissen Zeit.«

»Bitte drücken Sie sich etwas deutlicher aus, Doktor«, sagte Janeway.

Der holographische Arzt zögerte. Vermutlich startete er die Simulationsprogramme noch einmal, um ganz sicher zu sein. Doch für Janeway ergab sich der Eindruck eines Mannes, der nach den richtigen Worten suchte, um etwas zum Ausdruck zu bringen, das verrückt klang.

»Captain, soweit ich weiß, können wir die Transporter nicht einsetzen, weil die starken Neutrino-Emissionen von den Bela-Neutron-Apparaten ihre Funktion beeinträchtigt. Ist das richtig?«

Janeway nickte.

»Wenn uns die Schockwelle der Supernova passiert hat, sind die Bela-Neutron-Apparate zerstört – was bedeutet, daß unsere Transporter wieder funktionieren müßten.«

Janeway wiederholte ihr stummes Nicken und hörte aufmerksam zu.

»Nun, Captain, nehmen wir an, die Einsatzgruppe hält sich auf der sonnenabgewandten Seite des Mondes bereit, wenn die Schockwelle den Trabanten trifft. Nehmen wir weiter an, daß die energetische Stoßwelle aufgrund der absorbierenden Bela-Neutron-Apparate weniger stark ist als sonst bei einer Supernova ... Unter solchen Voraussetzungen könnten B'Elanna Torres und Lieutenant Redbay das energetische Chaos vielleicht überleben. Captain, ich versichere Ihnen mit einem ausdrücklichen Hinweis auf mein sehr umfangreiches medizinisches Fachwissen: B'Elanna Torres und Lieutenant Redbay könnten es im Vakuum des Alls bis zu neunzig Sekunden lang aushalten, ohne so viel Wärme zu verlieren, daß Wiederbelebungsversuche sinnlos werden. Wenn wir sie direkt zur Krankenstation beamen, wären wir vielleicht imstande, ihnen das Leben zu retten.«

Janeway schwieg und spürte, wie eine seltsame Taubheit ihre Hände und Füße erfaßte. Wahnsinn – sich ohne Schutzanzug dem Vakuum des Alls aussetzen, allein mit der Hoffnung, von der *Voyager* gefunden und an Bord gebeamt zu werden. Während ihrer ganzen Zeit in Starfleet hatte Janeway nie von einem vergleichbaren Zwischenfall gehört.

Andererseits ... Neu war auch der Versuch, mit einer künstlichen Supernova ein künstliches Wurmloch zu schaffen. Wie hatte es der alte terranische Biologe J. B. S. Haldane ausgedrückt: *Das Universum ist nicht nur seltsamer, als wir annehmen, sondern noch seltsamer, als wir annehmen können.*

»Doktor, bereiten Sie die Krankenstation auf den Empfang von zwei sehr, *sehr* kalten Besatzungsmitgliedern vor.«

»Aye, Captain. Medizinisches Holo-Notprogramm Ende.«

»Commander Chakotay, Sie haben das Kommando.«

»Ja, Captain. Wohin gehen Sie?«

»Zum Maschinenraum. Wir *müssen* eine Möglichkeit finden, mit Torres und Redbay zu kommunizieren und ihnen mitzuteilen, daß sie so bald wie möglich die sonnenabgewandte Seite des Mondes aufsuchen sollen. Chakotay, überwachen Sie die Sonne mit den Subraum-Sensoren. Wenn sie zur Supernova wird, bleibt uns wieviel Zeit? Nach sieben Minuten erreicht der elektromagnetische Impuls den Mond, und nach weiteren drei Stunden trifft die davongeschleuderte solare Materie ein. Halten Sie die Schilde stabil. Wir bemühen uns, die Explosion so gut wie möglich zu überstehen, und anschließend suchen wir nach der Einsatzgruppe.«

Janeway stand auf, ging mit langen Schritten zum Turbolift und spürte dabei eine Zielstrebigkeit, die ihr neue Kraft verlieh.

B'Elanna Torres ließ den Glasfaserstrang los, den sie gerade mit einem anderen verbunden hatte, und anschließend versuchte sie, sich zu entspannen. Zwar fand die Arbeit in der Schwerelosigkeit statt, aber sie fühlte sich trotzdem müde und ausgelaugt. Sie war schweißgebadet; das feuchte Haar klebte an Schläfen und Stirn fest. Einige Sekunden lang ließ sie sich in der Luft treiben, schloß die Augen und atmete mehrmals tief durch.

Lieutenant Redbay hielt den Strang fest und sah zur Chefingenieurin. Die langen Anstrengungen schienen nicht die geringsten Auswirkungen auf ihn zu haben.

»Sind Sie nicht wenigstens *ein bißchen* erschöpft?« fragte B'Elanna verärgert.

Redbay lächelte, und Torres schauderte innerlich. *Der Zorn auf die Furien gibt ihm alle Kraft, die er braucht,* dachte sie.

Inzwischen gab es zahlreiche Kabel und Glasfaserstränge, deren Anschlüsse so verändert worden waren, daß sie beim energetischen Transfer Kurzschlüsse verursachten. Die kanalisierte Energie der Supernova sollte sich hier unkontrolliert und destruktiv entladen, anstatt ein künstliches Wurmloch zu schaffen.

B'Elanna öffnete die Augen wieder und drehte sich langsam um die eigene Achse. Kummer erfaßte sie – ihre Bemühungen genügten nicht.

Sie reichten einfach nicht aus. Es gab hier Hunderttausende von Kabeln, die sich hin und her wanden, vom Kollektor zu den Schaltkreisen führten. Torres schüttelte den Kopf und mußte die Zähne zusammenbeißen, um keinen enttäuschten, wütenden Schrei auszustoßen.

So viel wir auch arbeiten – hier richten wir überhaupt nichts aus. Es ist zwecklos!

»Glauben Sie wirklich, daß wir auf diese Weise die kontrollierte Projektion der Energie verhindern können?« fragte Redbay plötzlich.

Torres schnappte unwillkürlich nach Luft und starrte den Lieutenant groß an. Verfügte er über telepathische Fähigkeiten? War er imstande, in ihre Gedanken und vielleicht sogar in ihre Seele zu sehen? »Warum fragen Sie mich das?«

»Ich bin Ihrem Blick gefolgt. Es gibt hier ziemlich viele Kabel, nicht wahr? Bewirken wir irgendeinen Unterschied?«

B'Elanna schüttelte erneut den Kopf.

»Dann sollten wir uns vielleicht etwas anderes einfallen lassen«, sagte Redbay.

»Oh, herzlichen Dank. Eine hervorragende Idee, Lieutenant. Und was schlagen Sie vor? Sollen wir den Phaser auf Überladung justieren, in der Hoffnung, dadurch den ganzen Mond in die Luft zu jagen? Sollen wir das verdammte Ding drehen, damit der Projektor in den leeren Raum zielt? Oder wie wär's, wenn wir die Wurmloch-Kanone mit einem Korken zustopfen?«

Redbay lächelte schief, wie ein irrer Klingone kurz vor einem Amoklauf. »He, das klingt gar nicht übel.«

»Meinen Sie das mit dem Korken? Wir wissen nicht einmal, wo sich die Wurmloch-Kanone befindet!«

»Nein, die andere Sache.«

»Den Phaser auf Überladung justieren? Lieber Himmel, seine Energie reicht nicht, um …«

»Nein, nein! Der *zweite* Vorschlag. Den Mond zu drehen, damit der Projektor ins leere All zeigt …«

»Den Mond drehen? Redbay, wir können doch nicht …«

»Er befindet sich in einem stationären Orbit, stimmt's? Wir haben vermutet, der Grund dafür sei die Notwendigkeit, die vom Sonnenkäfig gesammelte Energie aufzunehmen. Aber es steckt noch mehr dahinter. Es handelt sich nicht nur um einen stationären Orbit, sondern um die L-4-Position in Hinsicht auf die Sonne und den Planeten, nicht wahr?«

»Ich … ich glaube schon. Wenn ich mich recht entsinne, haben wir diesen Punkt nie genau überprüft, aber … Nun, der Mond befindet sich in der gleichen Umlaufbahn wie der Planet, etwa sechzig Grad vor ihm. Das müßte tatsächlich die stabile Lagrange-4-Position sein.«

»Was bedeutet: In bezug aufeinander verändern Sonne, Planet und Mond ihre Position nicht, oder?«

»Genau darin besteht die Definition der stabilen L-4-Position.«

»Begreifen Sie denn nicht, Torres? Diese Anordnung dient nicht dazu, den Kollektor auf die Sonne zu richten. Sie ist das hellste Objekt im System und läßt sich daher kaum übersehen.

Nein, die L-4-Position hat vor allem den Zweck, den Projektor des Wurmlochs *ständig auf den Planeten gerichtet zu halten*. Es geht darum, den Dimensionstunnel an der richtigen Stelle entstehen zu lassen, damit er wirklich eine Verbindung zum Alpha-Quadranten darstellt. Und damit überhaupt ein Transfer für den Planeten möglich ist.«

B'Elanna stand einige Sekunden lang mit offenem Mund da, während sie in Gedanken mehrere Berechnungen vornahm. »Beim Blut meiner Feinde – Sie haben recht! Es gibt keine andere Erklärung! Redbay, ist Ihnen klar, was das heißt? Selbst eine geringfügige Manipulation des Projektionsmechanismus könnte dazu führen, daß sich das Wurmloch im leeren All bildet – und dann kann der Transfer des Planeten nicht stattfinden!«

25

Inzwischen haben wir seit zwei Stunden keinen Kom-Kontakt mehr zur *Voyager*«, sagte Redbay. »Wie lange dauert es noch, bis die Sonne zur Supernova wird?«

B'Elanna zuckte mit den Schultern. In diesem Zusammenhang konnte sie nicht auf besondere Kenntnisse zurückgreifen. »Ich weiß es nicht. Vielleicht erfolgt die Explosion in dreißig Minuten. Möglicherweise bleiben uns aber auch noch sechs Stunden.«

»Wir sollten uns beeilen, Torres. Wir müssen das Zielerfassungsmodul so schnell wie möglich finden und dort mit neuen Kabelverbindungen für Kurzschlüsse sorgen.«

Fast fünfundvierzig Minuten lang sondierte B'Elanna mit ihrem Tricorder, während sich Redbay mühsam in Geduld faßte. Die Chefingenieurin wußte in groben Zügen, wonach es Ausschau zu halten galt: nach einem empfindlichen Mechanismus, umgeben von Trägheits- und Subraum-Navigationssensoren, mit einer direkten Verbindung zum Drehpunkt des fast achthundert Kilometer langen Rohrs, das zweifellos den ›Lauf‹ des Wurmloch-Projektors darstellte. Das Problem war: Diese Beschreibung blieb vage genug, um auf mehrere Installationen zuzutreffen, die von B'Elanna genauer untersucht werden mußten. Was Zeit kostete.

Doch sie lernte. Wenn sie ein vielversprechendes ›Tal‹ fand, schaltete sie auf schmaleren Fokus um und erstellte ein dreidimensionales Modell des betreffenden Bereichs. Immer wieder fand sie Faktoren, die nicht den

Voraussetzungen genügten: zuwenig Energie, um den Lauf zu bewegen, keine direkte Sichtverbindung zum Planeten ... B'Elanna setzte die Suche fort, bis sie einen Ort fand, der auch nach einer zehn Minuten langen Analyse noch aussichtsreich erschien.

»Ich glaube, ich habe die Zielerfassung gefunden. Ganz sicher bin ich nicht, aber es spricht eine hohe Wahrscheinlichkeit dafür.«

Redbay warf einen Blick aufs Chronometer. »Wir können es uns nicht leisten, noch mehr Zeit zu verlieren. Entweder nehmen wir uns den von Ihnen georteten Bereich vor, oder wir geben uns geschlagen.«

»Dort entlang«, sagte B'Elanna. »Es sind etwa fünf Kilometer.«

Torres übernahm die Führung, und mit weiten Sätzen sprangen sie durch die Schwerelosigkeit. Innerhalb weniger Minuten legten sie fast fünf Kilometer zurück und näherten sich dem Ziel bis auf wenige hundert Meter.

Das Zielerfassungsmodul befand sich nicht auf dem Boden des ›Tals‹, sondern zweihundert Meter darunter, weiter in Richtung Mondmitte. Es wies keinen erkennbaren Zugang auf, und Redbay verwendete seinen Phaser, um es ihnen zu ermöglichen, die Schaltsysteme zu erreichen. Unter B'Elannas Anleitung durchtrennte er anschließend dreißig Glasfaserstränge. Torres stellte verärgert fest, daß sich der Handphaser immer mehr als ein sehr nützliches Werkzeug erwies — und gerade auf dieses Instrument hatte sie ganz bewußt verzichtet.

Rasch verbanden sie Kabel, bei denen ganz offensichtlich keine Verbindungen vorgesehen waren. Es kam darauf an, Kurzschlüsse zu bewirken, die möglichst viele Schaltkreise ausfallen ließen, bevor sie ihren vorgesehenen Zweck erfüllen konnten. Sie arbeiteten mit fieberhafter Eile, und B'Elanna fragte sich immer wieder, ob die Sonne bereits zur Supernova geworden war. In dem Fall dauerte es etwas mehr als sieben Minuten, bis die Energie den Mond erreichte. Die von der solaren Explosion ins All geschleuderte Materie würde einige Stunden später eintreffen und das zerfetzen, was vom Mond übriggeblieben war.

Vielleicht ist es bereits zu spät, dachte B'Elanna. *Vielleicht sterben wir in der nächsten Sekunde.*

Captain Kathryn Janeway war vorübergehend in die Rolle der Chefingenieurin geschlüpft, wischte sich die Hände ab und sah zum Monitor. Er zeigte ihr ein Diagramm der modifizierten Kom-Technik.

Nach einer Stunde harter Kopfarbeit war Janeway davon überzeugt, daß sich trotz der starken Interferenzen ein externer Kom-Kontakt herstellen ließ. Allerdings blieb ihnen dabei keine andere Wahl, als auf den Schildkeil zu verzichten. Mehr noch: Es bestand sogar das Risiko eines völligen Ausfalls der Deflektoren. Jene Modifikation, mit der Carey die Schilde gebogen hatte, erlaubte es Janeway, die Schildenergie mehrere hunderttausend Kilometer weit ins All zu projizieren, die Deflektoren lanzenartig zu dehnen.

Auf diese Weise ließen sich die Kom-Signale vor den Interferenzen abschirmen. Allerdings: Die Schilde konnten dadurch nicht mehr das Schiff schützen, und wenn ihre Dehnung so stark wurde, daß sich die beiden Seiten berührten ... Dann kam es zu einer Überladung der betreffenden Schaltkreise, die zu ihrem Ausfall führte. Eine Reparatur mochte Stunden dauern, und während dieser Zeit mußte die *Voyager* auf ihre Deflektoren verzichten.

Einmal mehr fragte sich Janeway, ob sie ein solches Risiko eingehen durfte.

»Lieutenant Carey, ich benötige Informationen von Ihnen. Wie wahrscheinlich ist ein Kollaps der Schilde?«

Carey befeuchtete sich die Lippen. *Ihm fehlen Daten, und es gefällt ihm nicht zu spekulieren*, dachte Janeway.

»Es kommt darauf an, wie weit die Dehnung reicht, Captain. Je weiter, um so ...«

»Ich brauche eine Zahl. Bitte nennen Sie mir die Wahrscheinlichkeit.«

Carey blickte zwei oder drei Sekunden lang ins Leere. »Ich glaube, für den Kollaps der Schilde spricht eine Wahrscheinlichkeit von siebenunddreißig Prozent, Captain«, sagte er. Rote Verlegenheitsflecken bildeten sich auf seinen Wangen, und er mied Janeways Blick.

Woher er diese Zahl wohl hat? überlegte die Kommandantin.

Sie wußte, daß es sich um einen fiktiven Wert handelte, doch es spielte keine Rolle. »Siebenunddreißig«, wiederholte sie und gab sich den Anschein, die Auskunft ernst zu nehmen. »Das ist gar nicht so schlecht. Also gut – treffen Sie Vorbereitungen für eine Dehnung der Schilde.«

»Aye, Captain.« Carey drehte sich halb um, streckte die Hand nach einer Schaltfläche aus und wartete.

Janeway schluckte. »Ausführung.«

Carey startete das Modifizierungsprogramm, und sofort veränderte sich die Darstellung auf dem Monitor. Janeway beobachtete fasziniert, wie eine Spitze aus den Schilden wuchs und sich immer mehr ins All dehnte, wobei die Entfernung zwischen den Seiten immer mehr schrumpfte. Aufmerksam beobachtete sie den Vorgang und hob schließlich die Hand, als die ›Spitze‹ eine Länge von hunderttausend Kilometern erreichte. Carey berührte eine andere Schaltfläche.

»Weiter möchte ich nicht gehen«, sagte Janeway. »Jetzt können wir uns dem Mond nähern und versuchen, eine Kom-Verbindung herzustellen!«

Lieutenant B'Elanna Torres arbeitete immer hastiger und stellte sich dabei vor, wie ein mordgieriges Phantom heranschlich, um sie zu töten. In jedem Augenblick konnte die Sonne zur Supernova werden, und dann raste Energie durchs All, um vom solaren Käfig absorbiert und zum Mond weitergeleitet zu werden …

Die Chefingenieurin fühlte sich wie besessen, und zum erstenmal glaubte sie, Redbay zu verstehen. Auch sie selbst hatte das pure Entsetzen zu spüren bekommen. Nie wieder konnte sie in aller Ruhe darüber nachdenken, ob es richtig war, siebenundzwanzig Milliarden Furien dem Tod preiszugeben. Für sie gab es jetzt nicht mehr den geringsten Zweifel daran, wie die Antwort auf diese Frage lauten mußte.

Als ihr Insignienkommunikator piepte, reagierte Torres zunächst nicht. Das Geräusch erschien ihr fast unwirklich. Das Piepen wiederholte sich, verlangte nach Aufmerksamkeit.

Aus einem Reflex heraus klopfte B'Elanna auf das kleine Gerät.

»Torres, hier spricht Captain Janeway. Wir haben ein kleines Kom-Fenster, und ich nutze es, um Ihnen von einer neuen taktischen Entwicklung zu berichten.«

B'Elanna lauschte den Erläuterungen und fand sie alles andere als plausibel. Doch ein Teil von ihr war auch fasziniert: der erste Starfleet-Offizier zu sein, der sich ohne Schutzanzug dem Vakuum des Alls aussetzte und überlebte, um davon zu erzählen …

Wenn sie überlebte.

»Ich möchte Ihnen nichts vormachen, B'Elanna. Die Erfolgsaussichten bei dieser Sache erscheinen mir nicht besonders groß.«

»Sie bieten uns mehr, als wir bisher haben. Derzeit sind unsere Chancen gleich null.«

»Ja.«

»Sind Sie in der Lage, uns mit den Sensoren zu orten?«

»Ich denke schon. Haben Sie irgendeine Möglichkeit, die andere Seite des Mondes zu erreichen? Vielleicht sollten Sie sich sofort auf den Weg machen.«

»Ja, wir haben eine solche Möglichkeit. Wie lange

dauert es, bis es nach dem letzten Kollaps der Sonne zur Explosion kommt?«

»Das wissen wir nicht genau. Ich schätze, es könnten bis zu dreißig Minuten vergehen.«

»Mehr nicht? Das ist ziemlich knapp. Vielleicht schaffen wir es nicht ganz bis zur anderen Seite. Captain, können Sie uns warnen, sobald Sie Anzeichen für den letzten Kollaps entdecken?«

»Ja. Wollen Sie dann zur sonnenabgewandten Seite aufbrechen?«

»Aye, Captain«, bestätigte B'Elanna und verband einen weiteren Glasfaserstrang mit einem Schaltkreis des Zielerfassungsmoduls.

»Wir geben Ihnen Bescheid, wenn die Sonne kollabiert. Janeway Ende.«

Die Kom-Verbindung war gerade unterbrochen, als Redbay sagte: »Ich dachte, es sei nicht möglich, einen Kontakt herzustellen.«

B'Elanna zuckte mit den Schultern. Sie hatte keine Zeit damit verloren, entsprechende Fragen zu stellen. Janeway verfügte über erhebliches technisches Geschick, und ganz offensichtlich war es ihr gelungen, das Kommunikationsproblem zu lösen. Torres konzentrierte sich wieder auf ihre Tätigkeit als Saboteurin. Aus den Augenwinkeln sah sie, wie Redbay nachdenklich zur Decke hochblickte, um sich dann wieder der Aufgabe zu widmen, eine Invasion zu verhindern.

Captain Janeway schloß den externen Kanal, doch eine Sekunde später klang erneut eine Stimme aus dem Kom-Lautsprecher.

»Captain«, begann Kim, »der solare Energiefluß nimmt erheblich zu, wodurch sich gewisse Probleme für die Navigation ergeben. Der Strom aus schweren Partikeln beeinträchtigt die Leistungsfähigkeit der Sensoren.«

»Wir müssen unbedingt in der gegenwärtigen Umlaufbahn bleiben, Fähnrich! Die *Voyager* darf nicht abtreiben – dadurch wü den wir den Kom-Kontakt mit der Einsatzgruppe verlieren. Ist Paris noch …«

»Ja, Captain.« Es geschah nicht sehr oft, daß Kim die Kommandantin unterbrach. »Er ist noch immer damit beschäftigt, das Schiff auf dem richtigen Kurs zu halten.«

»Dabei sollten wir ihn besser nicht stören. Halten Sie es für erforderlich, daß ich zur Brücke zurückkehre?« Janeway hielt unwillkürlich den Atem an.

Sie bekam die erhoffte Antwort. »Nein, Captain. Ich glaube, wir kommen hier auch allein zurecht. Es müßte eigentlich möglich sein, das Schiff zu stabilisieren und … Meine Güte! Wir treiben ab, Captain …«

»O nein.« Janeway sah zum Monitor und beobachtete, wie sich die Schilde noch weiter dehnten, dabei immer schmaler wurden. »Janeway an Paris! Warum bewegen wir uns?«

»Die Kontrollen fürs Impulstriebwerk reagieren nicht mehr richtig, Captain«, erwiderte der Pilot. »Es liegt an der starken Strahlung. Ich versuche zu kompensieren …«

»Deaktivieren Sie das Triebwerk!«

»Das ist leichter gesagt als getan«, antwortete Paris. »Die Kontrollen sind blockiert, vermutlich aufgrund mangelnder Abschirmung vor dem solaren Partikelstrom.«

Janeway seufzte. »Großartig! Ohne die Erweiterung des Schilds hätten wir überhaupt keinen Grund, hier zu sein, Paris!«

»Captain«, warf Lieutenant Carey ein, »bitte verzeihen Sie, aber die Dehnung erreicht jetzt ein kritisches Maß.«

Janeway blickte erneut auf den Schirm und stellte fest, daß Carey recht hatte. »Treffen Sie Vorbereitungen dafür, den Schilden wieder die vorherige Struktur zu geben. Paris, bringen Sie das verdammte Triebwerk unter Kontrolle. Carey, auf mein Zeichen hin: drei, zwei ...«

Kathryn Janeway erhielt keine Gelegenheit, den Countdown zu beenden. Als sie *eins* sagte, kam es an der Spitze des gedehnten Segments zu einem Kontakt. Die Schilde waren nicht unendlich dünn, sondern hatten eine bestimmte Dicke. Als der Durchmesser des Schildkeils unter das Doppelte dieses Werts sank, ließ sich eine Berührung nicht mehr vermeiden.

Von einem Augenblick zum anderen sanken die energetischen Anzeigen auf dem Pult vor Janeway auf null. Balkendiagramme schrumpften zur Grundlinie.

Die *Voyager* hatte ihre vorderen Schilde verloren – und damit auch die Möglichkeit, einen neuerlichen Kom-Kontakt mit der Einsatzgruppe herzustellen.

Janeway begriff erschrocken, daß es Stunden dauern würde, um die notwendigen Reparaturen vorzunehmen. Und in der Zwischenzeit ... Wenn der Bug des Schiffes bei der Supernova-Explosion zur Sonne zeigte, so mußte es ebenso mit Zerstörung rechnen wie die entsprechende Seite des Monds.

»Paris ...« Sie versuchte, ruhig zu sprechen. »Drehen Sie die *Voyager* so, daß das Heck in Richtung Sonne zeigt. Und halten Sie die Position!« Diesem Punkt kam zentrale Bedeutung zu. Die rückwärtigen Schilde genügten wahrscheinlich, um das Schiff vor dem Strahlensturm zu schützen – vorausgesetzt, das Heck zeigte genau zur Sonne.

Carey wirkte bestürzt. »Captain, soll ich ...«

»Ob Sie mit der Reparatur beginnen sollen, damit wir die Bugschilde so schnell wie möglich zurückbekommen? Ja. Außerdem brauchen wir einen neuen Schildkeil, um noch einmal eine Kom-Verbindung zur Einsatzgruppe herzustellen. Beeilen Sie sich!«

Derzeit waren sie nicht imstande, eine Nachricht zu übermitteln. Janeway dachte an ihr Versprechen,

Redbay und Torres zu warnen, um sie in die Lage zu versetzen, rechtzeitig die andere Seite des Mondes zu erreichen. Diese Möglichkeit bestand jetzt nicht mehr. B'Elanna und Lieutenant Redbay würden ihre Sabotageaktionen tief im Innern des Monds fortsetzen – bis schließlich die Energieflut der Supernova kam und sie innerhalb eines Sekundenbruchteils verbrannte.

26

B'Elanna Torres versuchte, ihre Finger zu lösen, aber sie blieben krampfhaft fest um einen Glasfaserstrang geschlossen. »Verdammt!« brummte sie. Der Strang war inzwischen mit einem Zielerfassungsschaltkreis verbunden, doch ihre Hand klebte daran fest, schien unbedingt ein Teil der Glasfasern sein zu wollen.

»Schweben Sie nicht einfach so herum«, sagte sie zu Redbay. »Helfen Sie mir.«

»Sie wirken recht pittoresk«, erwiderte der Pilot. »Man könnte Sie mit einer lebenden Fahne vergleichen.«

»Wenn das ein Witz sein soll, so muß ich Sie enttäuschen. Derzeit ist mein Sinn für Humor nicht besonders stark ausgeprägt.«

»An Ihrer Stelle erginge es mir vermutlich ebenso.«

»Halten Sie endlich die Klappe und helfen Sie mir. Warum bekommen wir keine Nachricht von der *Voyager*? Captain Janeway könnte sich wenigstens melden, um uns wissen zu lassen, daß nach wie vor die Möglichkeit der Kommunikation besteht.«

Redbay bedachte Torres mit einem durchdringenden Blick. »Vielleicht besteht sie nicht mehr«, entgegnete er ungerührt.

B'Elanna hatte plötzlich das Gefühl, etwas Wichtiges vergessen zu haben. Sie klopfte auf ihren Insignienkommunikator. »Torres an Janeway. Hören Sie mich? Hört mich jemand? Großartig! Einfach toll! Es besteht schon seit einer ganzen Weile kein Kom-Kontakt mehr, und wir wußten nichts davon. Inzwischen könnte die Sonne bereits zur Supernova geworden sein. Vielleicht ist der Energiesturm schon hierher unterwegs!«

»Ich glaube, hier können wir nicht mehr ausrichten, Torres.« Redbay deutete zu den Kabeln, die mit verschiedenen Schaltkreisblöcken des Zielerfassungsmoduls verbunden waren.

»Wir sind noch nicht fertig.«

»Wenn Sie überleben wollen, sollten wir jetzt besser aufbrechen.«

»*Wir sind noch nicht fertig*.«

Redbay sah die Entschlossenheit in B'Elannas Gesicht und zuckte mit den Achseln.

Für ihn ist es ohnehin gleich, dachte Torres. *Er starb im Alpha-Quadranten, fast siebzigtausend Lichtjahre entfernt*.

Redbay löste B'Elannas verkrampfte Hand vom Strang, und verband das Kabel mit einem Schaltkreis, während Torres mehrmals die Finger krümmte und streckte.

Weitere fünfzehn Minuten verstrichen. Im Lauf der Stunden hatten sie Erfahrungen gesammelt und brauchten daher weniger Zeit, um neue Verbindungen herzustellen, die Energie in falsche Richtungen leiten sollten.

»Können wir jetzt los, Teuerste?«

Mit schmerzenden Fingern betätigte B'Elanna die Kontrollen ihres Tricorders. »Etwa sechs Kilometer entfernt gibt es einen zur Rückseite des Mondes führenden Magnetbahnschacht. Dort entlang.«

Mit weiten, eleganten Sprüngen kamen sie schnell voran. Doch als sie eintrafen, stellte sich heraus, daß der Schacht etwa zweihundertfünfzig Meter über ihnen begann. Vermutlich benutzten die Wartungstechniker der Furien spezielle Fahrzeuge, um von einer Installation zur nächsten zu gelangen – eine durchaus vernünftige Annahme.

Zweihundertfünfzig Meter in die Höhe zu springen ... Das war viel, selbst bei der geringen Schwerkraft. Redbay wirkte skeptisch. »Genausogut könnte man auf der Erde versuchen, aus dem Stand über einen Meter hoch zu springen«, sagte er und schüttelte den Kopf.

»Und?«

»Ich glaube nicht, daß wir es schaffen.«

»Wir? Wen meinen Sie mit *wir*?«

Redbay musterte seine Begleiterin. »Wie hoch können Sie springen?«

»Ich mag zur einen Hälfte Mensch sein, aber zur anderen bin ich Klingonin. Und Klingonen legen großen Wert auf athletische Fähigkeiten. Ich schaffe es bestimmt bis zum Schacht.«

»Vielleicht gestatten Sie mir trotzdem, Ihnen zu helfen«, erwiderte Redbay mit einem hintergründigen Lächeln. »Übrigens: Es hat mir gefallen, mit Ihnen zusammenzuarbeiten.«

»Oh ... äh ... danke.« *Wovon redet er da?* fragte sich B'Elanna verwirrt. Menschen – insbesondere Starfleet-Offiziere – waren selbst unter normalen Umständen unberechenbar, geschweige denn, wenn sie unter Druck gerieten.

Redbay faltete die Hände und hielt sie wie einen Steigbügel. B'Elanna schob einen Fuß hinein, und der Pilot katapultierte sie nach oben. Torres stieß sich genau im richtigen Augenblick ab, um ein maximales Bewegungsmoment zu erzielen.

Die Chefingenieurin flog nach oben, näherte sich den leiterartigen Sprossen am Ende des Magnetbahnschachtes. Doch sie wurde immer langsamer, und dreißig Meter unter dem Ziel erreichte sie den höchsten Punkt, schwebte dann wieder dem Boden entgegen. Sie versuchte es sofort noch einmal, erwischte diesmal jedoch einen schlechteren Start und kam nur fünfzig Meter hoch.

Redbay blickte nach oben. »Schade, daß Sie kein dreihundert Meter langes Seil dabei haben.«

»Was? Zu meiner Ausrüstung gehört ein langes Kunststoffseil.«

Redbay starrte sie groß an. »Mehr als zweihundertfünfzig Meter?«

»Vierhundert.«

Der Pilot schüttelte ungläubig den Kopf. »Steckt etwa auch ein Enterhaken in einer Ihrer Taschen?«

»Ein was?«

»Hm.« Redbay justierte den Phaser auf starke Bündelung, wodurch der Strahl sehr dünn wurde. Dann benutzte er die Waffe als ein Schneidewerkzeug: Er nahm einen Brocken des seltsamen Metalls – dabei handelte es sich nicht um jene Legierung, der Phaserstrahlen kaum etwas anhaben konnten – und formte daraus einen mit drei Zacken ausgestatteten Haken, den er dann mit dem Kunststoffseil verband. Anschließend begann er zu werfen. Elf Versuche waren nötig, bis der Haken eine Sprosse erreichte und dort verharrte. Redbay zog mehrmals und nickte zufrieden.

»Warum haben Sie mir nichts von dem Seil gesagt, Torres?« fragte er verwundert. »Und verzichten Sie bitte auf eine Antwort in der Art von *Weil Sie nicht danach gefragt haben.*«

B'Elanna schluckte und gab die Antwort, die sie ohnehin geben wollte. »Ich hatte die Absicht, es vom Schacht aus herabzulassen, damit Sie emporklettern können.«

»Sie beabsichtigten ...« Verwirrt schüttelte Redbay den Kopf. »Ich dachte ... nur einer von uns würde es schaffen, diesen Ort zu verlassen.«

»So ein Unsinn. Immerhin bin ich auch Mensch und nicht nur Klingonin.«

»Sie repräsentieren auch Starfleet, nicht nur den Maquis«, sagte Redbay leise.

B'Elanna warf ihm noch einen wortlosen Blick zu, griff dann nach dem Seil und kletterte in die Höhe.

Kurze Zeit später hatten sie beide den Schacht erreicht. Etwa siebzig Meter weit führte er senkrecht nach oben und neigte sich dann ein wenig zur Seite – an jener Stelle begann eine Magnetschiene. Von einem Waggon war weit und breit nichts zu sehen.

»Wir müssen eine Art Rufschalter finden«, sagte B'Elanna. In ihr verdichtete sich das Gefühl drohenden Unheils. Wenn die Sonne bereits zur Supernova geworden war, konnte der energetische Orkan jederzeit losbrechen. Nach der Explosion vergingen siebeneinhalb Minuten, bis der gewaltige Impuls den Mond erreichte, und nach weiteren drei Stunden traf die davongeschleuderte solare Materie ein, um die Reste des Mondes zu zerstören. Selbst wenn ihnen im Zentrum des Mondes das Überleben gelang – die Sensoren der *Voyager* würden zu lange brauchen, um sie inmitten der vielen Trümmer zu lokalisieren. Ihr Tod erschien unabwendbar: entweder ein Verbrennen im Strahlensturm oder eine Mischung aus Erfrieren und Ersticken im interstellaren Vakuum.

B'Elanna sah erneut auf die Anzeigen des Tricorders – das Gerät kam immer mehr einem Rettungsanker gleich, der es ihnen eventuell ermöglichte, aus der Finsternis einer selbstmörderischen Mission ins Licht des Lebens zurückzukehren. Das Display zeigte seltsame Daten, und Torres brauchte einige Sekunden, um zu verstehen.

»Haben Sie irgendeinen Schalter betätigt, Redbay?« fragte sie.

»Nein. Ich bin noch immer auf der Suche nach …«

»Ein Waggon ist unterwegs. Wir sollten ihn gleich sehen … He, da kommt er!«

Ein schemenhaftes Etwas raste ihnen entgegen, bremste und kam nur wenig Meter entfernt zum Stehen. Die Tür öffnete sich. Redbay und Torres zögerten nicht, sprangen in Richtung Zugang. B'Elanna verschätzte sich dabei und stieß mit dem Kopf an den Rand der Tür. Sie schwebte weiter, erreichte einen Sitz und nahm Platz, drückte sich ins Polster, indem sie die Füße an der Rückenlehne des Sessels weiter vorn abstützte. Erst dann hob sie die Hand zur schmerzenden Stelle am Kopf. Blut quoll aus der Wunde und bildete einige Tropfen, die langsam zu Boden sanken.

Redbay berührte den Kontrollstreifen, und daraufhin setzte sich der Waggon in Bewegung. B'Elanna brauchte sich nicht mehr mit den Füßen abzustützen. Die jähe Beschleunigung bescherte ihr das Achthundertfache jenes Gewichts, das sie während der vergangenen sieben Stunden gehabt hatte.

Torres spürte eine desorientierende Benommenheit, die auf ihre Kollision mit der Türkante zurückging, und hinzu kam nun der enorme Druck, der auf ihr lastete. Sie konnte kaum mehr atmen und hatte das Gefühl, mit dem Rücken auf der Oberfläche eines Planeten zu liegen, dessen hohe Gravitation sie langsam zerquetschte.

Nach zwei Minuten hörte die Beschleunigung abrupt auf, und B'Elanna schnappte nach Luft. Nun ging die Fahrt mit etwa fünf Kilometern pro Sekunde in Richtung Mondperipherie weiter, wodurch die Schwerkraft allmählich wuchs.

»Jetzt ... kommt das ... lange Warten«, keuchte Torres. »Schaffen wir es ... bis zur ... Mondoberfläche?«

Redbay gab keine Antwort. B'Elanna sah nach vorn und stellte fest, daß der Pilot eingeschlafen war.

Sie überlegte, ob sie ihn wecken sollte, entschied sich dann aber dagegen. Wenn die energetische Schockwelle der Explosion kam, blieb ihm noch genug Zeit, um aufzuwachen und in Panik zu geraten. Vielleicht konnten sie dann beide noch einmal tief durchatmen, bevor sie ins Vakuum des Alls geschleudert wurden, um dort einen gräßlichen Tod zu sterben.

Nach den Anzeigen des Tricorders befanden sie sich in unmittelbarer Nähe der Oberfläche, als plötzlich das Licht flackerte. B'Elanna vernahm ein dumpfes Pochen, und der Waggon neigte sich abrupt zur Seite.

Etwas kratzte und quietschte. Innerhalb von einer Sekunde begriff Torres, daß der Waggon keine Elektrizität mehr bekam – die Energieversorgung war ausgefallen.

Sie schauderte, als ihr klar wurde: Der elektromagnetische Impuls hatte den Mond getroffen. *Es ist alles vorbei,* dachte sie. *Entweder haben wir gewonnen oder verloren. Entweder haben die Furien den Alpha-Quadranten erreicht, was für uns bedeutete, daß wir bei unserer Rückkehr ein Schlachtfeld vorfinden. Oder der Transfer gelang ihnen nicht, und ...*

Und was? In dem Fall gab es viele Möglichkeiten. »Redbay!« rief sie, als der Waggon langsamer wurde – Reibung verringerte sein Bewegungsmoment. »Wachen Sie auf, Redbay!«

»Ich bin wach«, sagte er mit müde klingender Stimme. »Wer hat das Licht ...«

»Es ist soweit«, unterbrach ihn B'Elanna. »Der Waggon hat es nicht ganz bis nach oben geschafft, bevor der Impuls die Schaltkreise durchbrennen ließ. Uns bleiben etwa drei Stunden bis zum Eintreffen der solaren Materie. Hundertachtzig Minuten, um ... zweieinhalb Kilometer zurückzulegen. Etwas weniger als einen Kilometer pro Stunde, und zwar senkrecht nach oben.« Eine schwierige Angelegenheit. Aber in der geringen Schwerkraft des Mondes sollte sich so etwas eigentlich bewerkstelligen lassen.

»B'Elanna? Die Zusammenarbeit mit Ihnen war mir ein Vergnügen. Ich bin froh, daß wir ...«

»Haben wir das nicht schon hinter uns gebracht, Redbay? Wir sterben in einer Art Schlacht, im Kampf gegen den größten Feind, mit dem es unser Quadrant jemals zu tun bekam. Genügt das nicht?«

Redbay schwieg zunächst. Als er schließlich antwortete, hatte seine Stimme wieder den üblichen zynischen Klang. »Oh, natürlich. Die Ehre erfüllt mein kleines Herz mit herrlicher Wärme.«

B'Elanna schloß die Augen. Der Tricorder war auf

mehrere Alarmsignale programmiert: nach Ablauf jeder Stunde, dann zu Beginn der letzten dreißig und zehn Minuten. Ein besonderer Alarm sollte erklingen, wenn die letzte Minute anbrach. Dann wollte Torres schneller atmen, um besonders viel Sauerstoff aufzunehmen. Sie hatte bereits mit Redbay darüber gesprochen – dadurch gewannen sie vielleicht einige zusätzliche Sekunden.

Die akustischen Signale des Tricorders ermöglichten es B'Elanna, die Augen zu schließen und Kahless den Ewigen um einen ehrenvollen Tod zu bitten.

Anschließend begannen sie mit dem Aufstieg und kletterten die Leiter im Innern des Schachts hoch. Drei Stunden für zweieinhalb Kilometer – auf ebenem Gelände ganz einfach. Fast ausgeschlossen, wenn es senkrecht nach oben ging.

B'Elanna lächelte. Jetzt bekam sie die Chance herauszufinden, ob sie mehr Mensch oder Klingonin war.

27

Na los, dachte Janeway und forderte sich damit selbst zur Eile auf. *Es braucht nicht lange zu funktionieren. Nur für einige Sekunden, um eine Warnung zu übermitteln ...*

Zum wiederholten Male fragte sich Janeway, warum man an der Starfleet-Akademie auf den wichtigsten Kommandokurs verzichtete und nicht lehrte, wie man es schaffte, an zwei Orten zugleich zu sein. Sie befand sich im Maschinenraum und versuchte, die Schilde zu manipulieren. Gleichzeitig wurde sie dringend auf der Brücke gebraucht.

»Captain«, erklang Tuvoks Stimme aus der internen Kommunikation, »ich muß Ihnen mitteilen, daß wir einer starken Strahlung aus Chroniton-Partikeln ausgesetzt sind. Ich glaube, der letzte Kollaps hat begonnen. In etwa anderthalb Minuten kollabiert die Sonne endgültig und wird dann zur Supernova. Uns bleiben etwa neun Minuten, bis uns die Strahlungsfront erreicht.«

»Mr. Kim?«

»Unsere derzeitige Distanz bietet keine Sicherheit, Captain.«

»Mr. Paris, bringen Sie uns zur Rückseite des Monds. Mit etwas Glück haben auch Torres und Redbay jenen Bereich aufgesucht. Ich kehre gleich zur Brücke zurück. Carey, setzen Sie die Arbeit an den Schilden fort. Wenn uns doch wenigstens die Sensoren zur Verfügung stünden ...« Sie sparte sich den Rest – die Strahlung war einfach zu intensiv.

»Aye, Captain«, bestätigte Paris und änderte den Kurs der *Voyager*.

Janeway setzte ihre Bemühungen fort und versuchte zusammen mit Lieutenant Carey, die Bugschilde des Schiffes zu reparieren und wieder einen Keil aus ihnen zu formen, um einen Kom-Kontakt mit der Einsatzgruppe herzustellen und die Funktionsfähigkeit des Transporters zu gewährleisten. Doch die bioneuralen Schaltkreise hatten recht negativ auf die energetische Rückkoppelung durch die Berührung der Schilde reagiert. Ein Arzt hätte in diesem Zusammenhang vielleicht einen anaphylaktischen Schock diagnostiziert, so als handelte es sich bei den bioneuralen Komponenten tatsächlich um biologische Entitäten, bei denen es zu einer allergischen Reaktion kommen konnte.

Einige Minuten später trat Janeway auf der Brücke aus dem Turbolift – die Sicherheit des Schiffes kam noch vor den Schilden. Chakotay überließ ihr sofort den Kommandosessel.

»Hab ihn für Sie warm gehalten«, sagte der Commander und zwinkerte.

»Janeway an Besatzung.« Die Kommandantin zögerte eine Sekunde und wandte sich dann an die ganze Crew. »Achtung, hier spricht der Captain. Bei der Sonne kommt es gerade zum letzten Kollaps, und im Anschluß daran wird sie zur Supernova. Wichtige Bordsysteme könnten ausfallen. Hiermit veranlasse ich Alarmstufe Rot.

Für die *Voyager* besteht keine unmittelbare Gefahr. Das Transporterpersonal wird von jetzt an bis auf weiteres verdoppelt.

Ich danke Ihnen allen und bin davon überzeugt, daß Sie auch weiterhin ausgezeichnete Arbeit leisten werden. Das ist alles.«

Janeway wartete, bis der Computer zu dem Schluß gelangte, daß sie ihre Ansprache beendet hatte. »Aktivierung des MHN.«

»Bitte nennen Sie die Art des Notfalls«, sagte der holographische Arzt und erschien auf dem Bildschirm. »Oh. Wie ich sehe, wollen Sie einige ziemlich gefährliche Flugmanöver durchführen, während eine nahe Sonne zur Supernova wird. Sie rechnen nicht zufälligerweise damit, daß jemand verletzt werden könnte?«

»Dies ist nicht der geeignete Zeitpunkt für Sarkasmus, Doktor. Bereiten Sie die Krankenstation für die Ankunft von Torres und Redbay vor.«

»Aye, Captain. Meine Assistenten sind bereits alarmiert.«

»Gut. Jetzt brauchen wir nur noch zu warten, bis ...«

»Captain«, warf Tuvok ein, »zwei große Furienschiffe Steuerbord voraus.« Seine Stimme klang ruhig, obwohl es sich um eine besorgniserregende Nachricht handelte.

»Was? Wo?« Janeway sah instinktiv auf das Sensordisplay in der Armlehne des Kommandosessels.

»Aufgrund der starken Strahlung bleiben die beiden Schiffe den Sensoren verborgen. Allerdings ist eine visuelle Erfassung möglich.«

Janeway blickte zum Hauptschirm. Die beiden Furienschiffe wiesen keine Ähnlichkeit mit den kleinen Patrouilleneinheiten auf, gegen die bereits ein Kampf stattgefunden hatte. Aus langen Zylindern ragten Hunderte von rankenartigen Auswüchsen mit dicken Gehäusen am Ende – Waffen oder Sensorstationen? Oder vielleicht Hangars mit kleineren Kampfschiffen? Gewißheit ließ sich erst erlangen, wenn es dort zu Aktivität kam – und dann mochte es zu spät sein.

»Wie konnten sie so nahe an uns herankommen, Paris?« fragte Janeway.

Lieutenant Paris sah ebenfalls zum zentralen Projektionsfeld. »Äh ... so nah sind sie eigentlich gar nicht, Captain. Vergrößerung und Parallaxeneffekt deuten darauf hin, daß die Entfernung etwa zweihunderttausend Kilometer beträgt.«

Stille herrschte auf der Brücke, als alle versuchten,

eine deutliche Vorstellung von den Ausmaßen der beiden Raumer zu gewinnen.

»Tuvok«, sagte Janeway mit leiser Autorität, »wie groß sind die Schiffe, wenn Mr. Paris recht hat?«

»Die Entfernung wurde tatsächlich richtig eingeschätzt«, bestätigte der Vulkanier. »Woraus sich folgendes ergibt: Die beiden Furienschiffe sind etwa zweihundertachtzig Kilometer lang, und ihr Durchmesser beträgt siebzig Kilometer. Die Masten mit den Gehäusen reichen dreihundert Kilometer weit ins All. Albedo und Farbe lassen den Schluß zu, daß die Außenhülle aus dem dichten Metall besteht, das wir vom Planeten der Furien her kennen.«

»Mr. Paris, ändern Sie den Kurs um hundertachtzig Grad«, sagte Janeway sofort.

»Sie wollen, daß wir *umdrehen*?«

»Ja, Lieutenant. Ich möchte, daß wir umdrehen und so schnell wie möglich von hier verschwinden.«

Eine leuchtende Blume wuchs aus einem Gehäuse, und dieser Vorgang wiederholte sich an einem anderen Mast. Während Paris das Schiff drehte, veränderten sich die Darstellungen im zentralen Projektionsfeld. Oben entstand ein Bildschirmfenster und zeigte auch weiterhin die beiden gewaltigen Raumschiffe. Janeway beobachtete, wie weitere energetische Blumen entstan den.

»Ausweichmanöver, Mr. Paris. Die Furien setzen un bekannte Waffen gegen uns ein. Wir wissen nicht, was es mit ihrer Wirkung auf sich hat, aber mit ziemlicher Sicherheit haben sie ein größeres destruktives Potential als die Disruptorkanonen der Patrouillenschiffe.«

Die *Voyager* begann mit einer Folge von komplexen Ausweichmanövern – Janeway erkannte sie als EMP 11-Delta –, doch die gleißenden Blumen folgten ihr. Sie waren etwas langsamer als Photonentorpedos, aber schneller als die Atomraketen der kleineren Furienschiffe.

»Kim, können Sie den Zielerfassungsfokus der Phaser auf die Geschosse richten?« fragte Janeway.

»Äh … nein, Ma'am. Ich meine … Nein, Captain. Die Sensoren funktionieren nicht.«

»Mr. Kim, Photonentorpedos. Programmieren Sie ihre Zielsucher auf visuellen Anflug. Starten Sie die Torpedos, sobald Sie die Programmierung beendet haben.«

»Aye …« Kims Hände huschten über die Kontrollen, und er murmelte dabei leise vor sich hin.

Janeway saß im Kommandosessel, blickte zum Hauptschirm und zwang sich, äußerlich auch weiterhin ruhig und zuversichtlich zu wirken – gerade ihr durfte man keine Besorgnis ansehen. Doch tief in ihrem Innern regte sich eine Furcht, die an Panik grenzte. Neben diesen beiden Furienschiffen wirkte alles, was die Borg jemals gegen die Föderation eingesetzt hatten, winzig und zwergenhaft. Hinzu kam: Der *Voyager* fehlten die Bugschilde!

Eins der fremden Geschosse war bereits so nahe herangekommen, daß es nicht mehr von einem Photonentorpedo eliminiert werden konnte, ohne dadurch auch das Starfleet-Schiff in Gefahr zu bringen. Glücklicherweise sorgte das Sicherheitsprogramm des betreffenden Torpedos dafür, daß er den Flug fortsetzte und ein weiter entferntes Ziel wählte. Die Photonentorpedos und energetischen Blumen trafen sich mitten im All. Es folgten so grelle Explosionsblitze, daß der Computer die maximale elektronische Filterung aktivierte. Janeway kniff die Augen zusammen und glaubte, eine energetische Druckwelle zu erkennen, die sich etwa mit halber Lichtgeschwindigkeit bewegte. Sechs Hammerschläge trafen die Heckschilde und trieben die *Voyager* ruckartig durchs All. Die Trägheitsabsorber konnten mit den jähen Andruckkräften nicht immer fertig werden, was dazu führte, daß die Besatzungsmitglieder in ihren Gefechtsharnischen hin und her gerissen wurden.

Die Schockwelle erwies sich als Rettung für die *Voyager*, denn sie stieß das Starfleet-Schiff aus der Flugbahn des ersten Geschosses. Es raste weiter, setzte den Flug fort und verschwand auf Nimmerwiedersehen im Nichts – glaubte Janeway.

»Schadensbericht!« rief sie und versuchte, sich trotz des Heulens der Alarmsirenen verständlich zu machen. »Und sorgen Sie dafür, daß endlich wieder Ruhe herrscht!«

Tuvok deaktivierte die akustischen Signale der Alarmstufe Rot und nannte in rascher Folge die Schäden auf den einzelnen Decks.

»Captain ...« Kim wirkte recht blaß, als er zum Hauptschirm sah. »Das zweite Furienschiff hat zwei ... drei ... vier weitere Geschosse gestartet!«

»Wundervoll«, kommentierte Janeway. Dann schmunzelte sie. »Mr. Paris, drehen Sie erneut um hundertachtzig Grad und nehmen Sie direkten Kurs auf den Gegner. Mal sehen, wieviel Grips seine Geschosse haben.«

Paris lächelte schief. Er kam der Aufforderung des Captains nach und flog in Richtung des nächsten Furienschiffes.

»Captain ...« Tuvoks unerschütterliche Gelassenheit bildete einen seltsamen Kontrast zur Anspannung, die alle anderen Brückenoffiziere erfaßt hatte. »Das Geschoß, dem wir ausgewichen sind, kehrt zurück und schließt zu uns auf.«

»Wenn erreicht es uns?«

Der Vulkanier schloß kurz die Augen, um konzentriert nachzudenken – auf diese Weise konnte er die Berechnungen schneller durchführen. »Falls Kurs und Geschwindigkeit unverändert bleiben, erfolgt die Detonation, wenn wir das Furienschiff erreichen.«

Janeway lehnte sich zurück und hatte das Gefühl, daß in ihren Adern mehr Adrenalin floß als Blut. Sie schmunzelte erneut. »Meine Herren ...«, sagte sie langsam. »Was halten Sie davon, wenn wir den Furien einen kleinen Streich spielen?«

»Einen Streich?« wiederholte Kim verwirrt.

»Keine schlechte Idee«, brummte Paris, der zu verstehen schien. Chakotay atmete nur tief durch.

»Wie können irgendwelche Streiche in unserer gegenwärtigen Situation von Belang sein?« fragte Tuvok erstaunt.

Janeway ging nicht darauf ein. »Mr. Paris, setzen Sie den Flug zum nächsten Furienschiff fort. Kollisionskurs mit Impulsgeschwindigkeit.«

»Aye, aye, Captain.« Paris überprüfte den Kurs und beschleunigte dann mit voller Impulskraft. »Wir präsentieren dem Gegner eine kleine Überraschung.«

Der Abstand zwischen den beiden Raumschiffen schrumpfte schnell, und unterdessen schloß das Geschoß zu ihnen beiden auf. Als die Entfernung unter hunderttausend Kilometer sank, setzten die Furien auch andere Waffen ein. Energiestrahlen zuckten von den Masten, und hinzu kamen die noch gefährlicheren Emissionen von Angstprojektoren.

Chakotay beugte sich vor, und sein Gesicht brachte Sorge zum Ausdruck. »Wir haben keine Bugschilde, Captain. Ein Treffer, und wir sind erledigt.«

»Wenn wir auf die Sensoren verzichten müssen, so gilt das auch für die Furien. Fähnrich, erwidern Sie das Feuer mit Photonentorpedos und Phasern. Richten Sie die Zielerfassung mit Hilfe des Computers aus. Mal sehen, wer das bessere Feuerleitsystem hat!«

Wie zwei verwundete Duellanten, die aufeinander zureiten, mit Steinschloßgewehren in den Händen, dachte Janeway und erinnerte sich an die Ära der von ihr bevorzugten Holodeck-Programme. *Einer von uns endet mit der metaphorischen Kugel im Bauch.*

Tuvok nannte die Distanz. »Fünfzigtausend Kilometer … vierzigtausend … dreißigtausend …«

Paris' Hände begannen zu zittern, als sie dicht über

den Navigationskontrollen verharrten. Doch Janeways Befehl zum Abdrehen blieb aus.

Das fremde Schiff wurde so groß, daß auf dem Hauptschirm nur noch ein Teil davon zu sehen war. Paris schaltete die Vergrößerungsstufen herunter, aber es dauerte nur wenige Sekunden, bis das zentrale Projektionsfeld eine massive Metallwand zeigte.

Lieutenant Paris richtete den Bug der *Voyager* auf das größte Fenster des Furienschiffes – es war breit genug, um das ganze Starfleet-Schiff aufzunehmen.

Als die Distanz auf zehntausend Kilometer sank, verkürzten sich die Abstände bei Tuvoks Countdown: »Neuntausend, acht, sieben, sechs ...«

Janeway schlug die Beine übereinander und faltete die Hände im Schoß. Sie sprach kein Wort. Längst hatte sie das Gefühl für die Perspektive verloren – die Furienschiffe waren so groß wie Asteroiden! Auf dem Bildschirm bildete die Außenhülle des gewaltigen Raumers eine dunkle Mauer, die uniform wirkte und nur wenige Merkmale aufwies. Ein Aufprall stand bevor, eine Kollision, die das kleinere Schiff zerstören würde. Janeway stellte sich vor, wie die *Voyager* auf eine riesige Stadt der Toten zustürzte, oder auf Pandemonium, Stadt aller Dämonen in der Hölle.

Neben ihr lehnte sich Chakotay in seinem Sessel zurück und schloß die Hände fester um die Armlehnen. Der Computer setzte auch weiterhin die Waffensysteme ein, feuerte auf Gefechtsgehäuse und Masten. Den Furien war es zum Glück noch immer nicht gelungen, die Zielerfassung auf das heranrasende Starfleet-Schiff zu richten.

Chakotay holte erneut tief Luft, und sein Gesicht war so weiß wie Porzellan. Er biß die Zähne zusammen und versuchte zu lächeln, doch es wurde eine Grimasse daraus. Janeway wußte, wie er empfand. Ihr ging es genauso. Alles in ihr drängte danach, sich zu ducken, irgendwo in Deckung zu gehen. Doch gerade für sie kam das nicht in Frage.

»Zweitausend ... tausend ... sieben, sechs, fünf, vier ...«

Als die Distanz nur noch hundertfünfzig Kilometer betrug, hielt es Paris nicht länger aus. Die zitternden Hände kamen auf die Kontrollen herab und bewirkten eine jähe Kursänderung. Ohne einen Befehl der Kommandantin abzuwarten, riß der Pilot die *Voyager* zur Seite und nach ›oben‹.

Überstrapaziertes Metall kreischte – *Bitte nicht die Außenhülle!* fuhr es Janeway entsetzt durch den Sinn –, ein Geräusch, das wie mit scharfen Messern durch die Stille im Kontrollraum schnitt.

Einen Sekundenbruchteil später wurde Janeway von einer unsichtbaren Faust gepackt und mit solcher Wucht in den Kommandosessel gepreßt, daß sie kurz das Bewußtsein verlor. Als sie wieder zu sich kam, zeigte der Hauptschirm nicht mehr das Furienschiff, sondern den künstlichen Mond. Einige Monitore präsentierten den Bereich hinter der *Voyager*, und dort war ein gewaltiger Raumer zu sehen, der in jähes, grelles Licht getaucht wurde – es stammte vom explodierenden Geschoß.

Eine Sekunde verstrich, dann erfaßte die energetische Druckwelle das Starfleet-Schiff.

Und nun kam das blaue Glühen des Verderbens. Es umgab das Schiff auf allen Seiten, überstrahlte das Licht der Sterne und die beiden Furienschiffe, die sich in bunte Streifen verwandelt hatten.

Bevor die visuelle Erfassung versagte, sah Kathryn Janeway noch, wie die Oberfläche des künstlichen Monds verdampfte, Wasser auf einer heißen Herdplatte gleich.

Die Strahlungsfront der Supernova hatte sie erreicht.

28

Janeway blinzelte benommen und sah zu einem Hauptschirm, der nur noch graues Nichts zeigte – ein mehrere Giga-Erg starker elektromagnetischer Impuls hatte gerade die Schaltkreise der externen Holokameras überladen und durchbrennen lassen.

Die Kommandantin kam auf die Beine, um den anderen zu helfen. Tuvok kümmerte sich bereits um die übrigen Angehörigen der Brückencrew. An dem Vulkanier schien alles spurlos vorübergegangen zu sein, im Gegensatz zu Kim und Paris. Der junge Fähnrich war bei einer der heftigen Erschütterungen mit dem Kopf an die Konsole gestoßen.

Während sich Tuvok bemühte, die anderen Offiziere aus der Bewußtlosigkeit zu wecken, schätzte Janeway die aktuelle Situation ein. »Mr. Kim, sorgen Sie dafür, daß wir wieder einen Blick ins All werfen können.«

»Die externen Übertragungsmodule sind ausgefallen, Captain«, meldete der Fähnrich. Janeway sah, wie Blut aus einer Platzwunde an seinem Kopf tropfte, aber sie konnte Kim jetzt nicht entbehren.

»Replizieren Sie neue und schicken Sie jemanden in einem Strahlenschutzanzug nach draußen, um die defekten zu ersetzen. Wir müssen unbedingt erkennen können, was um uns herum geschieht. Janeway an Krankenstation.«

»Ich höre«, erklang die Stimme des Doktors.

»Wie viele Verletzte gibt es?«

»Ich habe bereits zweiundzwanzig Patienten behandelt, aber das sind noch längst nicht alle. Glücklicherweise handelt es sich in den meisten Fällen um leichte Verletzungen.«

»Was ist mit Opfern?«

»Niemand kam ums Leben, Captain. Zweiundsiebzig Besatzungsmitglieder sind in Mitleidenschaft gezogen worden, die meisten von ihnen durch Stürze oder Kollisionen mit harten, kantigen Gegenständen wie zum Beispiel Konsolen.«

»Fähnrich Kim hat sich am Kopf verletzt. Können Sie einen ihrer Assistenten zur Brücke schicken?«

»Kes ist bereits unterwegs.«

»Danke. Janeway Ende. Paris, wie lange dauert es, bis unsere elektronischen Augen wiederhergestellt sind?«

»Äh ... Der Maschinenraum schätzt die notwendige Reparaturzeit auf zwei Stunden.«

»Zwei Stunden! Uns bleiben nur drei bis zum Eintreffen der solaren Materie!«

»Eine solche Auskunft habe ich jedenfalls bekommen«, erwiderte Paris.

»Na schön. Richten Sie den Technikern aus, sie sollen sich sputen. Es kommt auf jede Minute an. Was ist mit den Sensoren?«

»Vor Ablauf von sieben Stunden lassen sie sich nicht einsetzen«, antwortete Tuvok. »Es sei denn, wir verlassen die Nähe der Supernova. Hier gibt es zuviel Strahlung in allen Frequenzbereichen.«

»Großartig. Wir müssen unbedingt die Monitore in Ordnung bringen, und bis dahin ... Alle zur Verfügung stehenden Besatzungsmitglieder sollen sich zu den Fenstern begeben. Zu den *abgeschirmten* Fenstern, wohlgemerkt. Wenn die Plasmafront eintrifft, zerstört sie den Rest des künstlichen Mondes. Alle sollen nach B'Elanna und Redbay Ausschau halten. Entsprechende Meldungen gehen an Lieutenant Tuvok, der sie eventuell an den Transporterraum weitergibt.«

Die Tür des Turbolifts öffnete sich, und Kes kam mit einer Medo-Tasche herein. Die elfenhafte Ocampa trat sofort zu Fähnrich Kim und behandelte seine Kopfverletzung. »Es ist nichts Ernstes«, sagte sie laut genug, damit Janeway sie hören konnte.

Die Kommandantin wartete darauf, daß Kes einige bittere Worte über die Aktion und das bevorstehende Ende von siebenundzwanzig Milliarden Furien verlor. Doch die Ocampa überraschte sie, indem sie schwieg. Nachdem sie Kim versorgt hatte, kümmerte sie sich auch um die anderen Brückenoffiziere. »Der Doktor behandelt die schweren Fälle in der Krankenstation«, sagte sie und wischte sich mit dem Handrücken Schweiß von der Stirn. Ihr Haar war zerzaust, und sie wirkte hohlwangig. *In der nächsten Zeit wird sie nicht sehr gut schlafen*, dachte Janeway. *Ich frage mich, ob ich jemals wieder Ruhe finden kann.*

Der letzte Gedanke hinterließ eine seltsame Leere in Janeway, als sie nach der Armlehne des Kommandosessels griff und langsam Platz nahm.

»Nun, was auch immer geschehen ist – jetzt läßt sich nichts mehr ändern. Entweder erfolgte der Transfer des Furienplaneten, oder er verglüht bald im Plasmasturm der Supernova.« Sie zögerte und fürchtete sich fast davor, die nächste Frage zu stellen. »Kann jemand feststellen, ob sich der Planet noch in diesem Sonnensystem befindet?«

Der Erste Offizier beugte sich zum Kommunikator vor. »Achtung, an alle. Hier spricht Commander Chakotay. Alle einsatzbereiten Personen begeben sich unverzüglich zu den abgeschirmten Fenstern der Decks sieben bis neunzehn. Benutzen Sie *nicht* das Fenster des Hangardecks, denn dort fehlt ein Strahlenfilter.

Versuchen Sie, Hinweise auf den Furienplaneten zu finden. Unsere externen Sensoren sind ebenso ausgefallen wie die Kameras der visuellen Erfassung. Deshalb sind wir aufs bloße Auge angewiesen und brauchen

Ihre Hilfe. Setzen Sie sich sofort mit der Brücke in Verbindung, wenn Sie etwas entdecken. Chakotay Ende.« Er wandte sich an Janeway. »Jetzt bleibt uns nichts anderes übrig als abzuwarten.«

»Und das verabscheue ich«, sagte die Kommandantin. »Wenn wir doch nur etwas *unternehmen* könnten. Nun, ich bin nicht imstande, hier zwei Stunden lang zu sitzen und Däumchen zu drehen. Sie haben das Kommando, Chakotay. Ich inspiziere das Schiff.«

»Captain«, sagte Tuvok, »wenn Sie mir einen Vorschlag gestatten: Vielleicht wäre es besser, wenn Sie statt dessen an der Schilderweiterung arbeiten.«

Janeway runzelte die Stirn. »Ich wollte eine Vorstellung von den Schäden an Bord gewinnen und anschließend die Verletzten in der Krankenstation besuchen.«

»Unser Heckschild ist zu flach«, erklärte der Vulkanier. »Wenn die solare Materie auf ihn trifft, fungiert er wie das Segel eines Segelschiffes und vergrößert unser Bewegungsmoment. Wenn wir die Schilde nicht erneut zu einem Keil formen und auf die Supernova richten, müssen wir damit rechnen, vom Partikelsturm fortgeschleudert zu werden, vielleicht sogar gegen den Mond – mit einer Geschwindigkeit von etwa zwölftausend Kilometern pro Sekunde. Ein derartiger Aufprall hätte selbst mit intakten Schilden die Zerstörung der *Voyager* zur Folge.«

»Daran habe ich nicht gedacht. Ja, der Schildkeil würde die solare Materie zu den Seiten hin ablenken und unsere Fluglage stabilisieren.«

»Und wenn die Schilde nicht wieder gedehnt werden können, haben wir keine Möglichkeit, Torres und Redbay an Bord zu beamen, selbst wenn wir sie finden.«

Auch daran habe ich nicht gedacht, überlegte Janeway. *Was ist los mit mir? Warum unterlaufen mir solche Fehler?*

Sie nickte. »Ja, ich weiß.« Der Captain eines Raumschiffs mußte immer ruhig wirken und den Eindruck erwecken, Herr der Lage zu sein.

Commander Chakotay unterbrach den Strom aus Anweisungen, der den verschiedenen Abteilungen galt. »Wenn Sie einverstanden sind, Captain, inspiziere ich das Schiff und besuche die Verletzten. Ich habe mein altes Maquis-Schiff oft zusammengeflickt – in dieser Hinsicht mangelt es mir nicht an Erfahrung.«

Janeway lächelte. »Eine Verschwörung gegen den Captain, wie? Sie wollen mich in den Maschinenraum verbannen. Na schön. Übrigens: Halten Sie auch nach weiteren Furienschiffen Ausschau. Und Paris – berechnen Sie die Umlaufbahn des Mondes neu, für den Fall, daß der Planet verschwunden ist.«

»Ich bin fertig«, sagte Kes. Janeway zuckte unwillkürlich zusammen – sie hatte ganz vergessen, daß die Ocampa noch immer auf der Brücke weilte.

»Fertig?«

Das zerzauste Haar hing Kes so tief in die Stirn, daß Janeway ihre Augen nicht sehen konnte – wofür sie dankbar war. Derzeit lag ihr nichts daran, dem Blick der jungen Frau zu begegnen. »Ja, Captain. Alle Verletzten sind behandelt. Kann ich jetzt zur Krankenstation zurückkehren? Vielleicht braucht mich der Doktor.«

»Ja, gehen Sie nur.« Als sich die Ocampa dem Turbolift zuwandte, fügte Janeway hinzu: »Ach, Kes ... Wenn Sie Gelegenheit erhalten, aus einem Fenster zu sehen – vielleicht entdecken Sie etwas. Wir können jedes Auge gebrauchen.« Janeway lächelte.

Die am Lift stehende Kes nickte langsam, drehte sich schweigend um und betrat die Transportkapsel. Während ihres Aufenthalts im Kontrollraum hatte sie nicht ein einziges Mal die Furien erwähnt, die vielen Toten und das Ausmaß der Zerstörung.

Fast tut es mir leid, dachte Janeway.

Die Kommandantin stand auf, und als sie die Brücke gerade verlassen wollte, hielt Chakotay sie mit einem knappen Wort zurück. Mit ernster Miene nahm er mehrere Kom-Nachrichten entgegen, unterbrach dann die Verbindung und sah auf.

»Captain ...« Kummer erklang in seiner Stimme. »Die Meldungen der ersten Beobachter an den Fenstern sind gerade eingetroffen.«

Janeway glaubte zu spüren, wie eine eisige Klaue nach ihrem Herzen tastete. »Ist der Planet noch da?«

Einige Sekunden lang blieb Chakotay stumm, wodurch sich die imaginäre Klaue fester um Janeways Herz schloß. Schmerz durchzuckte sie – vielleicht lag es an den starken Belastungen der vergangenen Stunden.

»Nein, Captain«, antwortete der Erste Offizier schließlich. »Der Furienplanet befindet sich nicht mehr in der Umlaufbahn. Er ...« Chakotay hob in einer hilflosen Geste die Hände. »Er ist verschwunden.«

Völlige Stille herrschte auf der Brücke. Alle wußten, was die Worte des Commanders bedeuteten – ihre Bemühungen hatten nicht zum erhofften Erfolg geführt.

»Captain, die Displays meiner Station zeigen sonderbare Daten an«, sagte der Vulkanier.

»Ja, Mr. Tuvok?« Janeway fühlte sich plötzlich so müde, daß sie glaubte, im Stehen einschlafen zu können.

»Angesichts der starken elektromagnetischen Strahlung im System fällt eine genaue Analyse schwer. Wie dem auch sei: Tetrionenpartikel sind in Hinsicht auf hochenergetische Photonen gewissermaßen transparent; sie entstehen in großer Anzahl in der Nähe eines Wurmlochs.

Aus der Bewegungsrichtung der Tetrionen kann man Rückschlüsse darauf ziehen, wohin sich das Wurmloch erstreckt.

Captain, wohin auch immer der Furienplanet transferiert wurde – er erschien *nicht* im Alpha-Quadranten.«

Janeway zögerte. »Sind Sie sicher? In welche Richtung fand der Transfer statt? Wo endete das Wurmloch?«

Tuvok sah wieder auf die Anzeigen seiner Konsole. »Ohne einsatzfähige Sensoren kann ich das Ende des Wurmlochs nicht lokalisieren. Aber es läßt sich feststellen, daß der Dimensionstunnel in Richtung der Kleinen Magellanschen Wolke führte.«

Janeway hörte Tuvoks Worte wie aus weiter Ferne. Sie wußte nicht genau, was er sagte, aber es genügte, um ihr neue Kraft zu geben – genug Kraft, damit sie sich wieder auf die derzeit wichtigste Aufgabe konzentrieren konnte. Es ging darum, die Funktion der Schilde wiederherzustellen und einen Keil zu formen, bevor die Plasmafront kam und das Starfleet-Schiff viele Millionen Kilometer weit durchs All schleuderte.

Lieutenant B'Elanna Torres zog sich durch eine weitere Luke und blieb erschöpft auf dem Boden liegen. Nie zuvor in ihrem Leben hatte sie versucht, einen Kilometer senkrecht nach oben zu klettern. Trotz der geringen Schwerkraft schmerzte jeder Muskel in ihrem Leib. Redbay ging es noch schlechter als ihr. Selbst aus dem Zorn auf die Furien konnte er jetzt keine Kraft mehr schöpfen. Bei jeder neuen Leiter kam er nur einige Sprossen weit und mußte dann B'Elannas Hilfe in Anspruch nehmen.

Er hatte sie aufgefordert, ihn zurückzulassen, doch das kam für eine Kriegerin nicht in Frage: Ein Klingone ließ keine Kameraden zurück. Und der menschliche Teil von B'Elannas Selbst rebellierte gegen die Vorstellung, Redbay seinem Schicksal zu überlassen, obgleich er zu Starfleet gehörte. Feinde im Kampf zu töten – dagegen gab es nichts einzuwenden! Aber *frühere* Feinde zum Tod zu verurteilen, indem man ihnen Hilfe verweigerte ... Nein, damit erwarb man keine Ehre.

Diesmal schaffte es Redbay nicht einmal bis zur Leiter. Eine Etage unter B'Elanna blieb er auf der Plattform liegen.

Lieutenant Torres warf einen Blick aufs Display des

Tricorders, den sie natürlich nicht zurückgelassen hatte. Zwei Stunden und achtundzwanzig Minuten waren vergangen. Es blieben ihnen noch zweiunddreißig Minuten bis zur Anzeige 03:00 – drei Stunden nach dem elektromagnetischen Impuls. B'Elanna schätzte, daß die Plasmafront so lange brauchte, um den Mond zu erreichen.

Aber wenn die Supernova-Explosion stärker ist als erwartet, könnte die abgestoßene solare Materie auch schneller sein. Redbay gegenüber hatte sie diese Sorge nicht zur Sprache gebracht. Warum überhaupt Gedanken an solche Dinge vergeuden? Genausogut konnte die Plasmafront langsamer sein. Ohne eine direkte Untersuchung der Supernova gab es in dieser Hinsicht keine Gewißheit.

»Zweiunddreißig Minuten für ... einen halben Kilometer«, brachte sie hervor und unterbrach sich, um nach Luft zu schnappen. »Eigentlich kommen wir ganz gut voran. Na los, Redbay, nur noch fünfhundert Meter ... Bewegung!«

Der Pilot sah zu ihr auf, und in seinem Gesicht zeigte sich das erste echte Gefühl, das nicht den Furien galt: profunde Verzweiflung. Er war erledigt, vollkommen ausgelaugt.

B'Elanna kletterte wieder nach unten. »Sie *glauben* nur, erschöpft zu sein, aber Sie sind es nicht. Sie können auch weiterhin eine Sprosse nach der anderen hinter sich bringen – wirklich am Ende sind Sie erst, wenn Sie tot zusammenbrechen.« Sie sprang auf die Plattform hinab, zeigte dabei eine Kraft, die sie gar nicht hatte. Es klappte: Redbay unternahm den mitleiderweckenden Versuch, wieder auf die Beine zu kommen. B'Elanna führte den Piloten zur Leiter, kletterte hinter ihm und half dem Mann, indem sie ihn nach oben schob.

Sie kämpften sich den letzten halben Kilometer hinauf, und B'Elanna vermied es ganz bewußt, auf die Anzeigen des Tricorders zu sehen. Sie schaltete sogar das akustische Signal ab, als es in immer kürzeren Abständen erklang. Es machte wohl kaum einen Unterschied, wenn sie in einer Tiefe von noch zweihundertfünfzig Metern schneller atmeten, um ihr Körpergewebe mit Sauerstoff anzureichern.

Sie kamen voran, wenn auch langsam, und schließlich erreichten sie die Oberfläche. B'Elanna nahm den Tricorder und sah aufs Display.

Die Anzeige lautete: 03:14. *Ich habe mich um mindestens vierzehn Minuten verschätzt.*

»Wir sind fast eine Viertelstunde zu spät dran, Redbay. Zum Glück gilt das auch für die Plasmafront. Wir sollten jetzt damit beginnen, schnell zu atmen. Es könnte jeden Augenblick soweit sein ...«

Es wurde schlagartig dunkel, und eine Faust schien auf B'Elanna herabzuschmettern. Dann schwebte sie in zeitloser Diskontinuität.

29

Zusammen mit Lieutenant Carey versuchte Janeway, den Bugschild wiederherzustellen, und zum dreißigsten Mal seit Beginn ihrer Bemühungen erlebte sie eine Halluzination, die ihr die richtigen Zahlen zeigte.

Ihr Pulsschlag beschleunigte sich jäh, doch dann kehrte die Ruhe zurück. Bei den neunundzwanzig anderen Erlebnissen dieser Art hatte sich nicht der erhoffte Erfolg eingestellt.

Doch diesmal beschränkten sich die Zahlen nicht darauf, reine Imagination zu sein, ohne irgendeinen Bezug zur Realität. Statt dessen schienen sie regelrecht an Substanz zu gewinnen und fester Bestandteil der Wirklichkeit zu werden.

»Lieutenant ...«, sagte Janeway langsam. »Ich brauche eine Bestätigung von Ihnen. Zeigen die Displays vor mir tatsächlich das an, was ich sehe?«

Carey drehte den Kopf und blinzelte überrascht. »Die Schilde funktionieren wieder, Captain«, sagte er leise, als fürchtete er, die neu entstandene energetische Struktur mit einer zu lauten Stimme zu zerreißen.

»Zeit?«

Carey warf einen Blick aufs Chronometer. »Etwa vier Minuten.«

»Janeway an Brücke. Chakotay, die Bugschilde sind wiederhergestellt.«

»Wir haben es gerade gemerkt, Captain.«

»Drehen Sie das Schiff, während ...«

»Das ist bereits geschehen. Formen Sie die Schilde zu einem Keil – beeilen Sie sich!«

Janeway lächelte. »Aye, aye, Commander. *Captain* Janeway Ende.«

Die Minuten verstrichen, als Janeway die Schilde neu programmierte, und zwar mit den gleichen Codefolgen wie beim letzten Mal. Nach einer Weile sah sie zur Zeitanzeige – acht Minuten waren vergangen. *Die berechnete Frist ist bereits verstrichen*, dachte sie. »Hoffentlich ist es eine langsame Explosion.«

»Noch zwei Sequenzen«, hauchte Carey und gab die Daten mit zitternden Händen ein.

Janeway zwang sich, nicht zum Bildschirm zu sehen. Die Plasmafront kam so oder so, und mit einem Blick zum Monitor verlor sie nur Zeit.

Carey war nicht so umsichtig. »Captain!« entfuhr es ihm. »Ich sehe die Schockwelle. Ich sehe sie kommen!«

»Danke, Lieutenant. Starren Sie nicht auf den Bildschirm, sondern geben Sie die Daten ein!« Janeways Finger huschten auch weiterhin über die Schaltflächen, als sie die Programmierungssequenzen vervollständigte. Es handelte sich um direkten bioneuralen Assembler-Code, das letzte Stück der Carey-Formel. Das Programm veranlaßte den Computer, beim neuralen Netz der Schildkontrolle eine diskontinuierliche Funktion herbeizuführen. Daraufhin kam es bei der Schildenergie zu einer Dehnung, bis sie sich an einem neuen Gleichgewichtspunkt faltete.

»Alles klar«, sagte Janeway und lächelte triumphierend. Doch ihr Lächeln verblaßte sofort wieder, als sie daran dachte, wie sich die Plasmafront beim Mond auswirken würde.

»Uns blieben noch fünfzehn Sekunden«, fügte sie hinzu. »Es ist nicht einmal *sehr* knapp geworden …«

Die von der Supernova-Explosion davongeschleuderte solare Materie – fast neunzig Prozent der ursprünglichen Sonnenmasse – erreichte die *Voyager*. Das

Schiff erbebte und wurde mit 0,15 Impulsgeschwindigkeit durchs All gestoßen, mit etwa 11 500 Kilometern pro Sekunde. Dieser Wert entsprach der Geschwindigkeit der Plasmafront.

Janeway klopfte auf ihren Insignienkommunikator. »Captain an Brücke! Kompensieren!«

Wenn eine Antwort erfolgte, so hörte sie nichts davon. Es donnerte laut im Innern der *Voyager*, und das Schiff schüttelte sich noch immer. Janeway hatte einst ein Erdbeben der Stärke 7,9 auf dem Urlaubsparadies Sprague XI erlebt. Die derzeitigen Erschütterungen waren um ein Vielfaches stärker.

Auf dem Bildschirm im Maschinenraum bildeten die Sterne Zackenmuster, wenn sie nicht ganz hinter der brodelnden Masse aus superheißem Plasma verschwanden. Ohne ihre Schilde wäre die *Voyager* innerhalb eines Sekundenbruchteils verdampft. Tom Paris gab sich alle Mühe, sie auf Kurs zu halten. Der überwiegende Teil der Partikel wurde vom Schildkeil nach rechts und links abgelenkt, was eine Stabilisierung des Schiffes auf beiden Seiten bewirkte. Das Impulstriebwerk glich die nach oben und unten gerichteten Bewegungen aus, während Chakotay und Paris ein weiteres Abtreiben der *Voyager* verhinderten.

Das Schlingern war jetzt noch schlimmer als während des Flugs zum Sonnensystem der Furien – zehntausend Jahre schienen seitdem vergangen zu sein –, und es fiel Janeway schwer, gegen die in ihr emporquellende Übelkeit anzukämpfen. Lieutenant Carey übergab sich.

Dann hörten die Erschütterungen plötzlich auf. Die Plasmafront passierte das Schiff und setzte den Weg zum Mond fort, den sie in wenigen Sekunden vernichten würde.

Captain Janeway sprang auf und tastete nach ihrem Insignienkommunikator. »Janeway an Brücke«, brachte sie hervor. »*Zum Mond,* Paris!« Dann sank sie wieder in den Sessel zurück. Es ging jetzt darum, erneut eine lanzenartige Dehnung der Schilde zu ermöglichen, damit der Transporter eingesetzt werden konnte.

B'Elanna kam wieder zu sich, spürte dabei eine gräßliche Mischung aus Übelkeit, Schmerz und Benommenheit. Der eigene Kopf erschien ihr groß genug, um ein ganzes Sonnensystem zu enthalten. Drei Fragen verlangten ihre Aufmerksamkeit, und die erste lautete: *Was habe ich nur getrunken?*

Dann erwachte sie ganz. »Warum gibt es immer noch Schwerkraft?« fragte sie laut und fügte kurz darauf die dritte Frage hinzu: »Warum drückt sie mich an die Decke?«

Mühsam stand sie auf, um sofort die Feststellung zu machen, daß sie den Gleichgewichtssinn verloren hatte. Sie fiel, spürte dabei ein größeres Gewicht, als es an Bord der *Voyager* der Fall gewesen wäre. Redbay lag auf der anderen Seite und zeichnete sich nur als vager Schemen ab – das einzige Licht stammte aus Rissen in den Wänden. Offenbar lag er mit dem Gesicht nach unten.

Risse in den Wänden? B'Elanna Torres begriff plötzlich, was geschehen war. Der Raum, in dem sie sich befanden, war von der Plasmafront aus dem Mond herausgerissen worden. Nicht etwa Gravitation preßte sie an die Decke, sondern Zentrifugalkraft!

Wir wirbeln durchs All! Lautes Zischen wies darauf hin, daß die Luft ins Vakuum des Weltraums entwich, durch die Risse im superdichten Metall der Furien, das wie Pappe zerfetzt worden war.

B'Elanna vergeudete wertvolle Sekunden, indem sie verblüfft starrte. Jenseits der Risse zeigte sich nicht der vertraute Anblick des leeren Alls; statt dessen tobte dort ein energetischer Sturm, dessen Glühen einen Teil der Finsternis aus dem Raum vertrieb.

»Redbay!« Torres kroch über den Boden – über die Decke – und spürte dabei, wie die Zentrifugalkraft in den Ecken stärker wurde.

Sie erreichte den Piloten und schüttelte ihn. »Red ... bay!« keuchte sie. Die dünner werdende Luft führte dazu, daß ihre Benommenheit zunahm. »Stehen Sie ... auf. Atmen Sie! Wir ... wir müssen nach draußen. Die *Voyager* ... Transporter!« B'Elanna schnaufte vor Anstrengung. Das Zischen der entweichenden Luft wurde bereits leiser, und ihre Stimme klang so, als käme sie aus einem tiefen Brunnen.

Sie sammelte etwas mehr Kraft, versetzte Redbay eine Ohrfeige und brachte ihn damit ganz zu sich. Verwirrt und erschöpft sah er zu ihr auf. Auch ein wenig Furcht zeigte sich nun in seinem Gesicht. Er war erwacht – um einen Alptraum zu erleben.

»Atmen Sie!« rief B'Elanna und verlor dadurch soviel Sauerstoff, daß dumpfer Schmerz hinter ihrer Stirn pochte und sie fast das Bewußtsein verlor. Sie hob die Hand, deutete zum nächsten Riß.

Atmen, schnell atmen, forderte sich B'Elanna selbst auf. Sie begann zu hecheln wie ein Hund, dem es zu warm geworden war, und Redbay folgte ihrem Beispiel.

Torres vermied es, nach draußen zu sehen und zu beobachten, wie Sterne und glühende Schleier der Plasmawolke vorbeiwirbelten. Davon wurde ihr übel, und gerade jetzt durfte sie sich nicht übergeben, dadurch Zeit und wertvollen Sauerstoff vergeuden.

Der Raum erschien ihr unnatürlich weiß, und B'Elannas Gehirn funktionierte noch immer gut genug, um eine Erklärung anzubieten: Geringer Luftdruck und zunehmender Sauerstoffmangel beeinflußten die Stäbchen und Zäpfchen der Netzhaut, vertrieben die Farben aus der Wahrnehmung.

Die AUGEN! Plötzlich erinnerte sie sich. »Augen ... schließen«, krächzte sie und vollführte eine entsprechende Geste. Redbay nickte – er wirkte nun durch und durch entsetzt.

Gemeinsam krochen sie zu einem Riß, in Richtung Leere und Tod – und gleichzeitig der einzigen Chance, die ihnen noch blieb. Sie keuchten und versuchten, ihre Lungen so oft wie möglich mit Luft zu füllen, um die Agonie zu verlängern, bis schließlich das Gehirn aufgrund des Sauerstoffmangels irreparablen Schaden erlitt.

Redbay schreckte vor der Öffnung zurück. Torres packte ihn am Hosenboden und stieß ihn durch den Riß. *Bei den Knochen meiner Ahnen*, dachte sie. *Zum erstenmal in meinem Leben habe ich jemanden ohne Schutzanzug ins All gestoßen.* Sie ließ sich einfach nach vorn fallen, und die entweichende Luft riß sie nach draußen ins Nichts.

B'Elanna kniff die Augen zu, rollte sich so eng wie möglich zusammen und schlang die Arme um die Knie, um ihre Körperwärme zu bewahren. Das war gar nicht nötig. Kaum hatte sie die Öffnung passiert, als sie heißes Brennen am Rücken sowie an Armen und Beinen spürte. *Das Plasma von der Supernova!* dachte sie erschrocken. *Es ist mindestens eine Million Grad heiß!*

Kes preßte das Gesicht so fest ans Fenster, daß ihre Nase zu bluten begann. Sie bemerkte weder Neelix, der direkt neben ihr stand, noch die anderen Leute in der Nähe. Die Ocampa konzentrierte sich ganz und gar auf das Bemühen, nach zwei winzigen Gestalten Ausschau zu halten, die irgendwo dort draußen in der Leere schwebten, in den Resten der expandierenden Gaswolke. Die *Voyager* folgte der Plasmafront, aber mit weitaus geringerer Geschwindigkeit.

»Dort!« rief Neelix und deutete auf einen Fleck.

»Nein«, sagte Kes. »Das ist nur ein Trümmerstück.«

»Bist du *sicher*?«

»Ja … Moment mal. Was ist das da drüben?«

Neelix schob sich noch etwas näher heran, als könnten einige wenige Zentimeter einen Unterschied machen. »Ja, vielleicht ... Ich glaube, ich erkenne da ... Nein!« Verärgert wich er zurück und schlug mit der flachen Hand auf das transparente Aluminium. »Nein, nein, nein. Es ist ein weiteres Teil vom Mond.«

Ocampa-Augen waren leistungsfähiger als die von Menschen, aber Kes glaubte, daß der Talaxianer Neelix noch besser sehen konnte. Auf der linken Seite und ziemlich weit entfernt bemerkte Kes einen weiteren Fleck, doch so sehr sie sich auch bemühte: Sie war nicht imstande, Einzelheiten zu erkennen. Das Schiff flog parallel dazu; der Abstand verkürzte sich also nicht.

»Neelix, ich glaube, ich habe etwas entdeckt«, hauchte sie.

»Wo? Wo?«

Kes behielt den Fleck im Auge, als sie hinter Neelix trat und an seinem Gesicht vorbei deutete. »Links«, flüsterte sie. »Noch etwas weiter nach links – dort.«

Der Talaxianer riß die Augen auf und berührte seinen Insignienkommunikator. »Neelix und Kes«, sagte er. »Wir haben eine Person gefunden.«

»Koordinaten«, erklang sofort die emotionslose Stimme Tuvoks.

»Äh ...« Neelix spürte, wie sein Herz schneller schlug. Er war noch immer nicht ans Starfleet-System gewöhnt. »Auf der linken Seite und ...«

»Von welchem Fenster aus beobachten Sie?« unterbrach der ungeduldige Vulkanier den Talaxianer.

»Äh ...«

»Nummer UV achtzehn!« rief die hinter Neelix stehende Kes.

»Es ist nicht nötig, lauter zu sprechen«, erwiderte Tuvok. »Der Insignienkommunikator überträgt auch Ihre Stimme.«

»Captain«, sagte Tuvok auf der Brücke, »ich schlage vor, wir ändern den Kurs in Richtung eins neun sieben.«

»Ausführung, Mr. Paris«, wandte sich Janeway an den Piloten. »Erhöhen Sie die Geschwindigkeit auf dreißig Meter pro Sekunde.« Sie sah, wie Paris der Aufforderung sofort nachkam. »Jetzt kommt's drauf an. Mr. Kim, dehnen Sie die Schilde – aber vermeiden Sie um Himmels willen einen energetischen Kontakt.«

Janeway befeuchtete sich die Lippen und klopfte auf ihren Insignienkommunikator. »Captain an Maschinenraum. Carey, sind die modifizierten visuellen Sensoren einsatzbereit?«

»Nein«, erwiderte der Techniker.

»Gut. Aktivieren Sie sie trotzdem. Vielleicht können wir etwas erkennen.«

Das Grau im zentralen Projektionsfeld wich einigen bunten diagonalen Linien. »Ich habe ja darauf hingewiesen, daß die visuellen Sensoren noch nicht einsatzbereit sind«, meinte Carey verdrießlich.

»Die Schilde werden jetzt gedehnt«, meldete Kim. Schweiß glänzte in seinem Gesicht. Er spürte die schwere Bürde der Verantwortung, als er die bisher schwierigste Aufgabe seiner ersten – und wahrscheinlich auch letzten – offiziellen Starfleet-Mission durchführte.

»Verdammt, Carey, wir sehen überhaupt nichts!«

»Vielleicht hat sich irgendwo eine Verbindung gelockert.«

»Unternehmen Sie etwas! Geben Sie der Konsole einen Tritt!«

»Es liegt mit ziemlicher Sicherheit an den Kameras. Ich müßte das Schiff verlassen, um …«

»Geben Sie der *Konsole* einen Tritt! Sie befindet sich direkt vor Ihnen!«

Tuvok wölbte verwundert eine Braue. »Captain, ich sehe kaum einen Sinn darin …«

Die diagonalen Linien verschwanden vom Hauptschirm, und es erschien ein sonderbar flaches Bild, das mehrere Farbkleckse zeigte, die auf heißes, ionisiertes Plasma hindeuteten. Hier und dort durchdrang der Schein von Sternen das Glühen. Es war ein bizarres, desorientierendes Bild, doch angesichts der vielen ausgefallenen Bordsysteme – unter ihnen auch der Replikator – konnten sie nichts Besseres bekommen. Zwar zitterte die Darstellung, aber wenigstens hatte die *Voyager* jetzt wieder ein Auge.

Janeway stand auf. »Ich sehe sie! Beziehungsweise einen von ihnen. Tuvok, können Sie einen visuellen Erfassungsfokus ausrichten und die Daten dem Transporterraum zwei übermitteln?«

»Noch nicht, Captain«, erwiderte der Vulkanier.

»Janeway an Transporterraum zwei, treffen Sie Vorbereitungen dafür, einen Humanoiden direkt in die Krankenstation zu beamen. Die Koordinaten übermittelt Ihnen Lieutenant Tuvok. Janeway an Krankenstation. Bereiten Sie sich auf das Eintreffen eines Patienten vor, Doktor.«

»Der visuelle Erfassungsfokus ist jetzt ausgerichtet, Captain. Koordinaten werden zum Transporterraum zwei übermittelt.«

»Transfer einleiten, Transporterraum zwei.«

Zehn Sekunden verstrichen, und Janeways Blick klebte am Hauptschirm fest. Bevor sie mehr erkannte als zwei Arme und Beine, sagte Tuvok: »Es ist Lieutenant Redbay.«

Der Vulkanier hatte den Satz noch nicht ganz beendet, als die Gestalt verschwand.

»Doktor an Janeway«, erklang die Stimme des holographischen Arztes. »Lieutenant Redbay ist bei uns eingetroffen. Ich beginne sofort mit der Behandlung.«

Janeway nickte, obwohl nur eine Audioverbindung bestand. »Wo ist B'Elanna? *Wo ist sie?*«

Das Universum hält viele Überraschungen parat. Alle Personen im Kontrollraum hielten in den Resten der Plasmawolke nach B'Elanna Torres Ausschau, aber es war ausgerechnet Chell, der sie entdeckte. Chell, der sich nur als Beobachter auf der Brücke befand, dessen Pflichten allein darin bestanden, aufzupassen und zu beobachten.

Tom Paris wartete keine Anweisung der Kommandantin ab und änderte sofort den Kurs. Es blieb Janeway gerade noch Zeit genug, »Fokus ausrichten, Mr. Tuvok« zu sagen, bevor der Vulkanier die Koordinaten ermittelte und an den Transporterraum weitergab.

»Energie«, sagte Transporterchef Filz.

30

Die *Voyager* steuerte in einen Orbit um den solaren Kern, der vom Furienstern übriggeblieben war. Commander Chakotay, Lieutenant Tuvok und Fähnrich Harry Kim begannen damit, Daten zu sammeln, als die vom elektromagnetischen Impuls und der Plasmafront beschädigten Bordsysteme repariert wurden. Die wieder funktionstüchtigen Sensoren orteten Spuren von Chroniton-Partikeln, einen starken Neutrinofluß, Subraum-Verwerfungen, einige Superstring-Knäuel, Alpha-Strahlung und Resthitze in Form von Radioechos.

Für Captain Janeway gab es ein dringenderes Problem in der Krankenstation.

Der Doktor trat immer wieder um Lieutenant Redbay herum, dessen Haut an vielen Stellen ein besorgniserregendes Rot aufwies. Die Augen des Piloten waren geöffnet, aber seine Pupillen blieben ohne Reaktion. Er blinzelte auch nicht. Kes beugte sich immer wieder vor und befeuchtete Redbays Augen mit einer Pipette, die eine Salzlösung enthielt.

»Bei Mr. Redbay läßt sich noch immer keine Hirnaktivität feststellen«, sagte der Doktor. »Bei B'Elanna Torres liegt der Fall ähnlich. Doch meine Sorge gilt vor allem Redbay. Ich habe es mit Herzstimulation versucht, aber bisher weist sein Körper noch nicht einmal autonome Reaktionen auf.«

»B'Elanna geht es besser?«

»Der Zustand von Lieutenant Torres ist unverändert. Nach dem Transfer haben wir sie nur einige Minuten lang ans Lebenserhaltungssystem angeschlossen. Sie begann schon nach kurzer Zeit, aus eigener Kraft zu atmen. Allerdings liegt sie ebenfalls im Koma.«

Janeway schloß die Augen. Als sie die Lider wieder hob, hatte sich die Szene nicht verändert. Es handelte sich keineswegs um einen Traum, aus dem sie erwachen konnte. »Besteht Aussicht auf Genesung?«

Der holographische Arzt hob und senkte die Schultern. »Das hängt ganz von Torres und Redbay ab. Ich kann ihre Körperfunktionen nur überwachen und ...«

»Doktor!« entfuhr es Kes. »Bei B'Elanna kam es gerade zum Herzstillstand!«

Der Arzt eilte zu Torres und nahm eine rasche Sondierung mit seinem medizinischen Tricorder vor. »Kortikaler Krampf«, diagnostizierte er. »Ich versuche, ihren Zustand mit Hirnstimulatoren zu stabilisieren.«

»Was ist passiert?« fragte Janeway. »Eben haben Sie doch gesagt, es sei alles in Ordnung mit ihr, Doktor! Warum ...«

»Bitte seien Sie still«, entgegnete der holographische Arzt scharf.

Janeway klappte den Mund zu und wich zurück. Nach einigen Sekunden gab sie sich selbst den Befehl, die Krankenstation zu verlassen. Es fiel ihr sehr schwer, dieser Anweisung zu gehorchen.

Sie wartete im Korridor, wanderte dort unruhig auf und ab. Gerade jetzt durfte sie den Doktor und seine Assistentin Kes nicht stören – sie mußten imstande sein, ihre ganze Aufmerksamkeit B'Elanna zu widmen.

Der Doktor runzelte die Stirn. *Eigentlich sollte ich nichts fühlen*, dachte er. *Immerhin bin ich ein Hologramm. Holographische Projektionen haben keine Gefühle*. Und doch glaubte er, eine emotionale Reaktion bei sich festzustellen. Der Programmierer namens Zimmerman schien wesentlich gründlichere Arbeit geleistet zu haben, als der holographische Arzt – oder sonst jemand – bisher vermutet hatte. Seit einiger Zeit erlebte er ziemlich intensive Empfindungen.

»Ihr Zustand ist wieder stabil«, sagte er. »Für den Augenblick jedenfalls. Wie steht es um Mr. Redbay, Kes?«

Stille. Der Doktor drehte sich um und sah zu der Ocampa, die neben Redbays Liege stand und kummervoll auf den Patienten blickte. »Es geht ihm sehr schlecht.« Sie hob ihren Tricorder. »Lieutenant Redbays neurale Rezeptivität läßt nach. Der Hirnstimulator kann die elektrokolloidale Zirkulation nicht mehr aufrechterhalten. Er stirbt, Doktor.«

Der Doktor schnitt eine finstere Miene. Er brauchte die Anzeigen von Kes' Tricorder nicht zu überprüfen – immerhin hatte er sie gut ausgebildet. »Vielleicht können die neuralen Verbindungen wiederhergestellt werden«, sagte er.

Der Blick des holographischen Arztes wechselte zwischen den beiden Patienten hin und her. »Unter Umständen wie diesen hat es ein Doktor sehr schwer, Kes«, verkündete er. »Erinnern Sie sich daran, was ich über das Treffen von Entscheidungen sagte? Nun, hier haben wir es mit einer solchen Situation zu tun.«

Zu entscheiden, wer leben durfte und wer sterben mußte. Hier lag der Fall anders als bei den alten Kriegen auf der Erde, aber gewisse Parallelen ließen sich doch nicht leugnen. Es gab keinen *medizinischen* Grund, den einen Patienten dem anderen vorzuziehen. Der Holo-Arzt griff auf alle in den Datenbanken gespeicherten Informationen zu, die solche Entscheidungen betrafen, fand dort jedoch weder Hilfe noch Trost. Eins stand fest: Mit der richtigen Behandlung konnte sogar Redbay geholfen werden. Über den Kollaps neuraler Rezeptivität – die ›kortikale Versteifung‹ – war in der medizinischen Fachwelt mehr bekannt als über Torres' kortikalen Krampf.

Andererseits kam in der gegenwärtigen Situation ein besonderer Aspekt hinzu: Nie zuvor war jemand an Bord gebeamt worden, der sich während einer Supernova-Explosion ohne Schutzanzug im Weltraum aufgehalten hatte.

Der holographische Arzt startete nacheinander alle medizinischen Beratungsprogramme – bisher hatte er geglaubt, die entsprechende Bibliothek sei unerschöpflich –, doch keins konnte ihm mitteilen, ob er Lieutenant Redbay oder Lieutenant Torres retten sollte. Natürlich wählte jedes Programm einen der beiden Patienten, aber letztendlich gab es ebenso viele Empfehlungen für Redbay wie für Torres.

Es läuft immer darauf hinaus, dachte der Arzt und fühlte sich in die Enge getrieben. *Auf den Instinkt des zuständigen Doktors. Aber Hologramme haben keine Instinkte.*

Es gab keine medizinische Methode, um zu bestimmen, welcher der beiden Patienten geopfert werden sollte, um dem anderen das Überleben zu ermöglichen.

»Doktor?«

Was soll ich nur machen? Er neigte den holographischen Kopf von einer Seite zur anderen, während er mit sich selbst rang. Die gewöhnliche Programmierung half ihm jetzt nicht weiter. *Du mußt eine Entscheidung treffen, und zwar ganz allein!*

»Ich rufe den Captain«, sagte Kes und streckte die Hand nach dem Kommunikator aus.

»Nein!« entfuhr es dem Arzt. Er hielt den Arm der Ocampa fest. »Ich bin der Doktor. Dies fällt in meinen Zuständigkeitsbereich.« *Aber WAS SOLL ICH NUR MACHEN?*

Er wandte sich ab und verbarg das virtuelle Gesicht hinter virtuellen Händen. »Wieso fühle ich mich so hin und her gerissen? Ich bin doch gar keine richtige Person!«

Einige Sekunden lang herrschte Stille, und dann sprach Kes so leise, daß der Doktor die Sensibilität seiner akustischen Sensoren erhöhen mußte. »Für mich sind Sie eine richtige Person, Doktor.«

»Vielleicht kommt darin die Realität einer Person zum Ausdruck: in der Fähigkeit, Entscheidungen zu treffen, die ein ... medizinisches Holo-Notprogramm nicht treffen kann.«

»Sie müssen wählen. Der Hirnstimulator kann B'Elannas Zustand nicht stabilisieren ...« Kes schwieg und richtete einen erwartungsvollen Blick auf den Holo-Arzt.

»Sie gehört zur Besatzung dieses Schiffes. Und ... Ich glaube, es verbindet mich Freundschaft mit ihr. Ich kenne sie ... Nein, ich *kann* diese Entscheidung nicht treffen!«

»Soll ich dem Captain Bescheid geben?«

»Nein! Helfen Sie mir. Haben Sie ein wenig Geduld. Der Zeitfaktor ist mir bewußt. Als Hologramm bin ich überhaupt nicht imstande, ihn zu vergessen.«

»Sie sind eine echte Person, ein Mann und Arzt. Und mein Lehrer.«

»Aber mir fehlt es an Objektivität!«

»Nicht jede Entscheidung muß objektiv sein.«

Sofort entspannte sich der Doktor. Er ließ die Schultern hängen, und als er sich umdrehte, wirkte seine Miene steinern. »Transferieren Sie ... B'Elanna ... auf den Operationstisch, Kes. Ich muß jetzt ...«

Der Holo-Arzt trat an Redbays Liege heran und entfernte den Hirnstimulator. »Med ... Medizinisches Logbuch: Hiermit erkläre ich Lieutenant Redbay für tot.« Fast zornig – *bestimmt biete ich einen komischen Anblick* – nahm er auch das Beatmungsgerät und den Herzschrittmacher beiseite, legte beide Instrumente auf die nächste freie Liege in der Intensivstation.

Mit Hilfe der Antigravmodule hatte Kes B'Elanna zum Operationstisch transferiert und den neurochirurgischen Helm in Position gebracht. Als der Doktor kam, hatte die Ocampa bereits Holo-Sonde und Mikroscanner aktiviert sowie beides auf den peripheren Bereich von B'Elannas Großhirnrinde gerichtet.

»Halten Sie sich bereit, die Behandlung mit dem Hirnstimulator zu beenden«, sagte der Arzt und zwang sich, nicht zum zuckenden Redbay zu sehen. Jener Mann lebte nicht mehr, seit er das Entsetzen der Furien erfahren hatte. Doch er wußte nichts von seinem Tod und kämpfte fast eine Minute lang dagegen an.

»Hirnstimulator deaktivieren, Kes. Und bereiten Sie einen Injektor mit Desoasopin vor, um B'Elanna ruhigzustellen. Sie ist zur Hälfte Klingonin, und deshalb müssen wir damit rechnen, daß sie Widerstand leistet.«

»Captain zur Brücke.«

Chakotays Stimme ertönte aus dem Nichts, und Janeway zuckte unwillkürlich zusammen. »Ich bin unterwegs«, erwiderte sie, dankbar für die Möglichkeit, die medizinische Abteilung zu verlassen. Sie hatte befürchtet, in die Krankenstation gebeten zu werden, um dort zu erfahren, daß es bei B'Elanna zu irreparablen Hirnschäden gekommen war. Ein Teil von ihr glaubte sogar, daß sie der Chefingenieurin allein mit ihrer Präsenz im Korridor Pech brachte. Andererseits sträubte sich etwas in ihr dagegen, den Eindruck zu erwecken, Torres im Stich zu lassen.

»Was ist passiert, Mr. Chakotay?« fragte Janeway, als sie die Brücke betrat.

»Nichts.«

»Sie haben mich doch gerade zur Brücke gerufen, oder?«

»Ja, Captain. Sie sollten sich etwas ansehen, das vor einer Stunde passiert ist.«

Tuvok räusperte sich. »Wir haben inzwischen alle uns zur Verfügung stehenden Mittel genutzt, um festzustellen, in welche Richtung sich das Wurmloch der Furien erstreckte. Ich muß gestehen, daß es eine unbefriedigende Erfahrung für mich war. Die Supernova hinterließ eine recht starke Reststrahlung. So beträgt die gegenwärtige Temperatur in diesem Raumsektor noch immer einige hundert Grad; zum Ausdruck kommt sie in Form von elektromagnetischer Strahlung sowohl im infraroten als auch im Radiowellenbereich des Spektrums. Diese hohe Temperatur überstrahlt gewissermaßen die energetische Signatur des Wurmlochs.«

»Bitte fassen Sie sich kurz, Tuvok.«

»Das Bemühen der Furien, ein künstliches Wurmloch zu schaffen und ihren ganzen Planeten zu transferieren, war zum größten Teil erfolgreich.«

Janeway schwieg eine Zeitlang. »Dann haben wir versagt«, sagte sie schließlich und hielt ihre Emotionen so gut unter Kontrolle, daß Tuvok staunte.

»Nicht unbedingt«, widersprach Chakotay. »Ich weiß nicht, was Redbay und Torres mit dem Mond anstellten, aber den Furien gelang kein Transfer zum Alpha-Quadranten.«

»Tuvok wies doch gerade darauf hin ...«

»Ich habe ›*zum größten Teil* erfolgreich‹ gesagt, Captain. Es fand ein Sprung durchs Wurmloch statt – aber nicht in den Alpha-Quadranten.«

Janeways Blick wechselte zwischen den beiden Offizieren hin und her. »Wissen wir, wo der Retransfer stattfand?«

»Nein, Captain«, antwortete Chakotay. »Die Richtungsstreuung beläuft sich auf einen Winkel von neunzig Grad – genauere Daten können wir nicht gewinnen.«

»Na schön. Wo hat der Retransfer *vielleicht* stattgefunden?« fragte Janeway.

»Zum Beispiel im Gamma-Quadranten. Oder außerhalb der Galaxis.«

»Mr. Tuvok, wie groß ist die Wahrscheinlichkeit dafür, daß der Furienplanet in der Nähe eines Sonnensystems erschien?«

»Die gegenwärtige Datenbasis ist nicht annähernd ausreichend für plausible Spekulationen, Captain.«

Janeway dachte an siebenundzwanzig Milliarden Wesen, die dazu verurteilt waren, durch die ewige Nacht des Alls unterwegs zu sein, verloren zwischen den Sternen. Siebenundzwanzig Milliarden Seelen, die die Absicht gehabt hatten, alle lebenden Geschöpfe in ihrer alten Heimat entweder zu töten oder zu versklaven.

»Bestimmt haben die Furien Vorräte für die Bevölkerung angelegt«, überlegte die Kommandantin laut. »Immerhin planten sie einen *blinden* Sprung in den Alpha-Quadranten. Zumindest für eine gewisse Zeit mußte die Autonomie ihrer Welt gewährleistet sein.«

»Eine logische Annahme«, meinte Tuvok.

Janeway neigte den Kopf nach hinten und schloß die Augen. Sollten die anderen ruhig sehen, wie erschöpft sie war – diesmal spielte es keine Rolle für sie. »Wir mußten nicht siebenundzwanzig Milliarden Personen umbringen. Das ist doch etwas, oder?«

Sie erwartete keine Antwort, doch Tuvok entgegnete: »Das ist sogar eine ganze Menge.«

»Aber haben wir jetzt das Entsetzen in den Gamma-Quadranten geschickt?« Janeway hob die Lider. Die übrigen Brückenoffiziere blieben stumm und beobachteten sie. Janeways Blick glitt durch den Kontrollraum und verharrte schließlich auf Chakotays ausdrucksloser Miene.

»Ich glaube nicht«, sagte er. »Die Furien verhielten sich friedlich anderen Völkern gegenüber, mit Ausnahme derjenigen, die sie ›Unreine‹ nannten. Diese Bezeichnung bezieht sich ganz offensichtlich auf uns, die Bewohner des Alpha-Quadranten.« Der Erste Offizier zögerte und preßte kurz die Lippen zusammen. »Ich glaube, dem Rest der Galaxis droht keine Gefahr. Es sei denn, den Furien gelingt es irgendwie, einen Planeten in unserem Quadranten zu erreichen.«

»Tuvok?« fragte Janeway.

»Es gibt nicht genug Daten für die Berechnung der Wahrscheinlichkeit«, erwiderte der Vulkanier.

Janeway schauderte innerlich. Wenn die Dinge schließlich zur Ruhe kamen, würden die Furien mit einer Bestandsaufnahme beginnen. Bestimmt verloren sie nicht das Interesse an ihrem Heiligen Krieg. Ihre Reaktion bestand vermutlich darin, eine andere geeignete Sonne zu suchen und die ganze Technik dann noch einmal zu entwickeln – um erneut ein künstliches Wurmloch zu schaffen, das einen Transfer zum Alpha-Quadranten ermöglichte.

Alles noch einmal von vorn. Es würde immer und immer wieder geschehen, bis jemand einen Schlußstrich zog, indem er die Furien umbrachte, sie alle. Oder bis sie den angestrebten Erfolg erzielten.

Irgendwann, irgendwer. Aber nicht jetzt, und nicht Kathryn Janeway. »Wenn man darüber nachdenkt, was wir getan haben …«

»Wir haben uns verteidigt!« entfuhr es Paris.

»Wir haben unsere Zivilisation verteidigt«, korrigierte Tuvok.

»Die Vulkanier lehren doch das UMUK-Prinzip: unendliche Mannigfaltigkeit in unendlicher Kombination. Die Furien wollen nur das, was ihnen einst gehörte.«

»Was sie mit Gewalt und Schrecken für sich beanspruchten.«

Chakotay lehnte sich zurück, beobachtete nur und hörte zu.

Janeway mischte sich in den Wortwechsel von Paris und Tuvok ein.

»Ein Sklavenaufstand vertrieb die Furien. Über Jahrtausende hinweg hielten sie an ihrer Entschlossenheit fest, ins ›Paradies‹ zurückzukehren, das ihnen angeblich von den Göttern geschenkt wurde. Was unternehmen sie jetzt? Bestimmt finden sie bald heraus, daß der Transfer in die falsche Richtung führte, daß sie nicht zurückkehren können. Und dann? Lassen sie ihre Wut an den Völkern aus, die sie in den Raumsektoren ihres Retransfers vorfinden? Gründen sie vielleicht ein Furienimperium im Gamma-Quadranten? Beginnen Sie damit, alle anderen Lebensformen in der Kleinen Magellanschen Wolke zu unterjochen?

Mir wäre es lieber, wir hätten alle siebenundzwanzig Milliarden Furien getötet. Mit *der* Schuld könnte ich leben und auch sterben.«

»Ich fühle keine Schuld, Captain«, warf Chakotay ein. »Wir haben uns wie Krieger verhalten und die Chance des bestmöglichen Sieges genutzt.«

»Und Ihr Schutzgeist hat keine Einwände?«

»Das finde ich heute abend heraus.«

»Ich wäre sehr dankbar, wenn ich Ihnen dabei Gesellschaft leisten könnte.«

»Captain ...« Fähnrich Kim zögerte kurz. »Bitte entschuldigen Sie die Unterbrechung. Der holographische Arzt hat gerade einen Logbucheintrag vorgenommen.«

»Ja?«

»Darin erklärt er Lieutenant Redbay für tot. Er glaubt, daß Lieutenant Torres überleben wird.«

Janeway stand auf, trat zu Kim und legte ihm die Hand auf die Schulter. »Sie machen sich große Sorgen um B'Elanna, nicht wahr? Nun, vielleicht sollten wir es Chell ermöglichen, direkte Erfahrungen im Umgang mit Ihren Kontrollen zu sammeln. Sie könnten die Gelegenheit für einen Besuch in der Krankenstation nutzen.«

Der junge Fähnrich erhob sich wortlos und eilte zum Turbolift.

31

Zwei Tage nach der Supernova sank die Strahlung in jenem Raumsektor, der einst Exilheimat der Furien gewesen war, der ersten wahren galaktischen Terroristen. Die U.S.S. *Voyager* verzichtete zunächst darauf, den Flug fortzusetzen. Captain Kathryn Janeway erteilte die Anweisung, im Orbit um den Reststern zu bleiben, bis Lieutenant B'Elanna Torres das Bewußtsein wiedererlangte. Janeway wollte wissen, was geschehen war, was Torres und der sonderbare Lieutenant Redbay von Captain Picards *Enterprise* unternommen hatten. Es ging ihr um die Feststellung, ob es sicher war, einen Warptransfer einzuleiten. Damit sie eine Antwort auf diese Frage bekam, mußte Torres erwachen.

Zwölf Stunden später seufzte B'Elanna. Ein gutes Zeichen, wenn auch kein spektakuläres – sie hatte schon mehrmals Geräusche von sich gegeben. Doch dem Seufzen folgte leises Schluchzen, und das war bemerkenswert: Es handelte sich um die erste emotionale Regung, die Torres nach ihrer Rückkehr an Bord zeigte.

Sanft hielt Janeway B'Elannas verbundene Hand, und Kes berührte die Patientin vorsichtig an der Stirn. Die Chefingenieurin hatte sich glücklicherweise so zusammengerollt, daß ihr Gesicht nicht dem heißen Plasma ausgesetzt gewesen war. Was den Rest des Körpers betraf... Die Rekonvaleszenz würde einige Wochen dauern, trotz moderner Technik, die relativ schnelle Geweberestrukturierung erlaubte.

Schließlich öffnete B'Elanna die Augen und schrie.

Als der Doktor versuchte, sie zu beruhigen, biß sie ihm in die Hand, und zwar so fest, daß bei einem Arzt aus Fleisch und Blut der Daumen abgetrennt worden wäre. Gegen ein holographisches Kraftfeld konnten B'Elannas Zähne nichts ausrichten.

Sie hielten Torres fest und sprachen beruhigend auf sie ein. Nach einer halben Stunde war sie klar genug bei Verstand, um Janeways Fragen zu beantworten. Stockend berichtete B'Elanna vom Zielerfassungsmodul, das Redbay und sie praktisch im letzten Augenblick manipuliert hatten.

»Wir können von Glück sagen, daß Ihnen diese Idee kam«, meinte Janeway. »Ihre anderen Bemühungen blieben nämlich ohne Ergebnis: Der Mond nahm die Energie auf und projizierte sie wie vorgesehen, wodurch ein künstliches Wurmloch entstand, das den Planeten transferierte – wohin auch immer.«

»Ich habe uns gerettet?«

»Ja, Lieutenant.«

»Und die Furien sind fort?«

Janeways Lippen formten ein seltsames Lächeln, das sowohl Anteilnahme als auch tiefen Kummer zum Ausdruck brachte. »Ja, sie sind fort. Ihr Retransfer fand mitten im Nichts statt. Ich bezweifle, ob sie jemals in unsere Galaxis zurückkehren können, vom Alpha-Quadranten ganz zu schweigen. Sie sind für immer verschwunden.«

»Wir haben Sie aus dem Plasma der Supernova an Bord gebeamt«, sagte Kes. »Sie hatten starke Verbrennungen und fünfzehn Knochenbrüche! Aber bald ist wieder alles in Ordnung mit Ihnen.«

»Und ... Redbay?«

Janeway antwortete sofort, um zu vermeiden, daß sich von Unbehagen geprägte Stille herabsenkte. »Er hat es nicht geschafft, Torres. Es tut mir leid.«

Der Doktor beugte sich vor. »Sie haben auch deshalb überlebt, weil Sie zur Hälfte Klingonin sind. Lieutenant

Redbay hingegen war zu hundert Prozent Mensch und den Belastungen nicht gewachsen.«

B'Elanna starrte den Holo-Arzt so an, als sei ihm gerade ein zweiter Kopf gewachsen. Seine Worte schienen sie nicht besonders zu erfreuen. Nach einigen Sekunden schloß sie die Augen. *Man reibt es mir erneut unter die Nase,* dachte sie. *Entweder verliere ich die Beherrschung, weil in meinen Adern auch klingonisches Blut fließt, oder ich überlebe eine Supernova, weil ich aufgrund der klingonischen Gene besonders widerstandsfähig bin. Ist es mir jemals möglich, einfach nur ICH SELBST zu sein?*

B'Elanna hatte sich diese Frage gerade erst gestellt, als sie auch schon die Antwort wußte. Sie *war* sie selbst, und ein Teil von ihr bestand aus einer dickköpfigen, dickfelligen und aggressiven Klingonin. Das ließ sich nicht leugnen. Mehr noch: Gerade diesem Aspekt ihres Wesens verdankte sie ihr Überleben!

Später, als sich der Doktor um andere Patienten kümmerte und Janeway gegangen war, kehrte Kes zu Torres zurück. Die Ocampa musterte B'Elanna, biß sich auf die Lippe und stellte eine Frage, die sie schon seit einer ganzen Weile beschäftigte. »Sie erwähnten, von den Emissionen des Angstprojektors erfaßt worden zu sein ... Wie fühlte es sich an? Welche Furcht entstand dadurch in Ihnen? Ich habe nie ...« Kes zögerte und gab sich dann einen inneren Ruck. »Ich habe nie auf eine solche Weise empfunden!«

B'Elanna schwieg.

»Unterscheidet es sich von normaler Furcht? Ich ... ich möchte unbedingt wissen, warum die Völker des Alpha-Quadranten ihre Freiheit aufgaben und sich lieber versklaven ließen, als zu versuchen, gegen eine solche Waffe anzukämpfen. Es muß mehr dahinterstecken als nur Furcht, Tod und Schmerz.«

»Ich erinnere mich nicht«, erwiderte Lieutenant Torres. »Selektive Amnesie. Der Doktor meinte, so etwas könnte passieren.«

Kes blinzelte verwirrt. »Aber Sie erinnern sich an alles andere!«

»Ich habe gesagt, daß ich mich *nicht* an meine Reaktionen auf den Angstprojektor entsinne!« fauchte Torres. Es blitzte in ihren klingonischen Augen, als sie zur Ocampa aufsah. Kes verstand und verzichtete darauf, dieses Thema noch einmal anzusprechen.

STAR TREK™

in der Reihe
HEYNE SCIENCE FICTION & FANTASY

STAR TREK: CLASSIC SERIE
Vonda N. McIntyre, Star Trek II: Der Zorn des Khan · 06/3971
Vonda N. McIntyre, Der Entropie-Effekt · 06/3988
Robert E. Vardeman, Das Klingonen-Gambit · 06/4035
Lee Correy, Hort des Lebens · 06/4083
Vonda N. McIntyre, Star Trek III: Auf der Suche nach Mr. Spock · 06/4181
S. M. Murdock, Das Netz der Romulaner · 06/4209
Sonni Cooper, Schwarzes Feuer · 06/4270
Robert E. Vardeman, Meuterei auf der Enterprise · 06/4285
Howard Weinstein, Die Macht der Krone · 06/4342
Sondra Marshak & Myrna Culbreath, Das Prometheus-Projekt · 06/4379
Sondra Marshak & Myrna Culbreath, Tödliches Dreieck · 06/4411
A. C. Crispin, Sohn der Vergangenheit · 06/4431
Diane Duane, Der verwundete Himmel · 06/4458
David Dvorkin, Die Trellisane-Konfrontation · 06/4474
Vonda N. McIntyre, Star Trek IV: Zurück in die Gegenwart · 06/4486
Greg Bear, Corona · 06/4499
John M. Ford, Der letzte Schachzug · 06/4528
Diane Duane, Der Feind – mein Verbündeter · 06/4535
Melinda Snodgrass, Die Tränen der Sänger · 06/4551
Jean Lorrah, Mord an der Vulkan Akademie · 06/4568
Janet Kagan, Uhuras Lied · 06/4605
Laurence Yep, Herr der Schatten · 06/4627
Barbara Hambly, Ishmael · 06/4662
J. M. Dillard, Star Trek V: Am Rande des Universums · 06/4682
Della van Hise, Zeit zu töten · 06/4698
Margaret Wander Bonanno, Geiseln für den Frieden · 06/4724
Majliss Larson, Das Faustpfand der Klingonen · 06/4741
J. M. Dillard, Bewußtseinsschatten · 06/4762
Brad Ferguson, Krise auf Centaurus · 06/4776
Diane Carey, Das Schlachtschiff · 06/4804
J. M. Dillard, Dämonen · 06/4819
Diane Duane, Spocks Welt · 06/4830
Diane Carey, Der Verräter · 06/4848
Gene DeWeese, Zwischen den Fronten · 06/4862
J. M. Dillard, Die verlorenen Jahre · 06/4869
Howard Weinstein, Akkalla · 06/4879
Carmen Carter, McCoys Träume · 06/4898
Diane Duane & Peter Norwood, Die Romulaner · 06/4907
John M. Ford, Was kostet dieser Planet? · 06/4922
J. M. Dillard, Blutdurst · 06/4929

STAR TREK™

Gene Roddenberry, Star Trek I: Der Film · 06/4942
J. M. Dillard, Star Trek VI: Das unentdeckte Land · 06/4943
David Dvorkin, Die Zeitfalle · 06/4996
Barbara Paul, Das Drei-Minuten-Universum · 06/5005
Judith & Garfield Reeves-Stevens, Das Zentralgehirn · 06/5015
Gene DeWeese, Nexus · 06/5019
D. C. Fontana, Vulkans Ruhm · 06/5043
Judith & Garfield Reeves-Stevens, Die erste Direktive · 06/5051
Michael Jan Friedman, Das Doppelgänger-Komplott · 06/5067
Judy Klass, Der Boacozwischenfall · 06/5086
Julia Ecklar, Kobayashi Maru · 06/5103
Peter Norwood, Angriff auf Dekkanar · 06/5147
Carolyn Clowes, Das Pandora-Prinzip · 06/5167
Diana Duane, Die Befehle des Doktors · 06/5247
V. E. Mitchell, Der unsichtbare Gegner · 06/5248
Dana Kramer-Rolls, Der Prüfstein ihrer Vergangenheit · 06/5273
Michael Jan Friedman, Schatten auf der Sonne · 06/5179
Barbara Hambly, Der Kampf ums nackte Überleben · 06/5334
Brad Ferguson, Eine Flagge voller Sterne · 06/5349
J. M. Dillard, Star Trek VII: Generationen · 06/5360
Gene DeWeese, Die Kolonie der Abtrünnigen · 06/5375
Michael Jan Friedman, Späte Rache · 06/5412
Peter David, Der Riß im Kontinuum · 06/5464
Michael Jan Friedman, Gesichter aus Feuer · 06/5465
Peter David/Michael Jan Friedman/Robert Greenberger, Die Enterbten · 06/5466
L. A. Graf, Die Eisfalle · 06/5467
John Vornholt, Zuflucht · 06/5468
L. A. Graf, Der Saboteur · 06/5469
Melissa Crandall, Die Geisterstation · 06/5470
Mel Gilden, Die Raumschiff-Falle · 06/5471
V. E. Mitchell, Tore auf einer toten Welt · 06/5472
Victor Milan, Aus Okeanos Tiefen · 06/5473
Diane Carey, Das große Raumschiff-Rennen · 06/5474
Diane Carey, Kirks Bestimmung · 06/5476
L. A. Graf, Feuersturm · 06/5477
A. C. Crispin, Sarek · 06/5478
Simon Hawke, Die Terroristen von Patria · 06/5479
Barbara Hambly, Kreuzwege · 06/5681
L. A. Graf, Ein Sumpf von Intrigen · 06/5682
Howard Weinstein, McCoys Tochter · 06/5683
Diane Carey, Invasion – 1: Der Erstschlag · 06/5694

STAR TREK: THE NEXT GENERATION
David Gerrold, Mission Farpoint · 06/4589
Gene DeWeese, Die Friedenswächter · 06/4646

STAR TREK™

Carmen Carter, Die Kinder von Hamlin · 06/4685
Jean Lorrah, Überlebende · 06/4705
Peter David, Planet der Waffen · 06/4733
Diane Carey, Gespensterschiff · 06/4757
Howard Weinstein, Macht Hunger · 06/4771
John Vornholt, Masken · 06/4787
David & Daniel Dvorkin, Die Ehre des Captain · 06/4793
Michael Jan Friedman, Ein Ruf in die Dunkelheit · 06/4814
Peter David, Eine Hölle namens Paradies · 06/4837
Jean Lorrah, Metamorphose · 06/4856
Keith Sharee, Gullivers Flüchtlinge · 06/4889
Carmen Carter u. a., Planet des Untergangs · 06/4899
A. C. Crispin, Die Augen der Betrachter · 06/4914
Howard Weinstein, Im Exil · 06/4937
Michael Jan Friedman, Das verschwundene Juwel · 06/4958
John Vornholt, Kontamination · 06/4986
Mel Gilden, Baldwins Entdeckungen · 06/5024
Peter David, Vendetta · 06/5057
Peter David, Eine Lektion in Liebe · 06/5077
Howard Weinstein, Die Macht der Former · 06/5096
Michael Jan Friedman, Wieder vereint · 06/5142
T. L. Mancour, Spartacus · 06/5158
Bill McCay/Eloise Flood, Ketten der Gewalt · 06/5242
V. E. Mitchell, Die Jarada · 06/5279
John Vornholt, Kriegstrommeln · 06/5312
Laurell K. Hamilton, Nacht über Oriana · 06/5342
David Bischoff, Die Epidemie · 06/5356
Simon Hawke, Die Beute der Romulaner · 06/5413
Rebecca Neason, Der Kronprinz · 06/5414
John Peel, Drachenjäger · 06/5415
Diane Carey, Abstieg · 06/5416
Diane Duane, Dunkler Spiegel · 06/5417
Jeri Taylor, Die Zusammenkunft · 06/5418
Michael Jan Friedman, Relikte · 06/5419
Susan Wright, Der Mörder des Sli · 06/5438
W. R. Thomson, Planet der Schuldner · 06/5439
Michael Jan Friedman & Kevin Ryan, Requiem · 06/5442
Dafydd ab Hugh, Gleichgewicht der Kräfte · 06/5443
Michael Jan Friedman, Die Verurteilung · 06/5444
Simon Hawke, Die Rückkehr der Despoten · 06/5446
Robert Greenberger, Die Strategie der Romulaner · 06/5447
Gene DeWeese, Im Staubnebel verschwunden · 06/5448
Dean Wesley Smith & Kristine Kathryn Rusch, Invasion – 2: Soldaten des Schreckens · 06/5754

STAR TREK™

STAR TREK™

Susan Wright, Verletzungen · 06/5404
John Betancourt, Der Arbuk-Zwischenfall · 06/5405
Christie Golden, Die ermordete Sonne · 06/5406
Mark A. Garland & Charles G. McGraw, Geisterhafte Visionen · 06/5407
S. N. Lewitt, Cybersong · 06/5408
Dafydd ab Hugh, Invasion – 4: Die Raserei des Endes · 06/5409
Karen Haber, Segnet die Tiere · 06/5410
Melissa Scott, Der Garten · 06/5812

DAS STAR TREK-UNIVERSUM, 2 Bde.,
von *Ralph Sander* · 06/5150
DAS STAR TREK-UNIVERSUM, 1. Ergänzungsband
von *Ralph Sander* · 06/5151
DAS STAR TREK-UNIVERSUM, 2. Ergänzungsband
von *Ralph Sander* · 06/5270

William Shatner/Chris Kreski, Star Trek Erinnerungen · 06/5188
William Shatner/Chris Kreski, Star Trek Erinnerungen: Die Filme · 06/5450

Phil Farrand, Cap'n Beckmessers Führer durch STAR TREK – DIE CLASSIC SERIE · 06/5451
Phil Farrand, Cap'n Beckmessers Führer durch STAR TREK – DIE NÄCHSTE GENERATION · 06/5199
Phil Farrand, Cap'n Beckmessers Führer durch STAR TREK – DIE NÄCHSTE GENERATION – Teil 2 · 06/6457

Ralph Sander, Star Trek Timer 1997 · 06/1997
Ralph Sander, Star Trek Timer 1998 · 06/1998
Nichelle Nichols, Nicht nur Uhura · 06/5547
Leonard Nimoy, Ich bin Spock · 06/5548
Lawrence M. Krauss, Die Physik von Star Trek · 06/5549
J. M. Dillard, Star Trek: Wo bisher noch niemand gewesen ist · 06/6500
Judith & Garfield Reeves-Stevens, Star Trek – Deep Space Nine: Die Realisierung einer Idee · 06/5550
Judith & Garfield Reeves-Stevens, Star Trek Design · 06/5545
Judith & Garfield Reeves-Stevens, Star Trek – Phase II: Die verlorene Generation · 06/6470
Herbert F. Solow & Robert H. Justman, Star Trek – Die wahre Geschichte · 06/6499

Diese Liste ist eine Bibliographie erschienener Titel
KEIN VERZEICHNIS LIEFERBARER BÜCHER!